Die Elfen von Krateno

Die Elfen von Krateno, ist das erste Buch aus der fantastischen Welt von Godwana. Jetzt in der
3. Auflage.
Mehr über die Fortsetzungen und andere Bücher erfährst du auf www.lucian-caligo.de.

Über den Autor:
Lucian Caligo, 1985 in München geboren, gehört zu den neuen aufstrebenden Selfpublishern. Nach seiner Schulzeit stolperte er in eine Bauzeichnerlehre, von der er sich zur Krankenpflege weiterhangelte. Fantastische und vor allem düstere Geschichten zu ersinnen, war in dieser Zeit nicht mehr als eine heimliche Leidenschaft. Erst im November 2014 beschloss er all seine Bedenken, wegen seiner Legasthenie und tausend anderen Gründen, über Bord zu werfen und seine Werke zu veröffentlichen.

LUCIAN CALIGO

Die
ELFEN
von
KRATENO

3. Auflage

Bibliografische Information der Deutschen Nationalbibliothek:
Die Deutsche Nationalbibliothek verzeichnet diese Publikation in der Deutschen Nationalbibliografie; detaillierte bibliografische Daten sind im Internet über http://dnb.dnb.de abrufbar.

© 2019 Lucian Caligo

Illustration: Raimund Frey
Lektorat: Christina Reichel, Svenja Dilger

Herstellung und Verlag: BoD – Books on Demand, Norderstedt

ISBN: 978-3-7448-1389-1

Für eine ganz besondere Frau,
die mir Kraftquelle und Inspiration
gleichermaßen ist

Prolog

Wir schreiben das Jahr 2312 nach dem großen Ereignis. Die stolzen Völker, die einst über Godwana herrschten, sind zur Bedeutungslosigkeit verkommen. Nicht mehr als eine Randnotiz in den Geschichtsbüchern der Menschen werden sie einnehmen. Diebe, umherziehende Gauner, oder versoffen und dem Wahnsinn anheimgefallen. Die Zeit der Elfen und Zwerge ist vorbei.

Zwerge hausen in ihren verfallenen Stollen und versuchen ihren geerbten Schmerz in einem widerwärtigen Gesöff zu ertränken, das den Namen Bier nicht verdient. Die Elfen sind heute nicht mehr als Bettler, denen es nicht gelingt, ein eigenes Reich zu gründen. Der Glanz ihrer Vergangenheit, wenngleich dahin, blendet sie unentwegt bei den kläglichen Versuchen, ihr Volk zu einen. Anstatt ganz von vorne zu beginnen, glauben sie noch immer, dass ihnen das uneingeschränkte Recht zusteht, über Godwana zu gebieten. Doch die Herrscher der Menschen sehen das natürlich anders und lassen ihre Macht nicht von hageren, in Lumpen gehüllten Gestalten mit spitzen Ohren anfechten. So mancher Elf hat sein unendliches Leben bei dem Versuch eingebüßt, seine, ihm zustehende Herrschaft, zurückzufordern. Seit einigen

Jahrhunderten wagen die Elfen nicht mehr, die Autorität der Menschenkönige anzufechten. Wie Landstreicher ziehen sie ziellos zwischen den Städten der Menschen umher, die wie Pilze aus dem Boden sprießen. Die Elfen werden nie lange geduldet, denn überall wo sie auftauchen tragen sich eigentümliche Dinge zu, an denen sie angeblich Schuld haben sollen. So wurden die Elfen über alle Lande versprengt. In ihrem Elend gelingt es ihnen nicht einmal, sich zu einem Volk zusammenzuschließen. Jeder Anführer einer noch so kleinen Sippschaft besteht auf das Vorrecht seines königlichen Blutes und damit auf das Privileg, alleiniger Herrscher aller Elfen zu sein. Dabei ist längst vergessen, wie das Elfenvolk einst in seiner glorreichen Vergangenheit lebte.

In den Schriften heißt es: Sie herrschten einst von einem Inselkontinent aus, der heute Krateno genannt wird. In der Sprache der Alten bedeutet dies: verfluchtes Land. Denn dieser Erdteil ist seit dem großen Ereignis unbewohnbar. Etwas hat fast alle Quellen dort verdorben, sodass jeder, der davon trinkt, Höllenqualen erleidet und stirbt, zumindest wenn er Glück hat. Das verseuchte Wasser ruft schreckliche Mutationen hervor. So verwandelt es harmlose Tiere in blutrünstige Bestien, die in ihrer Fressgier über jeden herfallen, der es wagt, in ihr Revier einzudringen. Es ist nahezu unmöglich einen Fuß auf Krateno zu setzen und es zu überleben. Die Wenigen, denen es gelang den Kontinent lebend zu verlassen, hatten ihren Verstand eingebüßt und waren nicht mehr fähig, die durchlebten Schrecken zu schildern.

Seit Anbeginn der menschlichen Zivilisation ist Krateno der Kontinent um den sich, wie um keinen zweiten in Godwana, Sagen und Mythen ranken. Es wird berichtet, dass sich dort immer noch die mit Schätzen angefüllten Ruinen der einstigen elfischen Hochkultur befinden. Menschliche Machthaber träumen von den verborgenen Waffen und dem Wissen des alten Elfenvolkes. Angeblich herrscht jener, dem es gelingt Krateno zu erobern, über die ganze Welt. Doch nur wenige wagen es tatsächlich, eine Reise zu diesem verdorbenen Kontinent auf sich zu nehmen, um dessen Geheimnisse zu lüften und die verborgene Macht an sich zu reißen. Meist nur jene, die ohnehin nichts mehr zu verlieren haben. Doch nahezu alle, die eine derartige Reise unternahmen, wurden nie wiedergesehen.

Es scheint absolut unmöglich, dass auf Krateno etwas überlebt hat, das sich nicht durch Krallen, Hörner oder andere Mutationen auszeichnet.

Die meisten Elfen sind zur Zeit des großen Ereignisses umgekommen oder geflohen. Und dennoch haben sich dort einige wenige behauptet, die ihr Land nicht aufgeben wollten. Aber sie wurden von dem großen Ereignis in ihrer Entwicklung so weit zurückgeworfen, dass von ihrer Kultur nicht das Geringste übriggeblieben ist. In einem Jahrtausende währenden Kampf ums Überleben haben sie fast alles vergessen, was sie einst ausgemacht hat. Ihre Baukunst, ihre Waffentechnik und ihr umfangreiches Wissen über die Welt und Magie existieren nur noch als Fragmente aus einer Zeit, an die sie sich heute nur schemenhaft erinnern.

Einst wohnte den Elfen eine unvorstellbare Kraft inne; die Macht, sich allen Wissens und der ganzen Stärke ihres Volkes zu bedienen. Auch jene Fähigkeit ist vergessen und vermutlich für immer aus ganz Godwana getilgt worden. Dies lässt die Elfen im Gegensatz zu ihrer einstigen Größe erbärmlich erscheinen.

Auf Grund dieser Tatsachen erscheint es überflüssig zu sein, noch von den Elfen berichten zu wollen, denn ihre Zeit scheint vorbei. Und doch wird Krateno der Schauplatz sein, an dem seit über zwei Jahrtausenden zum ersten Mal ein Kampf um die Seele des Elfenvolkes geschlagen wird. Dieser wird entscheiden, ob die Elfen sich aus dem Staub ihrer gegenwärtigen Existenz zu neuer Größe erheben oder für immer zu Grunde gehen.

I.

Deshalb sollt ihr sein, wie Brüder und Schwestern einer Familie. Eure Unterschiede sind kein Grund euch zu hassen, sondern eine Bereicherung für euer Leben. Anstatt euch zu verachten, sollt ihr einander in Freundschaft begegnen und voneinander lernen. Nur so wird das Reich der Hochgeborenen über die Jahrtausende Bestand haben.

Aus dem Codex der Hochgeborenen, Artikel 2

Die schartige Klinge zerriss den schleimigen Tentakel der Bestie. Sich windend klatschte der Fangarm auf den Waldboden. Enowir versprach sich davon nicht viel. In der Regel wuchsen die Fangarme dieser Monstren schnell wieder nach. Er duckte sich unter einem weiteren Arm des grollenden Ungetüms, der auf ihn zu peitschte, hindurch und übersprang den nächsten. Unvermittelt traf ihn einer der Tentakel im Gesicht und schleuderte ihn zu Boden. Die träge, unförmige Masse des Untiers schob sich auf Enowir zu. Das glühende Auge inmitten des aufgedunsenen Körpers fixierte ihn grimmig. Aus dem Leib wuchsen überall Tentakel, die sich unter den Speckschwarten herauswanden. Wer glaubte, dass Tiere keine böse Seele haben konnten, der war noch nicht auf Krateno gewesen.

Enowir rollte sich von der Bestie davon, die ungezügelt mit ihren unzähligen Armen nach ihm drosch. Inmitten der Kreatur öffnete sich ein Schlund, aus dem dicker Speichel herausspritzte. Vor Mordlust grollte die Bestie.

»Nemira, wo bleibst du?«, flüsterte Enowir verzweifelt, während er vergeblich versuchte, aus der Reichweite der Fangarme zu robben. Immer wenn er den Versuch unternahm, auf die Beine zu kommen, schlug einer der Tentakel knapp neben ihm ein. Er konnte nichts weiter tun, als einen vierbeinigen, unbeholfenen Sprung in Sicherheit zu unternehmen. Grünliches Blut spritzte über ihn hinweg und traf seine Jacke aus Reptilienleder, die ihn vor der ätzenden Substanz abschirmte. Das meiste davon traf ihn jedoch im Gesicht und verklebte seine Augen. Rücklings kroch Enowir über den Boden, getrieben vom markerschütternden Geschrei der Bestie. Um ihn herum schlugen ihre Fangarme in den Boden, ohne ihn zu treffen. Grollend hauchte die Kreatur ihr Leben aus.

Mit dem zerfledderten Ärmel seiner Jacke wischte sich Enowir den Schleim vom Gesicht. Nicht nur, um sein Sichtfeld zu klären, er musste auch so schnell wie möglich das Blut des Ungeheuers herunterbekommen, weil es sich bereits in seine Haut brannte. Mit dem Inhalt seines Trinkschlauches wusch er den Rest des ätzenden Lebenssaftes herunter. Er hatte Glück im Unglück. Das Blut der Kreatur war zwar verdorben, jedoch nicht derart, dass es sich wie Säure in seine Haut geätzt hätte. Noch bevor er die Augen wieder öffnen konnte, hörte er eine helle Stimme lachen.

»Wieso liegst du eigentlich immer auf dem Rücken, wenn ich mich kurz umdrehe?«, fragte Nemira belustigt.

»Weil du immer so lange auf dich warten lässt, dass ich derweil ein Schläfchen halten kann«, erwiderte Enowir. Er öffnete seine Lider etwas zu früh, sodass ihm ein minimaler Rest des Blutes in die Augen lief, es brannte erbärmlich.

Nemira stand auf dem Untier, das erschlafft auf dem Waldboden lag. Das große Auge war geplatzt. Offenbar hatte sie das Wesen mit einem einzigen Stich von hinten durch den Schädel - wenn man die Masse an der Stelle des Wesens so nennen mochte - getötet. Dafür hatte sie lediglich einen Pfeil benutzt. Die Spitze war bis durch das Bestienauge gedrungen, dessen Inhalt sich über Enowir verteilt hatte.

Übertrieben schwerfällig rappelte sich Enowir auf und hängte sein Schwert in die Halterung am Gürtel, die mit zwei Haken das Heft der Waffe hielt. Die Klinge baumelte frei neben seinem linken Bein.

»Na komm schon, alter Mann«, stichelte Nemira, während sie sich die zerzausten Haare aus dem Gesicht wischte. Diese mussten einst golden gewesen sein, doch in der Wildnis bekamen sie derart viel Dreck, Blut und anderen Unrat ab, dass sie nun in einem schmutzigen Braun erschienen. Nemira sprang von der Bestie herunter, nahm Enowir wie selbstverständlich das Schwert ab und rammte es in den toten Leib der verdorbenen Kreatur. Der Gestank, der die beiden auf einmal umhüllte, war so altbekannt wie brechreizerregend.

»Nemira, pass doch auf!«, beschwerte sich Enowir und hielt sich dabei die Nase zu. »Oder hat das einen Grund, warum du immer erst in den Darm dieser Viecher stichst?«

»Hält die anderen Ungeheuer fern«, erwiderte sie ungerührt, während sie das massige Bestienfleisch auseinander hebelte. »Außerdem, woher soll ich denn wissen, wo das Vieh seinen Darm hat?«

Damit hatte sie nicht Unrecht. Diese Bestie, Qualtra genannt, besaß keine festgelegte Anatomie, weshalb auch die Verdauungsorgane immer an einer anderen

Stelle saßen. Bei genauerer Betrachtung war es also nicht mehr als Zufall gewesen, dass Nemira das Gehirn des Wesens mit einem einzigen tödlichen Schuss getroffen hatte.

»Wir haben Glück«, triumphierte sie. Enowir trat neben seine Gefährtin, um dieses *Glück* in Augenschein zu nehmen.

Aus dem Leib des Wesens schoben sich viele kleine Fleischbrocken, die aus trüben Augen zu den Elfen empor glotzten. Sie klebten noch im Schleim ihrer Mutter zusammen und hoben bereits drohend ihre winzigen Tentakel in die Richtung der beiden.

»Sie war schwanger«, stellte Nemira das Offensichtliche fest. Ohne lange zu fackeln stach sie auf eines der unsäglichen Kinder des Monsters ein. Blut quoll rot aus dem erschlaffenden Leib. Auf dem Kontinent Krateno gab es eine Regel: Alles was grün blutete, war giftig und alles, was roten Lebenssaft absonderte, konnte man gefahrlos essen. Meistens hing es mit der Lebenszeit einer Kreatur zusammen, ob ihr Fleisch essbar war.

Nemira und Enowir töteten die schleimige Brut so schnell es ging und verstauten die Kadaver in Lederbeuteln, die sie sich über den Nacken legten.

»Das war eine fette Beute«, plauderte Nemira fröhlich vor sich hin, als sie zurück zu ihrem Lagerplatz stapften. »Kann´s gar nicht erwarten eines der Viecher zu essen.«

»Worauf wartest du?«, stichelte Enowir herausfordernd. Ein Grinsen breitete sich über seinem von Narben zerfurchten Gesicht aus. Er war einst einem Gratrah zu nahe gekommen, der ihm das Gesicht zerkratzt hatte. Seine grauen Augen waren zum Glück unversehrt geblieben, doch die elfische Schönheit war dem Angriff gewichen. Seinem Äußeren konnte man jetzt nur noch etwas Verwegenes unterstellen.

»Glaubst wohl, ich mach das nicht?« Nemira verengte ihre Augen zu Schlitzen. Fast sechzig Jahre waren die beiden zusammen unterwegs und immer noch war Nemira von jugendlichem Trotz und Ehrgeiz beseelt.

»Doch schon, wenn sie gebraten und gewürzt sind. Vielleicht noch mit einer schmackhaften Soße gereicht, für die vornehme Elfe«, legte Enowir seinen Finger in die Wunde. Er wusste genau, wie lange Nemira dafür gekämpft hatte, eine Reisende zu werden. Frauen mussten kochen und die Festung in Stand halten. Aber ihre wichtigste Aufgabe bestand darin, Kinder zu gebären. Denn nur durch Masse konnten sie gegenüber der tödlichen Gewalt Kratenos bestehen. Ein Schicksal, dem Nemira sich nicht beugen wollte. Diesem war sie entflohen, indem sie sich selbst mit einem rätselhaften Gift infizierte, welches es ihr für immer unmöglich machte, Kinder zu bekommen. So war Nemira im Grunde nutzlos geworden. Der Obere hatte ihr, gegen heftigen Widerspruch seiner Berater, gestattet, an der Seite von Enowir die erste Reisende ihres Klans zu werden. Wenngleich er sicher gehofft hatte, dass eine Frau nicht lange in der Wildnis überleben würde. Enowir war über die neue Gefährtin nicht sehr erpicht gewesen. Doch er hatte zu dieser Zeit seinen Partner im Kampf mit einer Bestie verloren und andere Elfen gab es damals nicht, die ihrerseits den Rang eines Reisenden einnehmen konnten. Deshalb wurde ihm Nemira zugewiesen. Zunächst hatte er sie mit jedem seiner Worte wissen lassen, wie sehr er eine Frau verachtete, die derart gegen die ihr zugedachte Rolle verstieß. Doch schon bald, nach immerhin zehn Jahren gemeinsamer

Jagd, waren die boshaften Bemerkungen zu freundschaftlichen Sticheleien geworden. Es bereitete Enowir diebische Freude seine Gefährtin unentwegt herauszufordern.

Nemira öffnete einen Sack, griff hinein und mit einem schmatzenden Geräusch holte sie eine der Babybestien heraus. Blut und Schleim liefen ihr über ihre feingliedrigen Finger, die sich in das weiche Fleisch des Monsters bohrten. Als sie die tote Kreatur vor ihre grün leuchtenden Augen hob, musste sie tief schlucken. Nemiras Augenfarbe war eine Nebenwirkung ihres Frevels. Eine solche Färbung der Iris gab es nicht in ihrem Volk. Ihre Augen wirkten dadurch unnatürlich. Auf eine groteske Weise stachen sie aus dem sonst so schönen Antlitz hervor.

»Was ist, soll ich dir eine Kräutersoße besorgen?«, fragte Enowir spottend, trat aber einen Schritt zurück, um kein günstiges Ziel für ein schleimiges Geschoss abzugeben. Zu einem solchen konnte das kleine Monster in Nemiras Händen ohne weiteres werden.

Enowir verzog angewidert das Gesicht, als Nemira ihre Zähne in den Klumpen schmierigen Fleisches schlug, einen Brocken herausriss, auf der zähen Masse kaute und ihn dabei böse anfunkelte. Ihre stechend grünen Augen und der rote Schleim, der sich über ihr Kinn verteilte und auf ihren ledernen Brustpanzer tropfte, verliehen ihr etwas Bösartiges.

»Köstlich«, schmatzte sie sichtbar angeekelt. Auch wenn sie sich zu einem Lächeln zwang, verriet ihre krausgezogene Stirn dennoch, dass ihr die spontane Mahlzeit nicht besonders schmeckte. Dass sie beim Herunterschlucken würgen musste, offenbarte ihren Ekel endgültig. Trotzdem konnte Enowir nicht anders, als beeindruckt zu sein.

»Manchmal denke ich, dass mehr Krieger in dir steckt als ...«, er suchte nach einem passenden Vergleich.

»Als in dir«, vollendete sie seinen Satz. Ohne auf Enowirs Reaktion zu warten, wischte sie mit der verschmierten Hand über dessen Mund.

»Bah!«, spuckte Enowir angewidert aus und gab ihr somit ungewollt recht. Doch noch etwas geschah mit ihm, als ihre Finger seine Lippen berührten. Es kribbelte leicht und wohltuend in ihm. Ein Gefühl, das er nie zuvor verspürt hatte, nur bei Nemira. Er hielt es für Freundschaft. Was sollte es auch sonst sein, wenn er sich in der Gegenwart einer Elfe rundum wohl fühlte?

Er wischte sich widerstrebend über den Mund, auch wenn er gerne etwas der Empfindung um seine Lippen nachgegangen wäre. Nemira kicherte hingegen amüsiert. Während er noch dem Gefühl nachhing, das seine Brust erfüllte und das er nicht einzuordnen vermochte, veränderten sich ihre Gesichtszüge zu einem wachsamen und auch erschrockenen Ausdruck. Bevor er fragen konnte, was denn los sei, stieß Nemira ihn hinter einen Baum. Schmerzhaft prallte er an die Rinde. Enowir unterdrückte den Impuls sich darüber zu beschweren, als Nemira sich dicht an ihn gepresst niederduckte.

»Sieh«, zischte sie. Er trennte sich von ihr und spähte an dem Baum vorbei.

»Was bei Conara?«, entfuhr es ihm. Er traute seinen Augen nicht.

»Zentifare«, bestätigte ihn Nemira flüsternd. Sie hätte jedoch nicht leise sprechen müssen, denn die Zentifare waren so laut, dass sich die beiden Elfen kaum verstehen konnten.

Zentifare gehörten zu den eigentümlichsten Wesen auf Krateno. Sie hatten die Oberkörper von Elfen, aber ihr Unterleib bestand aus den Hinterläufen einer Ziege oder sogar eines Pferdes. Enowir hatte auch schon solche gesehen, welche die Läufe eines Wolfes besaßen. Dabei waren die Körpergrößen immer ihrem Unterleib entsprechend. Größer als die Tiergattung, aus der sie entsprungen zu sein schienen wurden sie in der Regel nicht. Dies führte auch dazu, dass Zentifare mit Ziegenhinterläufen erbärmlich klein waren. Solche mit Wolfskörpern wurden etwas größer. Jene wiederum, welche durch das verderbte Wasser angefügte Pferdeleiber besaßen, waren die größten und gefährlichsten, die Enowir kannte. Letztere trabten unweit des Waldrandes in einer solch gigantischen Herde an ihnen vorbei, dass Enowir ihre Anzahl nur schätzen konnte. Es mussten mehrere Hundert sein.

»Was soll das bedeuten?«, wollte Nemira über den donnernden Hufschlag hinweg wissen, während sie sich hinter den Baum zurückzog. Auch Enowir konnte sich darauf keinen Reim machen. Die Zentifare organisierten sich für gewöhnlich in kleinen Gruppen bis zu zwanzig Tieren, mehr wurden es jedoch nie. Die Bestien waren wild, ungestüm und primitiv. Ihrer Natur folgend bekämpften sie sich untereinander, sobald ihre Gruppe zu groß wurde. Diese Auseinandersetzungen endeten normalerweise tödlich, sodass nur die Stärksten dieser Kreaturen überlebten. Sich in derartiger Anzahl zusammenzuschließen, lief ihrer Art völlig zuwider.

»Vielleicht sind sie auf der Flucht«, spekulierte Enowir, der sich zu seiner Gefährtin hinter den dicken Baum zurückgezogen hatte. Die Herde war weit genug weg und so schnell unterwegs, dass sie sich hier sicher fühlen konnten.

»Vor was sollten sie davonlaufen?«, fragte Nemira und blickte nachsinnend in die kargen Baumwipfel des

Waldes. Hinter ihnen verklang das Donnern der Hufe allmählich.

Nemira hatte sicherlich recht. Zentifare waren nicht dafür bekannt, dass sie wegliefen. Normalerweise kämpften sie furchtlos bis zu ihrem eigenen Tod. Was sollte so schrecklich sein, dass es eine derartige Horde in die Flucht schlug?

»Eine Naturkatastrophe vielleicht«, überlegte Enowir. Er nahm den herben Duft von Nemira wahr, als er dicht neben ihr saß. Er schüttelte die Verzückung ab. Dies war der falsche Zeitpunkt dafür, wenn es überhaupt einen richtigen gab.

»Was meinst du mit Naturkatastrophe?«, fragte sie interessiert.

»Na ja ...« Enowir erhob sich. »Vielleicht ein Erdbeben oder eine Hungersnot, so etwas in der Art. Gründe, aus denen wir auch unsere Festung aufgeben würden.«

Nemira schien lange darüber nachzudenken, während sie ihm dabei tief in die Augen sah. Nicht viele hielten ihrem Blick stand. Oft fragte sich Enowir, was sie wohl in ihm sah, wenn sie ihn so anblickte.

»Nein«, entschied sie endgültig.

»Nein?!«, entgegnete Enowir überrascht. »Was willst du damit sagen?«, hakte er nach.

»Diese Dinger sind primitiv. Sie würden sich eher selbst fressen, als eine Hungersnot zu bemerken, und genauso würde ein Erdbeben sie nicht schrecken. Es muss einen anderen Grund geben«, schlussfolgerte sie.

Mit der verschmierten Hand kratzte sich Nemira nachdenklich am Kinn. Das Blut war mittlerweile eingetrocknet und bröselte in dunklen Schuppen von ihrer Haut.

»Viel interessanter ist doch die Richtung, die sie eingeschlagen haben«, gab sie zu bedenken.

»Südwestlich«, Enowir verstand nicht.

»Sie bewegen sich von unserer Festung weg«, erklärte sie mit einem tadelnden Ton in der Stimme, als sei er ein Jüngling, der keine Ahnung von der Welt hatte.

Enowir nickte abwesend. Er wollte immer noch wissen, was so viele Zentifare dazu veranlasste, sich in einer derart großen Horde zusammenzufinden.

***

»Ich verstehe nicht, was das für einen Sinn hat«, nörgelte Nemira und wiegte unruhig mit ihren Füßen auf und ab. Auf Krateno war es in vielen Fällen nicht ratsam, sich lange auf freiem Gelände aufzuhalten. Gerade dann nicht, wenn soeben eine Horde Bestien an ihnen vorbeigezogen war. Aber genau das taten die beiden, als sie die Spuren der Zentifare untersuchten. Im Grunde gab es hier nicht wirklich etwas zu untersuchen, denn auf einer Breite von etwa zwanzig Schritt war jedes bisschen Flora und Fauna niedergetrampelt worden.

»Sag ich dir, wenn ich es sehe«, gab Enowir konzentriert zurück. Er war sehr geschickt darin Fährten zu deuten. Aber selbst für ihn war lediglich erkennbar, dass es sich bei den Zentifaren ausschließlich um diejenigen mit Pferdeunterleib handelte. Doch zu dem Urteil wäre auch ein Blinder gelangt. Die Hufabdrücke hatten sich tief in den vertrockneten Boden eingegraben und das tote Gras war festgetreten.

»Gut, du hast recht. Hier gibt es nichts«, gestand sich Enowir ein und erhob sich.

»Sag ich doch, Stumpfohr«, versetzte Nemira. Ihre offensichtlich schlechte Laune rührte vermutlich von der Hitze der Sonne her, die erbarmungslos auf sie hinab brannte. Auch Enowir schwitzte stark. Zudem drohten die Sonnenstrahlen seine spitzen Ohren zu versengen, die durch seine dunklen glatten Haare stachen.

»Riechst du das auch?«, fragte Nemira.

Eigentlich hätte das laue Lüftchen für Erfrischung sorgen sollen, es trug jedoch den beißenden Gestank von Rauch mit sich.

»Ja«, bestätigte Enowir und rümpfte die Nase. Er blickte sich suchend um, bis ihm der Qualm direkt ins Gesicht wehte. »Es kommt von dort.«

Ohne auf Nemiras Einwände zu achten schritt er die breite Fährte entlang, welche die Zentifare hinterlassen hatten.

Nach nur wenigen Schritten eine Anhöhe hinauf erblickte er eine dicke Rauchsäule. Vom Wind getragen kam ihm eine Nebelwand aus Asche entgegen. Hustend hielt sich Enowir den Ellenbogen vor Mund und Nase, um den Qualm nicht direkt einzuatmen. Das Reptilienleder seiner Jacke war jedoch nicht dazu gemacht, den Rauch aus der Luft zu filtern.

»Lass uns von hier verschwinden«, hustete Nemira. Sie versuchte, sich mit einer Hand vor dem Qualm zu schützen.

»Gut«, willigte er ein und trat den Rückzug an. Vom Husten und Luftmangel verlangsamt, wurde er von Nemira überholt. Weil sich der Rauch mehr und mehr um die beiden schloss, bog Nemira in den Wald ab, aus dem sie gekommen waren. Eine gute Entscheidung, vielleicht fanden sie dort Schutz. Enowir spürte, wie sich seine Lunge immer weiter zusammenzog.

Sie hatten die erste Baumreihe noch nicht erreicht, als hinter ihnen Hufschläge ertönten, die wie der Donner eines drohenden Gewitters heranrollten. Enowir sah, wie Nemira niederging. Für einen Moment dachte er, sie sei einer Rauchvergiftung erlegen. Doch im kontrollierten Sturz riss sie ihren Bogen von der Schulter und legte einen Pfeil auf. Während sie noch auf dem Rücken lag, zielte sie kurz und schoss. Der Pfeil sirrte fauchend an Enowir vorbei. Hinter ihm polterte es.

Im Herumwirbeln zog Enowir sein Schwert. Nemira hatte den heranstürmenden Zentifaren mit einem einzigen Schuss, genau zwischen die Augen, zu Fall gebracht. Doch er war nicht allein, zwei weitere der Bestien stürmten hinter ihm heran. Sie waren vom Ruß geschwärzt, als wären sie durch lodernde Flammen gesprungen. Mit erhobenen Fäusten, zum Angriff bereit, setzte einer der beiden über den Gefallenen hinweg. Er war noch nicht auf dem Boden aufgekommen, als ihn ein Pfeil in die Kehle traf. Doch der Zweite erreichte Enowir, bevor Nemira erneut schießen konnte. Mit einem stumpfen Speer bewaffnet, drang das Ungetüm auf den Elfen ein. Enowir gelang es gerade noch, dem Stoß mit einer Drehung des Oberkörpers auszuweichen. Mit der Klinge voran riss er sein Schwert hoch und traf den ausgestreckten Arm des Angreifers von unten. Doch es fehlte seinem Schlag an Kraft, um den Zentifaren ernsthaft zu verletzen.

»Vorsicht!«, rief Nemira eine Warnung, die in einem erstickten Hustenanfall endete. Dem anderen Zentifaren hatte Enowir keine Beachtung geschenkt, doch gerade dieser, unbeeindruckt von dem Pfeil in seinem Hals, drang mit bloßen Fäusten auf ihn ein. Enowir konnte nicht mehr ausweichen, sondern sich nur noch fallen lassen, um dem mächtigen Hieb zu entgehen. Dieser ging weniger als knapp an ihm vorbei und streifte lediglich seine Nase, anstatt seinen Kopf zu zertrümmern. Am Boden liegend rollte sich Enowir vor den Hufen davon, die versuchten ihn totzutreten. Wenigstens war für Nemira das Schussfeld jetzt frei. Enowir hoffte inständig, dass sie davon Gebrauch machen würde, zumindest wenn sie die beiden Feinde durch den Rauch noch sehen konnte. Selbst für ihn waren sie in dem dichten Aschenebel nur als dunkle Schemen zu erkennen. Enowir hörte das Zischen etlicher Pfeile über sich. Eine Verzweiflungstat! Nemira schoss ohne Sicht, in der Hoffnung die Zentifare zu treffen. Schmerzerfülltes Heulen eines getroffenen Gegners erklang. Gerade als sich Enowir in Sicherheit wähnte, stießen aus dem Rauch Hufe hervor, um ihn endgültig in den Boden zu stampfen. In dem Moment flammte ein grelles Licht auf. Es dauerte nur einen Augenblick bis Enowir verstand: Der Wald, in den sie sich zu retten versuchten, hatte Feuer gefangen. Er hörte, wie die Angreifer von Panik ergriffen flohen. So schnell er konnte, richtete er sich auf. Seine Lunge brannte bei jedem Atemzug.

»Nemira, wo bist du?«, hustete er erstickt. Seine Stimme wurde nicht sehr weit getragen und ging in dem Getöse der Flammen unter. »Nemira, Ne-« Sein Hals zog sich zusammen und der Atem stockte. Seine robuste Natur hatte sich lange gegen den Rauch gewehrt, jetzt stieß auch sie an ihre Grenzen. Enowirs Beine verweigerten den Dienst und knickten ein. Hart schlug er auf. Über ihm glommen zwei grüne Sterne auf. Dann verlosch sein Bewusstsein.

***

Von heftigem und schmerzhaftem Husten gebeutelt, erwachte Enowir. Seine Lunge stand in Flammen. Außerdem hatte sich die Asche in Nase, Mund und Hals zu dicken Borken verklebt. Seine Augen tränten, aber gaben die Sicht nicht frei. Auch zu Sprechen blieb ihm versagt. Er wollte sich aufsetzen, aber es fehlte ihm die Kraft dazu und er sackte auf den kalten und feuchten Steinboden zurück. Seine Kleidung und Haare klebten nass am Körper. Die Feuchtigkeit brannte leicht auf seiner Haut.

»Ruhig«, sprach eine vertraute Stimme. Belebendes Nass schwappte über seine Stirn und Wangen. Geschickte Finger hielten die Flüssigkeit von seinen Augen und Mund fern. Noch im Dämmerzustand öffnete Enowir seine Lippen, um einen Schluck zu nehmen.

»Nicht«, warnte ihn die Stimme. »Das Wasser ist nicht zum Trinken geeignet.«

Deutlich verstärkte die Flüssigkeit das Brennen auf Enowirs Haut. Der Feuchtigkeitsfilm war jedoch zu dünn, um ernsthafte Schäden zu hinterlassen.

Ein weiterer Fluch von Krateno bestand darin, dass viele Wasser giftig waren. Wer es dennoch trank, starb, zumindest wenn er Glück hatte. Bei vielen rief es abscheuliche Mutationen hervor und weckte die Mordlust.

»Hier«, Nemira setzte ihm einen Trinkschlauch an den Mund. Zögerlich nahm er einen Zug davon, wobei er sich heftig verschluckte.

»Schon gut«, beruhigte Nemira ihn und gab ihm noch einen Schluck, als er sich wieder gefangen hatte. Das Wasser spülte den Dreck aus seinem Mund und gab ihm etwas von seiner Kraft zurück. Er wischte sich über das Gesicht und versuchte seine verklebten Augen vom Schmutz zu befreien. Endlich gelang es ihm zwischen den Schmutzfäden, die sich über seine Lieder spannten, hindurchzusehen. Neben ihm kniete Nemira. Über ihr Antlitz waberten Lichtreflexionen von Wasser, die sich ebenfalls über Wände und Höhlendecke ausbreiteten. Nemiras giftgrüne Augen bildeten dagegen einen abstoßenden Kontrast und dennoch ...

»Was schaust du denn so komisch?«, fragte die Elfe verwirrt.

Erst jetzt bemerkte Enowir sein dümmliches Grinsen. »Ich hab mich nur erschrocken«, versuchte er sich herauszuwitzeln, was jedoch gehörig misslang.

Seine Gefährtin strich ihm geistesabwesend durch die Haare und seufzte dabei erleichtert. Als Nemira bewusst wurde, was sie da tat, hielt sie abrupt inne und zog ihre Hand so schnell zurück, als habe sie sich an seinem Haar gestochen. Sie stand auf und räusperte sich verlegen.

»Wie hast du mich eigentlich gerettet?«, erkundigte er sich, um von der Situation abzulenken. Irgendetwas hatte sich zwischen ihnen verändert, doch dieses Gefühl war ihm fremd und daher unangenehm.

»Ach, das war nicht so schwer. Wir passen eben auf einander auf, oder?« Der Anflug eines Lächelns, das Enowir nicht zu ergründen vermochte, huschte über ihr sonst so verschlossenes Gesicht.

»Ja«, stimmte er zu, während er versuchte, sich aufzurappeln. Nemira stützte ihn. Für einen Augenblick kamen sich ihre Gesichter sehr nahe und Enowir verspürte den Wunsch, seine Lippen auf ihre zu pressen. Nemira kam ihm entgegen, als würde sie dasselbe Verlangen in sich tragen.

»Au!«, stieß Enowir hervor, als er zu Boden plumpste. Offenbar von ihren eigenen Gefühlen erschrocken, hatte Nemira ihn fallengelassen.

»Tut mir leid«, entschuldigte sie sich. Ein verlegenes Rosa breitete sich über ihre Wangen aus. Anstatt ihm den Arm stützend umzulegen, reichte sie ihm nur eine Hand und zog ihn auf die Beine. Geschwächt stützte er sich an der Höhlenwand hinter sich ab.

Erst jetzt erkannte er, dass in dieser Höhle eine Art Baum wuchs, dessen Krone sich wie Wurzeln über die scharfkantige Decke schlängelte. Er kniff die Augen zusammen, um noch einmal hinzusehen. Die Äste des Baumes bewegten sich tatsächlich. Instinktiv griff er an seinen Gurt, doch sein Schwert lag drei Schritt von ihm entfernt am Fuße des Baumes.

»Was ist?«, wollte Nemira alarmiert wissen.

»Mach jetzt keine hektischen Bewegungen«, warnte Enowir sie mit zusammengebissenen Zähnen.

Es dauerte nur einen Lidschlag, bis sie die Gefahr erkannte. Der Baum war offenbar vom vergifteten Wasser genährt und zu einem absurden Leben erwacht. Ob sich bei ihm bereits die Blutgier eingestellt hatte, die allen Kindern des verdorbenen Wassers innewohnte, konnte Enowir nicht sagen. Jedoch wollte er nicht riskieren, hier auf dem engen Raum gegen einen Baum kämpfen zu müssen.

»Komm«, zischte Nemira und machte zwei Schritte zurück, ohne das absurde Gewächs aus den Augen zu lassen, dessen Äste und Wurzeln deutlich sichtbar in alle Richtungen wuchsen.

»Mein Schwert«, flüsterte Enowir.

»Lass es liegen.« Das war ein weiser Rat, denn die Wurzeln wuchsen schon um den blanken Stahl herum. Ohne Waffe kam man auf Krateno jedoch nicht weit.

Ihr Überleben hing vom Besitz einer scharfen Klinge ab.

Vorsichtig und darauf achtend nicht das geringste Geräusch zu machen, setzte Enowir einen Fuß vor den anderen. Er ging dabei jeglicher Wurzel aus dem Weg, die sich über den Boden schob. Langsam, ganz langsam beugte er sich zu der Waffe. Die Schneide lag am nächsten, sodass er nur diese zu greifen bekam. Da lief ein Grollen durch die Höhle. Die Wurzeln schossen vom Boden hoch und langten nach dem Elfen, der inmitten von ihnen stand. Enowir unterdrückte einen Fluch, fuhr herum, warf die Waffe in die Luft und fing sie am Griff auf. Mit einem heftigen Schlag wehrte er eine Wurzel ab, die auf ihn zu schnellte. Sein Schwert trieb eine tiefe Kerbe in das Holz. Grünlich schimmerndes Harz quoll daraus hervor. Das Grollen wurde lauter. Doch es war nicht der Baum, der dieses bedrohliche Geräusch von sich gab. Es war die Höhle, in die sich das Gewächs mit unnatürlicher Kraft hinein stemmte. Die Decke riss auf und schwere Steinbrocken brachen heraus, angetan, die beiden Elfen unter sich zu begraben. So schnell er konnte, rannte Enowir in Richtung seiner Gefährtin, wobei er nach allem schlug, was sich in irgendeiner Weise auf ihn zu bewegte.

Nemira schrie etwas Unverständliches über das Getöse hinweg und spurtete tiefer in die Höhle hinein. Enowir konnte gerade noch erkennen, wie sie hinter einer Windung in einen kleinen See sprang und nicht mehr auftauchte. Dort unter der Wasseroberfläche musste der Höhlenausgang liegen. Enowir stürzte sich ebenfalls in den unterirdischen Teich. Das vergiftete Element brannte in seinen Augen, ohne dass er viel erkennen konnte. Es war nur eine undeutliche Bewegung auszumachen. Mit kräftigen Zügen schwamm er darauf zu, von seinem Schwert in Händen eingeschränkt. Dennoch klammerte er sich an die Waffe.

Die Sicht vernebelte sich immer mehr, sodass er die Augen zukniff und einfach immer weiter schwamm, solang es ihm die wenige verbleibende Luft in seiner Lunge gestattete. Er wurde unsanft unter seinem linken Arm ergriffen und nach oben gezogen. Ein kühler Wind wehte ihm um die Ohren, als er die Wasseroberfläche durchstieß. Keuchend rang er nach Atem, wischte sich die Haare aus dem Gesicht und öffnete die Augen. Sie tränten fürchterlich, doch nach und nach gewann seine Sicht wieder an Schärfe. Der Wald um sie herum war verbrannt, vielerorts gab es noch kleine Feuer, die sich deutlich in der Dunkelheit abzeichneten. Vereinzelte Rauchschwaden lagen in der Luft.

Enowir schloss mit drei Schwimmzügen zu Nemira auf, die bereits aus dem Wasser stieg und tat es ihr gleich. Er wrang sich die langen Haare aus, doch diese Maßnahme würde nicht viel nützen. Bald schon würde Nemiras und seine Haut von juckenden und nässenden Ausschlägen übersät sein, wenn sie nicht in Kürze eine reine Quelle fanden, mit der sie das giftige Wasser abwaschen konnten.

»Lass uns zur Festung zurückkehren«, schlug Nemira vor. Sie machte ihm keinen Vorwurf, dass er sie unnötig in Gefahr gebracht hatte. Wenn man auf Krateno einem Risiko zu entgehen versuchte, so entstand an anderer Stelle oft ein noch größeres. Das Leben auf diesem Kontinent bedeutete eine fortwährende Gefährdung und man konnte sich nicht außerhalb von ihr bewegen.

»Gut«, willigte Enowir ein. Die Flucht hatte ihn viel Kraft gekostet. Er brauchte dringend zu essen und zu trinken. Doch der Wasserschlauch lag in der Höhle begraben und ihre Jagdbeute ... wo war diese eigentlich geblieben?

Das letzte Mal als Enowir sie gesehen hatte, war kurz vor dem Angriff der Zentifare gewesen.

»Weißt du noch, wo unsere Beute ist?«, erkundigte sich Enowir. »Wenn wir auch sonst nichts gefunden haben, ich will nicht mit leeren Händen zurückkommen.«

***

Sie fanden ihre Jagdbeute am Waldesrand. Der Weg, den sie zurücklegten, war recht kurz. Dennoch blieb es Enowir unbegreiflich, wie es seiner zarten Gefährtin gelungen war, ihn vor den Flammen in die Höhle zu retten. Nemira war wesentlich stärker als sie aussah. Doch diesen Gewaltakt hätte er ihr nicht zugetraut. Er beschloss, sie dennoch nicht danach zu fragen. Manches blieb besser im Verborgenen. Nicht zum ersten Mal beschlich ihn ein Gefühl, als würde seine Gefährtin etwas vor ihm verbergen. Dieses wohlgehütete Geheimnis machte nicht zuletzt einen Teil ihres Reizes aus.

»Sieh dir das an!« Nemiras Worte rissen ihn aus seinen Gedanken. Er trat zu ihr. Zwei der Zentifare lagen tot am Boden. Dem Ersten steckte ein Pfeil in der Stirn, mit verdrehten Gliedern lag er darnieder. Der andere hatte ein längeres Leiden hinter sich. Ein Pfeil hatte seinen Kehlkopf durchstoßen, ein anderer steckte im rechten Hinterlauf. Die Geschosse hatten ihn nicht getötet, sondern an der Flucht gehindert. Allem Anschein nach war er am Rauch erstickt. Zumindest sprach die unnatürliche Blässe seiner Haut dafür; sie erstrahlte im fahlen Licht des Mondes.

»Sie sind tot«, schloss Enowir halbernst und messerscharf.

Nemira konnte sich den Anflug eines Grinsens nicht erwehren. »Das meine ich nicht, Stumpfohr. Schau dir das an«, sie deutete auf den Kopf des ersten Gefallenen.

»Ein sauberer Schuss, ich bin immer wieder beeindruckt«, gestand Enowir ihr zu. Er verstand nicht, auf was sie hinauswollte.

»Danke, aber das meine ich nicht«, tat Nemira sein Lob ab. »Schau dir die Haare an. Der Kopf ist halbseitig rasiert.«

Jetzt fiel es Enowir auch auf. Das wilde Haupthaar des Zentifaren erstreckte sich nur bis knapp über die linke Schädelhälfte.

»Ja und?«, Enowir hob gleichgültig die Schultern. Wie so oft verstand er nicht, was ihm seine Gefährtin sagen wollte.

Die grünäugige Elfe schlug sich mit der flachen Hand vor die Stirn. »Sag mal, bist du so dumm, oder hast du in der Giftbrühe deinen Verstand verloren?«

Ihre Worte schmerzten. Er setzte zu einer Erwiderung an, kam aber nicht dazu, denn Nemira fuhr genervt fort: »Was braucht man, um sich den Kopf zu rasieren?«

»Eine Klinge?«, riet Enowir, dem es allmählich zu dumm wurde.

»Genau, eine Klinge«, sie sah ihn mit hochgezogenen Augenbrauen an, wobei sie die Arme vor der Brust verschränkte.

»Oh ... oh!« Es fiel ihm wie Schuppen von den Augen.

»Genau«, gab sie ihm recht, ohne ihn zu Wort kommen zu lassen. »Ich habe jedenfalls noch nie einen Zentifaren gesehen, der eine Klinge benutzt. Um ehrlich zu sein, dafür hab ich sie immer für zu primitiv gehalten. So wie dich.«

»Da stimme ich dir zu, also zum Ersten.« Enowir beugte sich zu dem toten Monstrum hinunter und strich ihm über die blanke Schädelseite. Deutlich spürte er die Haarstoppeln unter seinen Fingern kribbeln. Natürlich litt der Zentifar nicht an einseitigem Haarausfall. »In so großer Zahl und mit Stahlklingen bewaffnet. Was soll das bedeuten?«, fragte er ratlos und richtete sich auf.

»Keine Ahnung, aber Gwenrar muss davon erfahren«, erwiderte Nemira entschlossen. Auch wenn ihr der Gedanke, zu ihrem Oberen zu gehen, sichtliches Unbehagen bereitete.

***

Im Morgengrauen kam die Festung, ihr Zuhause, in Sicht. Auch wenn dieses Wort dafür vielleicht unpassend erschien, so besaßen sie kein besseres. Die Festung lag auf einer Anhöhe am Fuße eines Berges, der so steil war, dass man ihn nicht erklimmen konnte. Einst war er der Wohnsitz eines Lindwurms gewesen, der unter dem Berg in einer gigantischen Höhle hauste. Die Elfen ihres Klans hatten ihn getötet und waren in seine Behausung eingezogen, lange vor Enowirs Geburt. Etliche Elfen hatten damals ihr Leben im Kampf gegen die Bestie gelassen. Ein Ungeheuer dieser Größe schien für Enowir unbezwingbar. Dennoch war es gelungen und keine bloße Legende. Es gab Beweise dafür, wie sie eindeutiger nicht sein konnten. So bestanden die vielen Zelte, die eine kleine Stadt vor dem Höhleneingang bildeten, aus schwarzem Leder, das aus der Bestienhaut gewonnen worden war. Die dicken Holzpalisaden um die Zeltstadt herum, trugen die Schuppen des Lindwurms und machten sie damit nahezu unzerstörbar, zumindest gegen Angriffe der meisten Monster Kratenos. Hinter den zusätzlich mit Stacheln besetzten äußeren Palisaden fanden sich noch zwei acht Schritt hohe Wallanlagen. Diese dienten dazu, jene Kreaturen aufzuhalten, denen es gelang, den ersten Wall zu überwinden. Inmitten der äußeren Palisadenreihe war der Kopf des Lindwurms angebracht. Nur durch diesen hindurch konnte man die Festung betreten. Zumindest, wenn man den Mut aufbrachte, durch das mit armlangen Zähnen bewehrte Maul zu steigen. Zu allem Überfluss besaß es gleich drei Zahnreihen. Auch wenn die Zähne in der Mitte herausgebrochen waren, konnte man nur hintereinander durch das Maul in die Festung schreiten. Wenn große Beute eingefahren wurde, legten die Elfen Bretter über die Zahnreihen, um diese unbeschadet darüber zu schieben. Außerdem befand sich im Bestienmaul ein massives Tor, dem drei Baumstämme als Riegel dienten. In das Holz des Tores waren die herausgebrochenen Zähne eingearbeitet, was es zusätzlich erschwerte eine Hand oder eine Klaue daran zu legen. Es kostete einige Überwindung, das ungewöhnliche Portal zu betreten, wenn man es als solches erkannte. Über den Schädel des Lindwurms spannte sich noch immer seine vom Wetter gegerbte schwarze Haut, auch wenn sie bei genauerer Betrachtung leicht verschoben auf dem Schädelknochen lag. In den leeren Augenhöhlen brannten zu jeder Tageszeit Feuer. So erweckte ihre Festung von weitem den Anschein eines Lindwurms, der sich vor seiner

Höhle zusammengerollt hatte. Jederzeit bereit sich zu erheben und auf die Jagd zu gehen.

Nach Enowir Meinung hielt dieser Anblick die meisten Monstren von ihrer Festung fern. Selbst er erschauderte bei dem Anblick. In der Dämmerung wirkte sie sogar noch bedrohlicher. Nebel lag über der Ebene vor dem Berg, der aussah wie der kondensierte Atem der Bestie. Nicht nur einmal war Enowir schweißgebadet aufgewacht, weil er geträumt hatte, der Lindwurm würde sich zu neuem Leben erheben, um ihn und seine Sippe zu verschlingen.

Auch Nemira stockte kurz beim Anblick ihrer Heimat. Aber ihr gingen vermutlich andere Dinge durch den Kopf. In ihrem neuen Leben mit Enowir außerhalb ihres Klans war sie eine einfache Elfe. In der Festung galt sie jedoch als eine selbstverursachte Entartung ihrer stolzen Gattung. Sie hatte sich um den Zweck ihrer Existenz beraubt, weil sie es vorzog, abenteuerbestehend auf Krateno umherzuwandern, um nach Waffen, Artefakten, Ruinen und ertragreichen Jagdgründen zu suchen. Die Verachtung dafür ließ sie jeder Elf in der Festung deutlich spüren. So mochte Nemira die Aussicht auf eine sichere Herberge weder sonderlich erfreuen noch fühlte sie sich dort so zu Hause, wie es Enowir tat.

Nemira seufzte laut und machte sich auf den Weg. Enowir spielte kurz mit dem Gedanken, ihr aufbauend auf die Schulter zu klopfen, doch er entschied sich dagegen. Wenn er sich im Lager nicht wie die anderen Elfen ihr gegenüber verhielt, so würde auch er das Missfallen und den Spott seiner Leute auf sich ziehen. Er würde in Verruf gebracht werden, von eben jenen Elfen, die ihn einst gezwungen hatten mit dieser

Missgestalt in die Wildnis auszuziehen. Er schüttelte den Gedanken ab und folgte ihr.

Nein, eine Missgestalt oder eine Entartung war Nemira nicht. Sie war viel mehr die treueste und beste Gefährtin, die er sich vorstellen konnte. Er hatte schon viele Begleiter gehabt. Unter ihnen gab es Mutige und Feiglinge, im Zweifel jedoch war sich jeder von ihnen selbst der Nächste. Wenn es wirklich ernst geworden war, konnte sich Enowir auf keinen von ihnen voll verlassen. Nemira dagegen stürzte sich freiwillig in die größte Gefahr, um ihn zu schützen. Unzählige Male hatte sie ihm das Leben gerettet. In Situationen, in denen ihn alle seine vorangegangenen Gefährten im Stich gelassen hätten. Natürlich hatte er alle Gelegenheiten genutzt sich zu revanchieren. Wobei er das vermutlich nicht getan hätte, wenn sich Nemira vor nunmehr über fünfzig Jahren fast für ihn geopfert hätte. Ein riesiger Stachelfüßler hatte damals mit seinem klauenbesetzten Schwanz nach ihm geschlagen, geistesgegenwärtig hatte ihn Nemira aus dessen Reichweite gestoßen. Dabei riss seine Klaue ihren Rücken vom rechten Hals bis zur linken Hüfte auf. Zehn Tage stand Nemiras Leben auf Messers Schneide. Doch sie hatte überlebt und ihr war nicht mehr als eine schartige Narbe geblieben, die ihren schlanken Rücken zierte. Nemira trug sie offenkundig mit Stolz, denn ihre Lederrüstung war so geschnitten, dass sie die Narbe deutlich sichtbar aussparte. Nur einzelne Bänder spannten sich darüber, um die Teile der Lederrüstung zusammenzuhalten. Auch wenn es Enowir für leichtsinnig hielt, ihren Rücken derart ungeschützt zu lassen, so erinnerte ihn die Narbe zugleich an das, was Nemira für ihn auf sich genommen hatte. Zu einer Zeit, in der er Unrat mit größerem Respekt behandelt hatte als sie.

Nein, er konnte ihr innerhalb der Festung nicht mit Missachtung begegnen, wie es die anderen Elfen seines Klans taten. Aber er wollte und durfte auch seinen Ruf nicht beschädigen. Er wusste nicht, ob er die Verachtung seiner Familie ertragen konnte. Nemira hingegen war stark, sie hatte bereits bewiesen, dass sie mit dem Ausschluss aus ihrer Gemeinschaft umgehen konnte.

Ein Ruf erklang. Die Wache auf dem Wehrgang der Festung hatte sie bemerkt und ließ das Tor öffnen. Es dauerte einige Zeit, bis die schweren Riegel weggezogen waren.

Nach einem kurzen Wortwechsel mit den Wächtern gingen sie zwischen den Wehrgängen hindurch und fast einmal um die Festung herum, bis sie zum nächsten Tor gelangten, das bereits für sie offen stand. Das letzte Tor befand sich in der entgegengesetzten Richtung. Da die Pforten eine Schwachstelle darstellten, hatte man sie so weit wie möglich voneinander entfernt errichtet. Wenn ein Angreifer diese Schwachstelle nutzen wollte, musste er einen langen Weg zurücklegen. In dieser Zeit gab er ein günstiges Ziel für Bogenschützen ab. Noch kein Monster hatte es je geschafft bis zum zweiten Tor vorzudringen, ohne vorher von einem Pfeilhagel niedergestreckt zu werden.

Hinter dem dritten Tor erhob sich die Zeltstadt. Sie bot Enowir einen vertrauten und heimatlichen Anblick. Seine Klanbrüder und Schwestern gingen dort ihren Tätigkeiten nach. Beute wurde zerlegt, Waffen geprüft, sich auf eine Reise vorbereitet und an manchen Stellen wurden die Palisaden ausgebessert. Unweit des Tores übten ein paar Kinder den Umgang mit Waffen. Als sie die Zurückgekehrten erblicken ließen sie ihre Holzschwerter fallen und versammelten sich um die beiden Reisenden. Ihre Fragen gingen so wild durcheinander, dass Enowir sie nicht verstehen konnte. Doch es waren jedes Mal dieselben. Die Jünglinge wollten die neuesten Abenteuer hören. Aber Enowir vertröstete sie auf Später. Enttäuscht nahmen die Elfen ihre Kampfübungen wieder auf. Für einen Moment sah er ihnen nach. In diesem Alter war alles noch so einfach. Nichts brachte einen dazu, die Welt oder ihren Klan in Frage zu stellen. Seit Nemira ihn begleitete, war nichts mehr einfach. Zumindest nicht wenn er nach Hause kam.

Wenige Schritte weiter war Eruwar mit einigen Elfen beschäftigt, ihre Jagd vorzubereiten. Bei ihm handelte es sich um einen alten Freund und Bruder von Enowir. Dieser Elf war nicht unbedingt eng mit ihm verwandt, auch wenn man das in ihrem Klan nicht ausschließen konnte. Aber sie waren lange Zeit zusammen auf der Jagd gewesen, bis sich herausgestellt hatte, dass Enowir mehr zu einem Reisenden, als zu einem Jäger taugte. Ihm fehlte der Wille sich unterzuordnen, was in einer Gruppe aus bis zu fünfzehn Jägern überlebenswichtig war. Eruwar hatte ein ähnliches Problem gehabt. Aber er war ein geborener Anführer. Elfen zu führen lag Enowir so wenig im Blut, wie sich unterzuordnen.

Es sah so aus, als würden Eruwar und sein Jagdtrupp gerade aufbrechen und Enowir wollte ihn nicht aufhalten. Schließlich war ihm bekannt, wie sehr sein alter Freund die Jagd liebte. Wenigstens genauso sehr, wie er jede Störung hasste, die ihn zurückhielt seiner Leidenschaft nachzugehen. So beschränkte sich

Enowir darauf, im Vorbeigehen grüßend die Hand zu heben.

»Was hast du denn mitgebracht?«, erkundigte sich Raguwir, ein dicker Elf, der jedes Mal wenn Enowir ihm begegnete, weniger in seine Kleidung passte. Er verwaltete das Lebensmittellager. Es war ein weithin sichtbares Geheimnis, dass er sich bei der Essensverteilung mehr zugestand, als den anderen Elfen. Warum Gwenrar, ihr Klanoberer, darüber hinweg sah verstand Enowir nicht. Er empfand jedenfalls nichts als Abscheu für den fetten Elfen. Wenn Raguwir sprach, spritzte Speichel auf den Angesprochenen. Außerdem wusch er sich viel zu selten. Seine Haare waren fettig und ein beißender Gestank ging von ihm aus, über den sich nur die Fliegen freuten, die ihn unentwegt umschwirrten.

»Wir waren nicht sehr erfolgreich«, gestand Enowir und reichte ihm die Beutel, die mit dem fetten Nachwuchs der Qualtra gefüllt waren. Nemira tat das Gleiche, doch ihr schenkte Raguwir keine Beachtung, wofür Enowir seine Gefährtin in diesem Moment beneidete.

»Na ja, wenn man bedenkt, mit wem du dich da draußen herumschlagen musst, ist das ja ganz ordentlich.« Raguwir lächelte mild. Er wog den Fang mit seinen Händen, wobei das Fett, indem irgendwo seine Arme stecken mochten, auf und ab wogte.

Enowir überlief bei dieser Bemerkung eine Welle des Zorns. Er entschied sich jedoch, nichts zu sagen und sah dem fetten Elfen nur grimmig nach, der mit den vier Säcken wankend im Lagerzelt verschwand. Dort wurden die Fänge ausgenommen und haltbar gemacht, bevor man sie im Hauptlager unterbrachte.

»Ist schon gut«, beschwichtigte Nemira, die seinen Zorn offenkundig spürte. »Wenigstens erkennt er an, dass wir Gefährten sind.« Sie lächelte matt.

Enowirs Laune wurde dadurch aber nicht besser. »Wir müssen zu Gwenrar, und zwar schnell«, grollte er. Für seine Eile gab es jedoch einen anderen Grund. Sie befanden sich unweit des Zeltes, das einzig und allein dem Zweck bestimmt war, das Elfenvolk zu vermehren. Von Enowir wurde es mehr oder minder scherzhaft »Ort der Qualen« genannt. Für ihn war es das tatsächlich. Er fühlte sich gedemütigt, wenn er mit einer Elfe ein Kind zeugen musste. Doch dies gehörte zu den Aufgaben eines jeden Elfen und innerhalb einer Mondphase mussten sie alle einmal dieser Pflicht nachkommen. Zumindest wenn es eine Elfe gab, die gerade kein Kind im Leib trug. Die letzten beiden Male war Enowir glücklicherweise davon gekommen, doch er fürchtete ...

»Enowir!«

Der Gerufene zuckte zusammen, als hätte ihn ein heftiger Schlag im Nacken getroffen. Er entschied sich, die Rufe geflissentlich zu überhören.

»Enowir!«

Nemira feixte schadenfroh. Auch wenn das zusätzlich Öl ins Feuer von Enowirs längst schon lodernden Zornes goss, beschloss er, ihr den Spaß zu gönnen. Es gab nur wenige Momente, in denen Nemira hier in der Festung so etwas wie Freude empfand.

Langsam als lauere hinter ihm eine blutrünstige Bestie, drehte Enowir sich zu dem Rufer um.

Andro war jedoch ganz und gar nicht schrecklich anzusehen. Der hagere Elf kleidete sich in aufwändige enganliegende Gewänder. Vermutlich verbrachte er Tage damit, sich neue Schnitte zu überlegen.

Elfenkleidung war eigentlich eher zweckmäßig, was Andro deutlich aus der grauen Masse abhob. Seine hellen Haare waren immer kunstvoll ineinander geflochten und seine makellose Haut funkelte auch jetzt, da die Sonne sich kaum hinter den Wolken hervortraute. Nein, Andro war so gar kein schrecklicher Anblick. Für ihn musste ein neues Wort erfunden werden, denn sein Aussehen war das absolute Gegenteil von *schrecklich*, darum aber nicht minder abstoßend. Einen Elf, der so sehr auf sein Äußeres bedacht war, gab es nicht einmal unter den Frauen ihres Klans.

Elfen wurden nach ihren Fähigkeiten eingesetzt und es hieß weithin, Andro tauge nicht zum Kämpfer. Nach etlichen Mondzeiten der Übung soll es ihm lediglich gelungen sein, das Schwert an der richtigen Stelle zu ergreifen. Eine Kampfhaltung einzunehmen überstieg seine Fähigkeiten. Als er sich bei Raguwir einen Fingernagel abgebrochen hatte, war auch dieser Posten erledigt gewesen. Handwerkliches Geschick besaß er noch weniger als kämpferisches Können. So wurde es sich zumindest erzählt. Enowir hatte von alledem nie etwas mitbekommen, denn er war damals noch zu jung gewesen. Daher hatte Andro eine andere Aufgabe erhalten, die sonst keiner machen wollte und diese erfüllte er mit solcher Hingabe, dass es an Sadismus grenzte. Er verwaltete den »Ort der Qualen«.

»Hallo Andro«, grüßte Enowir resignierend und ließ schicksalsergeben die Arme hängen. Er mochte nicht, wie dieser Elf ihn ansah. Es hatte etwas Begehrliches, so wie man einen Braten begutachtete, wenn man dreißig Tage nichts gegessen hatte. Für Frauen hatte Andro dagegen gar keinen Blick und für Nemira erst recht nicht.

»Meine Güte, was ist denn mit dir passiert?«, erkundigte sich Andro übertrieben entsetzt.

Enowir konnte nur ahnen, wie er aussah. Vermutlich ebenso wie Nemira, übersäht mit nässenden Ausschlägen. Jedenfalls juckte es ihn am ganzen Körper. Sie hatten zwar noch eine saubere Quelle gefunden, aber es war schon zu spät gewesen, die Reaktion ihrer Haut auf das verderbte Wasser zu verhindern.

»Das steht dir überhaupt nicht! Warum tust du sowas?«, fragte Andro bestürzt. Einen Sinn für die unaussprechlichen Gefahren, die außerhalb der Festung lauerten, hatte er offenkundig nicht, was seine geweiteten Augen und sein unverständiger Blick nur zu deutlich zeigten.

»Na ja, das verheilt ja sicher, und dann siehst du genauso schneidig aus wie eh und je«, Andro stieß Enowir kameradschaftlich an die Schulter. Dieses aufgesetzte männliche Gebaren wirkte bei dem androgynen Elfen geradezu lächerlich. Erst recht, wenn er dazu das Wort »schneidig« in den Mund nahm. Sein Aussehen war das Letzte auf diesem verfluchten Kontinent, was Enowir interessierte.

»Genug geplaudert«, Andro wurde ernsthafter.

»Geplaudert«, gluckste Nemira hinter Enowir, die Andros Wortwahl offenbar sehr amüsant fand. Und Enowir hatte sich Sorgen um sie gemacht.

Andro warf ihr einen missbilligenden Blick zu, sprach sie aber nicht an, sondern hielt sich ganz an Enowir: »Es ist wieder eine freigeworden.«

Das war das Geheimzeichen dafür, dass eine Elfe entbunden hatte und bereitstand, neues Leben zu empfangen.

»Und du bist der Nächste auf meiner Liste«, erklärte Andro.

Instinktiv machte Enowir einen Schritt zurück, als fürchtete er von dem Elfen angesprungen zu werden.

»Hat das noch etwas Zeit?« Enowir blickte Nemira hilfesuchend an. Ihre Mimik sagte nur zu deutlich, dass sie ihm hierbei nicht helfen konnte. Außerdem gab sie sich keine große Mühe ihr schadenfrohes Grinsen zu unterdrücken.

»Die Vermehrung unseres Volkes kann nicht warten!«, bemühte Andro einen Satz ihres Anführers, den Enowir schon viel zu oft gehört hatte.

»Es ist wichtig«, versuchte er, sich herauszureden. »Wir müssen nur kurz mit Gwenrar sprechen, ich komme danach gleich vorbei.«

Misstrauisch verengte Andro seine Augen zu Schlitzen. »Wenn du hier nicht bis Mittag aufgetaucht bist, dann werde ich dich persönlich hierher schleifen.«

Das war zu viel für Nemira, sie brach in schallendes Gelächter aus. Die Vorstellung war zu komisch, wie der schmächtige Elf, Enowir, der bedeutend größer und stärker war, am Kragen gepackt über den Hauptplatz in das Zelt schleifte, um ihn auf eine empfängnisbereite Elfe zu werfen.

Andro nahm kaum Notiz von ihr. Es hatte auch etwas Gutes an sich, wenn man von allen missachtet wurde. Dennoch musste ihr Lachen Andro verletzt haben. »Ich sag es Gwenrar«, schmollte er und machte sich von dannen.

»Enowir, der tapfere Reisende, Bezwinger der scheußlichsten Ungeheuer, von einem halben Elfen in die Knie gezwungen«, lachte Nemira und versetzte ihm einen freundschaftlichen Fausthieb auf die Schulter. Sich in der Öffentlichkeit zu berühren galt nicht als schicklich, schon gar nicht bei Elfen von unterschiedlichem Geschlecht. Den Frauen war es sogar verboten und sie fügten sich nur zu gerne in die den Männern untergeordnete Rolle. Nicht zuletzt, weil die Trennung der Geschlechter ihr Überleben sicherte.

Enowir dachte ebenfalls in diesen Rollenbildern, zumindest wenn er sich innerhalb der Festung befand. Wenn er mit Nemira wieder auf Reisen ging, waren diese Konventionen für ihn schon vergessen, bevor sich das Tor hinter ihnen ganz geschlossen hatte. Enowir schämte sich dafür, dass er immer wieder in die alten Denkmuster zurückfiel. Diese Erkenntnis ließ ihm die Röte ins Gesicht steigen.

»Oh, kein Grund für Verlegenheit, mein schneidiger Freund«, veralberte Nemira ihn.

Jetzt musste er selbst über sich lachen. Die Elfen, die an ihnen vorbeigingen, sahen sie missbilligend an. Doch der Moment gehörte nur den beiden und sie würden sich diesen von keiner Konvention streitig machen lassen.

***

Wie ein gefräßiges Maul erhob sich der Eingang vor Nemira und Enowir. Die Stalaktiten, die bereits nah hinter dem Höhleneingang von der Decke hingen, machten das Bild eines reißzahnbewehrten Raubtierschlundes komplett. In dieser Höhle lebten die meisten Elfen ihres Klans geschützt vor den Gefahren Kratenos. Der Eingang befand sich auf einer Anhöhe. Hier fanden nur noch jene Zelte ihren Platz, die dazu dienten, gleiche Rationen von Nahrung, Wasser und Kleidung an die Elfen auszugeben. Denn sie mussten gut mit ihren wenigen Ressourcen haushalten.

Auf dem Vorplatz zur Höhle brannte zu jeder Tages- und Nachtzeit ein Feuer, vor dem ein weißhaariger Elf, mit gebeugten Schultern saß. Er wurden von allen Franur genannt, außerdem hieß es, er sei über tausend Jahre alt. Ob das wirklich der Wahrheit entsprach, wusste Enowir nicht zu sagen. Er hatte noch nie erlebt, dass sich der Elf jemals bewegt oder einen Ton gesprochen hätte. Mit milchig trüben Augen starrte Franur unentwegt ins Feuer, obwohl er ohne Frage blind war. Sein Gesicht, so wie sein Oberkörper und seine Hände waren von Flammen verzehrt. Ein Netz aus Narben spannte sich über seine Haut. Ein paar von Franurs Fingern waren bei der schlechten Wundheilung zusammengewachsen. Sein Haupthaar war bis zur Mitte des Kopfs unwiederbringlich verbrannt, ebenso wie die Augenbrauen. Franurs Gesichtszüge waren nicht mehr zu erkennen. Die Entstellung erstreckte sich mit Sicherheit über seinen ganzen Körper. Was Enowir aber nur vermutete, da er seit jeher mit brüchigem Leder bekleidet war. Eine Legende besagte, Franur sei damals in den Rachen des Lindwurms gesprungen und habe ihn, im Flammenodem stehend, mit einem einzigen Stich durch das Gaumendach getötet. Auch wenn Enowir diese Geschichte bezweifelte, so gab es im Schädel des Lindwurms tatsächlich ein Loch an besagter Stelle, das zu einer Schwertklinge passte. Immer wenn Enowir die Festung verließ, hielt er kurz inne und betrachtete es. Das Loch im Gaumendach des Lindwurms erinnerte ihn daran, dass man auch die schrecklichsten Ungeheuer töten konnte. Vermutlich war es aber auf eine andere Weise entstanden und man hatte die Legende lediglich erfunden, in die der gebrannte Elf vortrefflich hineinpasste.

Franur, der aus blinden Augen in das Feuer stierte, tat Enowir unendlich leid. Er musste etwas Schreckliches gesehen oder durchlebt haben, um jetzt ein Dasein in Starre zu fristen. Enowir hatte es sich zum Brauch werden lassen, Franur im Vorbeigehen kameradschaftlich auf die Schulter zu klopfen und ein paar Worte an ihn zu richten. So auch heute. Das alte Leder von Franurs Weste knirschte unter Enowirs Berührung.

»Na Franur, was siehst du, alter Freund?«, fragt er. Wie immer würde der katatonische Elf auch heute nicht antworten. Enowir erschrak bis aufs Mark als der verbrannte Elf blitzschnell nach seiner Hand griff und ihn mit eiserner Kraft zu sich herunterzog. Als Enowir den Blick des Elfen sah und das Feuer, das in seinen trüben Augen loderte, ergriff blankes Entsetzen den sonst so tapferen Krieger. Mit einer Stimme, in der das Wissen um den baldigen Untergang mitschwang, sprach Franur: »Ich sehe Blut, Tod und Verderben!«

II.

Als ein Anführer der Hochgeborenen seid weise im Umgang mit der Welt, voller Mitgefühl für euer Volk und gnadenreich mit euren Feinden. Bezwingen sollt ihr euren eigenen Stolz, die Eitelkeit und den Grimm. Auf dass euer Volk euch aus freien Stücken diene, auf dem Weg zur Herrlichkeit.

Aus den Anweisungen Conaras
an die Herrschenden, Vers 4

Enowir stand noch immer unter Schock. Das von Entsetzen verzerrte und von Narben gezeichnete Gesicht des uralten Elfen ging ihm nicht mehr aus dem Kopf. Franurs Warnung hallte unentwegt in seinen Gedanken wieder. Obwohl vor der Höhle viele Elfen unterwegs waren, hatte nur Nemira gesehen, wie sich Franur bewegte. Die Botschaft des Elfen war jedoch nicht an ihre Ohren gedrungen. Als Enowir ihr berichtete, was der greise Elf gesprochen hatte, gab sie nicht sonderlich viel darauf.

»Franur ist alt, er trinkt und isst nichts, natürlich ist er wahnsinnig«, tat Nemira die Wahrung ab. Aber sie hatte nicht diesen Blick gesehen und das Feuer, welches in seinen blinden Augen gebrannt hatte.

»Komm wieder zu dir«, verlangte Nemira, als sie ihn die Stufen hinunter in die Höhle bugsierte.

Vor ihnen erhoben sich etliche Häuser, die zum Teil bis an die dreißig Schritt hohe Höhlendecke ragten. Ganz am Ende der Höhle befand sich der Palast, der wie alle Bauwerke aus Holz gezimmert war. Dieser hatte im Schein der unzähligen Fackeln etwas Majestätisches an sich. Er reichte ebenfalls bis an die Höhlendecke, nur lag diese dort etwa zehn Schritt höher. Vermutliche hatte der Lindwurm hier nicht nur gehaust, sondern einst die Höhle in den Felsen geschlagen.

Dieser Anblick wirkte auf Enowir nicht mehr. Wer die Stadt zum ersten Mal sah, war von der schieren Größe überwältigt, doch er war hier aufgewachsen. Deshalb verspürte er lediglich ein Gefühl von Heimat, ohne von der unterirdischen Anlage beeindruckt zu sein.

Er bemerkte kaum, wie sie durch die Holzstadt liefen, durch das Haupttor in den Palast gingen, dort bei einer Wache ihre Waffen abgaben und vor die Ratskammer traten. Erst hier gelang es ihm, sich auf den gegenwärtigen Moment zu fokussieren. Was im Grunde nicht schwer war, denn das Gebrüll von Gwenrar durchdrang seinen Körper und rüttelte ihn wach.

»Wie kann dieser Sohn einer Qualtra es wagen, mir so einen Vorschlag zu machen!?«, brüllte er durch die Ratskammer. Die Tür stand weit offen, sodass Enowir und Nemira hineinsehen konnten, ohne bemerkt zu werden. Wie immer war Gwenrar von seinen beiden Beratern umgeben. Einer davon war für den Erhalt der Festung und des Volkes zuständig und der andere für alles, was sich in der Wildnis abspielte. Die Berater wechselten unentwegt, weil Gwenrar sie in seinem Zorn ständig austauschte. In der Regel beförderte er seine Ratgeber unter wüsten Beschimpfungen mit einem Tritt zur Tür hinaus, begleitet von dem Befehl ihm nie wieder gegenüberzutreten. Wenn ein Amt frei wurde, sprachen bei ihm etliche Bewerber vor, die sich von der Position etwas Einfluss erhofften. Die Schmeicheleien der Anwärter versetzen Gwenrar zusätzlich in Rage.

Deshalb wählte er für gewöhnlich den Elfen der ihm am wenigsten verärgerte. Was natürlich nie lange gut ging.

Bei den jetzigen Beratern handelte es sich um einen Elfen, der zu jung war um etwas von Krateno zu verstehen und einen, dessen vernarbtes Äußere ihn als einen erfahrenen Jäger auswies.

Doch im Vergleich zu Gwenrar sah der Berater noch harmlos aus. Der Obere war von der Jagd gezeichnet. Es wurde erzählt, ihm habe einst ein mutierter Berglöwe den rechten Arm samt Schulter abgerissen. Dabei war auch seine rechte Gesichtshälfte zerfetzt worden. Hier und da blitzten blanke Knochen unter dem sehnigen Narbengewebe hervor. Sein rechtes Auge war milchig trüb. Vermutlich war er auf dieser Seite blind, denn meistens lagen über der entstellten Gesichtshälfte die pechschwarzen Haare. Nur hin und wieder blitzte seine Fratze darunter hervor. In diesen Momenten meinte man, Galwar, der Gott des Todes, blicke einen persönlich an.

Angeblich erstach Gwenrar den Löwen in dem Moment, als dieser ihn an der rechten Schulter gepackt hatte und in seinem Maul herumschleuderte. Im Sterben hatte ihm das Untier dann doch noch den Arm abgerissen. Wie viel Wahres tatsächlich in dieser Legende steckte, vermochte heute kaum ein Elf zu sagen. Gwenrar trug jedenfalls das Fell eines Löwen als Umhang, was dafür sprach, dass in dieser Geschichte ein wahrer Kern steckte. Das Löwenfell wurde über seiner Brust mit einer Kette zusammengehalten, in dessen Mitte ein dunkler Stein eingearbeitet war. Ohne Frage ein Artefakt ihres Volkes aus Zeiten vor dem großen Ereignis.

Der Obere stand hinter dem Kartentisch, sein gesundes Auge huschte in Zickzacklinien darüber. Im

Raum befand sich neben den Beratern ein Jäger, dem der Schweiß ausgebrochen war und der bei jedem von Gwenrars Worten zusammenzuckte. Enowir war sofort klar, dass der Zorn des Oberen nicht diesem Elfen galt, auch wenn er vermutlich den Grund für den Ausbruch geliefert hatte.

Um auf sich und seine Begleiterin aufmerksam zu machen, klopfte Enowir an die offene Tür. Gwenrar fuhr hoch und starrte die Neuankömmlinge an. Enowir widerstand dem Drang, vor diesem Blick zurückzuweichen. Wie ein Raubtier witterte der Obere Schwäche und Angst. Blöße durfte man sich bei ihm nicht geben, sonst hatte man verloren. Jedes Gespräch mit ihm glich einem Kampf mit einer wild gewordenen Bestie und darin besaß Enowir als Reisender eine gewisse Routine. Jäger waren hingegen in großen Gruppen unterwegs und verstanden sich daher nicht sonderlich auf das geistige Kräftemessen, auf das es, Auge in Auge mit einem Monster, ankam.

Nachdem Gwenrar bei Enowir keine Angriffsfläche fand, wandte er sich seiner Begleitung zu. Deren Anwesenheit allein genügte, um ihn in Rage zu versetzten.

»Was sucht diese verdammte Missgeburt hier?« Anklagend zeigte er auf Nemira. »Habe ich nicht gesagt, dass sie mir nie wieder unter die Augen treten soll?« Er sah seine Ratgeber an, als erwartete er Zustimmung. Doch die Berater waren mit Sicherheit schon die zwanzigsten Nachfolger von jenen, die Zeuge geworden waren, wie er Nemira aus seinem Ratszimmer verbannt hatte. Dennoch nickten die beiden zögerlich, um ihn nicht noch mehr aufzubringen.

Enowir betrat unaufgefordert das Zimmer und stellte sich mit Absicht zwischen Gwenrar und seine Gefährtin.

»Ich habe keine Zeit für so was«, hörte er sich sagen und bereute den Satz sofort.

Gwenrar fixierte ihn mit einem Ausdruck, der den anwesenden Jäger vermutlich dazu gebracht hätte sich einzunässen. Enowir hingegen erschauderte lediglich. Er mühte sich, jede Schwäche zu verbergen.

»Keine Zeit?«, fragte Gwenrar schneidend. »Wenn du keine Zeit für so etwas hast, dann stiehl mir nicht mehr von meiner und geh deiner Wege!«

»Das werde ich«, versprach Enowir ruhig, obwohl es in ihm rumorte. Gwenrars Zorn griff nach und nach auf ihn über. »Aber zunächst muss ich eine Meldung machen.«

Gwenrar versuchte, ihn erneut mit einem Blick zu verscheuchen, was abermals misslang. »Nun gut, bei Conara, dann sprich. Aber wenn du meine Zeit verschwendest ...« Er musste nicht weitersprechen, um seiner Drohung Nachdruck zu verleihen.

Enowir hob beschwichtigend die Hände. »Das werden wir nicht.«

Gwenrar ließ sich auf seinen Lehnstuhl sinken. »Sprich, aber zuerst verlässt dieses Ding den Raum oder ich lasse euch beide hinauswerfen. Bei Conara, ich prügle euch selbst zur Tür hinaus!«

Enowir warf Nemira einen entschuldigenden Blick zu. Sie nickte nur und schritt mit einer geflüsterten Verwünschung auf den Lippen aus dem Besprechungszimmer.

»Also, was ist los?!«, verlangte Gwenrar, zu wissen. Er hatte Nemira offenbar nicht gehört.

»Wir haben ...«, doch Enowir wurde jäh von Gwenrar unterbrochen.

»Du, nicht ihr! Das da draußen ist keine Person, kein Elf!«, würdigte er Nemira herab. »Da du der einzige Reisende bist, der in Wahrheit allein unterwegs ist, hast du einen Sonderstatus und ich werde mir deine Worte anhören, auch wenn du mitten in eine wichtige Besprechung platzt.« Dies war für Gwenrars Verhältnisse in etwa so großzügig, als hätte ein anderer Gastgeber neben einer bequemen Liege, Blutwein und Fleisch auch noch angeboten, Enowir die Füße zu massieren.

»Ich ...«, gestand ihm Enowir zähneknirschend zu. »... habe eine Herde Zentifare gesehen.«

Gwenrar schnaubte so verächtlich, als hätte ihm gerade jemand gesagt, dass es unter der Sonne heiß werden konnte.

»Ich meine nicht die übliche Größe. Sondern eine Herde von mindestens vierhundert Tieren«, ergänzte Enowir, bevor ihm Gwenrar wieder ins Wort fallen konnte. Er übertrieb absichtlich, um seinen Worten mehr Gewicht zu verleihen.

Der Obere zog eine Braue hoch und hörte zu, wobei die Finger seiner verbliebenen Hand ungeduldig auf den Kartentisch trommelten.

»Außerdem gibt es Anzeichen dafür, dass sie Waffen aus Eisen mit sich führen«, ergänzte Enowir seinen Bericht.

»Das ist sehr ungewöhnlich«, stimmte der ältere Berater zu. Er war mit Sicherheit ein Jäger, wenn nicht sogar ein Reisender, der sich mit Zentifaren und anderen Untieren auskannte.

»Schweig Dummkopf, das weiß ich selbst«, fuhr Gwenrar ihn an.

Dem Berater stieg die Röte ins Gesicht, ob vor Zorn oder Verlegenheit konnte Enowir in dem spärlich beleuchteten Zimmer nicht sagen. Warum bisher keiner der Berater Gwenrar erschlagen hatte, war und blieb Enowir ein Rätsel. Es lag sicher nicht daran, dass es keiner versucht hätte, vermutlich war es nur noch niemandem gelungen. Gwenrar war schnell, stark und, was noch viel wichtiger war, er durchschaute die Absichten eines jeden sofort. Zu alledem kam sein legendäres Glück, das ihm immer wieder das Leben rettete.

Nach einigen Lidschlägen, die wie eine Denkpause anmuteten, sprach Gwenrar bedächtig: »Das soll uns nicht weiter kümmern.«

Enowir fiel aus allen Wolken. »Aber Herr, wenn sie sich bewaffnen und zusammenrotten, dann stellen sie eine echte Gefahr dar«, protestierte er.

»Was eine Gefahr für uns ist, das entscheide immer noch ich!«, bellte Gwenrar Enowir an. »Und die Vergangenheit gibt mir recht!«

Man konnte über Gwenrar sagen, was man wollte, aber noch nie hatte ihre Gemeinschaft so einen Überschuss an Nahrung und Waffen gehabt wie unter seiner Führung. Außerdem war es ihm gelungen, ihren Klan in einer Weise zu vergrößern, wie es zuvor kein Elf für möglich gehalten hätte. Zum ersten Mal seit dem großen Ereignis stellte ihr Klan unter den überlebenden auf Krateno eine echte Macht da.

»Viel wichtiger ist das hier!« Gwenrar rammte einen Dolch - keiner vermochte zu sagen, wo er ihn hergenommen hatte - in die Karte. Zitternd blieb die Waffe in dem Leder stecken. Der Jäger, der immer noch im Raum stand und es nicht wagte, sich zu bewegen, zuckte erschrocken zusammen, was Gwenrar ein höhnisches Grinsen abrang. Dabei lag aber keinerlei Freude in seiner Miene, sondern nur Bösartigkeit.

»Kranach hat uns dieses Gebiet als Jagdrevier überlassen und fordert es jetzt zurück«, erklärte Gwenrar. Kranach war der Anführer eines anderen Elfenklans, deren Festung ihrer am nächsten lag. Das Verhältnis der beiden Klane war angespannt. In der Vergangenheit war es wiederholt zu blutigen Auseinandersetzungen über die Jagdgebiete gekommen. Was letztendlich dazu geführt hatte, dass sich die beiden Oberen nach langer Fehde, dazu entschlossen hatten, die Jagdgründe gerecht untereinander aufzuteilen, damit sich die Elfen beider Klane nicht mehr in die Quere kamen. Auch dieses Abkommen war eine der Errungenschaften Gwenrars.

»Erst schwatzt er mir dieses karge Land auf und dann fordert er es zurück.« Grimm lag in Gwenrars Stimme. »Aber nicht mit mir«, warf er sich in die Brust. »Erst ist dieses Land eine einzige staubige Einöde und jetzt, wo es endlich ein ertragreiches Gebiet wird, will der vermaledeite Sohn eines wilden Schweines es zurückhaben!«

Enowir warf einen Blick auf die Karte. Sie war schon ziemlich verblasst und die Linien hätten einmal nachgezogen werden müssen, dennoch erkannte er das Land darauf deutlich. Das Gebiet, in dem das Messer steckte, lag unweit des Ortes, wo er sich mit Nemira vor kurzem aufgehalten hatte. Es handelte sich um das Stück Land, in welches die Zentifare gezogen waren. Das konnte natürlich auch ein Zufall sein.

»Ich habe dort zwölf Jagdtrupps, die ständig reiche Beute anschleppen. Das werde ich nicht aufgeben, nur weil Kranach es von mir verlangt!«

Enowir fürchtete sich vor dem, was Gwenrar gleich sagen würde, denn es bedeutete Blut, Tod und Verderben.

»Wenn er weiter darauf besteht, werden wir es mit dem Blut seiner Krieger rot färben!«, mit diesen Worten schlug Gwenrar so heftig auf den Tisch, dass das Messer herausbrach und dabei die Karte aufschlitzte. Ein fransiger Riss tat sich in dem Gebiet auf, um das sich die beiden Oberen stritten. Ein unheilvolles Zeichen. *Blut, Tod und Verderben!*, hallten Franurs Worte in Enowirs Kopf wieder.

»Mein Herr, das ist ...«, wandte der junge Berater ein.

»Die einzige Möglichkeit, du Früchtchen!«, blaffte Gwenrar ihn an. »Und jetzt sieh zu, dass du verschwindest. Ich kann deinen Anblick nicht mehr ertragen.«

Der junge Elf wollte sich bereits davon machen, da rief ihn Gwenrar wie einen räudigen Hund zurück: »Halt, hiergeblieben! Weil ich dich nicht mehr sehen kann, will ich, dass du etwas für mich tust. Geh zu diesem miesen Bastard von einem Elfen, Kranach, und sag ihm, dass er sich seine Forderung sonst wo hinstrecken kann. Und wenn mir auch nur einer seiner Leute auf diesem Gebiet gemeldet wird, und sei es nur, um dort an einen Stein zu pissen, dann gibt es Krieg!«

Der junge Elf war in Fassungslosigkeit erstarrt.

»Was ist? Verschwinde!«, herrschte Gwenrar ihn an.

Immer wieder öffnete und schloss der Elf den Mund, als wollte er etwas sagen. Aber es hatte ihm offenbar die Sprache verschlagen. In seinen Augen flimmerten Tränen. Nackte Angst stand ihm ins Gesicht geschrieben. Gwenrar verscheuchte ihn mit einer Handbewegung, als sei er eine lästige Fliege.

Enowir hielt den Jüngling fest, bevor dieser den Raum verlassen konnte. »Warte«, bat er den jungen Elf, so freundlich er konnte. Dieser hatte genug gelitten. »Ihr könnt ihn nicht alleine da raus schicken, er würde nicht überleben«, wandte Enowir Gwenrar gegenüber ein.

Der Obere sprang so energisch auf, dass sein Stuhl hinter ihm an die Wand krachte. Die Anwesenden wichen vor ihm zurück, mit Ausnahme von Enowir, gegen den sich der Zorn ihres Anführers richtete.

»Noch nie ... noch nie hat jemand meine Befehle in Frage gestellt!«, brüllte er, so laut, dass er wohl im ganzen Berg zu hören war.

»Bisher wurden Eure Befehle auch von Vernunft getragen«, erwiderte Enowir, wobei ihm die Stimme wegzubrechen drohte. Jetzt war es zu spät für Ausflüchte. Er konnte sich dem Zorn des Oberen nur noch stellen.

Gwenrar sprang über den Tisch, stieß Enowir an die Wand und drückte ihm seinen Ellenbogen gegen den Kehlkopf. Der Angriff kam so überraschend, dass Enowir keine Zeit blieb, um zu reagieren.

»Hüte deine Zunge oder ich schneide sie heraus und stopf sie dir in den Hals!«, knurrte Gwenrar wie ein Raubtier. In seinem gesunden Auge flammte das Feuer des Zorns. Doch das andere halb erblindete, welches zwischen den Haarsträhnen hindurch lugte, war noch schrecklicher anzusehen. Das Verhalten des Oberen gab Enowir recht. Gwenrar war offenkundig dem Wahnsinn anheimgefallen.

»Schon gut«, presste Enowir hervor. Wären sie allein gewesen, hätte er den Krüppel niedergeschlagen. Doch ein Angriff auf den Oberen konnte als Verrat an der Sippe ausgelegt werden und das bedeutete Verbannung oder - im schlimmsten Fall - den sofortigen

Tod. Wobei vermutlich keiner der Anwesenden Enowir denunzieren würde.

Langsam, aber nicht ohne noch einmal heftig gegen den Kehlkopf von Enowir zu stoßen, ließ Gwenrar ihn los. »Ich bewundere deinen Mut, mir zu widersprechen«, gestand der Obere ihm zu. Er wirkte völlig ruhig, als hätten sie sich gerade über die Jagd unterhalten. »Keiner von den Anwesenden hätte den Schneid dazu, aber achte auf deine Worte. Das nächste Mal könnte ein loses Mundwerk dein Ende bedeuten.«

Enowir rieb sich den Hals. Nur mit Mühe verkniff er sich jegliche Erwiderung, mit Gwenrar konnte man nicht reden.

»Du hast recht, der Grünschnabel würde nicht überleben. Auch wenn das eine gebührende Feuertaufe wäre. Also wirst du ihn begleiten und ihn auf der Reise schützen«, befahl Gwenrar. Mit einer gebieterischen Handbewegung wies er den älteren Berater an, ihm seinen Stuhl aufzuheben. Dieser kam, ohne Widerworte oder eine andere Regung zu zeigen, der Aufforderung nach.

»Ihr werdet morgen mit dem ersten Sonnenlicht aufbrechen«, wies er Enowir an. »Und jetzt geht mir aus den Augen!« Die letzten Worte brüllte Gwenrar, woraufhin er sich auf den Stuhl sinken ließ.

Als die beiden die Ratskammer verließen, bedankte sich der junge Elf im Überschwang bei Enowir, dafür dass er für ihn Partei ergriffen hatte. Auch wenn Elfen in der ständigen Gewissheit des eigenen Todes lebten, so sehnten sie sich nicht nach diesem Tag. Der Redefluss des jungen Elfen brach jäh ab, als Nemira zu ihnen trat, die unweit der Tür gewartet hatte.

»Was war denn da drin los?«, erkundigte sie sich besorgt. »Ich war kurz davor hineinzustürmen, um ...«

»Es ist alles in Ordnung«, beruhigte Enowir sie. Doch als er sie ansah, wusste er, dass sie alles belauscht hatte und nur nachfragte, um davon abzulenken. Er lächelte sie wissend an. »Wir und der Junge werden morgen zu Kranachs Klan aufbrechen«, erklärte er kurz, um sie alle auf demselben Stand zu wissen.

»Hat er auch einen Namen?«, fragte Nemira und lächelte den jungen Elfen an, dieser wich ihrem Blick jedoch verschämt aus.

»Sie hat dich was gefragt!« Verärgert stieß Enowir dem Jüngling gegen die Schulter. »Also antworte!« Er wunderte sich selbst über seinen Ton, vermutlich begleitete ihn noch etwas von Gwenrars Zorn. Aber vielleicht war er es auch einfach nur leid, dass Nemira von allen wie eine Aussätzige behandelt wurde.

»Daschmir«, stellte sich der Botschafter zögerlich vor.

»Gut, Daschmir, besorge dir Waffen, iss und trink dich richtig satt. Morgen gehen wir auf die Reise«, diktierte Nemira ihm.

Er nickte, ohne ihr in die Augen blicken zu können und machte sich davon.

»Du hast ihm Angst gemacht«, versetzte Nemira und grinste verstohlen.

»Ja, dem armen kleinen Küken«, sprach Enowir übertrieben mitleidig.

Zusammen schritten sie zum Höhlenausgang. Wenn man die meiste Zeit unter freiem Himmel schlief, bekam man die reinsten Beklemmungen unter dem gigantischen Steindach, von dem nur Conara selbst wusste, wie es hielt.

»Vielleicht ist er ja sogar dein Küken«, überlegte Nemira. Enowir verstand die Anspielung zunächst nicht. Doch dann traf es ihn wie ein Schlag in den Magen.

»Meinst du, ich kann mich noch verstecken?«, erkundigte er sich mit schwacher Hoffnung.

»Sicher nicht. Ich glaube, wenn Andro erst einmal Witterung aufgenommen hat, dann entkommt ihm keiner mehr«, erwiderte Nemira. »Allerdings kenne ich ein Rezept, das dich für immer von dieser Pflicht entbindend. Nur bekommt man davon stechend grüne Augen.«

***

Es war nicht so schlimm, wie Enowir es sich vorgestellt hatte. Nein, es war schlimmer. Körperlichkeit war unter Elfen nichts, was sich großer Beliebtheit erfreute. Es gibt ein Sprichwort, nach dem ein Elf schon mit dem eigenen Körper derart überfordert ist, dass er mit einem zweiten nichts anzufangen weiß. Die Legenden, wonach die Elfen große Künstler der Liebe sein sollten, waren stark übertrieben und wahrscheinlich romantischen Geschichtenerzählern geschuldet, die sich von der scheinbaren Anmut dieses Volkes täuschen ließen. In Wirklichkeit bewegten sie sich nur so geschmeidig, um den eigenen Körper weniger zu spüren. Dass ein Elf also beim Liebesspiel Freude empfinden könnte, war lediglich das Geschwätz von Unwissenden. Wenn er den Ekel überwand, konnte man den Akt an sich höchstens als zweckmäßig beschreiben. Ihn Liebesspiel zu nennen, würde alle Wesen auf Godwana beleidigen, die dieser Beschäftigung mit Freude und Enthusiasmus nachgingen. So bemühte sich Enowir, seine Pflicht so schnell wie möglich hinter sich zu bringen. Er wusste nicht, wie viele Kinder er schon auf diese Weise gezeugt hatte. Das spielte aber auch keine Rolle. Elfenkinder gehörten zur Gemeinschaft, was bedeutete, dass sich jeder um sie kümmerte und erzog, als seien es die eigenen Kinder. Erst später suchte sich ein junger Elf einen Mentor, der den Jüngling in seiner Profession ausbildete. Meistens hielt sich gerade die leibliche Mutter von ihrer eigenen Nachkommenschaft fern. Sie empfanden von allen Elfen ihres Klans am wenigsten Liebe für ihre Nachkommen. Schließlich hatte das Kind über ein Jahr ihren Körper besetzt gehalten. Mit dem eigenen Leib waren die meisten Elfen bereits überfordert. Mit einem zweiten, der wie ein Parasit im ersten heranwuchs, konnte wohl keine Elfe gut umgehen. So gesehen war es für die Elfe, mit der Enowir den Akt vollzog, noch schlimmer. Allerdings wirkte sie recht routiniert. Nach der zehnten Geburt gewöhnte man sich als Elfe vermutlich langsam daran.

Dass Elfen auch auf andere Weise zusammen kommen konnten, war für Enowir unvorstellbar.

Dieser geplante Fortpflanzungsakt war das Geheimnis der Größe ihres Klans. Wie es hieß, hatte Gwenrar diese Methode noch vor Enowirs Geburt eingeführt. Vermutlich war er in demselben Zelt gezeugt worden, in dem er selbst regelmäßig zum Fortbestand seines Klans beitrug.

»Na, wie war es?«, erkundigte sich Andro mit ehrlichem Interesse, als Enowir in Schweiß gebadet, der nicht nur von seinem Körper herrührte, und mit deutlich spürbarem Brechreiz, das Zelt verließ. Unwillkürlich klappte ihm der Mund auf. Er setzte zu einer Erwiderung an. Aber als er dem übertrieben gestriegelten Elfen in die arglosen Augen sah, beschloss er, den Mund wieder zu schließen und ihn einfach stehen zu lassen.

Erst nach einem Bad in den heißen Quellen fühlte er sich wieder einigermaßen wohl. Er lag so lange im Wasser, bis die Haut an seinem ganzen Körper schrumpelig war.

»Hier steckst du. Ich habe dich schon gesucht«, hörte er Nemira, als er aus dem vom Dreck getrübten Wasser stieg. Die beiden hatten unter sich ein stillschweigendes Abkommen getroffen, das ihr erlaubte, sich vor der Paarung über ihn lustig zu machen, aber ebenso verlange, dass sie danach kein Wort mehr darüber verlieren durfte.

Nemira musterte ihn aufmerksam. Für Enowirs Geschmack verharrten ihre Augen etwas zu lange zwischen seinen Beinen. Ein seltsames Kribbeln überkam ihn, welches sich genau dort zusammenballte. Es war nicht unangenehm, sondern irritierend, denn so etwas hatte er noch nie gespürt. Nemira schien es ähnlich zu ergehen. Sie errötete leicht und wandte sich ab.

Schnell schlüpfte Enowir in saubere Kleidung. »Ich bin so weit«, gab er Entwarnung.

»Gut, ich habe nämlich nicht den ganzen Tag Zeit«, versetzte sie scharf.

Enowir wusste, dass sie nur schauspielerte, um ihre Verlegenheit zu verbergen. Er kannte seine Gefährtin zu gut, ihm konnte sie nichts vormachen.

Aber sie hatte recht, wenn sie morgen in aller Frühe aufbrechen wollten, mussten sie sich jetzt an der Waffenausgabe mit der nötigen Ausrüstung eindecken.

***

»Raguwir, was machst du denn hier?«, fragte Enowir mit ehrlichem Erstaunen, als er den dicken Elf im

Waffenlager erblickte. Immer noch von Fliegen umschwirrt, trug dieser jetzt einen Dolch am Gürtel, der bei seiner Körperfülle wie ein Zahnstocher anmutete.

»Gwenrar hat mich zum Waffenmeister ernannt«, Raguwir grinste selbstgefällig. »Ich soll hier ein bisschen Ordnung hineinbringen.« Er blickte hinter sich ins Zelt. »Und wenn ich mich hier so umschaue, komme ich keinen Augenblick zu früh. Krowir hat ein wahres Chaos hinterlassen. Kein Wunder, dass uns allmählich die Waffen ausgehen.« Er musterte Enowir misstrauisch, Nemira hingegen nahm er wie immer, nicht wahr. »Du willst doch nicht zufällig etwas aus meinem Bestand?«, fragte er, obwohl er die Antwort bereits kennen musste.

»Nein, wirklich nicht«, versicherte Enowir überzeugend. »Ich will dir etwas bringen.«

»Bei Conara, es gibt noch gute Elfen auf diesem verderbten Land«, sprach der Waffenmeister erleichtert.

»Und dann brauchen wir neue Waffen«, ergänzte Nemira, mit ernsthafter Miene.

Raguwir entgleisten völlig die Gesichtszüge. »Ich lasse mich von euch beiden nicht auf den Arm nehmen.« Für den Augenblick vergaß er, dass er Nemira eigentlich gar nicht beachtete.

»Dazu bist du auch viel zu schwer«, erwiderte Nemira schlagfertig.

Enowir hatte Mühe sich das Lachen zu verkneifen. Aber sie sollten es sich nicht mit dem neuen Waffenmeister verscherzen, schließlich waren sie bei jeder Expedition auf ihn angewiesen. »Verzeih unseren Übermut. Wir waren gerade bei Gwenrar und sind froh, dass wir das überlebt haben«, versuchte Enowir, sich zu erklären und Raguwir auf seine Seite zu ziehen.

Schließlich kannte ein jeder Elf in gehobener Position die Launen des Oberen.

»Ich verstehe, was du meinst. Es wird immer schlimmer mit ihm.« Raguwirs Zorn verrauchte schlagartig. »Also was habt ihr für mich?«

Die beiden legten Ihre Waffen vor ihm auf den Tisch. Misstrauisch beäugte der Waffenmeister sie, als habe er noch nie Stücke dieser Art gesehen. Vermutlich war das sogar korrekt. Bisher war ein Fleischerbeil die einzige Waffe, die Raguwir handhaben musste. Von Messer und Gabel einmal abgesehen.

»Was ist an dem Schwert so schlecht?«, erkundigte er sich unwissend. Deutliche Abwehr schwang in seinem Ausdruck mit, als wolle er die Waffe nicht zurücknehmen. Vielleicht verstand er doch mehr von Kampfwerkzeugen, als Enowir ihm zutraute.

»Hier«, er deutete auf eine Scharte in der Schwertklinge. »Diese Kerbe geht bis zur Klingenmitte. Noch ein oder zwei Hiebe und sie fliegt mir um die Ohren. Vermutlich kann man noch einen Dolch daraus machen, wenn man sie sorgsam abbricht, nachschleift und die Parierstange verkleinert«, schlug er vor. »Aber im Kampf werde ich sie nicht einsetzen können, ohne dass die Gefahr deutlich größer für mich, als für meinen Gegner ist.«

Raguwir folgte seiner Argumentationskette nur mit halber Aufmerksamkeit. »Wieso machst du selbst keinen Dolch daraus und behältst die Waffe?«, hielt Raguwir dagegen.

»Weil ich ein Schwert brauche. Ein Dolch ist viel zu kurz, um ihn ...« Enowir musste an sich halten, um nicht aus der Haut zu fahren. »...um ihn gegen große Bestien einzusetzen. Außerdem muss das Schwert nachgeschliffen werden«, schob er nach.

»Also gut«, gab Raguwir klein bei. »Du sollst ein neues Schwert haben«, er hörte sich an, als habe er ihm sein eigenes Leben überlassen.

»Und was ist damit?« Raguwir deutete auf Nemiras Dolch, an dem kein Tadel zu finden war, außer dass er ordentlich gereinigt und geschliffen werden musste.

Enowir seufzte verzweifelt.

***

Nachdem es ihnen tatsächlich gelungen war, Raguwir ein Schwert, zwei Dolche, einen Bogen und dreißig Holzpfeile mit im Feuer gehärteten Spitzen abzunehmen, beschlossen die beiden, sich auszuruhen. Sie verstanden den Waffenmeister nur zu gut. Das Herstellen von Waffen war eine Kunst, die über die Jahrtausende auf ihrem verderbten Land verloren gegangen war, weshalb ihnen nur Kriegsgerät zur Verfügung stand, welches sie in den Trümmern ihrer einstigen Zivilisation fanden. Einzig Bögen mit Holzpfeilen konnten sie selbst herstellen. Eisenspitzen für die Pfeile waren längst verloren. Manches Mal stießen sie auf rostige Fragmente. Es gab jedoch zu wenig Pfeilspitzen, um sie am Waffenzelt ausgeben zu können.

Die Nacht war fast genauso heiß wie der Tag. Selbst wenn es kühler gewesen wäre, in dem Zelt für die Reisenden schliefen Enowir und Nemira nie besonders gut. Eigentümlicherweise waren sie nach einer Nacht in der Wildnis ausgeruhter als nach einer Nacht in der sicheren Festung. Obwohl sie draußen kaum schliefen, denn schließlich musste immer einer Wache halten.

Für die unangenehme Nacht wurden sie mit einem herrlich warmen Sonnenaufgang entschädigt, der sie in

Staunen versetzt hätte, wäre den Elfen nicht irgendwann der Sinn für Schönheit verloren gegangen. Auf den Wehrgängen patrouillierten Wachen, die sich in regelmäßigen Abständen zuriefen, um zu signalisieren, dass sich jeder von ihnen auf seinem Posten befand.

Nemira stand auf dem Platz vor dem Tor und streckte die Arme weit von sich, um ihre steif gewordenen Glieder zu lockern. Es sah aus, als wolle sie die Welt umarmen.

»Guten Morgen«, gähnte Enowir lang und ausgiebig. Sie lächelte ihn an und in diesem Moment ging auch für ihn die Sonne auf. Er schüttelte sich, um dieses irritierende Gefühl loszuwerden. Seltsame Bilder schossen ihm durch den Kopf, die es nicht besser machten. Er sah sich, wie er mit Nemira im Arm in der Morgensonne über eine Wiese tanzte. Reflexartig schlug er sich gegen den Kopf, um diese Gedanken zu vertreiben. Es gelang ihm gerade noch, bevor er bemerkte, dass sie in seiner Vorstellung nackt waren.

»Hast du Läuse?«, erkundigte sich Nemira, wegen des seltsamen Verhaltens ihres Gefährten.

Er schüttelte verneinend den Kopf. »Wo ist eigentlich das Küken?«, wechselte er das Thema. »Er hat doch nicht etwa verschlafen?«

»Ich glaube nicht«, Nemira zeigte den Weg hinauf. In der Morgensonne warf der junge Elf einen Schatten, der viel besser zu einem gigantischen Krieger gepasst hätte. Man wäre versucht davor zurückzuschrecken. Wenn man aber die hagere Gestalt erblickte, zu der dieser Schatten gehörte, musste man sich eines Lachens erwehren. Denn Daschmir bot tatsächlich einen lächerlichen Anblick. Im Grunde trug er dieselbe Kleidung wie Enowir. Eine Jacke aus dickem Leder, die vor leichten Verletzungen schützte, eine Hose und

Stiefel aus demselben Material und darunter ein dünnes Leinenhemd. Diese Kleidung war eigentlich für jemanden angefertigt worden, der wesentlich breitere Schultern besaß, deshalb erschien sie wie eine Zeltplane, die auf einem viel zu kleinen Gestänge hing. Daschmir trug außerdem derart viele Waffen, dass er kaum noch laufen konnte. Auf seinem Rücken trug er über Kreuz zwei Kurzschwerter, an seinem Gürtel sage und schreibe vier Dolche und ein langes Schwert, das am Boden schleifte. Es war ein Glück für die Klinge, dass sie eine Scheide besaß, die zumindest die Spitze umschloss, sodass diese vom Transport keinen Schaden nahm. Irgendwie gelang es Daschmir außerdem einen Bogen samt übervollem Köcher zu schultern. In einem Gurt, der gekreuzt über seine Brust verlief, befanden sich noch mehrere Wurfmesser und fünf Trinkschläuche, die ebenfalls daran befestigt waren. Die beiden Reisenden wären belustigt gewesen, wenn sie nicht am Vortag mit Raguwir ein nicht enden wollendes Streitgespräch über ihre Bewaffnung geführt hätten. Ihre Ausbeute war mehr als dürftig und die Qualität ihrer Waffen ließ zu wünschen übrig. Jetzt stand vor ihnen ein Grünschnabel, der die erlesensten Waffen trug. Außerdem schränkte die schiere Masse seine Bewegungen derart ein, dass er keine der Klingen hätte führen können.

Daschmir deutete die Blicke der beiden falsch und setzte ein selbstgefälliges Grinsen auf. »Nicht schlecht, oder?«

Enowir fand als erster seine Sprache wieder. »Sieh sich einer das Packtier an«, versetzte er schneidend. »Kannst du mir verraten, was du mit dem ganzen Zeug vorhast?«

»Ich gehe das erste Mal in die Wildnis. Ich dachte, da sollte ich für alles gerüstet sein«, erklärte sich Daschmir, wobei er immer kleinlauter wurde.

»Das bist du ohne Frage«, fuhr Enowir ihn an.

Nemira legte ihm beschwichtigend eine Hand auf die Brust, was ihn sogleich verstummen ließ. »Enowir will eigentlich nur wissen, wie es dir gelungen ist, so viele Waffen zu bekommen. Wir hatten gestern nicht so viel Glück.«

»Nicht so viel Glück ist gut gesagt, der Knauser hätte uns am liebsten nackt rausgeschickt«, beschwerte sich Enowir. Er genoss es, seiner Empörung zum Trotz, ihre kühle Hand auf der Brust zu spüren.

»Äh«, Daschmir kratzte sich verlegen am Kopf, wobei die Waffen, die er trug, leise klirrten. »Raguwir ist mein Mentor«, gestand er beschämt. »Als er erfahren hat, dass ich hinausziehen muss, da hat er mir das ganze Zeug mitgegeben.« Er versuchte, einen der Gurte zu lockern, der ihn wegen des Gewichts in die Schulter schnitt.

Der Anblick regte in Enowir fast schon Mitleid. »Na gut«, er griff unwillkürlich an Nemiras Hand, die immer noch auf seiner Brust ruhte und drückte sie noch einmal sanft, bevor er sich von ihr löste. Erst danach bemerkte er die Zärtlichkeit, die in dieser Geste steckte und nicht nur das, sie wurde von Nemira erwidert. Für einen Moment vergaß er, was er eigentlich vorgehabt hatte. Erst als er den jungen Elfen vor sich musterte, fiel es ihm wieder ein. Er ging zu Daschmir, um ihm die Gurte etwas zu lockern und an die richtigen Stellen zu ziehen, sodass sich das Gewicht gut auf Daschmirs Schultern verteilte. Er sah Enowir dankbar an.

»Aber das geht so nicht«, stellte Enowir fest. Er schnallte Daschmir das Schwert von der Seite ab und gürtete es selbst. Dafür gab er dem jungen Elfen seine Waffe, die deutlich schäbiger aber auch kürzer war, sodass Daschmir sie ohne weiteres am Gürtel tragen konnte. Der junge Elf hob zu einer Beschwerde an, doch Enowir schnitt ihm das Wort ab: »Da draußen sind wir deine Beschützer. Wir müssen so lange auf dich aufpassen, bis du ein Schwert richtig halten und führen kannst.«

Die Röte in Daschmirs Gesicht machte Enowir klar, dass er ihn erwischt hatte. Wenn Raguwir sein Mentor war, so hatte dieser vermutlich keinen Moment daran gedacht, seinen Schützling in irgendeiner Weise in der Kampfkunst zu schulen.

»Keine Sorge, ich zeige dir, worauf es im Kampf ankommt«, versuchte er den niedergeschlagenen Elfen aufzubauen. »Und Nemira hat sicher den ein oder anderen Kniff beim Bogenschießen für dich parat.«

Die Miene des jungen Elfen klarte etwas auf.

»Erste Lektion: Bleib am Leben«, belehrte Enowir. Daschmir nickte verständig. Wie schwer es tatsächlich war, sich daran zu halten, sollte er früher erfahren als er ahnte.

Als sie die Festung endgültig verließen, deutete Enowir auf das Gaumendach des Lindwurms über ihnen. »Siehst du das Loch da?«

Als Daschmir bejahte, fuhr er fort: »Zweite Lektion: Jedes Monster kann besiegt werden.«

Nemira blickte ebenfalls hinauf. »Wenn man bereit ist, den Preis dafür zu bezahlen.«

***

Daschmir allein hätte schon nach wenigen Schritten außerhalb der Festung den Tod gefunden. Der

Skorpion, der hinter einem Stein mit grün leuchtenden Augen auf ihn lauerte, war ihm völlig entgangen. Allerdings nicht Nemira, die das Insekt mit einem einzigen Stich eines Pfeiles getötet hatte.

Aber anstatt Nemira zu danken, wich Daschmir vor ihr zurück und fing sich dafür eine Standpauke von Enowir ein. »Im Lager ist es mir egal, was du über uns denkst, aber hier draußen sind wir alle gleich. Nemira hat dir das Leben gerettet, also wirst du dich bei ihr bedanken!«

Nach einem Tag, der voll dieser kleinen Abenteuer war, rasteten sie unter einem Baum, zu dessen Wurzeln eine saubere Quelle sprudelte und sich in einem kleinen Rinnsal über das karge Land schlängelte. Daschmir schlief sofort ein, als er sich niederlegte. Während Enowir mit untergeschlagenen Beinen dasaß und wachsam den Blick über die Umgebung schweifen ließ, lag Nemira auf dem Rücken und blickte in die Sterne, die scheinbar um ihre Gunst wetteiferten, denn einer funkelte schöner als der andere.

»Du weißt, dass wir sterben werden«, sprach sie, als würden sie ein Gespräch fortführen, das sie irgendwann einmal begonnen hatten.

»Was meinst du?«, erkundigte sich Enowir, der sich aufmerksam umblickte. Er sah sehr gut im Dunkeln und die Jahre hier draußen hatten seine Sinne geschärft. Sie hatten kein Feuer gemacht, um nicht irgendein Monster anzulocken, das sich von Wärme angezogen fühlte. Denn diese Kreaturen gehörten zu den schlimmsten, die Krateno zu bieten hatte.

Der Fluss plätscherte beruhigend. Irgendwo krähte ein Vogel und ein paar Grillen zirpten in den wenigen, mit Gras bewachsenen Flächen.

»Na ich meine die Botschaft, die wir an den anderen Klan übermitteln sollen«, erinnerte ihn Nemira und streckte sich nach hinten aus. »Wenn wir so auftreten, wie es Gwenrar von Daschmir verlangt hat, dann werden wir da nicht lebend rauskommen.«

»Ich hoffe, dass sich Daschmir etwas vorsichtiger ausdrücken wird«, entgegnete Enowir.

»Du willst dem Küken das Reden überlassen?«, Nemira schien überrascht.

Daschmir lag mit angezogenen Knien da und hatte sogar einen Daumen in den Mund gesteckt.

»Dann sind wir mit Sicherheit tot.« In ihrer Stimme schwang nicht das geringste Bedauern mit. »Dann ist es ja auch egal, was Daschmir von uns hält«, mit diesen Worten rollte sie sich zur Seite, schob sich unter Enowirs Arm und legte ihren Kopf auf seinem Oberschenkel ab. Er erstarrte, als habe sich eine giftige Spinne auf ihn gesetzt. Enowir spürte Nemiras Wärme. Ein wohliges Gefühl bereitete sich in ihm aus. Niemals hatte er körperliche Nähe so genossen wie in diesem Moment. Eine leise Stimme in ihm bestand darauf, dass es falsch war sich in der Gegenwart einer Elfe wohl zu fühlen. Er wollte Nemira abschütteln, sie wegstoßen ... Da verrieten ihm ihre tiefen Atemzüge, dass sie soeben eingeschlafen war. Sich der Situation ergebend legte er einen Arm auf ihre Hüfte. Er bemerkte erst, wo er seine Hand abgelegt hatte, als es schon zu spät war. Sie kuschelte sich auf eine Weise unter seinen Arm, dass er seine Hand nun auch nicht mehr zurückziehen wollte. Was, wenn sie recht hatte? Wenn das wirklich ihre letzte Unternehmung war? Enowir war nie als ein Diplomat unterwegs gewesen und hatte noch nie den Oberen eines anderen Klans getroffen. Wenn er Reisende einer fremden Sippe traf, dann gingen sie sich für gewöhnlich aus dem Weg. Nur ein einziges Mal hatte er sich mit Elfen von einem anderen Klan unterhalten. Sie sahen nicht nur ganz anders aus, sondern hatten auch eine viel dunklere Hautfarbe und Körperschmuck, dessen Sinnhaftigkeit Enowir nicht erfassen konnte. Sie sprachen außerdem mit einem eigentümlichen Akzent, der sie so schwer verständlich machte, als sei es eine andere Sprache. Enowir musste nicht nur einmal nachfragen, was genau sie meinten. Irrwitzigerweise ging es den fremdartigen Elfen genauso. Aber feindlich hatten sie sich ihm gegenüber nicht verhalten. Wie sein Klan, wollten sie einfach nur überleben.

Enowir schreckte hoch. Er hatte nicht wirklich geschlafen. Von seinem Mentor hatte er einst eine Technik gelernt, die es ihm erlaubte, sich wie im Schlaf zu erfrischen und doch auf jedes Geräusch und jede Lichtveränderung zu achten, seien sie auch noch so leise oder gering. Etwas hatte sich bewegt, am Horizont im Schein der aufgehenden Sonne. Es war ein Zentifar, der dort über den Hügel hinabblickte. Schnell legte sich Enowir nieder, was Nemira weckte, die mit gezogenem Dolch hochfuhr.

»Leise«, zischte Enowir.

Daschmir brabbelte etwas Unverständliches und rollte sich herum.

»Ein Zentifar«, erklärte Enowir flüsternd. »Er kann uns nicht sehen, wir befinden uns noch im Schatten der Anhöhe, auf der er steht.«

Nemira blickte sich um. »Nur einer?«, fragte sie erstaunt.

»Mehr habe ich nicht gesehen. Aber wer kann sich in diesen Zeiten schon sicher sein«, gab Enowir leise zu bedenken.

Der Zentifar stand einfach nur da und rührte sich nicht. Was war nur mit ihnen los? Sie waren aufbrausend und wild, nicht ruhig und konzentriert. Sie handelten nicht überlegt und doch vermittelte dieser Zentifar genau diesen Eindruck.

»Vielleicht ein Späher«, schon während Enowir sprach, zweifelte er an seinen Worten.

»Ein Späher ... der Zentifare?«, fragte Nemira ungläubig.

»Was ist denn los!?«, protestierte Daschmir laut und richtete sich viel zu weit auf.

Aus einem Reflex heraus trat Enowir nach ihm, was den gegenteiligen Effekt zu Folge hatte, den er beabsichtigte. Statt zu schweigen, beschwerte sich Daschmir noch lauter: »Au, was soll das!?«

»Du sollst leise sein«, zischte Nemira.

Erst als dem Frischling bewusst wurde, wo er sich befand, verharrte er sogleich in Stille.

»Runter, verdammt«, befahl Enowir flüsternd.

Daschmir tat wie ihm geheißen, viel zu laut und viel zu spät.

Es war unmöglich, zu sagen was der Zentifar beobachtete, aber er machte offensichtlich mehrere Schritte in ihre Richtung. Er war ein gutes Stück von den dreien entfernt, doch das Gelände hier war wie ein Trichter, der den Schall tausende Schritte weiter trug. Es war unwahrscheinlich, dass er sie nicht gehört hatte. Und tatsächlich, zu dem Zentifaren gesellten sich weitere fünf. Es sah in der Morgensonne so aus, als würden sie von hinten auf den Hügel hinaufspringen.

»Das sind die mit Wolfskörpern«, erkannte Nemira.

Enowir sah es auch.

Die Sonne war mittlerweile ein gutes Stück weiter nach oben gezogen. Sie machte sich bereits daran, den

Schatten, in dem sich die kleine Gruppe verbarg, aufzuheben.

Der Anführer der Zentifare zeigte hinunter ins Tal. Ohne Frage stand ihnen ein Angriff bevor. Für gewöhnlich stürzten sich Zentifare jedoch ohne nachzudenken ins Gefecht. Darauf zu warten, dass die Sonne ihnen den Weg erhellte, sah ihrem ungestümen Wesen nicht ähnlich.

Nemira griff nach ihrem Bogen, Enowir zog den von Daschmir zu sich heran und legte einen Pfeil auf.

»Was soll ich tun?«, wollte der Frischling sichtlich verängstigt wissen. Allmählich schien er zu begreifen, in welcher Gefahr er schwebte.

»Hoffe darauf, dass wir sie erledigen, bevor sie uns erreichen«, gab Enowir grimmig zurück. Seinen Zorn über die Unachtsamkeit des Jungen wollte er nicht verbergen.

»Nimm dir die zwei Kurzschwerter und wenn sie uns erreichen, fuchtelst du mit ihnen wild vor dir herum«, riet Nemira ihm. »Vielleicht kommen sie so nicht an dich heran und kümmern sich erst um uns.«

»Unwahrscheinlich. Sie haben Speere dabei und werden das Küken einfach aufspießen«, machte Enowir, nicht ohne Boshaftigkeit, Daschmirs aufkommende Zuversicht gleich wieder zu Nichte. »Aber besser, als dich einfach abstechen zu lassen«, gestand er dem jungen Elfen zu, nachdem er sich von Nemira einen strafenden Blick eingefangen hatte.

Da offenbarte die Sonne endgültig ihr Versteck. Wobei die Himmelsscheibe den Elfen direkt in die Augen stach, sodass es ihnen kaum gelingen würde, einen sauberen Schuss abzugeben.

Wildes Geheul ertönte, als die Bestien zum Angriff übergingen, dieses Verhalten passte wesentlich besser zu ihnen, als sich anzuschleichen und abzuwarten.

Enowir nahm noch einen Dolch vom Waffenhaufen, bevor er endgültig den Bogen spannte.

Nemira schoss bereits die ersten Pfeile ab. Mit dem Bogen konnte sie hervorragend umgehen, weshalb sie auch auf lange Distanzen und gegen das Sonnenlicht traf. Enowir hingegen musste warten, bis die Zentifare näher bei ihnen waren. Aus den Augenwinkeln bekam er mit, wie Daschmir das einzig Richtige tat und sich hinter den freistehenden Baum zurückzog.

Schwer getroffen, wenn auch nicht tödlich, stürzte der erste Zentifar. Ein weiterer, direkt hinter ihm, konnte nicht mehr schnell genug ausweichen, stolperte über den Gefallenen, überschlug sich und blieb reglos liegen. Die anderen Drei jagten jedoch unerbittlich weiter auf die Elfen zu. Enowir gab einen einzigen Pfeil ab und verfehlte sein Ziel um Haaresbreite. Für einen weiteren Schuss war es zu spät, er zog Dolch und Schwert.

Nemira zielte blitzschnell und gab noch weitere drei Pfeile ab, bevor auch sie zu ihrem Langdolch griff.

Dem Ansturm der drei verbliebenen Zentifare konnten die beiden nur ausweichen. Sie gaben sich nicht der Illusion hin, sie abfangen zu können. Enowir sprang im letzten Moment zur Seite und schlug nach dem Hals des Angreifers, der schwer getroffen einen blutigen Schweif hinter sich her zog bis er zum Stehen kam.

Enowir drehte sich um und sah, wie der Zentifar sich an den Hals fasste, ungläubig das Blut betrachtete, das ihm aus der Kehle pumpte und zusammenbrach. Er nahm sich keine Zeit, den Triumph auszukosten und stellte sich einem weiteren Angreifer, der mit erhobenem Speer auf ihn zu stürmte. Dieses Mal hatte der Zentifar die Sonne im Gesicht, doch die Spitze des Speeres blitzte im hellen Morgenlicht und blendete auch Enowir für den Augenblick eines Lidschlages. Es gelang ihm gerade noch, die Stabwaffe mit dem Dolch abzuschmettern, sodass die Eisenspitze ins Leere ging. Enowir wartete den nächsten Stoß seines Gegners ab, schlug den Speer heftig mit dem Schwert zur Seite und rammte dem Zentifaren gleich darauf seinen Dolch in den Hals. Blut sprudelte aus der tödlichen Wunde. Die Bestie verendete kläglich, den Mund zu einem stummen Schrei geöffnet. Über seine spitzen Zähne schwappte der Lebenssaft.

Nemira hatte den Waffenarm ihres Widersachers in die Bogensehne eingedreht, sodass dieser kampfunfähig wurde. In dem Moment stach sie ihm gerade zum zweiten Mal ihren Dolch zwischen die Rippen.

»Das war schon fast zu leicht«, triumphierte Nemira und wischte ihren Dolch am Haar der toten Bestie ab.

Ein gellender Schrei ertönte.

»Daschmir!«, rief Enowir erschrocken aus und rannte um den Baum. Da waren zwei weitere Zentifare, die auf den jungen Elfen eindrangen. Dieser wehrte sich plump und ungeschickt, aber immerhin so effektiv, dass er die Angreifer bisher abgewehrt hatte. Jedenfalls bis jetzt. Einer der beiden Zentifare traf Daschmir mit dem Speer. Wo genau konnte Enowir aus seinem Winkel nicht erkennen. Vom Schmerz überwältigt ließ Daschmir seine Waffe aus der linken Hand fallen. Der andere Zentifar holte mit dem Speer zum finalen Stich aus. In dem Moment schlug ein Pfeil in sein rechtes Auge ein und beendete sein Leben.

Enowir stieß einen Schrei aus, um die Aufmerksamkeit des anderen Zentifaren auf sich zu ziehen, was ohne weiteres gelang. Dieser ließ von Daschmir ab, der in die Knie sank, und wollte auf Enowir zustürmen. Doch auch er wurde von einem einzigen Pfeil niedergestreckt.

Schon war Enowir bei dem Verwundeten, zog Daschmir die Jacke von der Schulter und stockte. Es war nicht viel mehr als ein oberflächlicher Schnitt, der nur leicht blutete.

»Das ist nichts weiter«, beurteilte er die Wunde.

Daschmir blickte ungläubig zu Enowir auf. Vermutlich hatte der junge Elf noch nie ernsthafte körperliche Schmerzen gelitten. Tränen quollen ihm aus den Augen. Fast tat Daschmir ihm leid. Enowirs Mentor hatte ihn früh wissen lassen, was echte Schmerzen waren, um ihn auf diese vorzubereiten, damit er weiterkämpfen konnte, wenn er verwundet wurde. Dieses *Glück* hatte Daschmir nicht gehabt.

»Zieh deine Jacke und das Hemd aus«, wies Enowir den Jungen an und verstaute dabei seine Waffen. »Damit ich dich verbinden kann.«

Nemira besah sich unterdessen die Waffe, die Daschmir seine erste Verletzung eingebracht hatte. Prüfend roch sie an der Metallspitze.

»Glaubst du wirklich, die Zentifare würden ihre Waffen vergiften?«, erkundigte sich Enowir, während er sich mit geübten Handgriffen daran machte ein Feuer zu entfachen.

»Mittlerweile traue ich den Biestern alles zu«, erwiderte Nemira. »Aber es riecht nach keinem Gift. Zumindest nach keinem das ich kenne.«

»Wir sollten trotzdem sichergehen und die Wunde ausbrennen. Es reicht ja schon, wenn sie die Spitze in den eigenen Dung getaucht haben«, überlegte Enowir.

Daschmir stöhnte immer wieder gequält auf, als er sich redlich bemühte die Lederjacke, die ihn vermutlich vor einer tieferen Verletzung bewahrt hatte, abzustreifen. Doch es gelang ihm nicht den Schmerz, der sich bei dieser Bewegung offensichtlich noch verstärkte, zu überwinden.

»Geh in den Schmerz hinein, lasse ihn zu und akzeptiere ihn. Das ist nur eine Empfindung, wie jede andere auch«, wies Enowir ihn mit den Worten seines Mentors an.

Es gelang Daschmir tatsächlich, sich von der Jacke zu befreien. Nemira wollte ihm bei dem Hemd helfen, doch Enowir hielt sie zurück. »Er muss das alleine können.«

Das Feuer brannte bereits, als Daschmir sich endlich aus dem Hemd gequält hatte.

»Hier draußen wirst du öfter Schmerzen leiden, daran musst du dich gewöhnen. Besser unter Freunden, als unter Feinden«, erklärte Enowir, während er sein Messer in die Flammen hielt. Das Blut daran warf Blasen und ging in Rauch auf.

Als Enowir mit der rotglühenden Waffe auf Daschmir zuschritt, wich dieser instinktiv zurück.

»Ich muss die Wunde ausbrennen, wenn sie sich entzündet ist es aus mit dir«, versuchte Enowir, ihm klar zu machen.

»Hier, beiß da drauf.« Nemira hielt ihm ihren Dolch an der Schneide vor den Mund. Mit vor Angst weit aufgerissenen Augen schlug Daschmir die Zähne in den abgenutzten Griff der Waffe. Ein unterdrückter Schrei drang aus seinem Mund, als Enowir die heiße Klinge auf die Wunde presste. Es zischte und roch nach verbranntem Fleisch. Daschmir verdrehte die Augen und sackte bewusstlos zu Boden. Nemira fing den

Dolch auf, der ihm aus dem Mund glitt, damit er sich nicht daran verletzte.

»Armes Küken«, kommentierte sie mitleidig. Daraufhin wandte sie sich lächelnd an Enowir. »Wir waren gut.«

Er nickte. Das Blut pulsierte immer noch heftig durch seine Adern. »Was mich aber überrascht, ist, dass sie ein taktisches Manöver durchgeführt haben«, überlegte Enowir, wobei er auf und ab schritt. »Die Zentifare haben gewartet, bis wir die Sonne im Gesicht hatten und haben so einen Radau gemacht, dass sich zwei von ihnen unbemerkt von hinten anschleichen konnten.« Er sah Daschmir an, der mit überstrecktem Kopf da lag. »Ich sage es nicht gerne, aber hätte er uns nicht den Rücken freigehalten, dann wären wir vermutlich tot.«

Nemira nickte zustimmend. »Das ist wahr«, ihre Miene verfinsterte sich. »Aber wie ... oder warum?«

»Ich weiß es nicht«, Enowir betrachtete die toten Bestien nachdenklich. »Irgendetwas Eigenartiges geht hier vonstatten. Zentifare, die mit Taktik angreifen, Eisenwaffen besitzen und ...«, er stutzte. War da nicht eben noch Blut gewesen? Nur ein dünnes Rinnsal, aber dennoch. Der Lebenssaft, der aus dem Kopf des Zentifaren floss, musste eine Spur auf dem Boden hinterlassen haben. Aber es war nichts zu sehen. Schnell schritt er um den Baum herum. Nemira folgte ihm neugierig. Hier lagen die Zentifare, die er getötet hatte. Sie hatten bei weitem mehr von ihrem Lebenssaft verloren. Doch auch hier fand sich nirgendwo Blut auf dem Boden. Es war einfach verschwunden.

Nemira blickte ihn fragend an. »Wie kann das sein?«

Doch Enowir war genauso ratlos wie sie. »Was bei Conara geht hier vor?«

III.

Ihr seid alle Kinder Conaras und gleichsam von ihm mit unterschiedlichsten Talenten gesegnet. Es ist eure Pflicht, diese zu erkennen und weiterzuentwickeln. Auf dass ihr wertvolle Diener eures Volkes werdet, dessen Fortbestand sichert und den Aufstieg unterstützt.

Aus dem Codex der Hochgeborenen, Artikel 17

Von den Zentifaren hatten sie keine weiteren Spuren gefunden und auch das Rätsel, um ihr verschwundenes Blut, war im Moment nicht zu lösen gewesen. So besannen sie sich auf ihre eigentliche Aufgabe.

Die drei waren zwei Tage ohne große Zwischenfälle unterwegs gewesen, wenn man davon ausging, dass Löwen, Riesenschlangen, vom Wahnsinn ergriffene Hühner, Riesengeier und auf zwei Beinen gehende Echsen nichts Besonderes waren.

Nemira und Enowir kannten sich in der Wildnis gut aus und wussten, wo es gefährlich werden konnte. Um manche Gefahren zu umgehen, nahmen sie gerne Umwege in Kauf. Besonders um einen bestimmten Wald machten sie einen großen Bogen. Denn dort hauste eine Hydra. Über die Bestie wussten sie deshalb so genau Bescheid, weil dieses Monster wegen ihnen einen zweiten Kopf besaß. Damals hatten sie das Ungetüm für eine Riesenschlange gehalten, die sie kaum hatten bezwingen können. Als es Nemira und Enowir dennoch gelungen war, ihr den Kopf abzuschlagen, fiel sie nicht etwa tot um, sondern bäumte sich bedrohlich auf. Schneller als sie es von jeder Kreatur kannten, die dazu fähig war, ihre Glieder nachwachsen zu lassen, bildeten sich zwei neue Köpfe aus dem Rumpf. Daraufhin hatten die beiden Elfen ihr Heil in der Flucht gesucht. Mit einem Kopf war die Schlange schon kaum zu besiegen gewesen. Es mit Zweien aufzunehmen war nichts, wonach ihnen der Sinn stand. Es war immer besser zu fliehen, als eine aussichtslose Schlacht zu schlagen. Eine Lektion, die Enowir bei dieser Gelegenheit auch Daschmir erteilte, als er ihm von der Hydra berichtete. Er verbrachte sehr viel Zeit damit, Daschmir in der Kampfkunst zu unterweisen. Sie übten dabei mit trockenen Ästen, die sie auf Schwertlänge heruntergebrochen hatten. Ihre Waffen bei Übungskämpfen stumpf zu schlagen wäre töricht gewesen, gab es doch kaum Ersatz für eine scharfe Klinge. Der junge Elf zeigte sich gelehrig, auch wenn er nicht das Talent von Enowir besaß, was allen bald klar wurde. Zumindest konnte er sich etwas verteidigen. Wenn er Raguwir als seinen Mentor gewählt hatte, war ihm sein mangelndes Kampfgeschick vermutlich schon früher bewusst geworden. Vielleicht lagen seine Begabungen in Organisation und Verwaltung von Gütern, was aber nichts daran änderte, dass er momentan in der Wildnis überleben musste.

Auch Nemira tat ihr Möglichstes, ihr Wissen an Daschmir weiterzugeben. Sie zeigte ihm, wie er einen Bogen spannen und halten musste. Dazu fehlte ihm jedoch die Stärke. Seine Pfeile flogen kaum zehn Schritt weit und besaßen nicht einmal genug Kraft, sich in den Boden zu graben.

»Na ja, ein Bogenschütze bist du nicht«, stellte Enowir gutmütig fest.

»Es ist die Schulter, sie schmerzt immer noch sehr«, versuchte Daschmir, sich herauszureden.

Enowir blickte ihn mit hochgezogenen Augenbrauen an. »Sag das nicht mir, sondern der Bestie, gegen die du dich verteidigen musst, vielleicht verschont sie dich.« Er schlug Daschmir kameradschaftlich auf die gesunde Schulter.

Enowir vermochte nicht zu sagen, wann seine Meinung über den jungen Elfen gekippt war. Vielleicht schweißt es aber auch zusammen, wenn man über ihren verderbten Kontinent streift und gemeinsam Gefahren meistert. Möglicherweise schlummerte in Enowir ebenfalls ein Mentor, der endlich gelebt werden wollte. Es konnte auch gut sein, dass er das redliche Bemühen von Daschmir zu schätzen wusste. Wie dem auch sei, sich länger außerhalb der Festung aufzuhalten veränderte jeden. Auch Daschmir erging es so. Seine weichen Gesichtszüge hatten sich verhärtet und sein Umgang mit Nemira war ebenfalls ein ganz anderer geworden. Hatte er sie zunächst nicht einmal angesehen, geschweige denn mehr als nur die nötigsten Worte mit ihr gewechselt, so unterhielten sich die beiden nun lang und ausschweifend. Es schien Daschmir nichts mehr auszumachen, welche Stellung Nemira in ihrem Klan einnahm. Jetzt war sie eine Freundin, mit der er gemeinsam dem Land Krateno trotzte. Enowir war sich nicht sicher, ob ihm das gefiel. Er wusste nicht warum, aber irgendwie störte es ihn, wenn Daschmir zu viel Zeit mit Nemira verbrachte. Insgeheim ärgerte er sich über die Blicke, die der junge Elf seiner Gefährtin zuwarf. Da waren erneut Gefühle, die Enowir nicht kannte und die ihn mehr verwirrten, als sie nützlich waren.

Nach weiteren vier Tagen kam die Festung des anderen Klans in Sicht. Enowir hatte gewusst, wo sie lag, aber noch nie war er in ihre Nähe gekommen. Er hätte es zuvor auch nicht gewagt, denn es war, wie

Nemira schon sagte, vermutlich das Letzte, was sie in ihrem Leben tun würden.

Besagte Festung war eine Ruine aus grauer Vorzeit, die sich ebenfalls auf einer Anhöhe befand, von der man weit in das umliegende Land sehen konnte. Ein Schutzwall umgab sie, der an vielen Stellen eingebrochen und mit Baumstämmen ausgebessert worden war. Das eigentlich Fantastische an diesem Bauwerk stellte jedoch der Turm in der Mitte dar. Er war von gigantischer Höhe und dabei unwirklich schlank. Für Enowir war es unbegreiflich, wie dieser Turm zwei Jahrtausende überdauert hatte. Heute erschien er wie ein Denkmal einstigen Hochkultur. Die Wälder um das beeindruckende Bauwerk waren bis auf etwa tausend Schritt gerodet, um Angreifern keinen Schutz zu bieten. So lag sie da, die Festung des Klans von Kranach, weithin sichtbar und doch uneinnehmbar. Wie stellte sich Gwenrar einen Krieg vor? Eher würden ihre eigencn hölzernen Palisaden brechen, als dass sie einen Fuß in diese Festung taten.

»Das ist ... ungewöhnlich«, staunte Nemira, als sie den Turm erblickte.

»Ein Bauwerk unserer Ahnen«, analysierte Daschmir, der am wenigsten beeindruckt schien.

»Aber wie haben sie das gemacht?«, wollte Nemira wissen. Worauf der junge Elf nur mit den Schultern zuckte.

»Das ist im Moment egal, oder?«, überlegte Enowir. »Viel wichtiger ist es, wie wir unsere Botschaft übermitteln und dabei am Leben bleiben.«

Die drei sahen sich ratlos an. Bisher waren sie lediglich darauf bedacht, in der Wildnis zu überleben und hatten keinen Gedanken daran verschwendet, wie sie ihre Botschaft übermitteln sollten.

»Ich schlage vor, wir gehen einfach dorthin und klopfen an«, verkündete Daschmir.

Enowir und Nemira lachten, stockten aber sogleich, als sie erkannten, dass er es ernst meinte. »An so eine Festung klopft man nicht einfach an«, belehrte Enowir ihn kopfschüttelnd.

»Aber wenn wir hier nur rumstehen, werden wir unsere Botschaft auch nicht überbringen.«

»Nun gut, oh weiser Anführer, dann geh voran«, scherzte Enowir boshaft.

Daschmir marschierte tatsächlich los. Eines seiner Kurzschwerter in der Rechten, die Augen wachsam auf die Umgebung gerichtet. Noch vor Tagen wäre ihm beim Anblick des düsteren Waldes, der vor ihnen lag, der Angstschweiß ausgebrochen und er hätte sich hinter seinen beiden Begleitern versteckt. Hoffentlich überschätzte sich der junge Elf nicht.

»Sieh an, das Küken wird erwachsen«, gestand Nemira ihm zu.

»Oder überheblich«, flüsterte Enowir besorgt, wofür er sich von Nemira einen leichten Faustschlag auf die Schulter einfing.

Die beiden Reisenden flankierten den jungen Elfen, um sicher zu gehen, dass er keine Gefahr übersah, die ihm vielleicht das Leben kostete.

Der Wald schloss sich bald um die drei und hüllte sie in Dunkelheit. Das fast schwarze Blattwerk der Bäume ließ kaum Sonnenstrahlen hindurch, sodass die Gefährten nicht mehr als drei Schritte weit sehen konnten. Den beiden Reisenden genügten die Schemen der Umgebung und die Geräusche, um sich zu orientieren und Gefahren zu erkennen. Doch Daschmir wurde deutlich vorsichtiger, was Enowir ihm hoch anrechnete. Es gab hier draußen nichts Schlimmeres als gespielte Sicherheit. Besonders wenn man nicht mit den Geräuschen eines Waldes vertraut war. Überall raschelte und pfiff es. Enowir und Nemira konnten die Laute alle zuordnen und wussten, dass sie keine Gefahr bedeuteten. Für Daschmir hingegen war dies alles fremd. Er zuckte bei jedem Geräusch merklich zusammen.

»Konzentriere dich«, wies Enowir ihn an. »Höre nicht nur, spüre die Umgebung.«

Ein gezielter Schwertstreich von Nemira beendete das Leben einer Schlange, die sich von einem Baum herunter auf Daschmir zu wand. Der junge Elf fuhr heftig zusammen, als der leblose Leib neben ihm zu Boden glitt. Enowir packte ihn fest an der Schulter, bevor der Junge von Panik ergriffen davonstürmen konnte. »Reiß dich am Riemen! Durchatmen!«

Daschmir sog hörbar die Luft ein und stieß sie wieder aus.

»Gut so«, bestärkte Enowir ihn. »Sieh dort.« Er deutete mit seinem Schwert in Richtung einer Lichtung, auf der es deutlich heller war. Dabei hielt er den jungen Elfen weiterhin fest. Zurecht! Einem Überlebensinstinkt folgend wollte sich Daschmir aus der Dunkelheit flüchten, die Gefahren gänzlich außer acht lassend. Erst als Enowir ihn nach hinten riss, fing er sich wieder. Vorsichtig schritten sie zur Lichtung.

Enowir sah es nicht, aber er spürte, wie der Boden unter seinen Füßen leicht bebte. Ein gleichmäßiger Rhythmus, begleitet von raschelnden Blättern, das für ungeübte Ohren zu den anderen Waldgeräuschen keinen Unterschied machte. Nemira und er spürten jedoch die drohende Gefahr. Irgendetwas Großes stapfte dort durch den Wald. Mit lauernder Bedächtigkeit bewegte es Äste und Zweige.

»Weiter«, zischte Enowir. Zwar ließen die Erschütterungen des Bodens nach, und auch das Rascheln verklang, doch das konnte ebenso eine Finte sein. Kratenos Bestien waren gerissen.

Der kleine Trupp schritt weiter auf die Lichtung zu. Im Zwielicht konnten sie nur schwer gegen einen Angreifer kämpfen und schon gar nicht gegen einen dieser Größe. Die Vibrationen des Erdbodens ließen auf etwas Gigantisches schließen. Außerdem waren die Waldbewohner besser an ihre Umgebung angepasst als die Wesen, die hier nur zu Gast waren. Dieser Umstand machte die kleine Gruppe mehr zu Gejagten als zu Jägern. Sie mussten sich zumindest einen kleinen Vorteil verschaffen, wenn dieser auch nur darin bestand, herauszufinden was hier auf sie lauerte.

Immer noch nahm Enowir die Hand nicht von Daschmirs Schulter. Er spürte, wie der junge Elf zitterte. Vermutlich wäre Daschmir ohne Enowirs festen Griff schon längst davongestürmt. Damit hätte er nicht nur sich in unermessliche Gefahr gebracht, sondern auch im Wald lauernden Bestien verraten, wo sich Enowir und Nemira befanden.

Endlich erreichten sie die Lichtung, auf der spärlich Gras wuchs. Enowir erkannte sogleich, dass es an einigen Stellen niedergetreten war, was nur bedeuten konnte, dass die Lichtung stark frequentiert wurde. Von was und wem wusste er jedoch nicht zu sagen. Mit einem Ruck zog er Daschmir hoch, der vor Erleichterung im Sonnenlicht auf die Knie sinken wollte.

»Bleib wachsam«, beschwor er den jungen Elfen. Auch Nemira erkannte die Gefahr. Die Lichtung war nicht groß genug, um einen Angreifer früh zu erkennen. Noch dazu blendete die Sonne derart, dass der Schatten zwischen den Bäumen, für die Augen undurchdringlich wurde. Die Lichtung, die ihnen Sicherheit versprochen hatte, entpuppte sich als eine Falle. Nicht mehr als ein Präsentierteller, auf dem sie gut sichtbar waren.

»Komm.« Enowir zog Daschmir auf der anderen Seite der Lichtung wieder in den Wald. Der junge Elf sträubte sich merklich, zumindest unternahm er keinen Versuch sich loszureißen. Nemira erkannte wohl, dass Enowir genug damit zu tun hatte, Daschmir im Zaum zu halten also machte sie sich allein daran, die Umgebung zu sichern. Dabei nahm sie das Kurzschwert in die linke und ihren Dolch in die rechte Hand. Sie schritt in geschwungenen Bahnen vor ihnen her, um den Wald so weit wie möglich zu erkunden.

Die Dunkelheit schloss sich erneut um sie. Im Zwielicht konnte Enowir lediglich Umrisse in den Schatten wahrnehmen. Er sah, wie Nemira anhielt und sich deutlich sichtbar anspannte. Aus dem Dunkel stach ein Augenpaar hervor, kalt und bedrohlich. Man konnte sie kaum erkennen, da sie so schwarz wie die Finsternis um sie herum waren. Im Restlicht funkelten sie jedoch verräterisch. Es verlieh ihnen etwas Lauerndes und Angriffslustiges. Der Baumbewuchs war hier so dicht, dass die Kreatur unmöglich weit weg sein konnte. Denn sonst wären ihre Augen durch irgendwelche Pflanzen verborgen gewesen. Die Waffen erhoben, bewegte sich Nemira hin und her, scheinbar folgte ihr der bedrohliche Blick.

»Da stimmt was nicht«, flüsterte die Elfe, gerade so laut, damit es Enowir noch hören konnte. Er spürte den fragenden Gesichtsausdruck Daschmirs, der vermutlich nichts gesehen hatte.

Nemira schritt weiter auf das Augenpaar zu. Enowir wusste, was seine Gefährtin meinte. Da waren zwar

Augen, aber es fehlte etwas. Auch wenn sie beängstigend aussahen, so bewegten sie sich keine zwei Fingerbreit. Ebenso wenig kam bei Enowir das Gefühl einer Bedrohung auf.

Immer zielsicherer und schneller schritt Nemira auf das zu, was sie für Bestienaugen gehalten hatten. Enowir folgte ihr mit Daschmir in sicherer Entfernung.

Es handelte sich tatsächlich um Augen! Enowir trat schnell hinter Daschmir, schlang den Arm um ihn und hielt ihm den Mund zu. Keinen Augenblick zu früh. Der heiße Atem, den er auf seinen Handflächen spürte, gehörte zu einem deutlich gedämpften Entsetzensschrei. Vor ihnen erhob sich eine mannshohe Echse. Sie stand auf den Hinterbeinen und hielt die mit Greifklauen besetzten Pranken zum Angriff ausgestreckt. Ihr Maul war zu einem Schrei geöffnet und ihre Augen funkelten bösartig.

Nemira schritt an das Reptil heran und stieß ihm mit dem Griff ihres Dolches auf die stumpfe Nase. »Eine gute Arbeit«, erkannte sie leise an. »Ich wäre fast darauf hereingefallen.«

Enowir spürte, wie Daschmir klar wurde, dass es sich bei der Echse lediglich um eine Statue handelte, in deren Augenhöhlen schwarze Edelsteine eingesetzt waren. Wegen der lebensecht wirkenden Skulptur übersah man beinahe, dass sie in eine glatte Wand eingelassen war. Die perfekten, rechtwinkligen Steine waren so vollkommen angeordnet, dass man nicht einen Fingernagel in die Fugen schieben konnte. Das Bauwerk wurde nur spärlich durch die Baumwipfel beleuchtet, was die Statue umso lebendiger erscheinen ließ.

»Was ist das?«, erkundigte sich Daschmir fasziniert, als Enowir seinen Mund wieder frei gab.

»Sieht wie ein alter Außenposten aus«, überlegte Nemira. Über das große Ereignis hinweg war die Steinmetzkunst der Elfen fast gänzlich verloren gegangen. Solch eine vollkommene Mauer zu errichten, war ihrem Volk unmöglich geworden.

Enowir - genauso wachsam wie eh und je - schlich um die Ecke des Bauwerks herum. Vermutlich handelte es sich um die Ruine eines Turmes. Als er mit erhobenem Schwert um die erste Ecke schritt wurde ihm klar, warum sie den Turm nicht hatten über den Wald aufragen sehen. Hier lagen etliche Trümmer des weißen Gesteins. Man konnte sie zumindest erahnen, denn sie waren mit Moos überwachsen und vom Regen ausgewaschen. Hier und da hatte sogar ein Baum die Wurzeln darübergeschlagen. Die Trümmer, die sich oft nur noch als verdächtige Bodenstruktur zeigten, lagen in einer Linie, als sei der Turm vor langer Zeit einfach abgebrochen.

Enowir hörte Daschmir deutlich hinter sich und Nemiras Anwesenheit spürte er im Innern. Den Rücken gedeckt, wagte er sich um die Ecke. Schnell schritt er die Seite des Turmes ab, um den Bereich zu sichern. In der Wandmitte hatte sich eine weitere Echsenstatue befunden. Sie war jedoch von den Trümmern des Bauwerks zerschmettert worden. Enowir huschte um die nächste Ecke. Er musste überprüfen, ob hier nicht irgendetwas oder irgendwer auf ihn und seine Begleiter lauerte. Auf dieser Seite befand sich ein Pfad, der sich breit und ausgetreten durch die Bäume schlängelte. Er führte bis an ein Tor im Turm heran. Sich seiner Rückendeckung sicher, schlich Enowir bis an die Tür heran. Zwischen den vermoderten Holzresten des Portals konnte er einen Blick ins Innere werfen. Er sah eine rechtsgewendelte Treppe, die in den Turm hinauf führte.

»Lass uns da rauf gehen«, begeisterte sich Daschmir aufgeregt. Wie es schien, hatte er die drohende Gefahr des Waldes ganz vergessen.

»Wenn da oben jemand ist, dann ...«, wollte Nemira ihn warnen, doch Daschmir unterbrach sie: »...dann hätte er hier Wachen aufgestellt. Man muss immer den Rückweg sichern«, zitierte er eine von Enowirs Lektionen.

Nemira sah ihren Gefährten anklagend an.

»Ich kann nichts dafür, wenn das Küken so gut aufpasst«, entschuldigte sich Enowir. Er erkannte ebenfalls die Gefahr, die dieser Turm bot. Durch die Richtung der Wendeltreppe war er kaum zu erstürmen. Man konnte mit der rechten Hand nicht ausholen, um den Gegner zu treffen, der über einem stand. Selbst wenn der eingestürzte Turm noch begehbar war, bot er ein anderes Risiko. Dort oben saßen sie in der Falle. Sie befanden sich auf dem Boden eines fremden Klans, den sie unerlaubt und noch dazu mit einer Kriegserklärung betreten hatten. Es machte ein schlechtes Bild, wenn man sie beim Herumschleichen erwischte. Auf Freundlichkeiten brauchten sie jedenfalls nicht zu hoffen.

»Nemira hat recht, es ist zu riskant«, stimmte ihr Enowir nach kurzer Überlegung zu.

Daschmir blickte sehnsüchtig die Stufen hinauf.

»Komm jetzt.« Enowir packte ihn ein wenig zu fest an der Schulter, sodass der junge Elf zusammenzuckte. Deshalb lockerte Enowir den Griff und schob ihn in die Dunkelheit des Waldes.

»Wenn ich mich nicht irre, dann führt dieser Pfad hoch zur Festung«, überlegte Nemira.

»Wir sind direkt hinter dir«, teilte Enowir ihr mit.

Der vom Sonnenlicht erhellte Trampelpfad schien Daschmir zu beruhigen. Enowir hingegen störte das, denn es ließ den übrigen Wald nur noch dunkler erscheinen. Da war es, das unbestimmte Gefühl nicht allein zu sein. Irgendetwas lauerte in diesem Wald. Doch es blieb bei einer Ahnung. So intensiv sich Enowir auch bei jedem Schritt auf seine Sinne konzentrierte, konnte er dennoch nichts wahrnehmen ... So gar nichts. Enowir erschrak. Es regte sich nicht das kleinste Tier. Im Wald herrschte Totenstille.

»Nemira«, flüsterte er.

»Ja?«, fragte sie hochkonzentriert.

»Bemerkst du etwas?« Obwohl er sich bemühte leise zu sprechen kam ihm seine Stimme wie das Gebrüll eines verwundeten Löwen vor.

»Nein, da ist nichts«, gab sie zurück, während sie sich Schritt für Schritt voran wagte.

»Ganz genau«, zischte er und versuchte noch leiser zu sprechen.

»Du meinst ...« Jetzt begriff sie. »Oh, verdammt!«

Hinter ihnen flammten im Dunkel des Waldes etliche gelbe Augenpaare auf.

»Lauft!«, befahl Nemira. Daschmir ließ sich das nicht zweimal sagen, riss sich los und stürmte, so schnell er konnte, davon. Enowir rannte ihm hinterher, um den jungen Elfen zu beschützen. Es dauerte nicht lange, da hatte er Daschmir eingeholt. Dieser stand völlig außer Atem vornübergebeugt, die Hände auf die Oberschenkel gestützt, mitten auf dem Trampelpfad. Bisher war er nicht auf die Idee gekommen, eine der zahlreichen Waffen zu ziehen, die er bei sich trug.

»Das nennst du Flucht?«, schimpfte Enowir und wirbelte herum. Von Nemira war nichts zu sehen.

»Diese ...«, sein Zorn mischte sich mit tiefer Sorge. Was auch immer sie da angegriffen hatte, Nemira glaubte doch nicht allen Ernstes, sie könne allein damit fertig werden. Wenn sie ihnen durch ihr Opfer nur Zeit verschaffen wollte, so hätte sie wissen müssen, dass alle Zeit der Welt nicht ausreiche, um Daschmir sicher aus dem Wald zu bringen. Der junge Elf beherrschte weder Kampfkunst, noch besaß er genug Ausdauer.

»Wo ist Nemira?«, keuchte Daschmir und richtete sich auf, wobei er wie eine Hyäne hechelte.

»Sie kommt gleich«, log Enowir. Er hoffte es zwar inständig, aber sicher war er sich nicht. Ganz im Gegenteil. Er lauschte und fühlte mit allen Sinnen in den Wald hinein. Zwar meinte er, Geräusche zu hören, doch konnte er sie nicht einordnen. Es war kein Kampf und auch keine Schritte. Waren es Stimmen oder fraß da etwas? Entsetzt schlug er die linke Hand vor den Mund.

»Was? Was ist los, was hast du?«, wollte Daschmir irritiert wissen. Er erhielt keine Antwort. Stattdessen packte Enowir ihn an der Jacke und zog ihn weiter.

»Komm! Schnell!«, befahl er, ohne seine Stimme dabei zu senken. Im Laufschritt zog er den jungen Elfen hinter sich her.

Es dauerte nicht lange, da gelangten sie auf die gerodete Ebene vor der Festung. Hier waren sie auf gut tausend Schritt zu sehen. Aber für Abgesandte gehörte es sich nicht, sich anzuschleichen. Außerdem wurden sie, wenn sie sich offen zeigten, vielleicht für Elfen von diesem Klan gehalten, sodass sie unbehelligt bis zum Tor gelangen konnten.

»Wir müssen umkehren und Nemira suchen«, begehrte Daschmir auf, wobei er versuchte, sich aus Enowirs Griff herauszuwinden. Der Reisende hatte gar nicht bemerkt, dass er ihn immer noch festhielt. Seine

Gedanken überschlugen sich vor Sorge und Schmerz. Nemira hatte sich für sie geopfert und für was? Nur damit sie noch mehr Blut, Tod und Verderben über ihren eigenen Klan brachten. Enowir wollte nicht glauben, dass sie wirklich tot war. Das konnte nicht sein, nicht so. Es durfte einfach nicht sein! Er merkte, wie sich seine Augen mit Tränen füllten, als er an seine Gefährtin dachte. Ihr Lächeln, ihre frechen Bemerkungen ... was ging nur mit ihm vor?

»Sie ist tot«, hörte er sich selbst sagen.

»Nein, das glaube ich nicht!«, rief Daschmir und schlug nach dem Arm, der ihn gepackt hielt. Enowir spürte es kaum. Der Schmerz, der in seiner Brust wütete, war wesentlich heftiger.

»Wir haben einen Auftrag«, sprach er mit einer Stimme, die bei jedem Wort wegzubrechen drohte. »Sie ist umsonst gestorben, wenn wir ihn nicht erfüllen, verstehst du das?« Er packte Daschmir an beiden Schultern und rüttelte den jungen Elfen. Dieser sah ihn erstaunt an.

»Was ist mit dir?«, erkundigte sich Daschmir »Hast du Schmerzen? Wieso weinst du?«

Elfen weinten tatsächlich nur wegen Schmerzen. Allerdings nur wegen solchen, die aus Wunden oder Krankheiten herrührten. Und auch dann nicht, weil sie diese nicht ertrugen, sondern wegen eines Reflexes ihres Körpers, der ihnen bei bestimmten Empfindungen Wasser aus den Augen drückte. Ein Grund mehr, warum Elfen ihren Leib so verabscheuten. Weil er nicht nur ungehorsam war, sondern allen möglichen Dreck absonderte. Dazu gehörte auch salziges Wasser, das ihnen aus den Augen lief.

»Du machst dir keine Vorstellung«, gab Enowir zur Antwort und wischte sich über das Gesicht, wobei er um die Beherrschung seiner Gefühle rang.

»Bist du verletzt?«, Daschmir schien aufrichtig besorgt.

»Scheint wohl so«, speiste Enowir ihn ab. Ja, er war verletzt. Seine Seele hatte eine Wunde, wie er sie nicht kannte und noch weniger wusste er, wie man sie behandeln musste. »Komm jetzt ... dein Auftrag.« Er entzog sich Daschmirs mitfühlenden Blicken.

»Ich habe schon einmal davon gehört. Es nennt sich Nibahe, wenn sich ein Elf zu einem anderen so hingezogen fühlt, dass ihre Seelen miteinander verschmelzen. Wenn dann einer stirbt, empfindet der andere so großen Schmerz, als sei ihm ein Körperteil weggerissen worden. Manche sagen, es sei eine Krankheit. Andere glauben, diese Verbindung hätte magische Kräfte. Ich weiß nicht, was ich denken soll. Mir ist das jedenfalls noch nie begegnet.« Hinter Daschmirs Geplapper mochte sich Unsicherheit verbergen, doch egal, was der Ursprung seiner Worte war, es machte Enowir unfassbar wütend.

»Halt deinen Mund und komm jetzt, verdammt!«, bellte er den jungen Elfen an, der sogleich verstummte und immer kleiner wurde.

Sie hatten sich noch keine hundert Schritt vom Wald entfernt, da rief sie eine Stimme mit solch hartem Befehlston zurück, dass vermutlich selbst ein Fluss vorübergehend seinen Wasserlauf gestoppt hätte: »Ihr bleibt stehen!«

Enowir erschrak so heftig, wie selten in seinem Leben. Der Schmerz in der Brust hatte seine Sinne blind werden lassen.

»Ihr dreht euch langsam um und lasst die Waffen fallen!«

Selbst wenn Enowir gewollt hätte, so wäre es ihm nicht möglich gewesen den Schwertgriff länger umschlossen zu halten. Ihre Waffen klirrten zu Boden, als sie sich zögernd zum Sprecher herumdrehten.

Es waren Elfen, zwölf an der Zahl. Sie ritten auf Echsen, die Enowir bis zur Schulter reichten. Auch wenn sie etwas kleiner waren, so glichen sie den Statuen am Turm derart, als seien diese zum Leben erwacht. Ihre Schuppen glänzten schwarz. Dazwischen ragten feine Härchen auf, die sich im Wind bogen und den Tieren einen eigenartigen Schimmer verliehen. Ihre Augen hingegen waren gelb und geschlitzt. Die Bestienmäuler verströmten einen fauligen Atem, der sogar über diese Entfernung einen süßlichen Geschmack in Enowirs Mund hinterließ. Die Elfen waren mindestens genauso sonderbar anzusehen wie ihre Reittiere, auf denen sie in zweckmäßigen Sätteln saßen. Ihre Körper waren von aufwändigen Rüstungen geschützt, die aus den unterschiedlichsten Panzerplatten der Bestien von Krateno zusammengesetzt waren. Die Panzer waren schwarz eingefärbt, was man daran erkannte, dass die Farbe an manchen Stellen abblätterte. Alles in allem ein guter Schutz, der aber sicherlich schwer auf den Schultern der Träger lastete. Enowir konnte sich nicht vorstellen, dass man mit solch einer Rüstung am Leib zu Fuß weit kommen würde. Deshalb waren die Elfen wohl auch beritten, selbst wenn er sich über die Wahl des Tieres nur wundern konnte. In seinen kühnsten Träumen wäre Enowir nicht eingefallen, sich auf dem Rücken so einer Bestie zu setzen. Er kannte diese Echsen nur als bösartige Aasfresser.

Die Elfen jedenfalls sahen auf den ersten Blick nicht großartig anders aus, als jene seines Klans, von ihren Rüstungen und Reittieren abgesehen. Ihre Gesichtszüge waren glatt und scharfkantig, die Haare blond, braun, oder noch dunkler. Ihre Ohren hingegen liefen nicht einfach spitz zu, sondern zweifach. Es sah so aus, als habe man sie nachträglich eingeschnitten, damit unter der oberen Spitze eine weitere entstand. Der Anführer, der beträchtlich größer als die anderen Elfen war, besaß sogar zwei weitere Spitzen, sodass seine Ohren eigentümlich gezackt anmuteten. Sein geschwungenes Schwert hielt er blankgezogen in der Rechten, während seine Begleiter mit Bögen auf Enowir und Daschmir zielten. Anscheinend genügten ihre Beine vollkommen, um die wilden Bestien im Zaum zu halten.

Mit kühlem Blick musterte der Anführer die beiden. »Wer seid ihr und wie könnt ihr es wagen in unser Land einzudringen?«

»Wir kommen im Auftrag unseres Oberen, Gwenrar«, antwortete Daschmir, noch bevor Enowir ihn aufhalten konnte. Er fürchtete, der Junge könnte etwas Dummes sagen, was sie um Kopf und Kragen brachte. »Wir haben eine Botschaft«, verkündete Daschmir.

»Ihr werdet erwartet«, erwiderte der Anführer ärgerlich. »Warum ...« Ein heftiger Hustenanfall unterbrach ihn. Er wischte sich über den Mund und wiederholte: »Warum kommt ihr erst jetzt?«

»Es ging nicht schneller. Dieses Land ist schwer zu bezwingen, wie ihr sicher wisst«, erwiderte Daschmir so fest und bestimmt, als habe er schon immer diplomatische Verhandlungen geführt. Vielleicht war das sein persönlicher Kampfplatz, auf dem er dereinst Schlachten austragen würde.

»Dann lasst uns nicht noch mehr Zeit verschwenden«, beschloss der Anführer. »Nehmt eure Waffen und geht!«, verlangte er, nicht ohne noch eine Drohung hinterher zu schieben: »Und wenn ihr nur eine falsche Bewegung macht, habt ihr so viele Pfeile im Körper stecken, dass ihr nicht einmal mehr spürt, wie ihr sterbt.«

»Eines noch«, bat Enowir, wenn auch mit Nachdruck. »Habt ihr im Wald eine Elfe gesehen?«, die Hoffnung schwang derart in seiner Stimme mit, dass der Anführer den matten Anflug eines Lächelns zeigte. »Das Grünauge?«, fragte er, obwohl sein Gesicht deutlich verriet, dass er genau wusste, um wen es ging. Über einem weiteren Hustenanfall fiel ihm das Lächeln aus dem Gesicht.

Enowir rang um Beherrschung und zwang sich zu einem Nicken.

»Ein widerspenstiges Biest«, kommentierte der Anführer und zog an einem Seil, das um seinen Sattelknauf gebunden war. Nemira stolperte an den Händen gefesselt hinter dem Reittier hervor. Zweifellos hatte man sie während der Unterredung mit Pfeil und Bogen bedroht, denn sonst hätte sie auf sich aufmerksam gemacht. Ihre Nase blutete und das linke Auge schwoll ihr zu. Nemira lächelte schwach, als sie Enowir erblickte, dessen Herz vor Erleichterung fast aus der Brust sprang.

»Was habt ihr mit ihr gemacht?«, knurrte Enowir.

Dieses Mal war es Daschmir, der ihm beruhigend seine Hand auf die Schulter legte. »Sie lebt«, flüsterte er. »Lass es gut sein.«

»Hat sich etwas zu energisch gewehrt.« Der Anführer der berittenen Elfen wurde von einem heftigen aber kurzen Hustenanfall unterbrochen. »Wir wollten ihr nichts zu Leide tun, aber sie hat uns nicht geglaubt.« Seine Worte klangen mehr wie eine Feststellung als eine Entschuldigung.

»Könntet ihr sie bitte freilassen, sie wird vernünftig sein«, versprach Daschmir.

Enowir hätte fast gelacht, als er seinen Schützling sprechen hörte. Mit einem Elfen, der offenkundig zum Kämpfer geboren war, konnte man nicht in solch einem Ton sprechen, man musste Stärke zeigen.

»Um des Friedens willen«, erwiderte der Anführer, beugte sich zu Nemira, packte ihren linken Arm, zog ihre Hände zu sich nach oben und löste mit geübten Handgriffen die Fesseln.

Fassungslos blickte Enowir das vermeintliche Küken an. Unglaublich, was Daschmir mit nur ein paar freundlichen Worten bewirken konnte.

Von den Fesseln befreit, stolperte Nemira auf ihren Gefährten zu. Ohne jede Vorsicht kam Enowir ihr mit schnellen Schritten entgegen. Um die beiden herum knarrten die Bogensehnen bedrohlich. Doch der Anführer gebot seinen Kriegern mit einer Handbewegung nicht zu schießen. Nemira sank entkräftet in Enowirs Arme. Erleichtert drückte er ihren zarten Körper an sich. Schon wieder bahnten sich Tränen den Weg aus seinen Augen. Er wusste nicht, was ihn dazu veranlasste, doch es war ihm egal. Genau so wie ihm gleichgültig war, was die Umstehenden über ihn dachten. Er hatte Nemira wieder und nur das zählte. Enowir bemerkte die irritierten Blicke nicht, die sich die Elfen untereinander zuwarfen und achtete nicht auf das, was sie sagten. Er genoss die unbekannten Gefühle, die er empfand.

***

Der Anführer der Wächter hieß Salwach und sprach nicht sonderlich viel. Er war ein Krieger, genauso wie Enowir. Vielleicht aber auch mehr als das. Salwach gegenüber fühlte sich Enowir so, wie es Daschmir ihm gegenüber ergehen musste, denn der Anführer der Wache war ein Hüne von einem Elfen.

Die anderen Reiter stellten sich weder vor, noch wechselten sie ein Wort mit ihnen. Sie senkten zwar die Bögen, doch behielten sie einen Pfeil auf der Sehne. Ihre Aufmerksamkeit galt nicht die ganze Zeit dem kleinen Trupp, den sie eskortieren, sondern vor allem jenen Gefahren, die Krateno überall bereithielt.

Enowir musste Nemira tragen, damit sie überhaupt vorankamen. Sie legte ihren Arm um ihn und den Kopf an seine Brust. Er hätte gelogen, und er hätte wirklich gerne gelogen, vor allem sich selbst gegenüber, wenn er gesagt hätte, dass er ihre Nähe nicht genoss. In ihrer Gegenwart fühlte er sich vollständig.

Daschmir schritt neben Salwach her. Der junge Elf hatte sich bemerkenswert schnell in die Rolle des Abgesandten hineingefunden, sodass sich Enowir nur noch um die Botschaft sorgte, die sie zu überbringen hatten.

Es dauerte nicht lange, bis sie die Festung erreichten. Das Tor war sechs Schritt hoch und vier breit und bestand aus massiven Holzbohlen, die von schweren Eisennägeln zusammengehalten wurden. Der Festungswall stammte noch aus einer Zeit vor dem großen Ereignis und wirkte unüberwindbar. Seine Bauweise war mit dem des Vorpostens im Wald identisch. An wenigen Stellen hatte man ihn mit schweren Holzplanken ausgebessert oder versucht die herausgebrochenen Steine wieder einzusetzen. Das

Ergebnis wirkte primitiv, unbeholfen und nicht sonderlich stabil. Nur an dem Turm inmitten der Festung schien die Zerstörungsgewalt des großen Ereignisses spurlos vorbeigegangen zu sein.

Als sich ihnen das schwere Tor endlich öffnete, offenbarte sich Enowir und seinen Begleitern eine Fremde und doch vertraute Welt.

Die hierlebenden Elfen besaßen alle diese seltsam eingeschnittenen Ohren, vermutlich war das ihr Erkennungsmerkmal, oder aber es hatte religiöse Gründe. Enowir konnte darüber nur spekulieren. Was er allerdings deutlich sah, waren die Blicke der anderen Elfen, die sich um das Tor versammelten. Sie waren misstrauisch. Manche schienen sogar feindselig. Er vergaß ganz, dass es ihm mit dem anderen Klan, den er einst getroffen hatte, ähnlich ergangen war. Hier auf Krateno war ein gesundes Misstrauen überlebensnotwendig. Enowir empfand diese Haltung ihnen gegenüber dennoch als verletzend, weil er sich nichts vorzuwerfen hatte.

Als Enowir den Ärger überwunden hatte, fiel ihm noch etwas auf, was eigentlich offensichtlich sein sollte. Diese Elfen verstanden sich wesentlich besser auf die Baukunst, wofür die rechteckigen Bohlen sprachen, mit denen sie ihre Steinhäuser ausgebessert hatten. Auch die Dächer waren mit regelmäßigen Holzschindeln gedeckt. Ihre improvisierten Rüstungen und auch die Bewaffnung sprachen dafür, dass sie Enowirs Klan handwerklich weit überlegen waren. Die Zähmung der Bestien und deren Gebrauch als Reittiere kündete zudem von einem Wissen, welches ihnen verborgen war. In Enowirs Klan glaubte man daran, dass Pferde die besten Reittiere waren. Doch ihr Land war derart verderbt, dass ein Ross dort nicht lange überlebte. Also blieben die wenigen Pferde, die sie besaßen, im Lager zurück und die Elfen machten sich zu Fuß auf die Jagd. Ihre Beute wurde in klapprigen Karren, die von mehreren Elfen gezogen und geschoben werden mussten, zurückgebracht. Dabei lockten sie durch den Geruch des Blutes das ein oder andere Ungeheuer an, was diese Unternehmungen zusätzlich erschwerte. Keiner wäre auf die Idee gekommen eine Echse zu einem Reittier abzurichten. Der Gedanke schien absurd. Enowir musterte die schwarzen Reitechsen, als die Ritter abstiegen. Sie wirkten, bis auf ihr unheilvolles Aussehen, recht friedlich. Eines der Tiere schnappte nach einer Fliege, ein Gebaren, welches erschreckend anmutete und dabei absolut harmlos war. Ein einziger Elf in einfacher Kleidung trat heran, schnippte nur mit den Fingern und die Tiere folgten ihm wie Küken einer Glucke. Enowir traute seinen Augen nicht. Wie bei Conara war das nur möglich? Er widerstand, danach zu fragen, um nicht zu offenbaren, dass sie nicht über solche Reiterei verfügten. Jetzt schon darauf aufmerksam zu machen, dass sie diesem Elfenklan fast in allem unterlegen waren, hätte sich vermutlich zu ihrem Nachteil auf die Verhandlung niedergeschlagen.

»Ihr legt eure Waffen hier ab«, sprach Salwach. Es war kein Befehl, aber seine Worte ließen auch keinen Widerspruch zu. Daschmir half Enowir dabei, denn Nemira schlief in seinen Armen und er wollte sie nicht wecken. Als sich der junge Diplomat daranmachte, ihnen die Trinkschläuche abzunehmen, wachte Nemira trotz seiner Behutsamkeit auf.

»Nein, bitte.« Sie packte Daschmirs Handgelenk, als dieser gerade einen kleinen Trinkbeutel aus ihrem Gürtel aushängte. Mit flinken Fingern drehte sie ihm diesen aus der Hand. »Ich habe Durst«, sie klang geschwächt und doch gab sie Enowir zu verstehen, dass er sie absetzen sollte. Mit zitternden Knien kam sie auf die Beine, öffnete den Trinkschlauch und nahm einen kleinen Schluck daraus, wobei sie sich von ihren Gefährten wegdrehte. »Ah, das hat gut getan«, ihre Stimme klang bereits etwas fester. Sie sah sich erstaunt um. Wie Enowir, musste sie die vielen neuen Sinneseindrücke erst wirken lassen.

»Den legst du auch weg«, verlangte Salwach auf seine gebieterische Art.

»Nein!«, widersprach Nemira energisch. Sie widerstand seinem durchdringenden Blick und schloss die Hand um das Mundstück des Schlauches, wobei sie ihn fest an sich drückte.

»Er ist ihr Glücksbringer«, ergriff Enowir für seine Gefährtin Partei. Er hatte sie vor Jahren einmal nach dem sonderbaren, kleinen Behälter gefragt, den sie niemals ablegte. Laut ihrer Erzählung hatte sie ihn von ihrer Mentorin bekommen, die ihr sagte, sie sei zur Kämpferin geboren. Auf keinen Fall sollte sie sich in das Schicksal einer gewöhnlichen Frau ergeben, sondern um ihre Selbstbestimmung kämpfen. Die Geschichte klang etwas eigenartig, wenn man die Gepflogenheiten ihres Klans kannte. Denn Frauen hatten keine Mentoren. Aber Nemira war in vielem anders. Auf jede weitere Nachfrage hatte sie sich in Schweigen gehüllt, was Enowir respektierte.

»Ach ja?« Salwach runzelte misstrauisch die Stirn. Er entwand der geschwächten Nemira den Trinkschlauch, ohne dass sie seiner Kraft viel entgegenzusetzen hatte. Einer der gerüsteten Elfen griff zum Schwert, als sie Anstalten machte Salwach nachzusetzen. Sie blickte den Anführer der Wächter, der in seinen Ellenbogen hustete, grimmig an. Nachdem er sich von der leichten Hustenattacke erholt hatte, öffnete er den Trinkschlauch und roch an dessen Inhalt. Während er den Duft einsog, blickte er Nemira durchdringend an, von deren zornfunkelnden Augen gänzlich unbeeindruckt.

»Du hast einen gefährlichen Weg beschritten«, sprach er, schloss den kleinen Trinkbehälter und gab ihn Nemira, zu Enowirs Überraschung, zurück.

»Ihr kommt jetzt mit. Kranach erwartet euch bereits«, forderte Salwach auf, ihm zu folgen.

Er ging auf direktem Weg durch die befestigte Anlage, die Enowir unerwartet klein vorkam. Hier schienen nicht viele Elfen zu leben; nicht wie in Enowirs Klan. Dort überlegten sie seit geraumer Zeit, die Palisaden auszubauen, um den Bewohnern mehr Platz zu verschaffen. Er schätzte die Anzahl der hier lebenden Elfen auf etwa dreihundert. Wenn Enowir davon ausging, dass vielleicht fünfzig auf der Jagd waren, so war die Bevölkerung, im Vergleich zu ihrem Klan, verschwindend gering. Ein Teil der Festung war mit mannshohen Holzpalisaden abgegrenzt. Vielleicht hielten sich dort fünfzig weitere Elfen auf. Für mehr reichte der Platz nicht, wenn er davon ausging, dass die Festungsmauern eine gewisse Symmetrie besaßen.

»Was hat er damit gemeint, als er gesagt hat, du hättest einen gefährlichen Weg beschritten?«, wollte Enowir flüsternd von Nemira wissen. Damit ihre Aufpasser sie nicht verstehen konnten.

»Weiß ich auch nicht.« Nemira hatte schon immer schlecht gelogen. Jetzt, da sie geschwächt war, missglückte die Lüge völlig. Enowir beschloss, es diesmal dabei bewenden zu lassen. Es war weder der richtige Zeitpunkt noch der richtige Ort für solch ein

Gespräch. Dennoch musste er der Sache auf den Grund gehen. Allein Nemira zuliebe.

Sie gelangten bei dem gigantischen Turm an, der ein mächtiges Tor besaß, das nur über ein großes Steinpodest erreicht werden konnte, welches sich vor dem Prachtbau erhob. Im Inneren taten sich rechts und links jeweils fünf schrittbreite Stufen auf. In der Mitte des Treppengewölbes befand sich eine runde Plattform, die ohne Probleme Platz für zehn Personen bot. Sie war derart reich verziert, dass sie vermutlich nur zu festlichen Anlässen betreten wurde. Instinktiv wollte Enowir die Treppe zur Linken nehmen, auch wenn er sich vor dem Aufstieg fürchtete. Dabei sorgte er sich nicht so sehr um sich selbst, sondern um Nemira, die nicht so aussah, als würde sie einen derartigen Anstieg bewältigen können. Aber Salwach packte ihn an der Schulter und schob ihn wie einen Jüngling auf die verzierte Platte in der Mitte des Bauwerks. Von hier aus konnte man im Turm ganz nach oben blicken, selbst wenn Enowirs Sehkraft dazu bei weitem nicht ausreichte. Daschmir sah ihn fragend an. Er konnte nur mit den Schultern zucken, denn er wusste auch nicht, was sie hier sollten. Salwach hustete kurz und ließ daraufhin einen gellenden Pfiff ertönen. Es rumpelte laut und der Boden schwankte. Für einen Augenblick dachte Enowir, es sei ein Erdbeben und suchte nach Halt. Es gelang ihm lediglich, Nemira zu ergreifen, die ebenfalls um einen festen Stand rang. Sich gegenseitig stützend bemerkten sie, dass sich der Turm um sie herum zu senken begann.

»Wie bei Conara ist das möglich?«, wollte Enowir wissen. Er benötigte einen Moment bis er verstand, dass sich nicht der Turm absenkte, sondern sich die Plattform, auf der sie standen, nach oben bewegte.

Salwach lächelte überlegen. »Das ist ein Aufzug, und wie er funktioniert ist unser Geheimnis«, nahm er gleich die aufkommende Frage vorweg.

Enowir war klar, dass es von Anfang an Salwachs Absicht gewesen war, sie hiermit zu beeindrucken und damit gleichzeitig die Überlegenheit seines Klans zur Schau zu stellen. Nur zögerlich gestand er sich ein, dass der Anführer der Wache damit Erfolg hatte. Enowir glaubte nicht daran, dass sie gegen diesen Klan einen Krieg gewinnen konnten, auch wenn ihn Gwenrar offenbar wollte. Er hoffte inständig, dass Daschmir genauso dachte und er bei der Verhandlung auf jegliche Provokation verzichten würde.

Die Fahrt mit dem Aufzug ging länger, als es Enowir lieb war. Er wollte sich nicht ausmalen, wie viele Schritte es unter ihnen abwärts gehen mochte. Gerade weil er nicht sah, was diese Konstruktion antrieb, traute er ihr nicht. Das Einzige, was ihn zuversichtlich stimmte, unversehrt oben anzukommen, war der Umstand, dass sich Salwach mit seinen Männern ebenfalls auf der Plattform befand.

Immer wieder schoben sie sich über bogenförmige Öffnungen hinweg, welche die vielen Stockwerke des Turmes anzeigten. Enowir hatte längst aufgegeben, sie zu zählen. Durch einige Schächte fiel Licht herein und beleuchtete die Wände, an denen sich verblassende Malereien befanden, die aus ihrer weit zurückliegenden Vergangenheit stammten. Sie zeigten Kämpfe mit Drachen und anderen Völkern, von denen Enowir noch nie etwas gehört, geschweige denn gesehen hatte. Er konnte die Bilder jedoch nicht ausgiebig betrachten, weil sie sich dafür zu schnell an ihnen vorbeischoben. Zudem war das Licht zu fahl und die Farben verblasst.

Ein Ruck lief durch den Aufzug, als er abrupt stoppte. Enowir musste einen Ausfallschritt machen, um nicht hinzufallen.

Salwach schritt durch einen Torbogen und die drei Gefährten folgten ihm staunend. Es ging noch einige Treppenstufen hinauf. Hier verzählte sich Enowir nach der siebenundfünfzigsten Stufe und gab den Versuch auf. Um die tatsächliche Höhe des Turmes abzumessen, war es ohnehin zu spät.

Sie betraten einen großen Raum, an dessen Ende ein prachtvoller Stuhl stand, der mit allerlei Edelmetallen beschlagen war. Vom Eingang bis zum Thron war ein breiter Teppich ausgelegt, der schon bessere Tage gesehen hatte. Er mochte einst weiß gewesen sein, war jedoch zu vergilbt und zu schmutzig, um seine ursprüngliche Farbe mit Sicherheit bestimmen zu können. Außerdem war der Stoff zerrissen und wurde an manchen Stellen nur noch durch einige Fasern zusammengehalten. Er und der Thron waren die letzten Indizien dafür, dass es sich bei diesem Raum um einen Thronsaal gehandelt haben musste, in dem ein mächtiger König vor dem großen Ereignis Hof gehalten hatte. Die Wände hatten vermutlich prächtige Behänge und vielleicht einmal Wappen geziert, doch von beidem war nichts mehr zu sehen. Der Raum strahlte jetzt etwas Zweckmäßiges aus. An den Wänden standen etliche Regale, in denen sich unzählige in Leder eingeschlagene Seiten befanden. Sie standen aufrecht darin oder lagen so auf der Kante der Regalbretter, als wolle man sie gleich herausnehmen. Enowir hatte sich, wie die allermeisten Elfen seines Klans, nie viel aus der Kunst des Lesens und Schreibens gemacht. Doch diese Masse an Schriftstücken beeindruckte ihn derart, dass in ihm der Wunsch aufkam, sie zu studieren und sich deren verborgenes Wissen anzueignen. Überall standen Kohlebecken, die nicht nur den Raum warmhalten sollten, sie sonderten auch einen sonderbaren Geruch ab, der Enowir eigenartig vertraut vorkam. Durch die offenen Turmfenster konnte Enowir die Wolken sehen, denen sie erstaunlich nahe gekommen waren. Bei dem Anblick begann sich alles um Enowir zu drehen.

In der Raummitte stand ein runder Tisch, an dem mehrere Stühle ihren Platz hatten. Diese sahen wesentlich schlichter aus als der Thron, stellten aber eine sehr gute Handarbeit dar. Dort saß ein Elf mit weißen Haaren. Seine Ohren waren ebenfalls doppelt gezackt, wie die von Salwach. Er schien recht groß zu sein, wenn auch nicht so hoch und breit gewachsen wie der Anführer der Wache. Er trug keine Rüstung, sondern ein einfaches weißes Leinengewand. Seinen Kopf zierte ein goldener Reif, der wohl eine Krone darstellen sollte. Da sie schief auf seinem Haupt saß, verlieh sie ihm nicht die Würde, die ein solches Amtszeichen für gewöhnlich vermittelte. Vermutlich machte er sich auch nicht viel aus solcherlei Zierrat, was seine Kleidung deutlich belegte. Gedankenverloren betrachtete er aus blauen Augen die Karte vor sich, wobei er die Neuankömmlinge nicht zu bemerken schien. Salwach räusperte sich, was in einem weiteren Hustenanfall mündete, der kein Ende mehr nehmen wollte. Nur unter Aufbietung seiner ganzen Willenskraft gelang es dem Hünen, die Hustenattacke zu beenden.

Der Elf am Tisch blickte auf und lächelte freundlich. »Ihr müsst die Abgesandten von Gwenrar sein. Wir haben sehnsüchtig auf euch gewartet.«

Er erhob sich und geriet dabei ins Wanken. Die Krone rutschte ihm über die Augen, was ihn dazu veranlasste, sie abzunehmen und polternd auf den Tisch fallen zu lassen. Salwach biss verärgert die Zähne zusammen, sagte jedoch nichts. Enowir war klar, dass der Anführer der Wache die ganz Zeit über versucht hatte bei ihnen den Eindruck der Überlegenheit zu erwecken. Mit Sicherheit gehörte die goldene Krone auch zu seinem Plan, der an dieser Stelle schmählich scheiterte.

»Mein Name ist Kranach«, stellte sich der Elf vor. »Bitte setzt euch. Männer und Frauen sollten trinken, wenn sie verhandeln«, seine Worte klangen wohlwollend. Aber jeder, der Jahre in der Wildnis zugebracht hatte, wusste, dass sich selbst das harmloseste Wesen als ein schreckliches Ungeheuer entpuppen konnte. Auf diese Weise betrachtet, war Enowir Gwenrar lieber. Bei ihm wusste man zumindest, woran man war. Diesen Oberen vermochte er dagegen nicht einzuschätzen.

Die Gefährten folgten der Aufforderung, wobei sich Nemira und er zu beiden Seiten Daschmirs niederließen. Vermutlich sollte ein Diplomat zwischen seinen Leibwächtern sitzen. Allerdings stellten die beiden, weil sie keinerlei Waffen bei sich trugen, eine erbärmliche Leibwache dar.

Kranach setzte sich ebenfalls, wobei er sich fast schon fallen ließ. Offenbar hatte ihn das Aufstehen viel Kraft gekostet. Mit einem Mal war Enowir alles klar. Der Obere dieses Klans war krank, und zwar schwer. Das Räucherwerk kam ihm deshalb so bekannt vor, weil es das Gleiche war, welches ihr Heiler benutzte. Dieser ging davon aus, dass jede Krankheit unsichtbare Spuren in der Luft hinterließ, die von gesunden Elfen eingeatmet werden konnten. Deshalb nutzte er das Räucherwerk, um die Atemluft zu reinigen.

Einer der Wächter, die den Gefährten gefolgt waren, stellte goldene Kelche vor ihnen ab. Ein zweiter schenkte aus einer Kristallkaraffe eine ebenso klare Flüssigkeit ein, die Enowir im ersten Moment für Wasser hielt.

»Also dann«, Kranach hob mit zitternden Fingern den Kelch und hustete kurz. »Auf gute Verhandlungen.«

Die Abgesandten taten es ihm gleich, tranken aber erst, nachdem der Obere einen Schluck genommen hatte. Die Flüssigkeit schmeckte lieblich und war auf sonderbare Weise erfrischend. In ihrem Klan wurde zu solchen Anlässen Blutwein gereicht, der bitter, schwer und dickflüssig war. Wenn man ihn zum ersten Mal trank fühlte es sich so an, als habe man einen Schlag in den Magen bekommen. Eine ganz andere Erfahrung als dieses Getränk.

»Also, Ihr ... Du ...«, überlegte Kranach angestrengt. »Verzichten wir auf die Förmlichkeiten«, beschloss er. »Wir sind doch alle Elfen, die hier versuchen ...«, von einem schweren Hustenanfall gepackt wandte er sich vom Tisch ab »...zu überleben«, fuhr er fort.

Enowir rätselte noch, ob in Kranachs Freundlichkeit eine ähnliche Absicht steckte, wie in Salwachs Härte. Vielleicht war beides eine Strategie sie zu beeinflussen. Möglicherweise ein Gesamtkunstwerk. Die beiden Elfen waren jedenfalls ohne Frage gerissen.

»In Ordnung«, stimmte Daschmir zu, der sich mit der rechten Hand am Kelch festhielt, als sei dieser ein Schwert, welches er in dieser Verhandlung zu führen gedachte. »Wir sind sehr dankbar, hier so freundlich empfangen worden zu sein.«

Nemira schnaubte, was der junge Diplomat geflissentlich überhörte.

»Umso mehr tut es uns leid, dass wir mit dem Auftrag gekommen sind, dein Angebot abzulehnen«, besser konnte man die ursprünglichen Worte Gwenrars nicht abmildern.

Kranach senkte den Blick. »Versteh mich bitte nicht falsch, aber wir benötigen dringend Zugang zu dieser Ebene. Wir wären sogar bereit, noch mehr Land im Austausch dafür abzugeben.«

Jetzt war es an Salwach zu protestieren, er saß zwar nicht mit am Tisch, aber hatte vermutlich einen Posten als Berater inne. Ein einziger kurzer Blick von Kranach brachte ihn jedoch zum Verstummen.

»Was ist an diesem Land denn so wichtig?«, erkundigte sich Daschmir und nahm einen Schluck aus seinem Kelch. Vielleicht täuschte er auch nur vor zu trinken, um nicht zu riskieren, dass sein Verstand in der Verhandlung vom Alkohol vernebelt wurde. »Wenn ich Gwenrar die Beweggründe für den Tausch nennen könnte, dann würde er sich vielleicht umstimmen lassen.«

Enowir kannte ihren Klanoberen gut genug, um zu wissen, dass er nicht mit sich reden ließ.

Kranach schwieg eine ganze Weile, wollte dann die Stimme erheben, wurde aber von seinem aufkommenden Husten unterbrochen. »Das kann ich euch nicht sagen«, gestand er, wobei er auf die Karte blickte. »Sagt Gwenrar, ich bin bereit alle meine Territorien an ihn abzutreten, wenn ich dieses erhalte«, er deutete auf die Karte. »Ich benötige dann allerdings freies Geleit für meine Männer zu dieser Ebene. Denn nach diesem Handel wird es für uns nicht mehr zugänglich sein, ohne eines der euren Gebiete zu durchqueren.«

»Nein!«, ging Salwach dazwischen. »Das ist Wahnsinn! Was sollen die denn mit so viel Land? Es ist doch viel zu weit weg von ihrer Festung, als dass sie es nutzen könnten.«

»Wahrscheinlich wird Gwenrar dasselbe sagen«, überlegte Daschmir. »Und ich vermute, dass es dich drängt das Land zu betreten. Wenn ich nur den Grund wüsste ...« Er schwieg, als Nemira ihm ihre Hand auf den Unterarm legte.

»Du bist krank«, stellte sie an den Klanoberen gewand fest.

»Offensichtlich«, stimmte Kranach zu und sah die Elfe an, ohne dass sich in seinem Gesicht Abscheu oder Ärger zeigte.

»Hat es damit etwas zu tun?«, wollte Nemira wissen.

»Nicht mit mir direkt«, gestand Kranach. »Es geht um ...«

»Nein!«, abermals unterbrach Salwach ihn energisch. »Das darfst du nicht tun!«

Enowir sah zwischen den beiden hin und her. Er verstand nicht, was hier vor sich ging.

»Und was schlägst du vor?«, fragte Kranach den Anführer der Wache. »Sollen wir gegen einen anderen Klan in den Krieg ziehen, für eine Landfläche, die nicht zu verteidigen ist?« Seine Gesichtszüge verhärteten sich. Um seinen Worten Nachdruck zu verleihen, erhob er sich aus dem Stuhl. »Sollen wir unseren Klan dafür opfern und noch einen anderen mit in den Untergang reißen?«

Salwach schwieg betroffen.

»Wir dürfen keinen Krieg riskieren, das wäre unser aller Ende!« Entkräftet sank er auf den Stuhl zurück. Offenkundig war sich Kranach über die Tragweite dieser Verhandlung bewusst, auch wenn Daschmir kein Wort über Gwenrars Kriegsdrohung verloren hatte.

»Junger Freund«, sprach er wieder mit seiner gewohnt schwachen, aber freundlichen Stimme zu Daschmir. »Ich werde dir und deinen treuen Begleitern alles offenlegen. Entscheidet selbst, was ihr mit diesen Informationen machen wollt.«

Salwach knurrte, hüllte sich dann aber in ein unruhiges Schweigen.

»Ich bin schwer krank«, eröffnete Kranach und hustete dabei, als wolle er es demonstrieren. »Und nicht nur ich. Eine Seuche hat meinen Klan befallen.«

Enowir musste sich beherrschen, um sich nicht nach Salwach umzudrehen, der ebenso hustete wie Kranach. Jetzt wurde vieles klarer, aber immer noch nicht, warum sie gerade dieses Stück Land wollten. So sehr, dass Kranach dazu bereit war, alle anderen Territorien dafür aufzugeben.

»Viele meines Klans sind bereits daran gestorben«, erklärte der Obere, wobei er tiefer in den Stuhl sank. »Die Krankheit verläuft zunächst recht harmlos. Am Anfang glaubt man, dass man sich nur erkältet hat. Dann wird man aber immer schwächer. Der Husten nimmt zu, man fängt an, Blut zu spucken und am Ende liegt man darnieder. Von da an dauert es vielleicht noch zwei Tage und man ist endgültig tot. Diese zwei Tage verlaufen unter heftigen Schmerzen und Krämpfen.« Der Erkrankte sprach völlig emotionslos, als würde er erklären, wie eine Angel zu binden war. Wahrscheinlich war nur so der Schrecken zu ertragen, der in seinen Worten steckte. Immerhin stand ihm dieses Schicksal ebenfalls bevor.

»Aber es muss doch ein Heilmittel geben!« Für einen Moment verlies Daschmir die Rolle des

Diplomaten. Er schien mit dem Oberen zu fühlen, fast schon zu leiden. All dies belegte der Klang seiner Stimme nur zu deutlich.

Kranach lächelte den jungen Elfen gütig an. »Glaub mir, unsere Heiler haben alles versucht, was in ihrer Macht steht«, versicherte er. »Unsere letzte Hoffnung war es, die Krankheit zumindest an der Ausbreitung zu hindern. Wir trennten Mütter von ihren Kindern, Frauen von ihren Männern. Wir zerrissen Freundschaften und überließen die Kranken in einem abgesperrten Bereich ihrem Schicksal. Möge uns Galarus dafür vergeben.« Kranachs Augen glitzerten und seine Stimme wurde brüchiger denn je. »Es half aber nichts, immer mehr Elfen erkrankten. Wir haben sogar unser Trinkwasser von einer anderen Quelle, die viel weiter weg liegt, geholt«, er schüttelte den Kopf. »Wir haben wirklich alles versucht.«

Betroffene Stille legte sich über die Anwesenden. Sogar Salwach ließ den Kopf hängen. Er wirkte nicht mehr so stark und unnahbar wie zuvor.

»Ich stieß in den Büchern unserer Urväter auf eine alte Aufzeichnung«, durchbrach Kranach das Schweigen. »Darin ist die Rede von einer Quelle mit magischen Kräften. Offenbar vermochte sie jede Krankheit zu heilen, man musste lediglich davon trinken.«

Das klang aberwitzig. Ein letzter Strohhalm, an den sich ein Sterbender klammerte. Selbst wenn es die Quelle gegeben hatte, so war es über zweitausend Jahre her. Wenn er das Wissen darüber aus den Aufzeichnungen ihrer Ahnen hatte, dann war dieser Ort mit Sicherheit beim großen Ereignis zerstört oder das Wasser vergiftet worden.

»Und wenn ich die Karten richtig deute - was ich bisher immer getan habe«, verlieh Kranach seinen Worten Nachdruck, »dann befindet sich diese Quelle auf jenem Gebiet, um das ich euch anflehe.« Er richtete sich im Sitzen noch einmal auf, was ihn viel Kraft kostete. »Versteht ihr mich jetzt?«, fragte Kranach in die Runde. Bei seinem Anblick konnten sie nicht anders, als einhellig zu nicken.

»Ich bitte euch nicht für mich. Meine Tage sind gezählt, vermutlich werde ich morgen oder übermorgen in den schmerzhaften Schlaf sinken, aus dem es kein Erwachen gibt«, seine Worte trafen. »Ich bitte euch für meinen Klan.«

Abermals legte sich Schweigen über die Verhandlung.

»Das kann ich nicht entscheiden«, erklärte Daschmir, der zum Diplomaten wider Willen geworden war. Er war nicht geschickt worden, um solche Verhandlungen zu führen, sondern um den Krieg gegen einen sterbenden Klan auszurufen.

»Ich flehe dich an.« Kranachs reckte seine Hände über den Tisch, Daschmir entgegen. »Wir wollen den Frieden nicht gefährden, indem wir in diesem Landstück nach der Quelle suchen. Wir würden von euren Jägern zu schnell entdeckt werden ...«

»Weißt du, wo die Quelle genau zu finden ist?«, wollte Daschmir wissen.

»Nein, das habe ich ja versucht zu sagen.« Kranach sank wieder zurück in seinen Stuhl und schloss die Augen.

Enowir wusste nicht, was er tun sollte. Das waren schließlich Elfen, ihr eigenes Volk. Er konnte sie nicht einfach sterben lassen und aber wusste er genau was Gwenrar sagen würde: »Lasst sie verrecken!«

Man sah Daschmir deutlich an, wie er sich den Kopf zermarterte. Doch was gab es noch nachzudenken? Er durfte dem Klan nicht erlauben nach der Quelle zu suchen.

»Gut«, sprach der junge Elf. »Ihr werdet Zugang zu dieser Quelle bekommen.«

Nemira lächelte zufrieden.

Enowir hingegen starrte Daschmir fassungslos an. »Was, bist du ... hast du den Verstand verloren?«, brauste er auf. »Wir werden alle sterben und es wird Krieg geben!«

»Nein, hör mir bitte erst zu«, erwiderte der Diplomat auf eine Weise, die seinem Rang angemessen schien. Er war nicht wiederzuerkennen. Draußen in der Wildnis wäre er zusammengezuckt und errötet, wenn Enowir ihn so angegangen wäre, doch jetzt blieb er vollkommen gefasst.

»Also gut«, gab Enowir nach. Hatte ihn das Küken gerade besiegt? Die Diplomatie war ohne Frage ganz und gar nicht Enowirs Arena, dafür Daschmirs umso mehr.

»Ich werde zu unserer Festung zurückkehren, während du und Nemira nach der Quelle sucht«, gab er seinen Plan preis. »Wenn ihr sie gefunden habt, kommt ihr hierher zurück und macht Meldung, sodass sie das Wasser so schnell wie möglich holen können.«

Enowir zog seine Stirn kraus. Daschmir war kaum wieder zu erkennen, er strahlte eine Selbstsicherheit aus, wie nie zuvor.

»Vielleicht gelingt es mir mit einer Finte, die Jäger aus diesem Land abzuziehen. Wir sollten genug Vorräte haben, um auf diese Ressourcen länger verzichten zu können«, vertiefte Daschmir seine Überlegungen.

»Junge, du hast wirklich deine Berufung gefunden. So viel Raffinesse hätte ich dir nicht zugetraut«, lobte Nemira ihn und klopfte ihm anerkennend auf die Schulter. Die Berührung war Daschmir sichtlich unangenehm. Nicht wegen Nemira, sondern weil Elfen körperlicher Kontakt immer Unbehagen bereitete.

»Du weißt aber schon, dass es Hochverrat ist, was du da vorschlägst?«, erkundigte sich Enowir. Ihm war Daschmirs Wandlung noch nicht ganz geheuer. Vielleicht stellte sich das Küken die Sache ungefährlicher vor, als sie tatsächlich war.

»Nun, damit kennt sich Nemira zumindest gut aus«, konterte Daschmir und grinste frech.

»Also gut«, stimmte Enowir schweren Herzens zu, denn wohl war ihm bei dem Gedanken nicht. Aber er konnte diese Elfen nicht einfach sterben lassen. Das Überleben ihrer Art hing von jedem Einzelnen ab. So hatte er es gelernt, so war er aufgewachsen. Es blieb ihm nur die Wahl des kleineren Übels und das lag eindeutig darin, Verrat an seinem eigenen Klan zu begehen.

Kranach lächelte müde und öffnete die Augen, sie waren deutlich eingetrübt. Das konnte man nicht spielen. Wenn Enowir ihm misstraut hatte, so war es jetzt damit vorbei. Der Obere war tatsächlich schwer erkrankt. »Ich danke dir, mein Freund«, sagte er an Daschmir gewandt. »Du bist ein weiser und verschlagener Elf. Ich habe noch etwas für dich, du kannst es sicher besser brauchen als ich. Salwach gibst du mir bitte das Buch, das auf dem Thron liegt?«

Der Krieger kam der Aufforderung sogleich nach.

»Das ist ein Almanach«, erklärte Kranach, er legte die Hand auf den Einband, als wolle er einen Eid darauf leisten. »Er enthält Abhandlung zu allen unseren Forschungen und alles, was wir über unsere Urväter in

Erfahrung bringen konnten«, er schob das Buch kraftlos über die Tischplatte. »Ich will es dir schenken, zum Beweis unserer Aufrichtigkeit und nicht zuletzt als Dank.«

Salwach nahm das Buch und reichte es an Daschmir weiter, der es wie einen kostbaren Schatz entgegennahm.

»Danke«, seine Stimme klang belegt. »Aber ich kann nicht lesen.«

Salwach und Enowir lachten einhellig. Für einen Moment verband die beiden diese Emotion und machte sie zu mehr als nur Artgenossen. Aber nur für einen einzigen Augenblick.

»Salwach wird es dir auf der Heimreise beibringen«, beruhigte ihn Kranach. »Und jetzt verzeiht, ich muss mich ausruhen«, es gelang ihm nicht, sich allein zu erheben. Zwei der Krieger, die wortlos der Verhandlung beigewohnt hatten, kamen herbei und stützten ihn.

Enowir war immer noch skeptisch. Es gab zu viel, was sie nicht bedacht hatten. Zu viele Arten, auf die ihr Plan scheitern konnte. Ihn überhaupt in Angriff zu nehmen grenzte an Wahnsinn.

IV.

*»Auch wenn ihr von mir geschaffen seid, so gibt es dunkle Kräfte,
die sich jederzeit eurer Seele bemächtigen können. Hütet euch vor der
Dunkelheit und strebt zum Licht. Vergesst nicht, ihr seid meine Kinder
und steht daher in großer Verantwortung«, mit diesen Worten entließ
Conara die ersten Elfen in die Welt, auf dass sie eine große Zivilisation
errichten sollten.*

Aus dem Schöpfungsmythos der Hochgeborenen

Zu Anfang war es ungewohnt und befremdlich. Es hatte Enowir auch etwas Angst bereitet. Doch jetzt empfand er es sogar als angenehm. Wenn man von dem Geruch absah, der ihm hin und wieder aus dem Maul der Bestie in die Nase stieg. Zunächst war es recht schwer gewesen auf dem Rücken des Reptils halt zu finden, selbst mit Sattel. Weder Nemira noch Enowir waren jemals geritten. Doch mittlerweile, nach nur einem Tag, fragte er sich, warum er all die Jahre zu Fuß unterwegs gewesen war. Auf dem Rücken der Echsen hatten sie die Strecke, für die sie normalerweise Tage benötigt hätten, an einem einzigen zurückgelegt. Diese Geschwindigkeit traute man den Reptilien gar nicht zu. Gingen sie nur auf ihren Hinterläufen, so trotteten sie ganz gemächlich dahin. Sobald sie aber auf alle viere hinabsanken, legten sie ein Tempo vor, mit dem sie einen Berglöwen einholen konnten. Was Nemira und Enowir auch einmal getan hatten, um ihn als Nahrung für die Echsen zu erlegen. Einzig das Essverhalten der Tiere blieb gewöhnungsbedürftig. Es hatte etwas Beängstigendes, wie gierig sie das Fleisch von ihren meist noch lebendigen Opfern heruntersissen. Wenn sie dagegen Durst verspürten, war es erstaunlich, wie zielsicher sie saubere Gewässer fanden. Ihre empfindlichen Nasen konnten das Wasser offenbar riechen.

Um die Reitechsen zu kontrollieren, gab es sechs einfache Kommandos. Ein lautes »Halt« ließ die Echsen stoppen. Ein Schlag mit den Hacken in die Seiten trieb sie an. Allein das Wort »Wasser« laut auszusprechen veranlasste sie dazu, eine saubere Quelle zu suchen. Mit dem Wort »Beute« griffen die Reitechsen jegliches Tier in Sichtweite an, wobei sich Enowir fragte, ob dieses Kommando auch dazu genutzt werden konnte, um Feinde anzugreifen. Er hoffte jedoch, es niemals ausprobieren zu müssen. Um die Echse in eine bestimmte Richtung zu lenken, genügte ein leichter Druck mit der Innenseite seiner Oberschenkel. Außerdem gab es noch ein geheimes Wort, das man aussprechen musste, wenn man sich seinem Reittier näherte. Dieses war bei jeder Echse ein anderes. Salwach hatte ihnen eingeschärft, diese geheimen Wörter niemals zu vergessen und sie spätestens dann einmal laut auszusprechen, wenn sie sich daran machten, auf den Rücken der Echsen zu steigen. Es hing, wie er sagte, ihr Leben davon ab. Was genau geschehen würde, wenn sie diese Worte vergaßen oder sie nicht sprachen, sollten sie den Versuch unternehmen aufzusitzen, konnte Enowir nur erahnen.

Nemira schien sich hingegen nicht den Kopf über ihre Reittiere zu zermartern, stattdessen genoss sie den schnellen Ritt und schonte ihrer Reitechse wenig. Sie trieb das arme Tier sogar an, wenn Enowir seines langsamer gehen ließ, um ihm etwas Ruhe zu gönnen. Dann umkreiste sie ihn in wildem Galopp, sodass ihm dabei ganz schwindelig wurde.

Soeben versuchte sie ein anderes Kunststück, und zwar sich auf den Sattel zu stellen. Enowir schüttelte darüber nur den Kopf.

»Was hast du?«, erkundigte sie sich konzentriert. Sie hatte offenbar seinen Blick bemerkt. »Wäre es nicht fantastisch, wenn ich auf der Echse stehen und ein paar Pfeile verschießen könnte?«

»Ja, sicher«, stimmte Enowir zu. »Aber gar nicht so fantastisch wäre es, wenn du dir dabei den Hals brichst.«

»Du Schwarzseher«, beschwerte sie sich und stürzte ab. Es gelang ihr gerade noch, sich am Zügel festzuhalten, weshalb sie einige Schritte weit über den Boden gezogen wurde. Das Reptil, das mit seinen schwarzen, von Borsten gerahmten Schuppen und den stechend gelben Augen so bösartig aussah, blieb gutmütig stehen, als es bemerkte, dass seine Reiterin heruntergefallen war. Nemira sprang vom Boden auf und klopfte sich den Staub ab.

»Ein gutes Tier bist du«, sie tätschelte dankbar den schuppigen Echsenkopf. Das Tier blinzelte, in dem sich eine helle, fast durchsichtige Membran über das Auge schob. Es sah erschreckend aus.

»Kannst du nicht im Sitzen mit Pfeilen schießen?«, überlegte Enowir, der ebenfalls angehalten hatte.

»Sicher«, stimmte sie zu, während sie aufstieg. »Aber es sieht besser aus, wenn man auf der Eidechse steht«, verniedlichte sie das Monstrum, auf dem sie ritt.

Enowir verdrehte abermals die Augen. »Seit wann kümmert es dich, wie etwas aussieht?«

»Stimmt, deinen Anblick ertrage ich ja auch«, feixte sie. »Wie weit ist es eigentlich noch?«

»Wenn du meinst, wie lange es dauert, bis wir das besagte Stück Land erreicht haben, um das es geht, dann sind wir schon seit einiger Zeit angekommen«, erklärte er umständlich.

Nemira blickte sich suchend um. »Hm.«

Enowir verstand, was sie meinte. Das Land unterschied sich kaum vom Rest Kratenos. Der Boden war sandig und nur hier und da mit Gras bewachsen. In einem flachen Tal schlängelte sich ein Fluss durch das Gelände und versuchte vergeblich, es fruchtbar zu machen. Zumindest wuchsen an seinem Ufer ein paar Sträucher und andere Gewächse, die sich durch ihre Robustheit auszeichneten, auch wenn die Pflanzen im Allgemeinen recht kläglich aussahen. Hier und da gab es Wasserlöcher, um welche die ein oder andere schöne Blume wuchs, wie es sie sonst nicht auf Krateno gab. Aus den Quellen tranken wilde Tiere, von denen nicht viel Gefahr ausging. Zumindest wenn man es vermied, ihnen zu nahe zu kommen. In der Ferne zeigte sich eine Herde von pelzigen Dickhäutern, die viel Fleisch boten, wenn es gelang, sie zu erlegen. Davon abgesehen, dass sie bis zu zwölf Schritt groß waren und einen starken Rüssel besaßen, verfügten sie über gigantische Stoßzähne. Sie waren ein lohnendes Ziel für einen Jagdtrupp. Zu zweit hatten sie jedoch keine Chance solch ein Tier zu erlegen. Es war besser, sich von ihnen fernzuhalten. Diese Tiere waren zwar friedfertig, standen aber in dem Ruf, nie etwas zu vergessen. Wenn sie schon einmal Bekanntschaft mit jagenden Elfen gemacht hatten, dann war es nicht unwahrscheinlich, dass sie Nemira und Enowir angriffen, wenn auch nur um sie zu vertreiben.

»Was hat dieser *Gelehrte* ...«, dieses Wort sprach Nemira sehr unsicher aus. Es war genauso neu für sie, wie das Wort »Buch« für Enowir. Der Klan von Kranach hatte sich ganz der Forschung zugewandt. So nannten sie technische Errungenschaften ihr Eigen, von denen Enowirs Sippe nur träumen konnte. Wahrscheinlich würde es ihnen bald gelingen, Eisen herzustellen. Wenn sie diese verlorengegangene Kunst nicht bereits beherrschten. Wissen wurde von sogenannten *Gelehrten* verwaltet, gehütet und weiterentwickelt.

»Was hat dieser Gelehrte gesagt? Es müsste ein riesiges Gebäude gewesen sein, das um die Quelle errichtet worden ist«, fasste Nemira zusammen, was ihnen der Gelehrte namens Darlach bei ihrem Aufbruch geschildert hatte.

»Ich glaube, er hat von einem monumentalen Prachtbau gesprochen«, Enowir wusste auch nicht warum. Er fand diese neuen Worte irgendwie reizvoll und nutzte jede Gelegenheit sie auszusprechen.

»Ja, ja.« Nemira war von dieser Marotte mittlerweile ein bisschen genervt. Besonders schien es sie zu ärgern, wenn Enowir abenteuerliche Satzkonstruktion baute, nur um die neuen Vokabeln darin unterbringen zu können. »Jedenfalls soll es so groß gewesen sein, dass sich davon deutliche Spuren finden lassen müssten.«

»Vielleicht ein ungewöhnlich geformter Hügel«, überlegte Enowir. »Oder eine eigenartige Felsformation.«

»Siehst du so etwas?«, erkundigte sich Nemira.

»Nein«, gestand Enowir. Eigentlich war er gut darin, Spuren zu lesen und Dinge zu entdecken, die außer ihm keiner sah. Doch hier gab es nichts, was auf eine Ruine hindeutete.

»Na ja, der *Landstrich* ...«, setzte Enowir dazu an so viele neue Begriffe wie nur irgend möglich in einem Satz unterzubringen, »...ist so groß, wie es im *Buche* steht, wie ein *Gelehrter* sagen würde, aber so schnell gibt ein *Hochgeborener* nicht auf.«

»Von aufgeben habe ich auch nichts gesagt«, erwiderte Nemira. Sie schlug ihrer Reitechse die Hacken in die Seiten und jagte eine kleine Anhöhe hinunter.

»Diese Frau«, seufzte Enowir. Auch wenn er es sich nicht gerne eingestand, aber er mochte diese kleinen Geplänkel und Kindereien. Sie brachten zumindest etwas Freude in ihren sonst so trostlosen Alltag.

***

Nichts, nichts und wieder nichts, aber was hatten sie auch erwartet? Dass sich die Quelle von selbst offenbarte, nur weil sie nach ihr suchten? Die Dunkelheit hatte ihre Schwingen bereits lange über das Land gelegt, als die beiden Gefährten beschlossen, für heute die Suche abzubrechen, auch wenn ihnen der Gedanke nicht behagte. Insgeheim hatte Enowir gehofft, die Quelle schnell zu finden, damit sie mit deren Wasser auch Kranach retten konnten. Wenn seine Rechnung jedoch stimmte, dann war der Obere jetzt vermutlich schon tot. Er fragte sich außerdem, ob es Daschmir gelang, glaubhaft zu erklären, warum er allein zurück in die Festung kam. Salwach und weitere seiner Männer eskortierten ihn zwar, aber sie gingen sicher nicht das Risiko ein, sich offen zu zeigen. Daschmir musste Gwenrar also ganz allein gegenübertreten. Dem Oberen würde wahrscheinlich gar nicht auffallen, dass Nemira und er sich nicht bei ihm befanden. Die einzigen Elfen, die Daschmir belügen musste, waren die Torwächter, die sicher wissen wollten, wo seine Begleiter abgeblieben waren. Vermutlich fiel dem jungen Diplomaten eine glaubhafte Erklärung ein. Weit schwieriger war es, die Jäger aus diesem Land abzuziehen, damit Kranachs Krieger die Quelle unbemerkt nutzen konnten.

Seit Nemira und Enowir unterwegs waren, hatten sie noch keinen Jäger ihres Klans getroffen und sie taten ihr Möglichstes ihnen aus dem Weg zu gehen. Alles, was am Horizont so aussah, als könnten es Elfen sein, brachte die beiden dazu, ihre Richtung zu ändern. Ihren Klanbrüdern die Reittiere zu erklären, wäre unmöglich gewesen. Da die Zeit jedoch drängte, konnten sie auch nicht auf dies verzichten.

»Denk nicht so viel nach«, riet Nemira ihm, die wie jede Nacht ihren Kopf auf seinen Oberschenkel bettete, um in den Himmel zu blicken. »Die Nacht ist viel zu schön dafür.«

Schön war ein Wort, welches die Elfen von Krateno nur selten benutzten. Es war ein aus alten Zeiten stammender Begriff, der heute kaum noch eine Bedeutung innehatte.

Nemira zog seinen Arm über ihre Brust und hielt sich daran fest. Auch das war schon zur Gewohnheit geworden. Der Drang, sich aus dieser Nähe zu befreien, war in Enowir fast zur Gänze erloschen. Nur eine schwache Stimme in seinem Inneren rebellierte dagegen, doch es war leicht, sie zu überhören.

»Daschmir wird das schon regeln«, erkannte sie seine Sorgen, wie sie es in letzter Zeit immer getan hatte. »Das Küken ist nicht dumm.«

Nein, das war Daschmir ohne Frage nicht, nur noch etwas unerfahren und dennoch hatten sie sich auf seinen waghalsigen Plan eingelassen.

»Wenn ich schon zum Verräter an meinem Klan werden muss, dann bin ich froh, dass du bei mir bist«, sprach er, ohne genau darauf zu achten, was er sagte. Die Worte kamen einfach aus seinem Inneren.

Nemira streichelte ihm über die Wange und lächelte zu ihm hinauf. »Keine Sorge, es wird alles gut werden.«

»Da bin ich nicht ...«, er stockte. Der Grund, warum er nur halb an ihrem Gespräch teilnahm, war, dass er wachsam in alle Richtungen lauschte und die gesamte Ebene nach verdächtigen Zeichen absuchte. So hatte er am Horizont auffällige Bewegungen bemerkt. Im Mondschein sah es zunächst so aus, als würde sich in einiger Entfernung eine Tierhorde zusammenrotten, um sich des Nachts vor Räubern zu schützen. Doch als sie aufeinandertrafen, entstand ein heilloses Durcheinander. Ein Kampf! Aber wer gegen wen? Das konnte Enowir nicht erkennen. Vielleicht waren es auch Raubtiere, die im Rudel jagten, und gerade eine ganze Herde Gnus niedermetzelten. Aus dieser Distanz unmöglich zu sagen.

»Was hast du?«, erkundigte sich Nemira, die sich alarmiert aufsetzte. Sie kniff die Augen zusammen und spähte in dieselbe Richtung wie Enowir. »Was geht da vor sich?«, wollte sie wissen, als sie das Gewimmel am Horizont entdeckte.

»Wenn ich das wüsste«, gestand Enowir. »Aber da stimmt noch etwas anderes nicht. Sie kämpfen auf einer freien Fläche und doch ist der Boden so dunkel, als läge ein Schatten über dem Land.«

Das Silber des Mondes hatte sich über die gesamte Ebene ausgebreitet und tauchte Tiere wie Pflanzen in ein mystisches Licht. Doch den Kampfplatz, vermochte er nicht zu verzaubern. Etwas stimmte dort ganz und gar nicht. Eine erste Spur vielleicht?

»Wir sollten uns dorthin schleichen«, schlug Nemira vor und sprang auf. Doch Enowir hielt sie so energisch zurück, dass sie in seinen Schoß fiel. »He!«, beschwerte sich die Elfe.

»Wir können da nicht hin. Was ist, wenn wir zwischen die Fronten geraten?«, warnte er. »Das wäre viel zu gefährlich.«

Nemira legte einen Arm um seine Schulter. Ihre Gesichter kamen sich dabei sehr nahe. Gebannt blickten sie sich in die Augen. »Was schlägst du also vor?«, fragte sie leise.

Enowir schluckte. Ein mächtiges Gefühl überrollte ihn, ein Verlangen, wie er es nicht kannte. Er musste Nemira einfach an sich drücken. »Ich schlage vor ...«, er kam nicht mehr dazu, weiterzusprechen, denn sie presste ihre Lippen auf die seinen. Er spürte die feuchte Wärme. Ekel meldete sich zu Wort und wurde sogleich hinweggewischt von einer wilden, unbändigen Lust, die seinen Verstand vernebelte. Enowir verlor die Kontrolle über sich und wurde zu einem Beobachter seiner selbst. Er öffnete die Verschnürung von Nemiras Lederpanzer am Rücken und zog ihn ihr stürmisch herunter, während sie ihn aus seiner Jacke und dem Leinenhemd schälte. Der erwartete Aufschrei seines Ekels blieb aus, als Nemira sich mit ihrem nackten Oberkörper an ihn drückte und ihn nach hinten umwarf. Er spürte ihre glatte Haut, die Hitze, die darunter brannte, wie ihre Finger nach seiner Hose griffen und sie öffneten. Er sog gierig ihren Duft ein, der ihn betörte wie nichts anderes zuvor. Enowir zerrte ungeschickt an ihrer Hose. Es dauerte viel zu lange, bis sie sich endlich vollkommen entkleidet übereinander schoben. Lustvolles Stöhnen, von dem keiner genau sagen konnte, wo es seinen Ursprung hatte, drang aus ihren Kehlen.

Zum ersten Mal seit über zweitausend Jahren verbanden sich auf Godwana zwei Elfen in Nibahe miteinander. Dieses Wort einfach mit Liebe zu übersetzen wäre viel zu schwach gewesen. Liebe war im Gegensatz zu dieser Verbindung, in der ihre beiden Seelen miteinander verschmolzen, viel zu flüchtig.

Weit von ihnen entfernt tobte unterdessen ein Kampf auf Leben und Tod.

***

Die Sonne stand schon hoch am Himmel, als Enowir von einem reißenden Geräusch erwachte, unter das sich ein klägliches Zischen mischte. Zum ersten Mal seit Jahrzehnten waren die beiden in den Schlaf gesunken, ohne dass einer von ihnen Wache hielt. Enowir benötigte einen Moment, um sich der Situation bewusst zu werden. Sie lagerten von einer kleinen Anhöhe geschützt unter freiem Himmel. Die Sonne kündete bereits von Mittag. Nemira lag dicht an ihn geschmiegt. Ihr nackter Körper erstrahlte in der Sonne. Sie war unbegreiflich schön. Enowir schüttelte sich, um den Kopf frei zu bekommen, als hoffte er, dass die Gedanken einfach so aus ihm herausfallen würden.

Immer noch erklang das eigentümliche Geräusch, welches Enowir endlich einordnen konnte: Ihre Reittiere fraßen. Er richtete sich langsam auf, wobei Nemira ebenfalls erwachte. Sie lächelte zu ihm hinauf und streckte sich ungeniert.

»Bei Conara«, erschrak Enowir, als er erkannte, was ihre Reittiere verspeisten. Es handelte sich um eine Unterart der Basilisken. Etwas kleiner, aber immerhin fast fünfzehn Schritt lang, allerdings mit sechs Beinen ausgestattet. Das Monstrum war groß genug, um einen Elfen komplett zu verschlingen. Vermutlich hatte es ihre Witterung aufgenommen und sich an sie herangeschlichen. Das Gift der sonderbaren Kreuzung aus Schlange und Echse konnte sie zu einem Nebel versprühen. Wenn man diesen Dunst einatmete, fiel man in einen tiefen Schlaf. Diese Biester verschlangen ihre Opfer lebend, ohne das diese etwas davon bemerkten. Es war unverschämtes Glück gewesen, dass ihre Echsen gerade Hunger hatten, ansonsten würde zumindest einer von ihnen jetzt bei lebendigem Leib verdaut werden. Diese tödliche Bedrohung lag keine fünf Schritt weit von ihnen entfernt. Der Basilisk hatte die bösartigen Augen anklagend auf die beiden gerichtet, als wolle er sagen: »Eigentlich hätte ich euch fressen sollen.«

Auch wenn das Ungetüm noch seltsam lebendig wirkte, war es ohne Frage tot. Die beiden Reitechsen hatten ihm schon zu viel Fleisch aus dem Leib gerissen und ihr Hunger war noch nicht gestillt.

»Das war wirklich Glück«, stellte Nemira ebenfalls fest.

Im Umland deutete nichts auf das Nest dieses Monsters hin. Wo die Kreatur hergekommen war, konnte Enowir nicht sagen. Aber selbst, wenn sich keine unmittelbare Bedrohung abzeichnete, war man auf Krateno niemals sicher. Es blieb eine unerlässliche Notwendigkeit Wache zu halten, was sie in dieser Nacht jedoch sträflich vernachlässigt hatten.

Mit eindeutigen Blicken versprachen sich die beiden Gefährten, nie wieder so sorglos zu sein. Über die letzte Nacht verloren sie kein Wort, selbst wenn es Enowir auf der Seele brannte. Aber nicht nur das, er konnte sich an Nemiras Nacktheit kaum sattsehen. Zu gern hätte er ... In Gedanken rief er sich zur Ordnung. Es gab Wichtigeres zu tun. Sie waren letzte Nacht Zeuge eines Geschehens geworden, welches sie überprüfen mussten.

Zudem war es ihre Pflicht, endlich die Quelle der Heilung zu finden, wenn sie denn überhaupt existierte.

Dennoch gestatteten sie ihren Lebensrettern zunächst, ihr grausiges Mahl zu beenden, ehe sie aufsaßen und sich langsam dem Kampfschauplatz näherten.

Am Tage war aus dieser Entfernung nichts zu erkennen. Zugegeben, es lag ein Schatten über dem Landstrich, den Enowir gestern im Dunkeln einer Anhöhe zugeordnet hatte. In Gedanken tadelte er sich selbst dafür, denn als sie näher herankamen, erkannte er, was es wirklich war. Das Land erhob sich tatsächlich, jedoch nicht so weit, dass es einen Schatten werfen konnte, nicht einmal in der Abendsonne. Nein, es war ein Wald, der bis auf die Wurzeln niedergebrannt war. Derselbe, in dessen Aschenebel sie geraten waren, nachdem sie die Zentifare gesehen hatten, die in einer gewaltigen Horde an ihnen vorbeigezogen waren. Nur näherten sie sich heute von der anderen Seite, sodass sie den Wald nicht gleich erkannt hatten. Enowirs Orientierungssinn ließ keinen anderen Rückschluss zu. Deshalb hatte der Mond dieses Land auch unberührt gelassen. Gegen die verkohlten Bäume und die in alle Richtungen verwehte Asche, kam sein silbernes Licht nicht an.

Nemira sah sich ungläubig um. Enowir wusste, was sie dachte, so als habe sie ihre Gedanken laut ausgesprochen. Sie suchte nach Spuren von dem, was sie letzte Nacht beobachtet hatten. »Es muss weiter oben auf der Anhöhe sein«, gab er Auskunft, ohne dass sie eine Frage gestellt hatte.

Nemira lenkte ihre Echse durch das verbrannte Gehölz. Nur noch die dicksten Baumstämme waren erhalten und kündeten davon, dass hier einmal ein großer Wald gestanden haben musste. Das Feuer hatte sie verzehrt und in schwarze Säulen verwandelt, die umgestürzt kreuz und quer in tiefen Aschehaufen lagen. Die Echsen konnten in keiner geraden Bahn schreiten, sondern mussten immer wieder rechts oder links abbiegen, damit sie um die toten Bäume herumkamen. Kleine Stämme konnten sie problemlos überqueren oder sogar überspringen, aber viele der Bäume waren bestimmt tausend Jahre alt gewesen. Umgefallen stellten sie schwarze unüberwindbare Wände da. Der Wald war zu einem Labyrinth geworden. Die Asche, welche die Echsen beim Gehen aufwirbelten, hüllte sie in eine dicke Wolke. Nemira und Enowir hätten die Orientierung schnell verloren, wäre die Sonne nicht gewesen, die ihnen die Richtung wies. Die Echsen niesten immer wieder heftig, wenn sie die von Asche durchsetzte Luft einatmeten. Dennoch schritten sie wacker weiter.

»Sie werden langsamer«, stelle Nemira nach einer Weile fest. »Ich glaube, der Staub bekommt ihnen nicht gut.«

»Mir auch nicht«, erwiderte Enowir und dennoch spürte er, was sie meinte. »Vermutlich können sie die Asche nicht aus der Luft herausfiltern.«

Seine Echse, die aufgrund eines fast menschlich wirkenden Hustenanfalls anhalten musste, gab ihnen recht. Als Enowir abstieg, versank er bis zu den Knöcheln in der Asche, die sich über den verbrannten Waldboden ausgebreitet hatte. Die schmalen Nasenlöcher seiner Echse waren mit Ruß verklebt und auch im Maul hatte sich eine dicke Schicht über Zähne, Zahnfleisch und Zunge gelegt. »Das hat keinen Sinn, wir müssen sie zurücklassen«, stellte er bei diesem erbärmlichen Anblick fest. Der Ausdruck in den Augen der Bestie hatte etwas Flehendes.

Nemira sprang ebenfalls aus dem Sattel und scheuchte ihr Reittier davon. Enowirs Echse schloss sich seinem Artgenossen bei der Flucht an, ohne dass er sie hätte zurückhalten können.

»Hoffentlich war das eine gute Idee. Bist du sicher, dass sie auf uns warten?«, er blickte sich zu Nemira um, doch sie war verschwunden. Ihr impulsives Verhalten hatte ihnen schon mehrfach die Haut gerettet, aber hin und wieder waren sie auch erst dadurch in brenzlige Situationen geraten, weshalb Enowir diesen Aktionen mit gemischten Gefühlen gegenüberstand.

»Hier oben!«, rief sie ihm zu. Nemira stand auf einem der Bäume, die ihnen den Weg versperrten. Enowir stieg ebenfalls hinauf, wobei sich seine Handflächen und Kleidung schwarz färbten. Erleichtert atmete er durch. Hier war die Luft deutlich besser. Der Wind hatte die Bäume von der Asche befreit, sodass sie einen einigermaßen sicheren Tritt hatten. Allerdings konnte man auch nicht sagen, wie sehr der Baum unter der verkohlten Rinde verbrannt war. Es bestand die Gefahr, einzubrechen und sich dabei ernsthaft zu verletzen. Sich dessen bewusst, achtete Enowir sorgfältig auf jeden seiner Schritte. Nemira war hingegen wesentlich sorgloser.

»Weißt du, was ich denke?«, fragte sie. Dieses Ratespiel hatten die beiden bereits hunderte Male gespielt. Nur jetzt ahnte er, nein, wusste er tatsächlich, was sie dachte.

»Ja«, stellte Enowir verblüfft fest. »Du denkst, dass dieser Brand keinen natürlichen Ursprung gehabt haben kann.«

»Ganz genau«, stimmte Nemira zu und sah sich suchend um. »Unterholz mag vielleicht verbrennen, aber solche Bäume fallen doch nicht wegen ein bisschen Feuer um.«

Enowir nickte, der Gedanke beschäftigte ihn ebenfalls.

Ohne durch einen Nebel aus Asche blicken zu müssen erkannten sie, dass viele Bäume von innen heraus verbrannt zu sein schienen. Irgendetwas Seltsames war hier geschehen. Aber was, vermochte keiner der beiden zu sagen.

Um schneller voranzukommen, sprangen sie von Baum zu Baum und erreichten so bald das Schlachtfeld. Erstaunen mischte sich mit blankem Entsetzen. Es waren keine Tiere, die gegeneinander gekämpft hatten.

»Das sind unsere Leute!«, sprach es Nemira als erste aus. Sie hatte recht. Selbst wenn die vielen Leichen schrecklich entstellt waren. Es mussten zwei Jagdtrupps gewesen sein, die hier aufeinandergetroffen waren. Die Spuren kündeten von einem erbarmungslosen Gefecht. Eigentümlicherweise waren die Toten allesamt mit Pfeilen gespickt. Selbst jene, die schwere Verstümmelungen aufwiesen. Solche Wunden konnten jedoch nur Klingenwaffen schlagen.

»Das sind mindestens dreißig«, versah Enowir den Anblick mit einer Zahl. Unter den Toten gab es einige Elfen, mit denen er aufgewachsen war. Er konnte sie nur schwer erkennen, denn im Tode hatten sie sich stark verändert. Von den Verstümmelungen und anderen entsetzlichen Wunden einmal abgesehen, erschien ihre Haut weißgrau; dabei verschmolzen sie fast mit der Unmenge an Asche, die sie umgab. Zwischen den Toten standen Pfützen aus Blut.

Zögerlich stiegen die beiden zum Schlachtfeld hinab. Der Geruch von Tod und Blut drang ihnen in die Nasen. In Enowir zog sich alles zusammen.

»Lebt hier noch jemand?«, fragte er kleinlaut. Er wollte eigentlich laut rufen, doch er fürchtete sich vor einer Antwort. Die Elfen waren allesamt derart zugerichtet, dass sie für einen Überlebenden vermutlich nichts anderes mehr tun konnten, als ihm eine letzte Gnade zu erweisen. Scheinbar jedem Elfen fehlte eine Hand, ein Arm, ein Bein oder quollen die Gedärme aus dem Leib.

»Wir hätten herkommen müssen, als wir die Schlacht gesehen haben«, schalt sich Enowir. Er wusste nicht, was er fühlen sollte. War es der Hass auf diejenigen, die seinem Klan das angetan hatten oder Abscheu vor dem grausigen Anblick? Er entschied sich für das Greifbarste: Schuld.

»Und was hätten wir tun können?«, fragte Nemira ernst. »Wir wären ebenfalls getötet worden.« Ihre Einschätzung war sicher richtig. Welcher Feind auch immer das angerichtet hatte, er war so übermächtig, dass er dreißig Jäger töten konnte, ohne selbst Verluste hinnehmen zu müssen.

Nemira nahm einen der Pfeile, die hier überall zu finden waren, genauer in Augenschein. Sie unterschieden sich deutlich von denen ihres Klans. Sie nutzte für ihre Pfeile helles Holz und einfarbige Federn. Diese dagegen bestanden aus dunklem Material, mit schwarzweiß gestreifter Befiederung.

»Keine Pfeile von uns«, bestätigte Nemira seine Überlegung.

Enowir kniete sich zu einem der Gefallenen hinab, dem ein Pfeil in der Brust steckte. Scheinbar hatte der Angreifer auf ihn geschossen, nachdem er ihm zuvor die linke Hand abgeschlagen und den Schädel zertrümmert hatte. Das ergab keinen Sinn.

»Gib mir bitte mal Pfeil und Bogen«, bat er Nemira. Sie reichte ihm die gewünschte Waffe und schrie sogleich entsetzt auf, als er den Pfeil in die Brust des toten Elfen schoss. Der steife Körper rührte sich nicht. Der Pfeil hingegen versank tief in dessen Leib.

»Was bei Galwar tust du?«, fragte sie empört und riss ihm den Bogen aus der Hand, den er ihr ohne Widerstand überließ.

»Ich will etwas überprüfen«, sprach er kühl und bückte sich zu der Leiche hinunter. Er zog an dem Pfeil, den er in den toten Leib geschossen hatte, doch dieser steckte so tief, dass Enowir ihn unmöglich herausziehen konnte. Außerdem blutete die neue Wunde nicht.

»Siehst du das? Kein Blut«, teilte er Nemira seine Beobachtung mit.

»Natürlich, ein Toter blutet auch nicht«, sprach Nemira entsetzt von dem Experiment ihres Gefährten.

»Ganz genau«, stimmte er zu und deutete auf die Eintrittsstelle eines schwarzweiß gefiederten Pfeils. »Siehst du, da ist auch kein Blut.«

»Man hat die Pfeile nachträglich in die Toten geschossen?«, fragte Nemira überrascht. Enowir zog an dem Pfeil, der sich ohne weiteres aus dem Toten löste. Die Spitze hatte nicht mehr als eine Handbreit im Körper gesessen und war so locker, dass er den Schaft dabei demonstrativ mit nur zwei Fingern hielt. »Man hat ihn nachträglich eingesetzt.«

Nemira griff nach einem anderen Pfeil, der einem Toten im Kopf steckte. Auch dieser löste sich ohne Kraftanstrengung.

»Wer tut so etwas?«, verlangte sie fassungslos zu wissen.

»Jemand, der dieses Gemetzel einem anderen anhängen will«, antwortete Enowir grübelnd. Er besah sich den Pfeil genauer und auch mit diesem stimmte etwas nicht. Er umschloss ihn mit einer Hand und knickte ihn ohne Mühe mit dem Daumen ab. Das morsche Holz zerbröselte regelrecht in seiner Hand.

»Den Pfeil hätte man gar nicht mehr abschießen können«, stellte Nemira erstaunt fest.

»Ich glaube, man hat sie über Jahre hierfür gesammelt und dabei sind sie alt und morsch geworden«, schlussfolgerte Enowir und erhob sich. »Aber was ist der Zweck davon? Ich kenne keinen Klan, der solche Pfeile verwendet. Gegen wen soll sich unser Hass richten? Was soll damit erreicht werden und warum ausgerechnet hier?«

In dem Moment bemerkte Enowir, dass bei den Toten keinerlei Pfeile ihres Klans zu finden waren. Doch diese Beobachtung sollte er über die nächste Entdeckung schlicht vergessen.

»Enowir, sieh mal!«, forderte Nemira ihn auf. Sie klang derart aufgeregt, dass er reflexartig nach seinem Schwert griff. Doch in der angezeigten Richtung befand sich kein Feind, sondern der Grund, warum die Schlacht gerade hier stattgefunden hatte. Rußgeschwärzt erhob sich unweit des schrecklichen Schauplatzes eine hoch aufragende Steinsäule. Da an ihr verkohlte Rinde haftete, wirkte sie zunächst wie ein verbrannter Baumstamm, weshalb sie den beiden nicht aufgefallen war. Offenkundig war über die Jahrtausende ein Baum um die Säule herum gewachsen, was es unmöglich machte sie als solche zu erkennen. *Es sei denn, man brennt den ganzen Wald ab… es sei denn, man brennt den ganzen Wald ab*, wiederholte Enowir diesen Gedanken.

Nemira und Enowir wurden gleichzeitig von der Erkenntnis getroffen. Wer auch immer diesen Wald den Flammen überantwortet hatte, war auf der Suche nach etwas Bestimmtem gewesen. Es musste mit Kradwar, dem Gott der Verderbnis, zugehen, wenn der Waldbrand nichts mit dieser Säule zu tun hatte.

Fast achtlos schritten sie über die vielen Toten hinweg, um ihren Fund näher in Augenschein zu nehmen. Unweit dieser Säule lag eine zweite, die aber schon vor Jahrtausenden umgestürzt sein musste. Sie war so sehr mit Asche bedeckt, dass Enowir erst zwei Hände voll herunterschob, um sicher zu gehen, dass es sich tatsächlich um eine Säule handelte und nicht um einen weiteren verbrannten Baum.

Die noch stehende Steinsäule musste einst aus einem einzigen Stück weißen Steines geschlagen worden sein, wie Enowir vermutete. Zumindest konnte er keine Fuge erkennen, die darauf hinwies, dass man mehrere Teile aufeinandergesetzt hatte. In der Mitte zierte sie sonderbare Zeichen, die vertikal hinab verliefen. Diese waren zwar stark verwittert, dennoch konnte man sie gut erkennen.

»Suchender, tritt ein, und wasche dich von aller Krankheit rein«, sprach Nemira, als sie die Säule betrachtete.

Es dauerte einen Moment bis Enowir begriff. »Du kannst das lesen?«, erkundigte er sich verblüfft. Sechzig Jahre war er mit ihr unterwegs, in denen sie dieses Geheimnis für sich behalten hatte.

»Nicht gut.« Nemira errötete peinlich verlegen.

»Wer hat dir das beigebracht?«, erkundigte sich Enowir immer noch überrascht.

»Meine Mentorin, Evinar«, erklärte sie zögerlich, als würde sie schlecht über eine ehrbare Person sprechen.

»Ich muss zugeben, ich kenne sie nicht«, gestand Enowir, der sich mit den Frauen seines Klans bisher lediglich auf eine Weise auseinandergesetzt hatte, die ihm mehr als unangenehm war.

»Sie ist auch schon vor fast hundert Jahren bei einem tragischen Unfall ums Leben gekommen«, berichtete Nemira, die ihre Fassung zurückgewann. »Sie lehrte mich das Lesen mittels alter Schriften. Aus diesen ist auch das ...«, sie unterbrach sich. »Unwichtig. Aber sie sagte, dass unser Klan eines Tages Elfen brauchen würde, die in dieser Kunst bewandert sind. Sie meinte, irgendwann könnte unser Überleben davon abhängen.«

Enowir schwieg. Sich mit der Vergangenheit auseinanderzusetzen war in ihrem Klan bei Strafe verboten, deshalb gab es nicht viele Elfen, die Lesen konnten und selbst wenn, würden sie es abstreiten. Er musste seine Meinung über Elfenfrauen, die für ihn im Grunde nichts anderes als Lagerarbeiterinnen waren, die parallel Kinder entbanden, noch einmal gehörig überdenken.

»Nun gut«, schloss er seine Gedanken ab. »Da steht also, wir sollten eintreten, um uns von allen Krankheiten reinzuwaschen. Aber wo? Hier ist doch nichts.« Er sah sich vergeblich nach einem Anhaltspunkt um.

Nemira konnte sich unterdessen nicht von der Säule losreißen.

»Gehen wir einmal davon aus, dass zwischen den beiden Säulen der Eingang gelegen hat ...«, kombinierte Enowir, aber auch diese Überlegung half ihm nicht weiter. Der Boden zwischen den Säulen war absolut ebenerdig. Es gab keine anderen Steinfragmente. Nichts, was auch nur entfernt auf einen Eingang oder gar auf einen Tempel schließen ließ.

»Suchender, tritt ein, und wasche dich von aller Krankheit rein«, las Nemira noch einmal, offenbar sehr angetan davon, die Schriftzeichen in Sprache übersetzen zu können.

»Ja, ich hab verstanden«, versetzte Enowir. »Suchender tritt ein, und wasch dich von aller Krankheit rein«, wiederholte er, um deutlich zu machen, dass er es gehört hatte. Doch die Worte waren noch nicht vollständig über seine Lippen gekommen, da erbebte der Boden um sich gleich darauf mit einem Grollen zu erheben. Enowir erschrak heftig. Instinktiv sprang er nach hinten. Ein einziges Mal hatte er etwas Ähnliches erlebt, noch bevor er mit Nemira zusammen auf Reisen gegangen war. Damals war er über einen scharfkantigen Felsen geklettert, als dieser sich plötzlich erhob und sich ein riesiges Geschöpf aus Steinen zu erkennen gab. Unter entsetzlichem Grollen hatte es ihn angegriffen. Gegen solch eine Kreatur kamen sie mit Waffen nicht an, es blieb allein die Flucht. Aber Nemira durfte er nicht zurücklassen und sie bewegte sich keinen Fingerbreit, sondern blieb breitbeinig stehen, um das Gleichgewicht nicht zu verlieren. Im nächsten Moment wurden die beiden von einer dichten Aschewolke eingehüllt, die eine Flucht unmöglich machte. Ohne Sicht liefen sie Gefahr, sich bei einem Sturz zu verletzen, oder direkt in die Fänge der Bestie zu laufen. Deshalb blieb Enowir nichts anderes übrig als seinen Instinkt niederzuringen und der Dinge zu harren, die da kamen.

Die beiden Gefährten husteten bereits heftig, als sich die Asche zu legen begann. Ihre Augen tränten und gaben nur widerwillig die Sicht frei. Um sie herum herrschte Totenstille.

»Fantastisch!«, hörte Enowir Nemira ausrufen, als er sich noch den Dreck aus den Augen wischte. Auch er staunte nicht schlecht, als er in einen Tempeleingang blickte, der aus glattem, weißem Gestein herausgearbeitet worden war. Eine breite Steintreppe führte innerhalb des Bauwerkes hinab ins Dunkel.

Enowir hielt Nemira zurück, die im Begriff stand, die Stufen hinabzuschreiten. »Sicher, dass du dort hinabsteigen willst?«, fragte er sie besorgt. So kunstvoll der Eingang auch gearbeitet worden war, mutete er dennoch wie der Schlund eines Ungeheuers an, das nun aus der Asche aufgetaucht war, um sie zu verschlingen.

»Nicht ich, Stumpfohr, wir!« Sie ergriff seine Hand und wollte ihn die Stufen hinunterziehen. »Komm schon, oder hast du Angst?«, provozierte sie ihn breit grinsend. Offenbar hatte sie bereits die vielen Toten vergessen, die mit Sicherheit nicht ohne Grund genau hier lagen. Enowir gelang das nicht so einfach. Aber schließlich waren sie gekommen, um die Quelle zu finden. Wenn sie sich nicht in diesem Tempel befand, wo sollte sie sonst sein?

»Also gut«, gab er ihrem Drängen widerwillig nach.

Vorsichtig, aber für Enowirs Empfinden viel zu schnell, stiegen sie die Treppe hinab. Das Licht reichte geradeso aus, um die Stufen zu erkennen. Die Wände mochten prachtvoll verziert sein, doch Enowir nahm sie gar nicht wahr. Er rechnete jeden Moment damit, aus dem Schatten von einer grausigen Bestie angesprungen zu werden. So richtete er seine Aufmerksamkeit mehr auf sein Gehör. Zu sehen gab es nicht sonderlich viel, zumindest nichts, das unmittelbar über Leben und Tod entschied. Doch über den Klang ihrer Schritte auf den Stufen, die tief in dem Gewölbe widerhallten, nahm er kein anderes Geräusch wahr. Da erblickte er weiter unten den Treppenabsatz, über den sich ein heller Schein gelegt hatte. Die Gewölbedecke war so geschnitten, dass sich das Tageslicht dort bündelte. Aber wozu? Nemira sollte die Antwort auf diese Frage finden.

Unten angekommen waren sie von Finsternis umgeben. Nur der gebündelte Lichtstrahl verschaffte ihnen etwas Helligkeit. Er traf direkt auf eine eigenartige Konstruktion aus Metall, in deren Mitte eine runde Scheibe eingelassen war. Nemira, in ihrer ungezügelten Neugier, griff danach und drehte die Scheibe um. Das Tageslicht traf darauf und wurde sogleich reflektiert. Die glatte, glänzende Platte, die anmutete wie ein klarer See, in dem man sich spiegeln konnte, warf das Licht zu einer anderen Fläche, die den Schein ebenfalls weiterschickte. Von dort zur Nächsten und wieder zu einer Anderen. Die Lichtstrahlen bündelten sich in einem Kristall in der Deckenmitte. Dieser erstrahlte sogleich hell und erleuchtete den gesamten Raum.

»Wirklich beeindruckend«, ließ sich jetzt sogar Enowir zu einer für ihn untypischen Bemerkung hinreißen. Sie befanden sich in einem kreisrunden Saal, von dem drei Korridore abgingen. In der Mitte des Raumes erhoben sich mehrere Liegen aus weißem Stein. Es wirkte so, als habe der Ort zwei Jahrtausende auf sie gewartet, nur eine dünne Staubschicht hatte sich über alles gelegt.

»Lass uns diese Quelle finden«, beschloss Enowir und schritt die kleine Halle zügig ab. Er sog die Luft tief durch die Nase ein. Wenn es hier Wasser gab, dann würde es vermutlich am ehesten zu hören oder zu riechen sein. Doch seine Sinne ließen ihn im Stich.

»Wenn ich krank wäre und hier runter käme«, überlegte Nemira laut. »Dann würde ich geradeaus weitergehen. Versuchen wir es dort«, sie deutete auf den Gang, der sich in gerader Linie zum Eingang befand.

Voller Hoffnung, fast beschwingt, folgten sie ihm. Auch hier fiel das Licht hinein, sodass sie jeden Winkel genau erkennen konnten.

Da war sie, die Quelle der Heilung! Von einem Moment auf den anderen erstarb all ihre Hoffnung.

Zweifellos hatten sie die Quelle gefunden. Die beiden standen an einem kunstvoll gearbeiteten Becken, an dessen Rand unzählige Krüge und Schalen standen. Es musste hier einst Wasser gegeben haben, zumindest bevor die Decke herabgestürzt war und die Quelle unter Erde und Geröll begraben hatte.

»Verdammt!«, ließ sich Enowir zu einem Gefühlsausbruch hinreißen. Verzweifelt kniete er sich nieder und versuchte den Schutt beiseitezuschaffen. Er griff in die Erde, um zu spüren, ob sie feucht war. Doch all sein Bemühen blieb ergebnislos. Für jeden Felsbrocken, den er beiseite zerrte, rutschte ein weiterer nach.

»Enowir.« Nemira legte ihm die Hand auf die Schulter. »Das ist sinnlos. Aber wir haben noch zwei andere Gänge, die wir überprüfen können.«

Enowir erhob sich langsam. Er glaubte nicht mehr daran, das heilende Wasser zu finden. Eine innere Stimme sagte ihm, dass die Quelle an diesem Ort schon lange versiegt war.

Nachdem sie die anderen beiden Gänge abgesucht hatten, war auch Nemiras Hoffnung endgültig zersprungen, wie einer der vielen Tonkrüge, die sich an diesem Ort befanden. Die Gänge führten lediglich zu zwei weiteren Kammern, die voll dieser steinernen Liegen waren. Nemira ließ sich kraftlos auf eine davon niedersinken, mit hängenden Schultern sah sie zu

Enowir auf, der ihrem Blick nicht lange standhielt. Er schämte sich, wie ein kleines Kind gehofft zu haben, dass sie Kranachs Klan hätten retten können.

Betrübt und geschlagen wollten sie sich wieder an die Oberfläche begeben, als sie etliche ungleichmäßige Schritte hörten, die von den Wänden widerhallten.

Enowir spannte seinen Körper an und zog sein Schwert. Ein Kampf kam ihm jetzt gerade recht. Nemira hingegen reagierte überlegter. Sie sprang zu einer der Platten, die das Licht reflektierte und drehte sie so, dass der Raum sogleich im Dunkeln lag, bis auf einen einzigen verlorenen Lichtstrahl, der vom Spiegel am Eingang herrührte. Daraufhin zog sie ihren Gefährten in den Gang zurück, der vom Eingang her links lag.

»Lass uns erst einmal sehen, wer da kommt«, beschwor sie ihn flüsternd, damit ihre Stimmen nicht über die glatten Wände weitergetragen wurden.

Die beiden huschten tief genug in den Schatten, um sich vor den Neuankömmlingen verbergen zu können. Das Licht war spärlich, aber immer noch ausreichend hell, um zu sehen, wer oder was da in die Tempelanlage hinabstieg.

Tatsächlich waren es Elfen! Im matten Licht konnte Enowir sie nur schwer erkennen. Die Gruppe war groß und zählte mehr Frauen als Männer. Ihre Haut war wesentlich dunkler als die jener Elfen, von Enowirs und Nemiras Klan. Ihre Haare hatten sie nach hinten geflochten und auf dem Rücken trugen sie Köcher mit schwarzweiß gefiederten Pfeilen. Sie redeten ohne Unterlass miteinander. Auch wenn Enowir die Sprache nicht verstand, klangen sie doch aufgeregt, über diesen Fund. Vor langer Zeit war Enowir schon einmal zwei Elfen aus diesem Klan begegnet. Sie waren recht eigentümlich anzusehen gewesen, ihre braune Haut hatte in der Sonne geglänzt und war überall mit Knochen oder Reißzähnen durchstoßen. Einer der Elfen hatte den eigenwilligen Schmuck in den Ohrmuscheln getragen, ein anderer hatte sich den Zahn eines Wolfs durch die Unterlippe gerammt. Sie besaßen dunkle Augen und ausdrucksstarke Wangenknochen. All das konnte Enowir in dem Zwielicht zwar nicht erkennen, aber er war sich sicher, dass es sich um besagten Klan handeln musste. Die seltsame Sprache war unverkennbar. Schon damals hatten sie auf Enowir einen eher feindseligen Eindruck gemacht. Doch die Begegnung war ohne weitere Zwischenfälle vonstattengegangen.

Es dauerte etwas, bis Enowir die genaue Anzahl der Elfen im Tempel erfasst hatte. Es waren dreizehn. Alle sahen sie so aus, als wüssten sie mit ihren Kampfstäben umzugehen, die sie neben den umgehängten Bögen bei sich führten. Er konnte Nemira dankbar dafür sein, dass sie ihn abgehalten hatte, die Elfen sofort anzugreifen. Vermutlich war es genau das gewesen, was eine bisher noch unbekannte Macht mit dem Gemetzel an seinen Brüdern zu erreichen versuchte. Irgendwer wollte die Elfenklane gegeneinander aufhetzen. Aber warum? Sie wollten doch alle nur eines: Überleben! Einen Krieg konnte keiner von ihnen wollen. Es sei denn jemand versprach sich davon einen Vorteil. Nur welchen?

Nemira holte Enowir in die Gegenwart zurück, indem sie ihrem Begleiter in die Rippen stieß. Die Elfen des anderen Klans sahen sich wild durcheinanderredend im Raum um. Offenkundig verstanden sie den Trick mit den blankpolierten Platten nicht, den Nemira sofort durchschaut hatte. Sonst wären sie dem einzelnen Lichtstrahl direkt zu ihrem Versteck gefolgt.

»Wir müssen hier raus«, flüsterte Nemira und machte ein paar Schritte in Richtung des Ausgangs. Ihre Schrittgeräusche gingen ganz in dem Lärm unter, den die anderen Elfen veranstalteten. Dennoch unterschied sich der Ton, den ihre Schuhsohlen auf dem Boden verursachten deutlich von den Elfen, die barfuß unterwegs waren. Sollten sie anhalten oder unerwartet schweigen, würde man die beiden hören.

»Warte noch«, hielt Enowir sie zurück, während er die Elfen nicht aus den Augen ließ. Sie schienen etwas zu suchen, vielleicht verschwanden sie dabei in einem der Gänge.

Mitten im Raum hielten die Elfen an und diskutierten kurz, bis sich zwei von der Gruppe lösten und die Stufen zu Ausgang hinaufstiegen. Es dauerte nicht lange, bis die beiden mit brennenden Fackeln wiederkamen und den Raum in flackerndes Licht tauchten.

So schnell und leise wie möglich, zogen sich Nemira und Enowir in den Schatten zurück. Die Elfen des fremden Klans schienen nun deutlich sicherer. Wer auf Krateno überleben wollte, mied die Dunkelheit.

Jetzt stritten sich die fremdartigen Elfen anscheinend über ihr weiteres Vorgehen. Nur durch die Deutung ihrer Gesten verstand Enowir ihre Uneinigkeit darüber, welchen Gang sie zuerst erschließen sollten. Vermutlich hätten sie nicht so lange diskutiert, wenn sie gewusst hätten, dass jeder Korridor eine Sackgasse war.

»Wenn sie so schnell an Fackeln gekommen sind, dann sind da oben sicher noch mehr«, bemerkte Nemira flüsternd. Daran hatte Enowir ebenfalls gedacht. Sie saßen in der Falle! Wenn sie nicht von den Elfen gefangen genommen oder gar getötet werden wollten, sollte ihnen besser schnell etwas einfallen.

»Ich könnte ...«, Nemira zog ein Wurfmesser aus ihrem Gürtel.

»... sie ablenken«, führte Enowir ihren Satz zu Ende.

»Das hält nicht lange vor«, überlegte er skeptisch.

Auf einmal herrschte Stille. Anscheinend waren die Elfen sich einig geworden und bewegten sich geradewegs auf Enowirs und Nemiras Versteck zu. Sogleich wichen die beiden noch tiefer in die Schatten zurück. Allerdings liefen sie dabei in eine Sackgasse. Ihre einzige Hoffnung bestand darin, sich hinter den Steinliegen zu verbergen, aber wie lange mochte das wohl gut gehen?

Der Fackelschein offenbarte schon fast ihre Stiefel. Sie versuchten, so große und leise Schritte wie möglich zu machen, um den herannahenden Elfen zu entkommen. Wobei sie rückwärts gingen, um die Elfen nicht aus den Augen zu lassen. Deshalb sahen sie, wie zwei der Krieger ihre Bögen schussbereit machten. Offenbar spürten sie, dass in diesem Gang etwas lauerte, auch wenn es sich dabei nur um Nemira und Enowir handelte.

Ein Rumpeln hallte durch die Gänge. Instinktiv nutzten Enowir und Nemira die Geräuschkulisse, um in den dunklen Raum hinter ihnen zu springen. Eine der Liegen als Deckung nutzend kauerten sie sich nieder. Abermals entbrannte weithin hörbar eine kurze Diskussion zwischen den dunkelhäutigen Elfen. Vermutlich wurde ihnen bewusst, dass sie ihren Rückweg nicht gesichert hatten. Oder vielleicht wollten sie herausfinden, was diesen Lärm verursacht hatte, bevor sie sich hier weiter umsahen. Bei ihrer Gruppengröße hätten sie sich ohne weiteres aufteilen können, nur verstanden sie offenkundig nichts von Taktik. Am sich entfernenden Fackelschein erkannten

Enowir und Nemira, dass sich die gesamte Gruppe zurückzog.

»Unsere Gelegenheit.« Nemira sprang auf und lief auf leisen Sohlen in den Gang zurück. Enowir folgte ihr, auch wenn er nicht so schnell und leise rennen konnte wie Nemira.

Tatsächlich fanden sie die Halle mit den Spiegeln leer vor. Ein flüchtiger Blick die Treppe hinauf offenbarte ihnen, dass auch diese frei war. Drei Stufen auf einmal nehmend stiegen sie zum Ausgang empor, nur um von der hoch am Himmel stehenden Sonne geblendet zu werden. Ihr Jagdinstinkt ließ sie auf der Treppe kauern, bis sie sich an das grelle Licht gewöhnt hatten. Der Geruch von gebratenem Fleisch stieg ihnen in die Nase. So einen Duft gab es normalerweise nicht in der Wildnis, denn er lockt die verschiedensten Bestien an. Deshalb verzichteten alle Elfen darauf, außerhalb der Festung Fleisch zu braten. Sein Instinkt warnte Enowir, wenn er auch nicht so genau wusste wovor. Zeitgleich lief ihm aber auch das Wasser im Mund zusammen. Was die beiden jedoch erblickten, als sie sich an das Tageslicht gewöhnt hatten und über die obersten Treppenstufen spähten, war so entsetzlich, dass sie bei dem Geruch beinahe erbrochen hätten. Den Würgereflex zurückdrängend gelang es ihnen geradeso, ihren Mageninhalt bei sich zu behalten, auch wenn Enowir diesen schon im Mund schmeckte.

Vor der unterirdischen Anlage befanden sich noch mehr von den braungebrannten Elfen. Sie hätten schön sein können, wären ihre Körper nicht überall von Knochen durchdrungen und lediglich von verdreckten Lederfetzen bedeckt gewesen. Bei ihrer Hautfarbe war sich Enowir nicht sicher, ob es allein die Sonne war, die so etwas anrichtete, oder ob sie einfach nur schmutzig waren. Doch das war nicht der Grund, wieso sich den beiden die Mägen umdrehten. Dieser Elfenklan hatte sich daran gemacht, die Toten mit rostigen Messern zu zerlegen und deren Körperteile über offenem Feuer zu braten. Fassungslos verfolgten Nemira und Enowir das sich ihnen bietende Schauspiel. Mit Unglauben beobachtete Enowir wie einer der barbarischen Elfen den Kopf seines Klanbruders öffnete um gleich darauf dessen Gehirn mit bloßen Händen zu verschlingen. Der Elf leckte genüsslich die graue Masse von seinen Fingern, während Enowir abermals bitteres Erbrochenes in seinem Mund schmeckte.

»Das ist ...«, begann er, ohne zu wissen, was er eigentlich sagen wollte.

»...vielleicht unsere einzige Möglichkeit, unbemerkt zu verschwinden«, beendete Nemira den Satz. Ihre Miene zeigte keine Regung. »Wenn wir schnell genug sind, dann können wir hinter den Eingang des Tempels rennen und entkommen, ehe uns jemand sieht. Sie sind so beschäftigt mit ...«, sie musste heftig schlucken. Für einen Moment zeigte sich das Grauen in ihrem Gesicht und schlug sich hörbar auf ihre Stimme nieder.

Der Plan klang verzweifelt, denn das Unterfangen war riskant, aber auch die einzige Möglichkeit, um hier wieder heil herauszukommen. Wenn Enowir sich nicht verzählt hatte, waren hier dreißig Elfen am Werk, gegen die sie unmöglich im Kampf bestehen konnten.

»Na dann«, Enowir wollte aufspringen und losrennen.

»Halt.« Nemira hielt ihn an der Schulter fest. »Einer links, einer rechts, wenn sie uns sehen, dann gewinnen wir so vielleicht etwas Zeit.«

Enowir verstand. Die dunklen Elfen mussten zuerst festlegen, wer wen verfolgte und entscheidungsfreudig konnte man sie nach den ersten Eindrücken nicht nennen.

»Na dann, los«, zischte er, sprang auf und spurtete nach rechts um die Säule herum, hinter das Bauwerk, welches sich aus dem Boden erhoben hatte.

Hinter ihm erklangen Schreie. Schon kam Nemira um die Ecke gelaufen.

»Schnell! Sie sind hinter mir!«, rief sie ihm entgegen.

Er stürmte voran in das Gewirr aus umgefallenen Bäumen. Um ihn herum stob die Asche hoch und blieb verräterisch in der Luft hängen. Die dunklen Elfen würden kein Problem damit haben ihnen zu folgen.

Enowir hörte Nemira dicht hinter sich. Er sah nur eine Möglichkeit, ihre Flucht zu verbergen. »Dort! Hoch!« Einer der Bäume lag so, dass sie ihn problemlos ersteigen konnten. Oben angekommen setzten sie in einem anstrengenden Sprunglauf die Flucht über die Baumstämme hinweg fort.

Verzweifelt hoffte Enowir, ein geeignetes Versteck zu finden, denn lange würde er diesen Spurt nicht mehr durchhalten.

Hinter ihm krachte es und gleich darauf fiel etwas Schweres mit einem dumpfen Aufschlag in die Asche. Enowir sprang noch einen Baumstamm weiter und wandte sich um. Es war nichts zu sehen, keine Verfolger aber auch sonst niemand.

»Nemira?!«, rief er erschrocken und lauter, als er es gewollt hatte. Doch sein Ruf blieb unerwidert. Unweit von ihm stieg zwischen den verbrannten Bäumen eine kleine, unscheinbare Staubwolke empor. »Conara!«

Mit zwei Sprüngen war er dort und blickte hinunter. Durch die aufgewirbelte Asche konnte er nur den Schemen eines Körpers wahrnehmen, der unten zwischen den verkohlten Bäumen lag. Er ließ alle

Vorsicht fahren und sprang hinab. Es war Nemira, daran bestand kein Zweifel, selbst wenn er sie mehr spürte, als dass er sie sah. Was er allerdings in dem hustenreizerregenden Nebel deutlich erkannte, war der schwarzweiß gefiederte Pfeil, der ihr knapp neben der Wirbelsäule tief im Rücken steckte. Er hatte ihren Lederpanzer durchschlagen und ragte vor Enowirs Augen auf, wie ein Unheil verkündendes Omen. Nemira lag mit dem Gesicht nach unten im Staub und rührte sich nicht mehr. So schnell und vorsichtig wie es nur ging, drehte er sie um und befreite ihr Mund und Nase mit hektischen Bewegungen von der Asche. Staubhustend rang sie um Atem.

»Nemira!« Er musste sich zurückhalten, sie nicht fest an sich zu drücken. Stattdessen hob er sie hoch und trug ihren leichten Körper durch das Labyrinth aus verbrannten Baumstämmen.

Nach etlichen Schritten musste Enowir sich eingestehen, die Orientierung gänzlich verloren zu haben. Seine ganze Aufmerksamkeit galt Nemira. Sie atmete schwach und hustete unentwegt. Die von seinem Marsch aufgewirbelte Asche, legte sich auch auf seine Lunge. Immer wieder zog sich sein Brustkorb schmerzhaft zusammen, um den Staub herauszustoßen. Seine Augen tränten und dennoch gelang es ihnen nicht, die Asche gänzlich herauszuspülen, sodass seine Sicht von Schritt zu Schritt schlechter wurde. Das Atmen brannte unerträglich und ließ ihn spüren, dass sein Körper nicht mehr die nötige Atemluft umsetzen konnte. Die Welt verschwamm vor seinen Augen. Nemiras zarter Körper wurde schwerer und schwerer, als würde Enowir einen Sack Steine schleppen. Jeder Schritt fühlte sich so an, als müsse er den Boden gleichsam mit anheben. Die verbrannte, mit Asche bedeckte Erde kam immer näher, Enowir konnte nichts dagegen tun. Er spürte, wie er niedersank. Mit allen verbliebenen Kräften stemmte er sich ihr entgegen. Es half nichts.

In der Asche liegend spürte Enowir, wie ihn jemand an der Jacke packte. Dann verlor er endgültig das Bewusstsein.

V.

Übertriebenes Misstrauen und Feindseligkeiten sind das Gift, das unser Volk verderben kann und gleichsam der Samen des Krieges, den wir niemals ausbringen dürfen, denn die Ernte würde unseren Untergang bedeuten. Deshalb hütet euch vor diesen beiden Giften.

Aus dem Kodex der Hochgeborenen, Artikel 11

Eine frische Brise umwehte Enowir und jemand spritzte ihm kühles, klares Wasser ins Gesicht. Es rann durch seine Augen und spülte den Schmutz fort. Sogleich klärte sich sein Blick. Wäre er nicht so schwach gewesen, dann hätte ihn blankes Entsetzen in die Flucht geschlagen. Enowir sah in die gelben, geschlitzten Augen einer riesenhaften Echse. Er benötigte eine ganze Weile, um zu begreifen, dass es sich um eines ihrer Reittiere handelte. Unterdessen bespritzte ihn das Reptil fortwährend mit Wasser aus einem kleinen Tümpel. Etwas von dem kühlenden Nass rann über Enowirs Wange und er öffnete seine spröden Lippen, um das Wasser in seinen Mund zu lassen. Nur ein Tropfen, den er begierig hinunterschluckte, genügte, um in ihm seine Lebensgeister neu zu wecken. Schwerfällig erhob er sich, schöpfte sich das erfrischende Nass ins Gesicht und trank mehrere Schlucke aus seinen Handflächen. Dankbar tätschelte er den Kopf der Echse, was er mehr aus einem Impuls heraus tat, ohne zuvor das geheime Wort zu sprechen. Das Tier ließ ihn gewähren und blinzelte ihn auf seine unheimliche Art und Weise an. Enowir wunderte sich gerade, dass der Atem des Tieres gar nicht stank wie sonst, als ihm alles wieder einfiel.

»Nemira!« Erschrocken sah er sich um. Da lag sie, auf der Brust, den Pfeil im Rücken. Ihre Glieder waren verdreht und ihr ausdrucksloses Gesicht verriet kein Lebenszeichen. Für einen quälenden Moment hielt er sie für tot, aber dann bemerkte er, wie sie einen schwachen Atemzug unternahm. Für den Bruchteil eines Lidschlages kam in ihm Erleichterung auf. Ihr Lebenslicht flackerte jedoch deutlich.

»So leicht überlasse ich dich Galwar nicht«, sagte Enowir dem Gott des Todes den Kampf an. Auch wenn er nicht wusste, was er tun sollte. Nemira lag ebenfalls nah an dem Tümpel und auch sie wurde von einem gesattelten Reptil mit Wasser bespritzt. Enowir kroch zu ihr hinüber und drehte sie vorsichtig auf die Seite, um ihr das Atmen zu erleichtern. Dabei schnitt er sich an einem Wurfmesser, an ihrem Gürtel. Um den Schnitt an seiner Handfläche zu kühlen tauchte er ihn reflexartig in das Wasserloch. Ein eigentümliches Kribbeln lief durch seine Hand. Mit ungläubigem Staunen musste er mitansehen, wie sich die Wunde augenblicklich schloss. Das wenige Blut wurde vom Wasser fortgetragen. Konnte das sein? Für einen Test zog er den Zeigefinger über die scharfe Klinge. Die Kerbe in seinem Fleisch war tief und blutete stark, doch nur bis er sie unter Wasser hielt. Auch sie verschwand sogleich, ohne eine Spur zu hinterlassen. Schnell nahm er einiges von dem Wasser auf und kippte es Nemira ins Gesicht. Sie rührte sich nicht. In einem Anflug von Verzweiflung packte er den Schaft des Pfeiles und zog ihn mit einem heftigen Ruck aus ihrem Rücken. Sogleich ergoss sich ein unstillbarer Bach von Blut aus der Wunde. Noch einmal schöpfte Enowir das Wasser aus dem Tümpel und goss es auf das Loch in Nemiras Rücken. Er konnte dabei zusehen, wie sich die tödliche Wunde schloss. Der scheinbar unstillbare Blutstrom versiegte. Dort, wo das Wasser die Narbe auf ihrem Rücken berührte, verblasste diese ebenfalls, bis sie ganz verschwunden war. Enowir drehte Nemira auf den Rücken und flößte ihr das Wasser ein. Ihr Husten war ein erstes Lebenszeichen. Schwach blinzelnd öffnete sie ihre braunen Augen. Sie legte ihre Hand an seine Wange, zog ihn zu sich herunter, um ihn lange zu küssen. Als sich ihre Lippen voneinander trennten, fragte sie: »Sind wir tot?«

Enowir lächelte. »Sehe ich aus wie ein Himmelswesen?«, erkundigte er sich glücklich.

»Nun«, überlegte sie. »Deine Narben sind fort«, stellte sie nüchtern fest. »Also irgendwie schon.«

Enowir betastete prüfend sein Gesicht. Einige der Scharten waren so tief gewesen, dass man sie spüren konnte, doch er fühlte nur glatte unversehrte Haut.

»Wir haben die Quelle gefunden.« Er sah, wie ihre Reittiere gierig von dem Wasser tranken. »Na ja, unsere Echsen haben sie gefunden«, gestand er ihnen zu.

Nemira sah sich erstaunt um. Die Echsen blickten sie beide aus wissenden Augen an. Etwas an ihrer Art war anderes als vorher. Waren sie zuvor nur Reittiere gewesen, die schlichten Kommandos folgten, so sahen sie jetzt weitestgehend intelligent aus. Es kam Enowir so vor, als könnten sie verstehen, was Nemira und er sprachen. Ob es sich dabei um einen weiteren Effekt des heilenden Wassers handelte?

»Erstaunlich«, kleidete Enowir seine Verblüffung in Worte.

»Ganz erstaunlich«, stimmte Nemira ihm zu.

Vorsichtig half Enowir ihr auf die Beine. Aber mehr, um ihre Nähe zu spüren. Da er um die Wirkung des Wassers wusste, war ihm klar, dass sie keine Hilfe benötigte. Doch er genoss es, sie zu berühren und ihr gefiel es ebenso.

»Ich wusste nicht, dass du so schöne, braune Augen hast«, versuchte er, ihr ein Kompliment zu machen. Das erste, welches sich Elfen auf diese Weise seit zweitausend Jahren gemacht hatten und es verfehlte seine Wirkung gänzlich. Aus einem Grund, den Enowir nicht verstand, schien Nemira darüber erschrocken zu sein.

»Was hast du?«, wollte er verblüfft wissen, als sie sich über das Wasser beugte und ihr Spiegelbild betrachtete. Ungläubig besah sie ihre Haare, die ebenfalls zu einem gesunden goldenen Ton zurückgewechselt hatten.

Sie antwortete nicht, sondern zerrte ihren »Glückstrinkschlauch« vom Gürtel und nahm einen großen Schluck daraus. Sogleich krümmte sie sich und hielt sich den Bauch vor Schmerzen.

»Nemira«, er griff nach ihrer Schulter. Er wollte ihr helfen, doch sie schlug nur seine Hand beiseite, was auf viele unterschiedliche Arten schmerzte, nicht nur körperlich. Es tat auch seiner Seele weh.

Den Trinkschlauch immer noch in der Hand, erhob sie sich. »Entschuldige«, sagte sie mit zusammengebissenen Zähnen.

»Was ist das für ein Zeug?«, verlangte Enowir zu wissen und griff nach dem Trinkschlauch. Sie zog ihn aus seiner Reichweite, sodass er nur ihr Handgelenk zu fassen bekam. »Nemira, ich muss jetzt wissen, was du dir da antust«, sie rangen kurz um den Behälter. In ihrem Klan galten Frauen als zu schwach für den Kampf. Dies traf jedoch nicht auf Nemira zu. Seine Gefährtin war wesentlich stärker, als er gedacht hatte. Enowir spürte, dass er die Auseinandersetzung nicht gewinnen konnte. Als er in ihre Augen blickte, ließ er den Trinkschlauch vor Schreck endgültig los. Das Braun von Nemiras Iris wurde von einem stechenden Grün zurückgedrängt. Der Trinkschlauch entglitt ihren Händen und landete in einem abgeschnittenen Ausläufer der Quelle. Es zischte! Unter schäumendem Brodeln wandelte sich das heilende Wasser in den Fluch Kratenos. Jene Flüssigkeit, die alles verätzte, was mit ihr in Kontakt kam. Doch damit nicht genug, sie gebar auch jene widerlichen Monstren, die nach dem Blut der Elfen gierten.

»Nemira, was tust du dir nur an?«, fragte Enowir um Fassung ringend.

»Das verstehst du nicht!«, brauste sie auf.

»Dann erkläre es mir!« Er ergriff sie an den Schultern. Augenblicklich schlug sie seine Arme so brachial beiseite, dass er seine Knochen knirschen hörte.

Zorn spiegelte sich in ihrem Gesicht. Doch Enowir fühlte den Schmerz, den sie darunter verbarg. Alles was er jetzt sagte, wäre falsch gewesen, deshalb schwieg er.

»Du weißt ja nicht, wie es ist als Frau in unserem Klan zu leben!«, schrie sie und brach gleich darauf in bittere Tränen aus. »Wir Frauen sind nicht mehr als Sklaven. Wir müssen im Lager die Arbeit machen, für die ihr Männer euch zu schade seid und nebenbei noch Kinder zur Welt bringen! Während ihr Männer draußen Abenteuer erlebt und euch wie Helden feiern lasst!« Sie richtete anklagend ihren Zeigefinger auf ihn, als stände er stellvertretend für alle männlichen Elfen seines Klans. »Und einmal alle zwei Jahre rutscht ihr widerwillig und mit Ekel über uns drüber, als sei es unsere Pflicht, die Beine für eure Bälger breitzumachen!«

Die Tränenbäche wirkten wie Risse in ihrer Haut.

»Nemira ich ...« Er wollte etwas sagen, doch es fehlten ihm die Worte.

»Was ist?«, keifte sie ihn an. »Dachtest du, wir täten das gern?!«

»Nein«, er schüttelte den Kopf und hob abwehrend die Hände. »Ich wusste nicht, dass ihr so empfindet, ich dachte, ...« Enowir brach mitten im Satz ab. Es schien ihm der falsche Zeitpunkt zu sein, sich auf die Pflicht eines jeden Einzelnen herauszureden.

»Tun wir auch nicht«, schniefte sie etwas versöhnlicher. »Nur ich und vielleicht noch eine Handvoll anderer Elfen«, gestand sie.

»Aber das rechtfertigt doch nicht das da.« Er deutete auf den Trinkschlauch, der sich in der Pfütze aus Gift langsam zersetzte. »Das ist doch sicher gefährlich. Hast du keine Angst, an dem Zeug zu sterben?«

Sie schnaubte verächtlich. »Wenn ich den Trank nicht verwende, bin ich nicht stark genug, um hier draußen zu überleben, und dann bin ich im Grunde sowieso schon tot. Wie lange überlebt ein Reisender hier draußen? Höchstens zweihundert Jahre!«

»Im Lager wäre es sicherer.« Enowirs Worte brachten echte Sorge zum Ausdruck.

Nemira schien das zu spüren und lächelte mild. »Nicht wirklich, auch dort sind unsere Tage gezählt.«

Er blickte sie erstaunt und fragend zugleich an, was erneut die Wut in ihr hochkochen ließ. »Hast du schon einmal von einer Elfe gehört, die ihre fünfzigste Entbindung überlebt hat?«

Enowir schüttelte den Kopf. Eigentlich wusste er nicht, wie viele Kinder eine Elfe bekommen konnte. Er hatte nie danach gefragt. Im Grunde hatte er gedacht, dass eine Geburt vermutlich nichts Aufregendes sei, immerhin konnten das sogar ... Frauen. Seine Blasiertheit gegenüber der anderen Hälfte seines Klans empfand Enowir auf einmal selbst als verachtenswert. Als er den Schmerz in Nemiras stechend grünen Augen erblickte, schämte er sich für seine Ignoranz. Immer noch tat er Frauen als niedere Wesen ab und gerade er sollte es besser wissen.

»Ab fünfundvierzig Kindern wird es kritisch. Jede Geburt könnte dann die Letzte sein«, erklärte sie. Ihr Wunsch nach Nähe überwand schließlich ihren Ärger. »Ach Enowir, lieber lebe ich ein gefährliches Leben hier draußen, als ein kurzes in Gefangenschaft.« Mit diesen Worten drückte sie ihn fest an sich. Er erwiderte ihre Berührung, indem er seine Arme um sie legte.

»Es tut mir so leid, Nemira. Ich habe noch nie darüber nachgedacht«, entschuldigte er sich.

»Du kannst nichts dafür, wir sind so aufgewachsen. Außerdem bist du ein Mann«, stichelte sie, er konnte hören, wie sie grinste.

Die Gegenwart rückte wieder in den Fokus der beiden. Sie lösten sich umsichtig voneinander. Unweit von ihnen befand sich der brandgerodete Wald. Die heilende Quelle lag in einer Mulde, umgeben von saftig grünem Gras, schattenspenden Bäumen und in verschiedenen Farben blühenden Büschen. Eine Oase in einer sonst so lebensfeindlichen Welt. Das heilende Wasser befruchtete das Land auf eine besondere Weise. Vermutlich hatte die Quelle sich über die Jahrtausende einen anderen Weg gesucht und war nun hier zum Vorschein getreten, um der ganzen Welt ihre Wirkung zu zeigen. Seltsamerweise nahm keiner Notiz von ihr. Nicht einmal die Bestien der Wildnis labten sich an dem Wasser. Vielleicht hatten aber auch ihre Reittiere die anderen Wesen verscheucht.

»Wir müssen zurück und Kranach hiervon berichten.« Enowir war schon halb auf dem Weg zu seinem Reittier, als Nemira einwandte: »Es wäre besser, wenn wir ihm so viel von dem Wasser mitbringen, wie wir tragen können.«

Er nickte zustimmend und ging ans Werk. Zunächst leerte er alle ihre sechs Trinkschläuche, um sie darauf mit dem heilenden Wasser zu befüllen. Unterdessen hielt sich Nemira von der Quelle fern. Mit ihrem Bogen und einem aufgelegten Pfeil tat sie so, als gäbe sie Enowir bei seiner Tätigkeit Deckung. Natürlich verstand Enowir, dass Nemira nicht mehr mit dem Wasser in Berührung kommen wollte.

***

Auf dem Rückweg gönnten sie weder sich noch den Reittieren Rast und Ruhe. Enowir und Nemira trieben die Echsen unentwegt an. Es ging darum, einen Klan zu retten. Auf ihrem Weg nahmen sie jede mögliche Abkürzung. Dabei scheuten sie sich nicht davor durch dichte Wälder und deren Unterholz zu reiten. Die Echsen waren wie dafür gemacht sich auch dort gefahrlos zu bewegen. Selbst in ihrem schnellsten Lauf schienen sie immer auf ihre Reiter bedacht und wichen dabei tiefhängenden Ästen aus. Zuverlässig mieden sie Gefahren. Für manche Angreifer waren sie auch schlicht zu schnell, um als Beute infrage zu kommen. Sie kamen so problemlos voran, dass Enowir und Nemira ihren Sinn für Gefahren einbüßen. Mehr und mehr verließen sie sich auf ihre Echsen, die zuverlässig Nahrung und Wasser fanden. Auch die Richtung schienen sie ohne Hilfe genau zu wissen. So waren es auch ihre Reittiere, die sie warnten, als Enowir und Nemira bei einer kurzen

Rast mehr mit sich selbst beschäftigt waren, als auf ihre Umgebung zu achten. Wären sie wachsamer gewesen, hätten sie das Waldstück wiedererkannt. Denn sie befanden sich genau an jenem Ort, um den sie für gewöhnlich einen großen Bogen machten.

Ihre Reittiere fauchten warnend. Die beiden Elfen sahen engumschlungen vom Boden auf. Keinen Augenblick zu früh! Nemira gelang es gerade noch, sich vor dem Angriff des Basilisken zur Seite zu rollen. Enowir entkam dem weit aufgerissenen Maul nicht mehr. Ein Giftzahn stach ihm in die Schulter. Mit einem Aufschrei riss er sich los. Seine Haut hing in Fetzen von der Muskulatur. Den Schmerz ignorierend, rollte sich Enowir über den Waldboden, während Nemira versuchte die Aufmerksamkeit des Monstrums auf sich zu lenken. Angestachelt von dem Geruch frischen Blutes schlängelte die Riesenschlange Enowir hinterher. Da geschah etwas, womit keiner der beiden gerechnet hatte. Ein zweiter Schlangenkopf erhob sich und warf sich Nemira entgegen. Reflexartig warf sie sich zu Boden und entging nur um Haaresbreite dem Angriff.

Jetzt dämmerte es Enowir, wo sie sich befanden: Im Wald der Hydra! Eben jener Bestie, der sie zu einem zweiten Kopf verholfen hatten.

Enowir sprang auf und griff sein Schwert, das unweit an einem Baum lehnte. Sofort flüchtete er um den Baum herum. In dem Moment krachte es, Baumrinde platzte ab, als der Schlangenkopf in den Stamm einschlug.

»Wie tötet man eine Hydra?«, schrie er.

Nemira antwortete nicht.

Enowir spähte vorsichtig um den dicken Stamm herum und blickte in die kalten Augen der zweiköpfigen Schlange. Reflexartig stach er zu. Das Monster brüllte vor Schmerzen, als die scharfe Schneide in ihr rechtes Auge fuhr, grünes Blut spritzte heraus. Von wilder Raserei ergriffen, schlug die Bestie mit ihren Köpfen und dem Schwanz um sich. Enowir nutzte diesen Moment, um Distanz zwischen sich und die Hydra zu bringen. Dabei wog er seine Möglichkeiten ab. Wenn er genug Haken schlug, verknotete sich die Hydra womöglich zwischen den Bäumen. Oder sollte er ihr Wunden schlagen bis sie ausblutete? Doch beide Ideen waren im Grunde undurchführbar, ohne ihr Leben unnötig aufs Spiel zu setzen. Flucht, das war ihre einzige, wahre Überlebenschance.

»Ich hab keine Ahnung, wie man das Vieh umbringt!«, erwiderte Nemira, die ebenfalls zwischen die Bäume zurückgewichen war.

»Wir müssen hier weg!«, rief er Nemira zu. Doch in dem Moment sah er, wie eine der Echsen sich todesmutig auf die Hydra stürzte und sich in einem ihrer Hälse verbiss. Das Reittier schlug dabei alle seine Klauen in das geschuppte Ungeheuer. Die Hydra versuchte, den Angreifer abzuschütteln, indem sie ihren Kopf hin und her warf. Die Echse hielt sich jedoch wacker und setzte einen weiteren Biss nach. Ihre Zähne versanken immer tiefer in dem Hals des Monstrums.

»Nein!«, kreischte Nemira entsetzt.

Enowir sah es ebenfalls. Drei ihrer Trinkschläuche waren am Sattel der Echse eingehängt und schwangen bedrohlich herum. Die beiden mussten hilflos mit ansehen, wie die zweite Echse sich in den anderen Hals der Hydra verbiss, um ihrem Artgenossen beizustehen, der sich vor dem Kopf des Monsters unweigerlich die Blöße gab. Das Untier kreischte und peitschte mit ihrem Schwanz nach der ersten Echse. Zum Glück des Reittieres und zu Enowirs und Nemiras Pech traf der

Schwanz den Sattel, der den wuchtigen Hieb abfing. Einer der Beutel mit der lebensrettenden Flüssigkeit platzte auf. Der Inhalt ergoss sich unwiederbringbar über die Lichtung. Nemira rief die Echsen zurück, doch sie hatten Blut geleckt. Es fiel ihnen nicht im Traum ein, ihren Sieg, den sie zum Greifen nah sahen, aufzugeben.

Da geschah das, was Enowir befürchtet hatte. Mit Klauen und Zähnen durchtrennte die Echse den Hals der Hydra. Abgetrennt fiel der Kopf zu Boden, wo er sich wand, als würde er zu einem zweiten Leben erwachen. Die Echse hingegen stürzte ab, fiel auf die Seite und rappelte sich gleich wieder auf. Wie Enowir sah, schienen die übrigen beiden Wasserschläuche unversehrt zu sein. Mit einem sichtbaren Anflug von Stolz blickte das Reptil auf den abgebissenen Kopf, der sich in seinen letzten Zuckungen auf dem Waldboden herumschmiss. Dabei entging ihr völlig, dass der offene Hals hinter ihr nur kurz grünes Blut verspritzte. Schon teilte er sich und zwei neue Köpfe wanden sich, von grünem Schleim triefend, aus dem Stumpf. Sie schwollen mit beachtlicher Geschwindigkeit zur vollen Größe an.

»Vorsicht!«, rief Enowir. Doch die Echse verstand nicht. Hilflos musste er mit ansehen wie die Echse von einem der Köpfe in den Rücken gebissen und in die Luft gerissen wurde. In ihrem Zorn warf die Hydra ihren Angreifer gegen einen Baum. Vollgepumpt mit Gift prallte die Echse an den Stamm und schlug auf den Boden. Dabei platzte der zweite Trinkschlauch auf. Reglos blieb die Reitechse liegen.

Es donnerte wie ein fallender Baum, als der zweite Kopf der Bestie, in dessen Hals sich die andere Echse verbissen hatte, zu Boden stürzte. Geschickt sprang das Reptil ab und zog sich zurück. Enowir meinte, die nackte Angst in den Augen des Reittieres zu sehen, als dieses erkannte, welches Monstrum es da vor sich hatte. Die beiden Köpfe richteten sich wütend auf die Echse und auch die Schlangenhäupter, die sich gerade neu bildeten, wandten sich dem Angreifer zu.

Enowir war klar, dass sie dem Monster nicht entkommen konnten. Entweder gelang es ihnen, die Hydra zu töten oder ihre Reise würde hier enden.

Verzweifelt sah er sich um, ohne zu wissen, nach was er Ausschau hielt. Da überkam ihn tatsächlich eine Eingebung. Nackt und nur mit seinem Schwert bewaffnet sprang er zu der sterbenden Echse. Enowir riss den letzten der Trinkschläuche vom Sattel und stockte. Das Reptil blickte ihn flehend an, als erwartete es von ihm den Gnadenstoß. Enowir öffnete den Behälter und verspritzte etwas von der heilenden Flüssigkeit über die rotblutende Wunde des Tieres. Er blieb nicht, um die Wirkung abzuwarten.

Nemira und die andere Echse kamen derweil in arge Bedrängnis. Die Elfe verschoss einen Pfeil nach dem anderen, um ein paar der Köpfe auf sich zu lenken, was nach Enowirs Meinung zu gut gelang. Offenbar wollte sie zwei Hydraköpfe veranlassen sich gegen sie zu richten, während die anderen nach der Echse bissen. Wenn es glückte, dabei ausreichend Abstand zwischen sich und dem Reittier herzustellen, konnte sich das Monster vielleicht nicht entscheiden, wen es verfolgen sollte. Was ihnen wiederum Zeit zur Flucht verschaffte. Ein verzweifelter Plan, der schon allein daran scheiterte, dass die Echse in ihrer Todesangst Nemiras Nähe suchte, von der sie sich Schutz versprach.

Von der Bestie unbeachtet ergriff Enowir seine Chance. Er sprang und schlug mit dem Schwert aus der Luft so hart auf den Schwanz der Bestie ein, wie es die

Wunde an seiner Schulter zuließ. Ein klaffender Schnitt tat sich auf, aus dem das grüne Blut nur so sprudelte. Noch bevor das Monster verstand, woher der plötzliche Schmerz kam, schüttete Enowir den Inhalt des Trinkschlauches in die Wunde. Es zischte und brodelte. Die Hydra kreischte so markerschütternd, dass Enowirs Gehör den Dienst versagte. Nemira hielt sich die Ohren zu und die Echse sank ohnmächtig zu Boden.

Die Schuppenhaut der Hydra warf Blasen und blähte sich auf, als würde es im Leib der Bestie kochen. Die Köpfe des Ungetüms schlugen unkontrolliert herum. Ihre Augen barsten, das kochende Blut spritzte heraus und dann war es vorbei. Tot und sich immer mehr zersetzend sank die Hydra nieder, um sich nie wieder zu erheben. Schnell nippte Enowir an dem Trinkschlauch. Sein Gehör war sofort wieder da und er spürte, wie sich die Wunde an seinen Oberarm prickelnd schloss.

»Ab jetzt passen wir besser auf«, keuchte Nemira, die schweißüberströmt ihren Bogen sinken ließ. Ihr athletischer Körper bot ein verführerisches Bild im Zwielicht des Waldes. Enowir nickte nur und rang mit dem Gedanken, sie gleich jetzt und hier zu nehmen. Der Kampf hatte sein Blut in Wallung gebracht. Nur schwer riss er sich am Riemen. Sie durften jetzt keine weitere Zeit verlieren.

»Woher wusstest du eigentlich, wie die Hydra auf das Wasser reagiert?«, fragte Nemira, als sie sich ankleidete.

»Wusste ich nicht«, gestand Enowir. »Ich habe eigentlich nur gehofft, sie würde von ihrer Mutation geheilt. Mit einem Basilisken hätten wir es leichter gehabt.« Dass er nur darauf gekommen war, weil er diese Wirkung bei Nemira gesehen hatte, verschwieg er geflissentlich.

Skeptisch zog Nemira ihre Brauen hoch. »Also war das nur Glück?«

Verlegen hob Enowir die Schultern.

Die tödlich verwundete Echse hatte sich zur Gänze regeneriert, wirkte aber sehr betroffen, wie ein kleines Kind, dem etwas furchtbar peinlich war.

Drei der Trinkschläuche waren durch die Unachtsamkeit von Nemira und Enowir verloren. Doch umkehren konnten sie jetzt nicht mehr, sie waren nicht einmal einen Tagesritt von ihrem Ziel entfernt. Jeder Tag, den sie länger unterwegs waren, kostete vielen Elfen das Leben.

***

Im Morgengrauen erhob sich der Turm vor ihnen am Horizont. Nemira und Enowir waren die ganz Nacht geritten. Ihre Glieder schmerzten und dennoch trieben sie die Echsen an.

Endlich, es kam ihnen viel zu lange vor, erreichten sie schweißgebadet das Tor der Festung.

»Was wollt ihr hier?«, erkundigte sich der Wachhabende von oben.

»Wir sind im Auftrag Kranachs unterwegs gewesen, lasst uns ein!«, verlangte Enowir und blickte dabei die Mauer hinauf. Dort stand ein Wächter, der sie misstrauisch beäugte.

»Das kann jeder behaupten!«, rief er hinunter. Es schien sein erster Tag auf Posten zu sein, denn er nahm seine Aufgabe übertrieben ernst.

»Wenn du uns nicht glaubst, dann hol Salwach!«, verhandelte Enowir. »Er wird dir sagen, wer wir sind!«

»Der Anführer der Wache liegt krank darnieder, er wird nicht kommen!«, rief der junge Elf herunter, der mit einem schweren Schuppenpanzer gerüstet war.

Nemira schnaubte wütend. In ihren Trinkschläuchen befand sich die Heilung für den von einer tödlichen Seuche bedrohten Klan und dessen Torwächter wollte sie nicht einlassen, damit sie dieses Mittel übergeben konnten. Enowir erkannte, dass seine Gefährtin kurz vor einem Wutausbruch stand. Doch es war nicht der richtige Zeitpunkt, um die Beherrschung zu verlieren.

»Dann sag ihm, Nemira und Enowir haben die Quelle gefunden und jetzt geh. Es geht um euer aller Leben!«, Enowir versuchte es mit demselben Befehlston, den er Daschmir gegenüber angeschlagen hatte, denn irgendwie erinnerte ihn der Wächter ein bisschen an seinen Schützling.

»Wartet hier!«, verlangte der junge Elfenkrieger. Doch was hätten sie auch anderes tun sollen?

Die Wartezeit kam den beiden unendlich lange vor. Ihre Echsen, auf die sich ihre Unruhe übertrug, traten von einem Bein auf das andere, stellten sich auf und sanken wieder auf alle viere hinab.

Kommentarlos wurde das große Tor aufgezogen. Scheinbar hatten sich alle Elfen des Klans davor versammelt, um ihre Gäste zu empfangen. Salwach lag auf einer Trage, die von zwei jungen Kriegern gehalten wurde. Der stattliche Anführer der Wache wirkte wie ein Schatten seiner selbst. Er war blass, seine Muskeln waren geschrumpft, das Gesicht eingefallen und seine Augen lagen tief in den Höhlen. Erstaunlicherweise trug er noch immer seine Rüstung, vermutlich wollte er wie ein Krieger im Kampf sterben, wenn er auch gegen die Krankheit focht. Es schien ihm alle Kraft zu kosten sich auf die Seite zu drehen und sich auf einen Ellenbogen zu stützen, um die Neuankömmlinge in Augenschein zu nehmen.

Die beiden Reisenden ritten durch das Tor und sprangen von den Echsen. Mit einem Trinkschlauch in Händen schritten sie auf Salwach zu. Der junge Krieger vom Tor stellte sich ihnen in den Weg, doch Enowir stieß ihn einfach beiseite und kniete sich zu dem Erkrankten hinab.

»Hier, trink das.« Er hielt Salwach den Trinkschlauch entgegen. »Ein kleiner Schluck sollte genügen.«

Salwachs Hand fiel hinab noch bevor er danach greifen konnte. »Ich ...«

Enowir verstand und hob ihm den Schlauch an die Lippen. Mit einer Anstrengung, die andere aufbringen mussten, um einen Felsblock zu verschieben, bewegte Salwach seinen Kehlkopf, als die Flüssigkeit in seinen Mund floss. Als habe ihn ein Riesenskorpion gestochen, riss er die Augen auf. Sein Körper verfiel in heftige Zuckungen.

Klirrend richteten sich etliche Metallspitzen auf Enowirs Gesicht, sodass er um sein Augenlicht fürchtete. Reflexartig griff Nemira zu ihrem Dolch, ihn zu ziehen hätte jedoch ihren Tod bedeutet. Gegen die vielen Speere, die auf ihren Körper zielten, hatte sie keine Chance. Enowir hörte, wie ihre Reittiere wütend aufkreischten, als sie sahen, wie ihre Herren bedroht wurden. Mit einer Kopfbewegung signalisierte Nemira ihnen, dass sie sich zurückhalten sollten. Diesmal gehorchten die Tiere, als hätten sie aus der Erfahrung mit der Hydra gelernt.

Salwach zuckte und wandt sich auf der Trage so heftig, dass die beiden Krieger, die sie hielten, diese absetzen mussten. Plötzlich war es vorbei und der erkrankte Anführer blieb reglos liegen. Seine Augen gebrochen, die Glieder von sich gestreckt, den Mund zu einem letzten Seufzer geöffnet.

»Ihr habt ihn vergiftet!«, schrie der junge Elf und sprach damit aus, was alle anderen Elfen denken mussten. »Tötet sie!«

Die Krieger zögerten, vermutlich hatte der Elf nicht den Rang inne, um einen solchen Befehl zu geben.

»Halt! Narr, ich habe hier das Kommando!«, brüllte eine vertraute Stimme durch den aufkommenden Tumult. Salwach hatte sich erhoben. Es gab keinen Vergleich zu vorher. Seine Muskeln waren voll und straff, die gesunde Blässe, die Elfen zustand, war in sein Gesicht zurückgekehrt. Es dauerte einige Lidschläge, bis ihn alle erkannten. Aber nachdem die Trage leer war, zweifelte wohl kaum einer daran, mit wem sie es zu tun hatten. Der Anführer der Wache war zu neuem Leben erwacht.

»Ihr nehmt die Waffen runter!«, sprach er in seiner gewohnten Art. »Habt ihr noch mehr von dem Wasser?«, erkundigte sich Salwach bei seinen beiden Rettern.

»Noch drei Schläuche voll«, erwiderte Enowir und deutete auf die Sättel der Echsen, die jetzt so friedlich dastanden, als sei nichts gewesen.

»Ihr kommt mit«, stellte Salwach fest und ging schnellen Schrittes zum Turm. »Kranach lebt und wir heilen ihn.«

Enowir und Nemira folgten ihm, nachdem sie die Trinkschläuche von den Sätteln gelöst hatten. Es grenzte an ein Wunder, sollte der Obere noch leben! Umso mehr hieß es, keine weitere Zeit zu vergeuden.

Die Fahrt mit dem Aufzug kam Enowir unsagbar lange vor. Sie schien nicht enden zu wollen. Als er doch überraschend anhielt, schritten sie, nachdem sie die Treppe erklommen hatten, durch den stark eingeräucherten Thronsaal bis hinter den majestätischen Stuhl, wo sich ein verborgener Gang befand, der sie in ein schlichtes Zimmer führte. Dort lag Kranach auf einem spärlichen Lager. Neben ihm saß Darlach der Gelehrte auf einem Hocker. Er wischte dem Erkrankten mit einem feuchten Tuch den Schweiß von der Stirn.

Kranach wirkte wie tot, seine Wangen waren eingefallen und die Lippen bis über die Zähne zurückgezogen. Seine Haut war derart durchscheinend, dass man die Adern darunter deutlich sehen konnte. Er zuckte schwach.

Ohne Darlach etwas zu erklären, ging Enowir zu Kranach und träufelte ihm von dem Quellwasser in den weit aufstehenden Mund. Auf den Einspruch des Gelehrten reagierte er nicht. Enowirs Blick war hoffnungsvoll auf den Kranken gerichtet, der einen tiefen Atemzug tat.

»Lebe ... lebe«, flüsterte Enowir, als könnte er so den Lebensfunken in Kranach wiedererwecken.

Darlach blickte Salwach überrascht an, als könnte er nicht glauben, ihn wiederzusehen. »Das Wasser der Heilung«, erklärte der Anführer der Wache auf den fragenden Blick.

Kranach atmete noch einmal aus und dann erlosch sein Lebenslicht. Nie in seinem ganzen Leben hatte Enowir einen Elfen auf diese Weise dahinscheiden sehen und doch wusste er, dass der Obere gestorben war.

»Was ist? Wieso funktioniert es nicht?«, wollte Darlach wissen.

»Ist das auch der richtige Schlauch?«, fragte Salwach brüsk und riss ihn Enowir aus der Hand, um daran zu riechen.

»Derselbe wie bei dir«, bestätigte Enowir zähneknirschend. Nach allem, was sie durchgestanden hatten, um das Wasser für den Klan zu finden, misstraute ihm Salwach auf eine offensichtliche und fast feindselige Art. Er hatte zwar nicht mit überschwänglicher Dankbarkeit gerechnet, aber etwas Vertrauen war wohl nicht zu viel verlangt.

Salwach ging zu dem Verstorbenen und schüttete ihm das Wasser in den Mund, sodass es in Bächen herauslief und von den Laken aufgesaugt wurde. Als es das Wasser in sich aufnahm trieb das Stroh, welches unter den Tüchern zum Bette geschnürt war, durch den Stoff hindurch Ähren.

Sichtlich verblüfft nahm Darlach diesen Effekt zur Kenntnis.

»Nun denn«, Salwach, der den Zugang zu seinen Gefühlen längst abgebrochen hatte, verkündete tonlos: »Der Obere ist tot. Schweren Herzens übernehme ich hiermit, als im Rang nach ihm stehend, die Verantwortung für unseren Klan.« Seine Worte hätten feierlich geklungen, wenn sie nicht neben dem soeben verstorbenen Oberen gesprochen worden wären. Kranach war noch nicht einmal kalt, als Salwach dessen Amt an sich riss, als habe er nur darauf gewartet.

Wenn Salwach Anerkennung oder Beifall erwartet hatte, so wurde er enttäuscht. Das Einzige, was er bekam, waren zwei misstrauische Blicke von Nemira und Enowir. Begleitet von den Tränen Darlachs.

***

Salwach verlor keine Zeit. Er rüstete seine Reiter mit so vielen Trinkschläuchen aus, wie sie an den Sätteln tragen konnten, um sogleich eine Expedition zu der heilenden Quelle zu unternehmen. Er ging wie selbstverständlich davon aus, dass Enowir und Nemira ihm den Weg zeigten. Natürlich taten sie das, doch es hätte nicht geschadet, sie zu bitten oder für seine Rettung etwas Dankbarkeit zu zeigen. Nur verfügte Salwach nicht annähernd über das diplomatische Geschick von Kranach.

Auch die anderen Trinkschläuche mit heilendem Wasser wurden den beiden abgenommen, als gehörten sie Salwachs Klan. Fast schon so als hätten Nemira und Enowir diese gestohlen.

Mit deren Inhalt gelang es, die schwersten Kranken zu heilen. Warum es bei Kranach missglückte, blieb ein Rätsel, das Salwach vermutlich am wenigsten von allen beschäftigte. Er hatte zu sehr damit zu tun, seine Expedition vorzubereiten.

Als einziger sah es Darlach als seine Pflicht, Enowir und Nemira für ihre Hilfe zu danken.

»Ich hoffe, dass unsere Klane sich in Zukunft im Frieden begegnen.« Er reichte Nemira und Enowir die Hand, als sie auf die Echsen stiegen, um zusammen mit vierzig Elfen zur Quelle aufzubrechen.

»Das ist auch meine Hoffnung«, erwiderte Enowir und blickte dabei zu Salwach. Dieser wirkte nicht wie ein Oberer, der sein Volk überlegt führt, sondern eher wie einer, der mit dem Kopf durch die Wand rannte, ohne sich vorher Gedanken darüber zu machen, was wohl härter sein mochte.

»Er wird kein schlechter Oberer sein«, beruhigte ihn Darlach, der Enowirs Blick richtig deutete. Aber die Sorgenfalten auf seiner eigenen Stirn konnte auch er nicht verbergen. Dabei wusste Enowir, was Darlach nur ahnen konnte. Gwenrar, der Obere ihres Klans, war ein jähzorniger Elf. Niemals würde Frieden dabei herauskommen, wenn die beiden Anführer sich bei Verhandlungen gegenüberstanden. Wenn nicht bereits diese Expedition als eine Kriegserklärung aufgefasst würde. Ihr Tross war so groß, dass sie ohne Frage von den Jägern im umstrittenen Gebiet entdeckt werden würden. Was Daschmir, der vermutlich versichert hatte, dass Kranach sein Werben um das Land aufgegeben habe, in ernste Gefahr brachte.

Als sich der Tross in Bewegung setzte, winkten die beiden Gefährten Darlach zum Abschied. Auf dessen Stirn hatten sich, trotz aller Beherrschtheit, noch mehr Sorgenfalten gebildet. So sollte das Unheil seinen Lauf nehmen.

***

»Da vorne ist es«, Enowir zeigte auf die Mulde nahe dem verbrannten Wald, in der die Quelle zu finden war. Von ihrer Position aus konnte man sie nicht sehen. Doch die Bäume, die dort wuchsen, waren so unverkennbar, dass es keine Zweifel gab.

Der Ritt bis hierher war lang. Immer wieder hatten sie Kundschafter ausgesandt, um die Gegend auf Gefahren abzusuchen, seien es Monster oder andere Elfen. Auf diese Weise konnten sie dem größten Ärger aus dem Weg gehen und bisher war die Reise widererwartend ohne große Zwischenfälle verlaufen. Salwach sprach mit Enowir und Nemira nur das Nötigste. In den kurzen Gesprächen ging es vornehmlich darum, wie weit es noch war und welche Besonderheiten die Umgebung bot. Ansonsten ritt er weit abseits von ihnen, vermutlich um bei seinen Männern nicht den Anschein zu erwecken, dass er sich mit den beiden anfreundete. Dem Beispiel folgten auch alle anderen Elfen ihres Trosses, sodass Nemira und Enowir bis zu diesem Zeitpunkt kein Wort mit einem der Reiter gewechselt hatten.

Salwach blickte ihn argwöhnisch an.

»Es ist dort, in der Mulde«, versicherte Enowir, den das Misstrauen des Oberen innerlich zur Weißglut brachte.

Salwach erwiderte nichts. In seinen Augen lag eine kaum verborgene Drohung. Sogleich fühlte sich Enowir an eine ihn belauernde Bestie erinnert. Gleich einem wilden Ungeheuer, welches nur durch körperliche Überlegenheit zu besiegen war. Er widerstand dem Reflex, zum Schwert zu greifen nur schwer.

»Es ist da vorne«, bekräftigte er erneut, Wut klang in seiner Stimme mit.

Salwach preschte voran, gefolgt von zwei seiner Leibwächter, die ihre liebe Not damit hatten, sich an seiner Seite zu halten. Er verschwand in der Mulde, aus der er im nächsten Moment wieder auftauchte, um sich demonstrativ am Rand der Vertiefung aufzubauen. In seiner Rüstung und auf der Echse, die größer war als die der anderen Krieger, bot er einen beeindruckenden, fast furchteinflößenden Anblick.

Der Tross schloss zu ihm auf. Die Krieger und auch die beiden Gefährten stiegen ab. Salwach winkte sie zu sich an das Wasserloch.

»Ihr beweist uns, dass dies die echte Quelle ist!«, stellte er grimmig fest. Was ging nur in ihm vor? War ihm seine Führungsrolle zu Kopf gestiegen? So etwas hatte Enowir schon von vielen Elfen gehört, die verdient oder unverdient, in ihrem Rang aufgestiegen waren. Sie verloren in ihrer neuen Rolle jegliches Einfühlungsvermögen und jeden Sinn für Diplomatie. Gelinde gesagt büßten sie ihren Verstand ein. Offenbar hatte dieser Wahnsinn ebenfalls von Salwach Besitz ergriffen. Am liebsten hätte Enowir dem Oberen sein Schwert in den Leib gerammt und ihn in die Quelle hineingestoßen, um ihm zu beweisen, dass er die Wahrheit sagte. Nur mit Mühe hielt er sich davon zurück.

Enowir fühlte sich unsagbar gedemütigt, als er vor dem Oberen in die Knie sank, seinen Dolch zog, sich in die Hand schnitt und sie in das klare Wasser tauchte. Für einen quälenden Moment passierte nichts. Doch dann spürte er, wie sich der Schnitt in seiner Handfläche prickelnd schloss. Unter den staunenden Blicken der umstehenden Krieger zog er seine Hand hervor und zeigte sie in die Runde. Demonstrativ wischte sich Enowir das übrige Blut ab, um seine intakte Haut zu zeigen. Salwach ergriff Enowirs Handgelenk und prüfte die Wundheilung mit seinen eigenen Fingern, als vermute er irgendeine aberwitzige Täuschung. Doch er fand nicht den geringsten Anhaltspunkt dafür.

Scheinbar von Misstrauen beseelt stach er sich tief in den kleinen Finger, das Blut lief in einem roten Rinnsal über die Klinge seines Dolches. Doch er kam nicht einmal dazu, seine Hand in die Quelle zu tauchen. Weil er zuvor Enowirs Wundheilung geprüft hatte, waren seine Finger noch nass. Die wenigen Tropfen genügten, um die Verletzung restlos zu schließen. Nur ein kleines Blutrinnsal erinnerte an die Wunde.

Salwach warf einen durchdringenden Blick in die Quelle, als würde sie ihr Geheimnis preisgeben, wenn er nur lange genug hineinstarrte.

»Nun gut«, sprach er nach einer Weile. »Macht die Schläuche voll und dann verschwinden wir von hier.«

Der verbrannte Wald lag wie ein bedrohlicher Schatten am Horizont, der sich immer weiter auszubreiten schien. Der Wind verteilte die dunkle Asche in alle Richtungen.

Die Elfen hatten etliche Trinkschläuche und andere Behälter in den unterschiedlichsten Größen dabei. Während sie diese in die Quelle tauchten und volllaufen ließen, nahm ausnahmslos jeder einen Schluck von dem heilenden Wasser. Salwach beaufsichtigte seine Krieger, damit sich keiner zu viel Zeit an der Quelle herausnahm. Obwohl das Wasser in Massen aus der Quelle geschöpft wurde, blieb der Wasserstand immer gleichhoch.

Als der letzte Schlauch gefüllt war, rief Salwach: »Und jetzt vernichtet die Quelle!«

Enowir traute seinen Ohren nicht, hatte er das wirklich gehört? »Was? Was habt ihr vor?« Unsanft wurde er von dem Oberen beiseite gestoßen.

Vier Elfen trugen einen unförmigen Gegenstand herbei, der in eine Decke gewickelt war. Durch das grobe Tuch tropfte grünes Blut.

»Nein, das dürft ihr nicht!«, rief er fassungslos. Einer der Träger sah ihn an. In seinen Augen lag etwas Entschuldigendes, als wäre er selbst nicht einverstanden mit dem, was er tun sollte.

»Los!«, herrschte Salwach seine Krieger an, die zunächst einen Lidschlag zögerten, aber dann dennoch das blutende Etwas mitsamt der Decke in die Quelle warfen. Das Wasser zischte und brodelte, als würde es sich über den Frevel empören. Ein Grollen lief durch den Boden.

»Seid ihr alle wahnsinnig geworden?!«, brüllte Enowir, er konnte nicht mehr an sich halten.

Salwach grinste dämonisch. »Habt ihr geglaubt, dass wir die Schwäche dieser Quelle nicht kennen?«, lachte er. »Wenn ihr dachtet, wir überlassen sie euch, dann habt ihr euch getäuscht.«

Erstarrt blickte Nemira auf das brodelnde Wasserloch. Augenblicklich verdorrten die Pflanzen rings um. Die prächtigen Bäume, deren Wurzeln bis in die Quelle reichten, ließen ihre Blätter fallen. Ihre Rinde wurde schwarz und bröckelte herunter.

»Die Quelle war viel zu wertvoll«, erklärte Salwach, der offenbar seinen Spaß daran hatte, die beiden Elfen bloßzustellen. »Und jetzt verschwindet! Geht zurück zu eurer primitiven Elfenbande!«, wies er sie an. »Ihr habt uns die Quelle gezeigt und wir lassen euch am Leben. Das erscheint mir gerecht.«

Enowir sah in die Runde, doch keiner der Elfen wagte es, ihm in die Augen zu sehen. Offenbar war in ihnen der Sinn für Gerechtigkeit noch nicht erloschen, doch wagten sie es nicht, Einspruch zu erheben. Wütend stapften Enowir und Nemira zu ihren Echsen.

»Halt, die gehören uns«, mit einer Geste wies Salwach zwei seiner Krieger an, die Reittiere festzuhalten. Doch die Elfen kamen nicht bis zu ihnen. Die Tiere, von dem Geist der Quelle beseelt, fauchten sie einschüchternd an, sodass sie erschrocken zurückwichen.

»Wie ihr seht, wollen sie bei uns bleiben«, sprach Enowir, erfreut über diesen kleinen Triumph.

Doch Salwach gönnte ihnen diesen nicht. »Wenn sie nicht mehr zu gebrauchen sind, dann tötet sie!«

Hilflos mussten Enowir und Nemira mit ansehen, wie ihre treuen Reittiere von zehn Elfen mit eisenbewehrten Speeren eingekreist wurden. Als die Echsen die Gefahr erkannten, fauchten sie und bissen nach den Angreifern, doch an den Eisenspitzen kamen sie nicht vorbei. Ein Speer nach dem anderen wurde in die Tiere gerammt, bis sie kläglich am Boden lagen und in ihrem eigenen Blut verendeten.

»Und jetzt verschwindet, bevor ich es mir anders überlege!«, schrie Salwach die beiden Gefährten an.

Wie geprügelte Hunde trotteten sie davon. Nemira rollte eine einsame Träne über die Wange. Alles schien auf einmal sinnlos, all die Gefahren, die sie auf sich genommen hatten. Und zu allem Überfluss waren sie bei ihrer Unternehmung Verräter an ihrem eigenen Klan geworden. Was hatten sie dabei gewonnen? Die Quelle war verunreinigt, ihre Echsen tot und der Krieg würde nicht mehr lange auf sich warten lassen.

VI.

Als Galarus die Schönheit der Schöpfung seines Bruders sah, war er tief beeindruckt. Er bat Conara, ihr ein Geschenk machen zu dürfen. Geehrt willigte dieser ein. So gab Galarus den Hochgeborenen die Gabe der Empfindungen und Gefühle, auf dass sie sich ebenfalls an der Welt, die für sie geschaffen wurde, erfreuen konnten. Allerdings war der Gott des Lebens etwas zu freigiebig und was als Segen gedacht war, konnte auch Fluch werden, indem sich Freude in Ärger und Freundschaft in Hass verwandelte. Von alledem ahnte Galarus nichts, als er sich wieder in sein Reich erhob. Auch nicht, dass sein Segen noch etwas anderes beinhaltete, was eigentlich hätte den Göttern vorbehalten bleiben sollen, die Fähigkeit zu Nibahe.

Aus dem Schöpfungsmythos der Hochgeborenen

Das sind Eruwar und seine Jäger«, sprach Enowir. Er und Nemira kauerten sich ins hohe Gras, um nicht gesehen zu werden. »Von ihnen droht uns keine Gefahr.« Er wollte aufstehen und sich zu erkennen geben, doch Nemira hielt ihn zurück.

»Zur Zeit sollten wir keinem mehr einfach so trauen.« Sie besah sich misstrauisch die fünfzehn Jäger, die an einer Wasserstelle rasteten. Sie befanden sich etwa einen Tagesmarsch von ihrer Festung entfernt. »Wer weiß, was Daschmir im Lager zugestoßen ist. Vielleicht hat man ihm nicht geglaubt und wir befinden uns bereits im Krieg.«

»Dann wären wir Verräter«, schlussfolgerte Enowir. »Gut, was sollen wir deiner Meinung nach tun?«

»Lass sie uns weiter beobachten, vielleicht können wir etwas erfahren«, überlegte Nemira. Für sie mochte es leicht sein den eigenen Klan zu bespitzeln, da sie nur widerwillig geduldet wurde. Aber für Enowir handele es sich bei diesen Elfen um seine Familie und Eruwar war wie ein Bruder für ihn. Sie waren fast gleich alt und deshalb miteinander aufgewachsen. Beide hatten sie davon geträumt, gemeinsam auf die Jagd zu gehen. Doch es hatte sich schnell herausgestellt, dass Enowir nicht zum Jäger geeignet war, weil ihm der nötige Gehorsam fehlte. Eruwar hatte ein ähnliches Problem. Sein Talent bestand jedoch darin, Befehle zu geben. So wurde er bald zum Anführer eines sehr erfolgreichen Jägertrupps. Seine Männer waren als Draufgänger bekannt, sie brachten immer die fetteste Beute nach Hause und erlegten gemeinsam auch die größten Ungeheuer. Eruwar prahlte damit, dass seine Männer wie mit einem einzigen Verstand dachten, jagten und kämpften. Dabei beharrte er darauf, dass es sein genialer Geist war, dem sie folgten. Er war eingebildet, natürlich, doch der Erfolg gab ihm recht.

»Nur eine Frage«, flüsterte Nemira. »Dein Freund da unten, Eruwar, ist er ein Dummkopf?«

»Nun ja, irgendwie«, witzelte Enowir. Doch da erkannte er es auch. Die Jäger hatten ein Feuer entzündet, was in der Abenddämmerung nicht unbedingt schlimm war. Nur im Dunkeln lockte das Licht und die Wärme so manche Bestie an. Kreaturen die es zum Feuer zog und die nicht davor flohen, gehörten zu den Schlimmsten die Krateno zu bieten hatte. In der Abendsonne sah man die Flammen kaum. Doch Eruwar schien es gerade darauf anzulegen, gesehen zu werden. Denn von dem Feuer stieg eine dicke Rauchsäule, die sogar noch in ihrer Festung zu sehen sein musste.

»Wieso sollte er jemandem seinen Standpunkt anzeigen wollen?«, fragte Enowir ratlos.

»Was fragst du mich?«, entgegnete Nemira.

Enowir ließ den Kopf hängen. Wieso? Wieso nur gab es hier nichts weiter als ein Rätsel nach dem anderen? In was waren sie nur hineingeraten?

»Wir können es nur herausfinden, wenn wir uns näher heranschleichen«, erklärte Nemira, als antworte sie auf seine unausgesprochene Frage. Ihre Verbindung zueinander wurde Enowir langsam etwas unheimlich. Gelegentlich meinte er, ihre Gedanken zu hören, als würde sie zu ihm sprechen. Ob das an dem Gift lag, welches Nemira zu sich nahm?

»Aber wie, ohne gesehen zu werden? Die Position ist recht gut gewählt, anschleichen kann man sich hier nur schwer«, überlegte Enowir. Die beiden lagen außer Hörweite auf der Lauer. Wenn sie durch das hohe Gras schlichen, würden die dichten Halme sie schon auf zweihundert Schritt verraten, indem sie ihre Bewegungen weithin sichtbar nachzeichneten. Der Rest des Landes bestand aus kargem Felsen, der ihnen nicht genug Schutz bot, um sich vor wachsamen Elfenaugen zu verstecken. Vielleicht hatten sie eine geringe Chance, wenn es dunkel war.

Enowir rang gerade mit dem Gedanken, seinem Freund böse Absichten zu unterstellen, als sie Hufschläge vernahmen. Wie schon so oft zweifelte er daran, von seinen Augen die Wirklichkeit gezeigt zu bekommen. Drei mit Speeren bewaffnete Zentifare galoppierten heran. Auch wenn Enowir es nicht wahrhaben wollte, erweckten sie nicht den Anschein, als würden sie das Lager angreifen.

»Wir müssen sie warnen.« Enowir wollte nicht glauben, was er sah, bis Nemira es aussprach: »Die greifen nicht an, dafür verhalten sie sich zu auffällig.« Bis zuletzt hoffte Enowir darauf, die Zentifare einfach vorbeigaloppieren zu sehen. Doch tief im Inneren wusste er es bereits. Die Rauchsäule sollte die Zentifare auf die Jäger aufmerksam machen. Es schien ihm unvorstellbar und doch war es genau so, wie er befürchtet hatte: Die Jäger seines Klans trafen sich hier mit den Bestien. »Bei Conara, warum? Was geschieht hier?«

Nemira schwieg und legte ihm einen Finger auf den Mund, damit auch er verstummte.

Wenn es noch den geringsten Zweifel an dem Treffen mit den Zentifaren gab, dann erlosch er in dem Moment, als sich die Anführer beider Gruppen gegenüberstanden und erkennbar miteinander sprachen. Es schien eine Unterredung zu sein, wie sie schon öfter stattgefunden haben musste, denn keiner der beiden Verhandelnden wirkte, als empfände er große Abscheu vor dem anderen. Mit erhobener rechter Hand hatten sie sich begrüßt und nachdem sie einige Worte gewechselt hatten, verabschiedeten sie sich auf die dieselbe Weise. Während die Zentifare davon galoppierten, löschten die Elfen das Feuer.

Fassungslos ließ sich Enowir auf den Hosenboden sinken. »Was ist nur aus diesem Land geworden?«

»Es ist verdorben, erinnerst du dich?«, versetzte Nemira. »Wieso sollten seine Bewohner anders sein?«

»Ich will mich nicht streiten«, beschwichtigte Enowir. »Aber Eruwar ist ... war mein Freund. Ja, ein Bruder, und jetzt schmiedet er Pläne mit diesen Ungeheuern.«

Nemira belauerte weiterhin das Lager, um nicht von den Elfen überrascht zu werden. »Vielleicht haben wir die Zentifare all die Jahre unterschätzt«, überlegte sie.

»Du hast selbst gegen sie gekämpft, sie sind primitiv, nicht fähig sich zu organisieren, kennen keine Taktik. Bei Conara, bis auf Grunzgeräusche können sie nicht einmal sprechen. Jetzt planen sie Finten und verhandeln sogar mit Elfen.« Wütend stieß Enowir die Faust in den staubigen Boden.

»Die Frage ist doch, warum sie das tun«, grübelte Nemira. »Ihr Gespräch hat nicht viel hergegeben.«

»Du hast sie verstanden?«, fragte er überrascht.

»Ja, ein wenig, du etwa nicht?«, erkundigte sich Nemira ebenso erstaunt.

»Nein, sonst würde ich nicht so ein dummes Gesicht machen«, erwiderte Enowir.

Nemira kicherte. »Das machst du wirklich.«

»Was haben sie gesagt?«, drängte Enowir seine Gefährtin.

»Ich habe nicht so viel gehört«, minderte sie seine Erwartung. »Aber der Zentifar hat gesagt, dass das Feuer gelegt sei, oder so.«

Immer noch verwundert darüber, dass seine Gefährtin aus dieser Entfernung ein Gespräch belauschen konnte, äußerte er seine Überlegungen: »Sie haben bestimmt nicht den Waldbrand gemeint, der ist zu lange her.«

»Und wenn es nur eine Metapher war?«, fragte Nemira nachdenklich, die weiterhin konzentriert das Jägerlager beobachtete.

»Zentifare sind doch viel zu primitiv, um ...«, er stockte, als er sich seiner alten Denkmuster bewusst wurde, die schon lange keine Gültigkeit mehr besaßen. »Gut, eine Metapher, aber wofür?«

***

Die ganze Nacht waren sie gerannt, um ihre Festung vor Tagesanbruch zu erreichen. Auch wenn sie mit den Echsen wesentlich schneller gewesen wären, so tat es gut wieder den Boden unter den Füßen zu spüren und wie in alten Zeiten über die Lande zu jagen. Sie hatten beschlossen, all ihr Vertrauen in Daschmirs diplomatisches Geschick zu setzen und darauf zu hoffen, dass der junge Elf eine glaubhafte Ausrede dafür gefunden hatte, warum sie nicht mit ihm ins Lager zurückgekehrt waren. Es musste ihnen einfach gelingen zu Gwenrar durchzudringen und an das letzte Bisschen seiner Vernunft zu appellieren. Es durfte mit dem anderen Klan keinen Krieg geben. Außerdem mussten sie - und Enowir kam sich erneut wie ein Verräter vor - Gwenrar mitteilen, dass sich Eruwar mit den Zentifaren traf. Was auch immer sie im Schilde führten.

Die beiden rechneten mit dem Schlimmsten, als sie durch die Tore in die Festung traten, doch sie wurden weder aufgehalten noch festgenommen. Obwohl es früh am Morgen war, herrschte bereits reger Betrieb in der Zeltstadt. Die herumwuselnden Elfen schenkten ihnen nicht mehr Beachtung als üblich, wenn sie von einer Reise heimkehrten. So unauffällig wie möglich schritten sie durch die Zeltstadt. Wobei Enowir schnell klar wurde, dass sie in ihrer Steifheit erst recht auffällig wirkten. Nur fiel es ihm schwer, sich ganz normal zu verhalten. Die Schuld ihren Klan verraten zu haben lastete schwer auf seinen Schultern.

»Nemira! Enowir!«, gellten ihre Namen durch das Lager. Enowir zuckte zusammen. Insgeheim rechnete er damit, gefangen genommen zu werden.

»Ruhig«, flüsterte Nemira. »Da.« Sie deutete auf Daschmir, der ihnen entgegengelaufen kam.

Musste er unbedingt ihre Namen herumbrüllen. Öffentlich Freude zur Schau zu stellen geziemte sich nicht. Schon rückten sie in den Mittelpunkt der Aufmerksamkeit einer Jägergruppe.

Enowirs mahnender Blick perlte an Daschmir ab.

»Wie ist es euch ergangen?!«, wollte er viel zu laut wissen.

»Oh, gut!«, log Enowir in derselben Lautstärke.

»Nicht hier«, zischte er. »Wir müssen reden.«

»Es gab keine besonderen Vorkommnisse!«, übertönte Nemira ihn.

Die Jäger wandten sich wieder ihrer Waffenpflege zu.

»Gut, treffen wir uns im Waffenzelt«, beschloss Daschmir leise. »Um diese Zeit ist da niemand.«

»Mach es gut, Junge!«, verabschiedete sich Enowir laut und nickte kaum merklich.

Daschmir trennte sich von ihnen, um in eine andere Richtung davon zu schlendern, dabei wirkte er nicht minder verdächtig. Auch wenn ein paar Jäger sie immer noch skeptisch beäugten, so entschieden diese offenbar mit der verderbten Nemira und ihrem Begleiter nichts zu tun haben zu wollen. Außerdem war das Gemüt eines Elfen ihres Klans mit dem Wort »arglos« am besten beschrieben. Jemandem eine Intrige oder andere bösen Absichten zu unterstellen, lag nicht in ihrer Natur. Auf Krateno zählte einzig und allein das Überleben ihres Klans. Dass jeder Elf dafür sein Möglichstes tat, verstand sich von selbst. Misstrauen war eine geistige Eigenschaft, die allein hochrangigen Elfen vorbehalten war und diese mussten erst lernen damit umzugehen. Für Enowir und Nemira war dieses Gefühl völlig neu, so witterten sie auf einmal überall Intrigen und Verrat. Deshalb saßen sie der Annahme auf, den anderen Elfen würde es genauso ergehen. Doch das war natürlich nicht der Fall.

Über etliche Umwege gelangten sie an das Waffenzelt, wo Daschmir schon auf sie wartete. Er ließ sie durch eine Klappe an der Rückseite ein. Der junge Elf verbrachte eine lange Zeit damit, die komplizierte Verschnürung in der Zeltplane wieder zu schließen.

In diesem Zelt lagerten jene Waffen, die an Jäger und Reisende ausgegeben wurden, kurz bevor sie auf die Jagd oder auf Kundschaft gingen. Noch nie war Enowir hier drin gewesen. Allerdings hatte er auf der anderen Seite des Zeltes, an der Waffenausgabe, in Summe Tage damit zugebracht um seine Bewaffnung für eine Reise zu feilschen. Jetzt war ihm auch klar, warum. Hier lagerten weit weniger Waffen, als er erwartet hatte und diese befanden sich in einem miserablen Zustand. Sein Klan hatte die Metallherstellung nie gelernt. Nicht zum ersten Mal fragte er sich, warum sie in ihrer Entwicklung nicht weiter waren? Hatten sie doch über zweitausend Jahre Zeit gehabt. Selbst Steine verarbeiteten sie mehr schlecht als recht. Es genügte lediglich, um Werkzeuge wie Hämmer und Äxte herzustellen, mit denen sie Holz bearbeiten konnten.

»Es sind wohl viele Jäger unterwegs«, bemerkte Enowir, der die leeren Regale skeptisch begutachtete. Er erinnerte sich, dass er vor knapp hundert Jahren ein Waffenlager entdeckt hatte, welches von den Alten versiegelt worden war. Er und sein damaliger Gefährte hatten diese Kammer nach zwei Jahrtausenden als erste betreten. Die Waffen, die sie dort gefunden hatten, waren tadellos und so zahlreich, dass man damit eine Armee hätte ausrüsten können. Ihr Klan hatte sie sich alle geholt. Von den makellosen Schwertern, Speerspitzen, Dolchen und Messern fehlte jede Spur.

»Eigentlich nicht«, erwiderte Daschmir. »Wie kommst du darauf?«

»Die Waffen sind alle weg«, teilte er seine Beobachtung mit.

»Stimmt, jetzt wo du es sagst.« Der Jungelf sah sich erstaunt um. »Als wir aufgebrochen sind, gab es hier noch reichlich Waffen aller Art.«

»Und wo sind sie hin?«, wollte Nemira wissen, während sie einen Brustpanzer, der nur aus Rost zu bestehen schien, begutachtete.

»Ich weiß es nicht«, gestand Daschmir. »Ich war seitdem nicht mehr hier.«

»Darüber machen wir uns später Gedanken. Erzähl uns lieber, was hier passiert ist«, drängte ihn Enowir. Er vermutete, dass ihre Zeit im Waffenzelt knapp bemessen war.

»Im Grunde nichts«, berichtete der junge Elf. »Ich habe Gwenrar gesagt, dass Kranachs Klan um des Friedens Willen von ihren Forderungen absieht.«

»Und er hat dir geglaubt?«, fragte Nemira skeptisch.

»Es schien zumindest so. Er hat mich sogar wieder in das Amt eines Beraters erhoben«, antwortete Daschmir, dem die Zweifel ins Gesicht geschrieben standen.

»Hast du auch gesagt, warum wir nicht bei dir waren?«, hakte Enowir nach.

»Oh, nein«, er schüttelte erleichtert den Kopf. »Nach euch hat er gar nicht gefragt, da hab ich euch auch nicht erwähnt.«

»Vermutlich war er dankbar, mich nicht sehen zu müssen.« Nemira lächelte bitter.

»Und ihr? Was habt ihr erlebt? Habt ihr die Quelle gefunden?«, wollte Daschmir wissen. Für einen Elfen ihres Klans war er erstaunlich neugierig. Scheinbar war ihm nicht aufgefallen, dass die Narben in Enowirs Gesicht abgeheilt waren, was zumindest einen Teil seiner Frage beantwortet hätte.

Daschmirs Augen weiteten sich immer mehr, als Nemira ihm die ganze Geschichte erzählte. Dass sich eine Jägergruppe heimlich mit den Zentifaren traf, ließ sie allerdings aus. Diese Botschaft war allein für Gwenrars Ohren bestimmt.

»Wir müssen jetzt zu Gwenrar und ihm berichten«, beendete Nemira ihre Ausführungen.

»Ich wünsche euch viel Glück.« Daschmir schlug die Augen nieder.

»Was hast du?«, wollte Enowir wissen.

»Gwenrar scheint jeden Tag mehr den Verstand zu verlieren«, eröffnete ihm der junge Elf. »Er spricht unentwegt von Krieg, um unserem Volk mehr Raum zu verschaffen.«

»Die Festung erscheint wirklich etwas überfüllt«, stimmte Nemira zu. »Was aber keinen Krieg rechtfertigt«, schob sie sogleich nach.

»Es ist sehr schwer, in der Wildnis Fuß zu fassen. Auch wenn man hundert Elfen ausschickt, um ein neues Lager zu begründen.« Enowir kannte keinen Ort in diesem verderbten Land, wo man lange sicher war. Zumindest wenn man sich nicht so vortrefflich tarnte, wie sie es mit dieser Festung getan hatten oder derart starke Mauern besaßen, wie der Klan von Salwach.

»Das bringt uns jetzt nicht weiter«, beendete Nemira die Diskussion.

**

Ein ungutes Gefühl beschlich Enowir und Nemira, wie immer, wenn sie die Höhle betraten, in der mittlerweile so viele Elfen lebten, dass man sie kaum zählen konnte. Sie waren den freien Himmel gewohnt, Schutz in einem Loch zu suchen - wenn auch in einem sehr großen -

erschien Enowir seines Volkes nicht würdig. Zu dem üblichen Unbehagen gesellte sich eine zweite ungute Empfindung. Was sollten sie Gwenrar sagen und würde er ihnen glauben? Die Situation war mehr als kompliziert.

Auch dieses Mal gelangten die beiden in den hölzernen Palast, ohne dass jemand sie aufhielt. Tatsächlich fehlten sogar einige der Wachen, die hier für gewöhnlich Stellung bezogen hatten. Die wenigen, die sich auf ihren Posten befanden, gaben den Weg sogleich frei, als Enowir sagte, sie hätten dringende Informationen für Gwenrar.

»Verrat!«, hörten sie ihren Klanoberen schon von weitem brüllen. »Er ist naiv, aber das ...«

Gwenrars Gesprächspartner erwiderte etwas, doch war er nicht zu verstehen. Selbst wenn ihr Oberer mal wieder tobte, so durften sie keine Zeit verlieren. Deshalb klopfte Enowir, trat ein und erstarrte, als sich ihm der Blick in den Verhandlungsraum öffnete. Bei Gwenrar und den Wachen, die sie auf dem Weg in die Ratskammer vermisst hatten, befanden sich noch fünf weitere Elfen. Vier kannte Enowir nicht, dafür den Fünften umso besser: Eruwar!

Davon bekam Nemira nichts mit. Sie zog es vor draußen vor der Tür zu warten, um den Oberen nicht noch mehr zu erzürnen.

Gwenrar sah Enowir überrascht an.

»Sag mir, mein *treuer* ...«, es gelang Gwenrar, dieses Wort derart abfällig zu betonen, dass es ins Gegenteil umschlug, »...Reisender, ist das wahr?« Er sah Enowir mit einem Ausdruck an, der einem das Blut in den Adern gefrieren ließ.

Ratlos blickte er in die Runde. »Verzeiht mir, aber ich weiß nicht, wovon Ihr sprecht«, antwortete er wahrheitsgemäß.

Missbilligend schüttelte Gwenrar den Kopf. »Nach allem, was du getan hast, wagst du es, mir unter die Augen zu treten?!« Er wurde mit jedem Wort lauter.

»Ich verstehe wirklich nicht ...« Enowir wusste, dass es keinen Sinn mehr hatte, mit Gwenrar zu reden. Wahnsinn blitzte aus dessen Augen. Im matten Fackelschein leuchteten sie bedrohlich. Der Stein in der Kette, die seinen Mantel zusammenhielt, funkelte mit den Pupillen des Oberen um die Wette.

»Verrat!«, donnerte er. »Du und die Missgeburt von einer Gefährtin habt mich und damit den gesamten Klan verraten!«

Zwei der Jäger ergriffen Enowir von beiden Seiten und drückten ihm die Arme auf dem Rücken nach oben, bis es in seinen Gelenken knackte. Hinter ihm wurde eine sich heftig wehrende Nemira hereingeschleift. Vier von Eruwars Männern waren nötig um sie zu halten.

»Mein Oberer, es wäre mir eine Freude, die beiden jetzt gleich für ihren Verrat zu töten.« Eruwars schmale Lippen zeigten den Anflug eines Lächelns. So, als bereitete es ihm eine diebische Freude seinen alten Freund zu ermorden.

»Halt, ich will erst wissen, was man uns vorwirft!«, verlangte Enowir und zog dabei an seinen Armen, bis es schmerzte.

»Ihr habt euch mit dem Feind verbündet!«, brüllte Gwenrar und schlug ihm so heftig ins Gesicht, dass Enowirs Lippen aufplatzten. »Erinnerst du dich? Ihr habt sie auf unser Land geführt!« Er schlug noch einmal zu. Diesmal schmeckte Enowir Blut, das ihm aus der

Nase in den Mund lief. Kraftlos ließ er seinen Kopf hängen. Alles dreht sich.

»Tötet sie!«, befahl der Obere. Das ließ sich Eruwar nicht zweimal sagen. Er zog seinen Dolch und richtete ihn auf Enowir.

»Warum sollten wir hierher zurückkommen, wenn wir Verräter sind?«, stieß der Todgeweihte hervor.

»Halt!«, stoppte Gwenrar den tödlichen Dolchstoß. »Ja, warum?«, überlegte er.

»Wenn wir unseren Klan verraten hätten, dann wären wir doch bei dem anderen Klan geblieben«, Enowir hob seinen Kopf. Er sah direkt in die grimmigen Augen von Eruwar.

»Es sei denn, du hast mit dem anderen Klan einen Plan ausgeheckt, um uns zu vernichten«, wand Eruwar ein.

Gwenrar sah die beiden abwechseln an.

»Last mich ihn töten, damit dies alles ein Ende hat«, verlangte Eruwar mit erhobener Waffe.

»Nein!«, widersprach Gwenrar und stieß den mordlüsternen Elfen beiseite. »Nein, ich will wissen, welchen Plan er ausgeheckt hat.« Er sah Enowir durchdringend an. »Und du wirst reden, das verspreche ich dir.« An seine Wache gerichtet befahl er: »Sperrt die beiden weg!«

***

Enowir war erleichtert. Sie waren mit dem Leben davongekommen, auch wenn es auf Messers Schneide stand. Die beiden befanden sich in einem Raum, der ganz aus dicken Baumstämmen zusammengezimmert war. Es war unmöglich, ohne Werkzeug von hier auszubrechen. Die einzige Schwachstelle des

Gefängnisses war die Tür. Im Grunde nicht mehr als ein Gitter aus dünnen Hölzern, die nur mit Seilen zusammengehalten wurden. Doch ohne Messer war auch das ein unüberwindbares Hindernis. Wenn sie versuchten, die festen Knoten zu lösen, würde es die Wache bemerken, die in dem Gang vor den Zellen auf und ab schritt. Offenbar gab es noch mehr Gefangene, sonst wäre sie wohl vor der Tür stehen geblieben. Enowir hatte sein Zeitgefühl völlig verloren, aber er wusste, dass der Wächter schon einundzwanzig Mal vorbeigekommen war und dreiundsiebzig Schritte für seine Runde benötigte. Doch was sollten ihnen diese Informationen nutzen?

»Das ist skandalös«, erklang eine vertraute Stimme. »Als Berater für innere Angelegenheiten, unseres Oberen Gwenrar kann ich es nicht gutheißen, dass Verräter in solch eine gemütliche Zelle gesteckt werden.« In der Begleitung von vier Wächtern tauchte Daschmir vor der Gittertür auf.

»Und was schlagt Ihr vor?«, wollte einer von ihnen wissen. Er war ob der Autorität, die Daschmir ausstrahlte, sichtlich eingeschüchtert. Der junge Elf wirkte nun gar nicht mehr wie ein Küken. Er erschien größer und sein Auftreten hatte sich zu dem eines Anführers gewandelt. Die neugewonnene Autorität schüchterte den Wächter merklich ein, wenngleich dieser mindestens hundert Jahre älter war.

»Ich finde, die Zelle müsste ebenfalls eine Bestrafung sein.« Daschmir fasste sich nachdenklich ans Kinn. »Sperrt sie in das Loch neben den Wasserfällen und rollt einen Stein davor.«

Der Wachmann sah ihn irritiert an.

»Dort ist es feucht und modrig, das passt besser zu solchem Abschaum.« Daschmir warf einen verächtlichen Blick in die Zelle.

Die Wächter nickten beeindruckt von der Grausamkeit, die er an den Tag legte.

Die Zelle wurde geöffnet und die Wache drängten herein, um Enowir und Nemira mit vorgehaltenen Waffen abzuführen.

»Mehr kann ich nicht für euch tun«, flüsterte Daschmir, als die beiden an ihm vorbeigezerrt wurden.

Was sollte das bedeuten? Der Weg zu den Fällen war nicht weit und sie konnten sich nicht ohne Waffen gegen vier Wachen behaupten.

Noch bevor Enowir alle Möglichkeiten sich zu befreien erwogen hatte, wurden sie bereits in besagtes Loch gesteckt. Es erschien wie eine Sonnenfinsternis, als ein schwerer Stein vor den Höhleneingang geschoben wurde. Er lag nicht ganz auf, sodass zumindest etwas Luft hereindrang. Der schwache Lichtschein, der durch den Luftspalt fiel, genügte nicht, um ihr Gefängnis zu erhellen. Über die Wände ihrer improvisierten Zelle rann Wasser. Auf dem Boden wuchs eine dicke Moosschicht. Auch wenn das Loch sich nach innen etwas erweiterte, so konnten Enowir und Nemira kaum aufrecht stehen.

»Was soll das?«, überlegte Nemira laut. Ihre Stimme hallte von den Wänden wieder. »*Mehr kann er nicht für uns tun*«, wiederholte sie den Satz des jungen Elfen. »Hier werden wir nur krank und sterben«, beschwerte sie sich.

»Daschmir ist klug, er wird uns nicht ohne Grund hier eingesperrt haben«, versicherte Enowir, auch wenn er den Beweggrund beim besten Willen nicht verstand. Bevor sie weiter über Daschmirs Absicht nachsinnen konnten, wurde ihre Zelle unter großem Kraftaufwand geöffnet. Der Stein war so schwer, dass fünf Wächter notwendig waren, um ihn zur Seite zu rollen.

»Du, Missgeburt, komm mit!«, befahl einer der Wächter. Als Nemira sich nicht erhob, setzte er ihr seinen Speer auf die Brust. Diesem Argument hatte sie nichts entgegenzusetzen. Sie warf Enowir einen verzweifelten Blick zu, als sie davon geschleift wurde. Enowir sah ihren Gesichtsausdruck noch vor seinem inneren Auge, als die Höhle längst wieder verschlossen war. War er Schuld daran, dass sie nun in diesem Schlamassel steckten? Doch welche andere Wahl hatten sie gehabt? Durch das Treffen mit Daschmir hatten sie Zeit verloren. Allerdings war nicht damit zu rechnen gewesen, dass Eruwar so schnell wieder in die Festung kam.

Eine Welle von Zorn überrollte ihn aus unbegreiflichen Gründen, gefolgt von einem Gefühl der Demütigung. Daraufhin überkam ihn unbändiger Schmerz. Zunächst verstand Enowir nicht, was vor sich ging. Immer wieder flammte Schmerz in seiner Brust auf, bis er endlich begriff: Er spürte, was Nemira in diesem Moment fühlte. Wenn auch nur im Geiste. Sie litt Qualen, offenkundig wurde sie gefoltert, damit sie ihre Machenschaften gestand. Aber was hatten sie sich zu Schulden kommen lassen? Sie hatten lediglich versucht, einen Elfenklan vor der Auslöschung zu bewahren und dabei den Frieden zwischen ihren Sippschaften zu sichern. All das war gescheitert und ihr einziger Lohn bestand darin, dass sie als Verräter gefangen genommen, gefoltert und getötet werden sollten. Ihr letzter Freund, Daschmir, konnte ihnen jetzt auch nicht mehr helfen. Wegen ihm saß Enowir sogar in dieser vermaledeiten Felsspalte fest.

Dicke kalkhaltige Wassertropfen fielen ihm von der niedrigen Höhlendecke auf den Kopf und durchnässten seine Haare. Wasser plätscherte gleichmäßig zu Boden. Das Platschen der Tropfen hallte durch die dunkle Höhle. Enowir war innerlich so aufgewühlt, dass er nicht klar denken konnte. Mit untergeschlagenen Beinen setzte er sich ins Moos und lauschte dem Klang des Wassers, was in diesem Moment etwas Beruhigendes innehatte. In weiter Ferne spürte Enowir jene Schmerzen, die Nemira erlitt. Er betete zu allen Göttern, die er kannte, dass sie diese Pein überleben würde. Sein Gehör folgte unterdessen dem Plätschern des Wassers, das aus allen Richtungen der kleinen Höhle erklang. Wirklich aus allen Richtungen?

In einer Ecke klang es anders, dumpfer, hohler! Enowir kroch tiefer in die Felsspalte. An vermeidlicher Stelle angekommen, lauschte er und begann die Wand abzutasten. Prüfend klopfte er dagegen. Überraschenderweise klang es hohl. Verwundert drückte er gegen den Felsen. Erfolglos. In aufkommender Wut schlug er auf die Hohlwand ein. Von der Erschütterung gelöst sprang ihm die Felsformation heraus. Staunend wog Enowir sie in Händen. Sie war unfassbar leicht und auf der Rückseite waren zwei Griffe eingelassen, die es einem ermöglichten, die Platte wieder passgenau einzusetzen. Doch das Erstaunlichste war der Schacht dahinter. Er war glatt in den Felsen geschliffen und wirkte wie aus einer anderen Zeit. Licht drang aus der Öffnung und erhellte den Geheimgang, der steil nach oben führte. Ein Fluchttunnel vielleicht?

Enowir war bereits im Begriff hineinzukriechen, da fiel ihm auf, dass die Schmerzen nachließen, die ihn bis eben im Geiste heimgesucht hatten. War Nemira tot?

Nein, das konnte nicht sein, er spürte es ganz deutlich. Ein Toter empfand keine Schmerzen und Nemira litt, auch wenn ihre Pein nachließ. Sollten die Wächter zurückkommen und er wäre verschwunden ... Enowir wollte sich nicht ausmalen, was sie dann mit Nemira machen würden. Deshalb beschloss er, das Risiko einzugehen und auf ihre Rückkehr zu warten. Sorgsam schloss er den Geheimgang und setzte sich nah an den versperrten Eingang, damit sie keinen Verdacht schöpften.

Enowir konnte nicht sagen, wie viel Zeit verstrich bis sich der Stein vor dem Höhleneingang bewegte. Es ging so langsam vonstatten, dass sich seine Augen an das fahle Licht, das zu ihm hereindrang, gewöhnen konnten. Wieder standen dort fünf Wächter, von denen zwei Nemiras erschlafften Körper zur Öffnung schleiften. Ihr Oberkörper war entblößt und von vielen blutigen Striemen versehrt. Sie atmete, aber schwach. Als Enowir sie sah, keimte in ihm das unstillbare Verlangen auf, alle Wachen zu töten. Er wusste, dass er jetzt nicht dazu in der Lage war. Aber eines Tages würde er die Wächter ihr hämisches Grinsen büßen lassen.

Unsanft wurde Nemira zu ihm in die Höhle geschoben. »Jetzt habt ihr etwas Zeit, um darüber nachzudenken, ob ihr vielleicht doch euren Verrat gestehen wollt. Sei es auch nur, um einen schmerzfreien Tod zu sterben«, grinste einer der Elf grimmig.

»*Wir werden sehen, wer hier sterben wird*«, knurrte Enowir die Wache in Gedanken an. Er zog Nemira zu sich und drückte sie an seine Brust. Wahnsinnig oder nicht, Gwenrar hatte ihren Schwachpunkt erkannt. Jeden allein konnte er tausend Jahre lang foltern, aber keiner, weder Enowir noch Nemira, würde es lange ertragen den anderen leiden zu sehen.

Der Wächter wirkte enttäuscht, als er den Stein wieder vor die Höhle schieben ließ. Er hatte offenkundig mit einer heftigeren Auseinandersetzung gerechnet. Auch Enowir stand der Sinn danach, aber wenn ihm die Wildnis eines gelehrt hatte, dann dies: Wenn man sich in ein Duell begab, musste man sicher sein zu gewinnen.

»Nemira, geht es dir gut?«, erkundigte er sich, weil er nicht wusste, was er sagen sollte. Zu gerne hätte er sein Bedauern ausgedrückt. Aber auch, wenn es sich so anfühlte, es war nicht seine Schuld, dass sie in diese Situation geraten waren. Nein, sie waren in das Spiel eines anderen verwickelt worden und dieser andere, Eruwar, musste dafür bezahlen.

»Sehe ich etwa so aus, als würde es mir gut gehen, Stumpfohr?«, versetzte Nemira, ihre Stimme war schwach. Es kam kaum zum Ausdruck, dass sie ihn nur zur Aufmunterung necken wollte. Doch Enowir verstand. Er flößte ihr eine Hand von dem Wasser ein, welches von der Höhlendecke tropfte. »Du musst wieder zu Kräften kommen. Wir verschwinden von hier.«

Ihre grünen Augen leuchteten in der Dunkelheit schlagartig auf. »Wie willst du das anstellen?« In ihrer Stimme lag nun deutlich mehr Kraft.

»Da hinten ist ein Geheimgang, der hier rausführt«, berichtete Enowir, auch wenn er sich nicht sicher sein konnte, wohin der Gang letztendlich führte. »Daschmir muss davon gewusst haben, deshalb hat er uns hier einschließen lassen.«

»Na dann, los.« Nemira rollte sich aus seinen Armen und kam auf alle viere. Auch wenn er sie in der

Dunkelheit nur schemenhaft erkennen konnte, so spürte er doch, wie schwach sie war. Enowir wollte sie jedoch nicht beleidigen, indem er sie bat, sich zu schonen.

Er kroch zu dem Geheimgang und zog die dünne Steinplatte beiseite. Nemira staunte nicht schlecht, als sie den Weg dahinter erblickte.

»Nach dir«, gab Enowir ihr den Vortritt. Er musste den Gang wieder schließen und zudem wollte er sie im Auge behalten.

»Na gut. Auch wenn ich glaube, dass du mir nur auf den Hintern glotzen willst.« Ihre Worte hallten von den Wänden des Ganges wider, in den sie bereits behände hineinkroch.

Enowir hielt ihre Scherze für ein gutes Zeichen und lächelte. Mit den Füßen voraus schob er sich in den Gang hinein. Erst als er wirklich sicher war, dass er den Eingang unkenntlich verschlossen hatte, wagte er es, sich umzudrehen. Wobei er fast mit Nemira zusammenstieß. Sie stand aufrecht in dem Gang, der sich deutlich weitete. Ihm entging dabei nicht, dass Nemira sich mit einer Hand an der Wand abstützte. Enowir richtete sich ebenfalls auf und widerstand dem Drang, einen Arm stützend um ihre Hüfte zu legen.

»Unglaublich!«, staunte Nemira. »Wieso haben wir davon bisher nichts gewusst?«

»Das ist wohl unser Glück«, erwiderte Enowir. »Wenn alle hiervon wüssten, dann hätten sie uns nicht dort eingesperrt.«

Die beiden stiegen den Weg hinauf, der eher einer Rutschbahn glich. Boden und Wände waren so glatt, dass sie achtgeben mussten, den Halt nicht zu verlieren. Der Weg wurde immer steiler. Von hochgelegenen Schächten in der Decke drang Luft und Licht herein.

Zunächst schien der Aufstieg kein Ende zu nehmen und als sie endlich doch oben ankamen, waren sie völlig außer Atem. Eine massive, gemauerte Wand versperrte ihnen den Weg. Rechts und links davon befanden sich große Schleusen, hinten denen es Wasser geben musste, zumindest floss aus den schmalen Fugen ein kontinuierliches Rinnsal herab. Neben jeder Schleuse gab es ein Mechanismus, der wohl dazu diente, sie zu öffnen.

»Das ist eine Wasserrutsche«, schlussfolgerte Enowir. Worauf er einen fragenden Blick von seiner Gefährtin erntete. »Wenn man hier eine der Schleusen öffnet, dann wird der Weg so rutschig, dass man darauf hinunter schlittert.«

»Wozu soll das gut sein?«, fragte Nemira skeptisch.

»Vielleicht ein Fluchtweg«, überlegte Enowir.

»Fluchtweg für wen? Hier ist doch nichts«, widersprach sie.

Enowir untersuchte die Wand am Ende des Ganges. Es gab keinen Griff, keine Vorrichtung, er fand rein gar nichts. Als er in seiner Verzweiflung gegen das Mauerwerk drückte, schwang es augenblicklich beiseite, leichter und leiser, als alle Türen, die Enowir je geöffnet hatte. Dahinter tat sich ein gigantischer Raum auf. Es sah so aus, als würden sie eine Burg betreten. Die Höhlenwände waren mit weißem Stein verkleidet, der dem Raum eine perfekt quadratische Form gab. In der Mitte stand ein steinerner Tisch, mit vierzehn Ecken. An jeder Kante befand sich ein Stuhl, der mit Gold und anderen edlen Metallen verziert war. Das Einzige, was darauf hinwies, dass sich Enowir und Nemira noch im Berg befinden mussten, war die Wand direkt gegenüber. Sie bestand aus grob behautem Felsen und passte daher nicht zu dem restlichen Raum. Der Stein war so ungeschickt bearbeitet, als hätte man eine Qualtra mit einem Meißel daran gelassen. Dennoch wirkte diese Felswand so, als sei der ganze Raum auf sie ausgerichtet. Es gab keinen Zweifel, denn das Licht, das durch eine Deckenöffnung fiel, traf genau auf die Wand und ließ sie erstrahlen. Wo hingegen der Rest des Raumes nur spärlich durch den Lichtstrahl erhellt wurde. Überall an den gemauerten Wänden hingen vermoderte Reste von Wandbehängen, auch über der Geheimtür, durch die sie gekommen waren. Vermutlich hatte der Wandteppich einst den Geheimgang verborgen. Die Steintür fügte sich perfekt in die Wand ein, so dass man sie nicht erkennen konnte, außer man wusste, wo sie sich befand.

»Eine Ratskammer der Alten«, staunte Nemira. Sie schritt um den Tisch und befühlte die prachtvollen Stühle. Das morsche Holz bröckelte unter ihren Händen.

Enowir sah sich ebenfalls um. Vor der eigentümlichen Felswand befand sich eine Rinne mit mehreren Löchern. Wie Abflüsse. Auf beiden Seiten des Raumes gab es Türen, die so wirkten, als habe sie seit tausenden von Jahren niemand geöffnet. Die Scharniere waren verrostet und das Holz täuschte Stabilität vor, doch Enowir ging jede Wette ein, dass sie über die Jahre von der Feuchtigkeit des Raumes genauso brüchig geworden waren wie die Stühle.

»Ein Tisch mit vierzehn Stühlen, alle gleich, keiner erhöht«, fasste Nemira zusammen. Sie trat an die steinerne Tischplatte heran und befreite sie von der dicken und feuchten Staubschicht, die sich darauf angesammelt hatte. »Da sind Symbole.« Sie deutete auf eines der kunstvollen Bilder, die in den Stein der Tischplatte gemeißelt waren. »Und was ist das?«

Es rumpelte laut! Der Raum erzitterte, etwas zerbarst und ein bedrohlich kratzendes Geräusch erklang!

»Was hast du ...«, Enowir brach den Satz ab.

Nemira blieb eine freche Erwiderung im Hals stecken. Sie staunten bei dem Anblick, der sich ihnen bot. Wasser floss über die grob behauene Felswand, in immer breiter werdenden Bahnen, bis sie die gesamte Fläche bedeckten. Das Licht brach sich in dem Wassersturz und zeichnete deutliche Konturen, die sogar in verschiedenen Farben aufleuchteten.

»Das ist Krateno«, erkannte Nemira. »Sieh dir das an, es ist alles da, die Flüsse, die Berge, die Wälder ... die Städte«, sie stockte. Tatsächlich fanden sich auf der Karte vierzehn gigantische Städte, die weite Teile der Landmasse bedeckten. Heute gab es sie nicht mehr, denn sie waren von dem großen Ereignis ausgelöscht worden. Zum ersten Mal gewannen zwei Elfen einen Eindruck davon, wie gigantisch und mächtig ihre einstige Kultur gewesen sein musste.

»Wenn ich die Karte richtig deute, muss es hier einmal eine Stadt gegeben haben«, stellte Enowir fest, der ebenso die Wasserkarte bestaunte. »Aber es gibt hier nicht die geringste Spur davon.«

»Wahrscheinlich hat der Lindwurm sie zermalmt und in die Erde gedrückt«, überlegte Nemira. »Vielleicht ist nur dieser Raum übrig geblieben.«

»Kannst du lesen, was auf der Karte geschrieben steht?«, erkundigte sich Enowir, der die vielen Schriftzeichen bemerkt hatte.

»Das sind alles Städtenamen«, überflog Nemira die Karte. »Wir befinden uns in Rewolgast und die Stadt, die es einst um Kranachs Klan gab, hieß: Raschnur.«

»Und diese Zeichen?«, er deutete auf Kreise, die blau leuchteten.

»Wasser des Lebens«, las Nemira überrascht.

»Es gibt sechs davon auf dem ganzen Kontinent«, zählte Enowir nach. »Die eine, die wir auf dem umkämpften Land gefunden haben, ist nur die Nächste zu uns. Weiter südwestlich gibt es noch eine andere. Sieht so aus, als würde sie innerhalb eines Gebirges liegen.«

In dieses Gebiet hatten sie sich bisher nie gewagt. Die Bestien dort erreichten eine gigantische Größe und waren daher kaum zu töten. Tatsächlich hatte der Wald, der nun abgebrannt war, die Grenze zu diesem Gebiet markiert. Es schien, als wären die dunklen Elfen von dort gekommen, aber sie konnten unmöglich dort leben.

»Einfach unglaublich«, Nemira konnte sich nicht von der Karte losreißen.

Enowir hingegen erkannte, dass sie immer noch in Gefahr schwebten. »Wir müssen einen Ausgang suchen, wenn es denn einen gibt.«

Nemira trat vom Tisch zurück. In dem Moment verlosch der Wasserfluss und damit auch die Karte.

Vorsichtig schoben die beiden die Türen rechts von der Kartenwand auf, um zu sehen, was sich dahinter verbarg. Große Felsbrocken versperrten ihnen den Weg. Wo der Gang auch hinführen mochte, er war für immer unzugänglich.

Nachdem sie auf der anderen Seite die Tür eingetreten hatten, offenbarte sich ihnen ein auf den ersten Blick freiliegender Gang. In dem Moment, als Nemira und Enowir das Gewölbe genauer untersuchen wollten, drangen aufgebrachte Stimmen an ihre spitzen Ohren.

»Sie haben unser Verschwinden bemerkt«, schlussfolgerte Nemira.

»Versteck dich!«, wies Enowir sie an. Er stürmte zurück in den Ratssaal, bereit seine Gefährtin, wenn es sein musste, mit bloßen Händen zu verteidigen.

Die Geheimtür stand offen. Von den blanken Steinwänden wurden Stimmen nach oben getragen, deren Lautstärke kontinuierlich anschwoll. Offenbar hatten ihre Wächter den Geheimgang entdeckt. Doch egal wie viele Wächter jetzt zu ihm nach oben liefen, bei dem schmalen Durchgang in die Ratskammer war ihre Überzahl bedeutungslos. Es konnte immer nur ein Verfolger heraustreten, um gegen Enowir zu kämpfen. Wenn er sich dicht genug an den Eingang stellte, würde seinem Widersacher kaum ausreichend Bewegungsfreiheit bleiben, um effektiv kämpfen zu können. Wenn er dem Ersten ein Schwert abnahm dann ... In dem Moment erinnerte sich Enowir an die beiden Schleusen im Gang. Einem inneren Impuls folgend sprang er zu ihnen und ergriff den rostigen Hebel am Öffnungsmechanismus. Die Metallteile der Mechanik knarrten und quietschten fürchterlich, als sich die Schleuse öffnete. Wasser sprudelte heraus und verwandelte den glattgeschliffenen Steinboden in eine Rutschbahn, auf der jetzt drei Finger hoch das Wasser floss. Das aufgeregte Stimmengewirr signalisierte Enowir, dass er damit ihren Häschern den Aufstieg deutlich erschwert hatte. Mit dem Öffnen der zweiten Schleuse schwoll die Wasserrutsche zu einem reißenden Strom an, der es nahezu unmöglich machte, den Geheimgang emporzusteigen. Vermutlich hatte der Erbauer damit gerechnet, dass auch Feinde den Tunnel entdecken konnten. Um sie abzuwehren, hatte er eine weitere Schleuse eingebaut. Wenn sich der nun entstandene Strom aus derselben Quelle speiste, wie die Wasserfälle im inneren der Höhle, so würde er nicht versiegen und die beiden Gefährten waren fürs Erste in Sicherheit.

Nemira hatte sich natürlich nicht versteckt, stattdessen wartete sie an der geborstenen Tür auf ihren Begleiter. Von irgendwoher hatte sie eine Lederrüstung genommen, die deutlich zu groß für ihren schmalen Köper war. Sie drückte Enowir ein Schwert in die Hand, das in einer kunstvoll verzierten Scheide steckte. Von dieser brachen allerdings einige Edelsteine heraus, als er die Waffe entgegennahm. Nemira selbst trug einen Dolch am Gürtel, einen breiten Köcher auf dem Rücken und einen Bogen über die Schulter gehängt.

Nachdem Enowir die tadellose Klinge geprüft hatte, gürtete er das Schwert, wobei er sich erkundigte, wo Nemira die Waffen gefunden hatte.

»Nicht weit den Gang runter ist eine randvolle Waffenkammer, alles erstklassige Arbeit. Schade, dass wir nicht noch mehr mitnehmen können«, schwärmte sie. »Ach ja und einen Ausgang habe ich auch gefunden. Er wird dir aber nicht gefallen«, versprach sie.

»Hauptsache ein Ausgang«, rief er und stürmte den Gang hinunter. Nemiras Warnung kam gerade noch rechtzeitig, denn sonst wäre er einfach in den Abgrund gelaufen, der sich unvermittelt hinter einer Ecke auftat.

»Stimmt, das gefällt mir nicht«, gab Enowir ihr recht, als er in die Tiefe blickte. Sie befanden sich weit oben auf dem Berg, offenbar auf der Rückseite. Ohne Frage hatte der Gang hier einst weiter geführt, doch der Teil des Bauwerks war abgebrochen und in die Tiefe gestürzt. Der Wind umwehte die beiden eiskalt und riss derart an ihnen, als wolle er sie ebenfalls in den

Abgrund ziehen. Dichter Nebel hing um die Bergspitze, weshalb die beiden nicht weit sehen konnten.

»Da, siehst du das?«, Enowir deutete auf einen schmalen Pfad, der sich zehn Schritt unter ihnen befand. Er sah wie eine Schleifspur im Felsen aus. Vielleicht hatte sich der Lindwurm einst hier hochgeschlängelt und dabei den Berg abgetragen.

»Na dann ... nach dir«, zwinkerte Nemira ihm zu.

Es gab keine andere Möglichkeit. Enowir stieg über die glatte Bruchkante und Nemira reichte ihm ihre Hand, um ihm dabei zumindest etwas Halt zu geben. Mit ihren unnatürlichen Kräften ließ sie ihn soweit hinab, wie es ihr auf dem Bauch liegend möglich war.

»Gut, lass los«, wies Enowir sie an. Für einen Moment sahen sich die beiden in die Augen, dann stürzte er ab.

Der schmale Untergrund ließ lange auf sich warten. Beim Fallen riss der Wind an Enowirs Kleidung, als wollte er ihn aus der kontrollierten Sturzbahn ziehen. Als Enowir den Boden unter seinen Füßen spürte, ließ er die Knie einsinken und stürzte ungeschickt auf seinen Hosenboden. Sich auf der schmalen Kante elegant abzurollen, um die Wucht des Aufpralls abzumildern, wäre reiner Selbstmord gewesen. Denn ohne Frage wäre Enowir bei diesem Versuch endgültig abgestürzt.

»Zur Seite!«, rief Nemira, als sie absprang.

Sofort drückte sich Enowir an die Felswand, als er über sich Nemiras Stiefel erblickte, die sich schnell zu ihm herab bewegten. In dem Moment kam ein heftiger Windstoß auf. Die zarte Gestalt wurde von ihm ergriffen und fortgetragen. Nemira schrie, als sie spürte, wie sie aus der Flugbahn gerissen wurde. Hilflos und mit blankem Entsetzen musste Enowir mit ansehen, wie Nemira über die schmale Kante hinweg getragen wurde und in den Abgrund stürzte. Es folgte beklemmende Stille. Auch wenn sich der Wind alle Mühe gab, indem er durch und über die Felskanten fauchte, gewann er dennoch nicht die geringste Aufmerksamkeit von Enowir. Für ihn war es totenstill. Er fühlte in sich hinein, damit rechnend von Trauer überwältigt zu werden, doch dort spürte er etwas ganz anderes: Nemira! Und sie lebte! Enowir kroch zum Rand der Felskante und blickte hinunter. Seine Begleiterin hielt sich an ihrem Bogen fest, der um einen Felsvorsprung hing. Die Waffe war vortrefflich gearbeitet. Bestände sie wie zunächst angenommen aus Holz, wäre sie gebrochen. Die Waffe musste aus einem fremdartigen Material bestehen, eines das Enowir nicht kannte. Was auch für die silbern schimmernde Sehne galt. Für den Moment bot der Bogen Nemira sicheren Halt, selbst wenn sie sich nicht ewig daran festhalten konnte. Die tapfere Elfe hatte bereits die Beine in den Felsen gestemmt und den Aufstieg begonnen. Doch es war ein beschwerlicher und gefährlicher Weg bis zu ihm hinauf.

»Bei Galarus, du lebst!«, rief Enowir erleichtert.

»So leicht kommst du mir nicht davon«, erwiderte sie angestrengt.

»Nemira!«

»Ich habe zu tun, wir können später reden«, erwiderte sie.

»Aber es ist wichtig«, bestand Enowir. »Zwei Fuß unter dir ist ein breiter Felsvorsprung.«

»Oh!«, rief sie überrascht. Sie war so sehr mit ihrem Aufstieg beschäftigt, dass sie kein einziges Mal hinabgesehen hatte. Nach einem prüfenden Blick ließ sich Nemira fallen. Der Boden war sogar noch näher, als Enowir geschätzt hatte, sodass sie den Bogen bequem von dem Felsvorsprung abnehmen und umhängen konnte.

Wenn auch beschwerlich, so verlief der Abstieg ungeahnt einfach. Sie mussten nur die breiten Bahnen verwenden, die der Lindwurm in den Berg gewalzt hatte. Hier und da konnten sie sogar einige der gigantischen Klauenabdrücke des Monstrums im Felsen erkennen.

Die hereinbrechende Nacht ließ die beiden im Schatten des Berges nahezu unsichtbar werden. Unten angekommen, gönnten sie sich eine kurze Rast. Wenn ihre Verfolger das entgegenströmende Wasser im Geheimgang überwunden hatten, würden sie sicher annehmen, dass Enowir und Nemira zu Tode gestürzt waren. Eine andere Vermutung ließ der Anblick der steilen Felswand von oben nicht zu.

»Wir müssen hier weg, geht es noch?«, erkundigte sich Enowir, der seine Gefährtin besorgt musterte.

»Die Frage ist, ob du mithalten kannst, Stumpfohr«, forderte sie ihn heraus. Doch Enowir konnte seine Gefährtin gut genug einschätzen. Sie war schon vor dem Abstieg geschwächt und jetzt hatte sie das Ende ihrer unnatürlichen Kräfte erreicht.

»Komm«, er bot ihr eine Hand an, die sie dankbar annahm und sich daran auf die Beine zog.

Nemira legte einen Arm um Enowirs Schulter und sogleich sank sie nahezu mit ihrem gesamten Gewicht auf ihren Gefährten. Gemeinsam humpelten sie in den nahegelegenen Wald, der in dem Abendlicht bedrohlich lauernd da lag. Hunderte, gut verborgene Augenpaare spähten den beiden Elfen entgegen.

VII.

Die Spuren unserer glorreichen Vergangenheit sind fast gänzlich verweht. Wir leben jetzt in einem verderbten Land, in dem nur eines sicher ist: der Tod. Doch bisweilen mag ich glauben, dass nicht einmal dieser mehr eine absolute Gewissheit darstellt. Zu groß sind die Schrecken, die ich sehen musste, als dass ich es wage sie niederzuschreiben. Vielleicht gelingt es den nachfolgenden Generationen, diese wieder in die Unterwelt zu verbannen, auf dass wir sie ein für alle Mal vergessen können.

Aus den Aufzeichnungen des Oberen Kranach

Ein Pfeil schlug dicht neben Enowir in den Baum ein. Blitzartig ging er in Deckung, um einen Haken zu schlagen und eine andere Richtung für seine Flucht zu wählen. Er spürte, dass Nemira etwa fünfzig Schritt von ihm entfernt war. Die beiden hatten sich getrennt, um ihren Häschern zu entkommen. Bei seiner Flucht vergaß er nicht auf die Umgebung zu achten, denn diese war mindestens genauso tödlich wie seine Verfolger. Doch diesmal suchte er die Gefahr, denn wenn er sie geschickt umging, konnte sie für die Jäger hinter ihm zu einem unüberwindbaren Hindernis werden.

Seit Tagen wurden sie von ihrem eigenen Klan gejagt. Immer wenn sie glaubten, entkommen zu sein, spürte eine andere Jägergruppe sie auf.

Die aufgeregten Stimmen hinter ihm wurden leiser. Über ihm spannte sich ein Spinnennetz zwischen den Bäumen auf. Mit einem Stock stieß er so heftig gegen einen der ungewöhnlich dicken Fäden des Netzes, dass es in Schwingung geriet. Daraufhin suchte Enowir das Weite, so schnell ihn seine Beine trugen. Die in Panik rufenden Jäger verrieten ihm, dass seine Ablenkung geglückt war. Eine wolfssgroße Spinne war für die Verhältnisse auf Krateno zwar nicht sonderlich gefährlich, doch sie konnte einem Jäger ziemlich lästig werden, wenn sie ihn unvermittelt von einem Baum herab ansprang.

Auf seiner Flucht achtete Enowir außerdem darauf, keine auffälligen Spuren zu hinterlassen. In den feuchten Waldboden zu treten ließ sich jedoch manchmal nicht vermeiden. Gelegentlich übersah er einen Zweig, der verräterisch abknickte. Aber wo es nur ging, sprang er von einer Wurzel auf die nächste, oder schwang sich durch die Bäume.

Suchend sah er sich um. Eigentlich sollte Nemira genau hier zu finden sein, doch sie war nirgends zu sehen.

»Hier oben«, zischte die Gesuchte aus den Baumwipfeln. Enowir blickte hoch, doch er konnte sie immer noch nicht ausmachen. Schnell schwang er sich den Baum empor. Die Äste machten es ihm dabei nicht leichter. Mal lagen sie so dicht beisammen, dass er kaum hindurch kam und an anderen Stellen so weit auseinander, dass er springen musste, um daran hochklettern zu können.

Endlich streckte sich eine feingliedrige Hand durch das Blattwerk, um ihm heraufzuhelfen. Nemira hatte ein schönes Plätzchen gefunden, wenn es so etwas auf diesem verderbten Kontinent gab. Die Äste des Baumes waren derart ineinander gewachsen, dass man hierauf bequem liegen konnte. Offenkundig hatte hier irgendein monströser Vogel sein Nest gebaut. Zumindest ließen einige Federn darauf schließen. Auch die ineinander geflochtenen Äste waren bei genauerer Betrachtung kein Zufall.

»Bist du sicher, dass der Bewohner des Nestes nicht bald zurückkommt?«, erkundigte sich Enowir, dem es nicht geheuer war in einem solch ausladenden Vogelnest zu hocken.

»Ich vermute, dass er schon lange weg ist«, gab Nemira ihre Einschätzung zum Besten und hielt ihm eine der armlangen Federn entgegen. Sie sah nicht nur so aus, sie roch auch nach einem Greif.

»Ein Jahr alt, oder älter«, bestätigte Enowir.

»Und der Geruch, der hier drinsteckt, sollte andere Raubvögel davon abhalten uns einen Besuch abzustatten«, erklärte Nemira.

»Es sei denn, Greifen schmecken ihnen«, entgegnete Enowir.

»Na, dann werden sie enttäuscht sein, uns hier anzutreffen«, grinste Nemira. »Still!«

Unter ihnen erklangen Stimmen. Niemals hätten die beiden Gefährten daran gedacht, einmal selbst die Beute ihres Stammes zu sein. Sie rannten jetzt schon seit sieben Tage davon und die Jäger gaben nicht auf.

Nemira nahm einen Schluck aus ihrem speziellen Trinkbeutel, den sie sich aus einem Ziegenmagen hergestellt hatte. Sie hatte ihr Geheimnis darum aufgegeben. Ihr Trank war eine Mischung aus Wasser, verschiedenen Kräutern, denen Enowir noch nie Beachtung geschenkt hatte, und ein paar Tropfen von verdorbenem Bestienblut. Er sah es nicht gern, wenn sie sich damit vergiftete, obwohl sie dadurch stärker, schneller und zeugungsunfähig wurde. Bei ihrer Flucht waren das sehr hilfreiche Eigenschaften, denn wenn sie ihre Verfolger abgehängt hatten, fielen sie oft in wilder Lust übereinander her. Nemira hätte ohne ihren Trank bereits ein Kind im Leib getragen. Nicht, dass Enowir aus Prinzip dagegen war, doch wäre eine

Schwangerschaft in ihrer Situation, gelinde gesagt, unpassend gewesen.

Die Jäger unter ihnen teilten sich in alle Richtungen auf. Sie würden vergeblich nach Spuren suchen.

»Es ärgert mich, dass wir uns die ganze Zeit verstecken müssen«, eröffnete Nemira ihm, die Jäger am Waldboden bespitzelnd.

»Was willst du tun, sie etwa angreifen?«, versuchte Enowir einen schlechten Witz.

»Wieso nicht?«, sie zuckte unbekümmert mit den Schultern.

»Nemira, wenn wir das tun, dann sind wir echte Verräter«, warnte er sie eindringlich davor. »Bisher haben wir uns nichts zu Schulden kommen lassen, aber wenn wir anfangen, unsere eigenen Leute zu töten ...«

»Das da sind nicht mehr unsere Leute«, versetzte Nemira. »Sieh sie dir doch an. Sie hetzen uns wie Tiere. Glaubst du wirklich, dass wir zu ihnen zurückkehren können? Meinst du, die verschonen uns, wenn sie uns erwischen? Sie würden uns wie Bestien abschlachten.«

Enowirs Herz wurde schwer. Nemira hatte mit allem recht. Und was bedeutete ihm auch sein Klan? Er hatte die meiste Zeit seines Lebens in der Wildnis verbracht.

»Glaubst du wirklich wir könnten uns reinwaschen?«, wollte Nemira wissen. »Gwenrar hat seinen Verstand verloren und Eruwar lässt uns wie die Hasen hetzen. Gegen diese Verschwörung sind wir machtlos.«

Enowir hüllte sich in Schweigen. Noch wollte er seinen Klan nicht aufgeben. Sie durften ihn nicht einfach ins Verderben laufen lassen. Ein Krieg zwischen den Klanen würde ihr Volk endgültig vernichten. Aber egal was sie unternahmen, es war nur eine Frage der

Zeit, bis es unweigerlich dazu kam, denn Eruwar schien diesen blutigen Konflikt unbedingt zu wollen. Er und seine Jäger taten Unaussprechliches dafür. Gegen Salwachs Klan mochten sie zahlenmäßig weit überlegen sein und einen teuer erkauften Sieg erringen. Aber wenn sich die dunklen Elfen einmischten, dann wussten nur die Götter, wie dieser Krieg endete. Ihre dunkelhäutigen Artgenossen waren mit Sicherheit ebenfalls Teil des Plans. Denn sonst hätte man den Übergriff auf Enowirs Klan bei der Quelle des Lebens nicht wie einen Angriff von ihnen inszeniert. Zwar waren diese Spuren durch die Barbarei der wilden Elfen verwischt worden, doch Eruwar würde es sicher nicht bei einem Versuch belassen, Hass zwischen den Klanen zu schüren. Für Enowir bestanden kaum Zweifel daran, dass sein alter Freund etwas mit dem Überfall auf die Jäger seines Klans zu tun hatte. Das alles konnte kein Zufall sein.

Enowir versuchte noch, Ordnung in seine Gedanken zu bringen, als sie mit einem Mal stockten. Denn Nemira küsste ihn auf den Mund und brachte damit seinen Gedankenstrom zum Erliegen. Er setzte sich auf und drückte sie an sich. Ihre grünen Augen strahlten ihn an, als seien es Sterne.

»Betrachten wir das einmal klar. Eruwar will Krieg zwischen den Klanen und der Wahnsinn von Gwenrar kommt ihm dabei gerade recht«, sortierte Enowir seine Überlegungen.

Enttäuscht zog sich Nemira zurück. Sie hatte offenbar andere Absichten gehabt, als ihm beim Grübeln zu helfen.

»Vielleicht paktiert Gwenrar auch mit Eruwar«, wand sie ein und strich sich die zerzausten Haare zurück, wobei sie sich streckte und ihre Brust herausreckte, die in der angepassten Lederrüstung ihrer Ahnen gut zur Geltung kam.

»Stimmt«, gestand Enowir, für einen Augenblick abgelenkt. »Aber ihn können wir schlecht befragen.«

»Wen willst du befragen?«, fragte Nemira gespielt gähnend, wobei sie sich für ihn in Pose warf. Diese sollte wohl aufreizend wirken, doch als Elfe hatte sie damit keine wirkliche Erfahrung, weshalb Enowir diesen Anbiederungsversuch übersah.

»Eruwar«, verkündete er.

Nemira zog ihre linke Augenbraue nach oben. »Wie willst du das denn anstellen?«

»Hast du gesehen, welchen Hass er auf uns hat?«, fragte Enowir.

Sie nickte. Das zornerfüllte Gesicht vergaß man nicht so leicht.

»Seine Jägergruppe und er werden bestimmt auch Jagd auf uns machen. Wir müssen sie nur finden und dann schnappen wir ihn uns!«, erläuterte er seinen Plan.

»Ich stimme dir ja zu, dass der Verräter es verdient hat schmerzhaft, um nicht zu sagen qualvoll, verhört zu werden«, bestärkte Nemira ihn. »Aber er geht doch nicht ohne seine vierzehn Jäger aus dem Lager. Wenn du ihn erwischen willst, musst du erst seine Männer töten.«

»Sei es drum. Sie sind die echten Verräter, nicht wir«, grollte Enowir.

Nemira ließ sich resigniert nach hinten sinken, heute hatte sie anscheinend kein Glück bei dem Versuch, ihren Liebsten zu verführen.

Enowir war klar, dass es nicht so einfach war, wie er es sich vorstellte. Aber zum ersten Mal seit sie auf der Flucht waren, gab es eine kleine Aussicht, ihre Lage zu verbessern und etwas Licht ins Dunkel zu bringen.

»Weißt du, woran ich gerade denke?«, fragte Enowir mit einem dreckigen Grinsen.

»Nein«, antwortete Nemira getragen. »Hey«, empörte sie sich freudig überrascht, als Enowir lustvoll über sie herfiel.

***

Tagelang schlichen Nemira und Enowir in den Wäldern um die Festung herum. Sie belauerten, wer kam und wer ging. Vermutlich rechnete keiner damit, dass sie sich so nah bei ihrem Klan aufhielten, denn niemand machte sich die Mühe hier nach ihnen zu suchen. Jetzt waren die beiden nicht länger mehr Beute, sondern Jäger! Ein gutes Gefühl. Jedoch zogen sich die Tage, in denen sie die Festung bespitzelten, unendlich in die Länge. Allmählich spürte Enowir Unruhe in sich aufsteigen, die von Tag zu Tag schlimmer wurde. Je länger sie hier lauerten, umso größer wurde die Gefahr, dass sie doch jemand entdeckte. Sie hatten viele Reisende gesehen, die immer zu zweit das Lager verließen und meistens zu zweit wieder dorthin zurückkehrten. Außerdem hatten sie etliche Jäger beobachtet, die nach mehr oder minder erfolgreicher Mission das Lager betraten. Vor zwei Tagen war es dann soweit, Eruwars Trupp war in die Festung zurückgekehrt. Nun erreichte Enowirs Unruhe seinen Siedepunkt. Jetzt wussten sie, wo sich der Gesuchte aufhielt. Es war nur eine Frage der Zeit, bis er erneut zur Jagd aufbrach.

Wiedererwartend verstrichen Tage, in denen Enowir fast die Hoffnung verlor, der Gesuchte würde die Festung jemals wieder verlassen. Irgendetwas schien Eruwar dort festzuhalten. Noch nie war er länger als eine Nacht dortgeblieben. Er war als Jäger zu rastlos, um sich lange auszuruhen. Es musste einen anderen Grund geben.

Enowir sann bereits angestrengt über eine andere Möglichkeit nach, um Eruwars habhaft zu werden. Doch am Morgen des dritten Tages, als sich die Schrecken des Waldes in ihren Unterschlupf zurückzogen, löste sich aus dem Maul der Festung eine Gruppe Jäger, die zwei Holzkarren mit sich führten. Das Herz schlug Enowir bis zum Hals, als er erkannte, dass es sich um Eruwars Männer handelte. Er und Nemira hatten sich in den Bäumen an einer Schneise im Wald versteckt. Diese wurde von den Jägern benutzt, um ihre Holzkarren durch die Wälder in offenes Gebiet zu ziehen.

»Da ist er«, triumphierte Enowir leise, als er Eruwar unter dessen Leuten erkannte.

»Dann machen wir seiner Truppe den Garaus und nehmen uns ihn zuletzt vor«, fasste Nemira ihr verzweifeltes Vorhaben zusammen.

Die Kälte in ihrer Stimme ließ Enowir erschaudern. Sein Tatendrang erlosch augenblicklich. Das war immer noch sein Klan, seine Brüder. Er konnte sie doch nicht einfach abschlachten. Und doch würden sie mit ihm genau das Gleiche machen, wenn sie ihn oder Nemira erwischten. Daran gab es keinen Zweifel.

»Nun gut«, gab er das Einverständnis zu ihrer abscheulichen Unternehmung. Nemira klopfte ihm aufbauend auf die Schulter. Vermutlich spürte sie seinen Konflikt so deutlich, wie er ihre Mordlust. Ein unreines Gefühl für einen Elfen, eigentlich sollten sie nicht nach Rache dürsten. Die Tatsache, dass sie ein Wort dafür kannten, konnte aber nur bedeuten, dass der Wunsch nach Vergeltung den Elfen nicht so fremd war, wie sie behaupteten. Nemira jedenfalls wollte Rache für die

Schmähungen, die sie jahrzehntelang erlitten hatte, nur weil sie sich nicht in ihr Schicksal fügen wollte.

Die beiden folgten den Jägern so leise und unauffällig, wie es ihnen möglich war, indem sie von einem Baum zum nächsten sprangen. Dabei warteten sie immer darauf, dass ein Windhauch durch das Blattwerk raschelte, der ihre Bewegungen verbarg. Sie würden den Jägern so lange folgen, bis diese begannen ihr Handwerk zu verrichten. In der Nähe der Festung oder auf freiem Feld hatten die beiden gegen fünfzehn Elfen keine Chance.

Es dauerte eine ganze Weile, bis die Jäger hielten. Eruwars Trupp versprach sich offenbar nicht viel davon, nahe an der Festung ihre Jagd zu beginnen. Enowirs Muskeln brannten bereits, von der ungewöhnlichen Art sich fortzubewegen.

Am Boden gab Eruwar ein Zeichen, um eine Treibjagd zu beginnen. Zwei der Jäger, die Vorhut wie sie genannt wurde, schlichen sich in den Wald, den sie durch die Schneise passiert hatten. Vorhut war eine Verklärung ihrer Tätigkeit, sie sollten Wild aufscheuchen und es direkt zu den Jägern treiben. Oder auch Monster aufspüren und diese in Richtung ihrer Gefährten locken, die derweil mit Pfeil und Bogen Aufstellung nahmen. Nichts, ob Bestie oder Tier, würde lange überleben, wenn es sich aus dem Schutz der Bäume begab.

Nemira und Enowir folgten der Vorhut hoch in den Bäumen verborgen. Die beiden Elfen der Jagdtruppe waren für ihren persönlichen Feldzug unbedeutend, denn sie hatten es auf den Anführer abgesehen. Doch an ihn kamen sie erst gefahrlos heran, wenn sie seine Männer überwunden hatten. Auch das war viel zu harmlos ausgedrückt. Es ging darum, sie auf eine Weise loszuwerden, die für Nemira und Enowir die geringste Gefahr bedeutete. Rundheraus gesagt: Sie würden die Jäger einen nach dem anderen hinterrücks ermorden.

Die beiden Jäger, die bereits, ohne dass sie es auch nur ahnten, zu Gejagten geworden waren, schlichen mit schussbereiten Bögen durch den Wald. Dabei begingen sie einen fatalen Fehler. Nicht ein einziges Mal warfen sie einen Blick nach oben. Eine Leichtsinnigkeit, für die man auf Krateno unweigerlich bestraft wurde. Denn in den Bäumen konnten tödliche Gefahren lauern, so auch in diesem Fall.

Als Nemira und Enowir sicher waren, dass sich die beiden Jäger außer Hörweite ihres Trupps befanden, legte Nemira einen Pfeil auf die Metallsehne ihres Bogens. Die Geschosse waren ebenfalls über die Jahrtausende erhalten geblieben. Sie schienen aus demselben Material wie der Bogen zu bestehen, dem die Zeit nichts anhaben konnte. Dabei waren sie unnatürlich leicht und ihre Spitzen messerscharf. Anstelle des Gefieders hatten sie Nachbildungen an den Enden, die zwar Federn darstellten, jedoch aus demselben mysteriösen Werkstoff wie der Pfeilschaft bestanden. Alles in allem besaß Nemira damit die wohl tödlichste und gefährlichste Schusswaffe, die derzeit auf Krateno in Gebrauch war.

Der Bogen knarrte leise, als sie ihn spannte, eine Unmenge an Kraft war dazu notwendig. Das Geräusch veranlasste einen Jäger nach oben zu schauen. Doch bevor er Nemira entdeckte, beendete das Geschoß sein Leben. Der Pfeil durchschlug seinen Kopf und blieb in der Rinde eines Baumes stecken. Der Jäger war tot, bevor er auf dem Boden aufschlug. Der andere Elf hatte noch nicht ganz realisiert, was seinem Gefährten zugestoßen war, als sein Kopf ebenfalls von einem Pfeil durchschlagen wurde.

Nemira und Enowir schwangen sich aus den Bäumen. Nemira nahm die Pfeile wieder an sich und reinigte sie am Blattwerk eines Baumes, während Enowir die Toten in ein Gebüsch schleifte. Wobei er penibel darauf bedacht war, den Ermordeten nicht in die Augen zu blicken. Als er sie ausreichend verborgen hatte, nahm er ihnen die Bewaffnung ab, welche aus drei Wurfmessern, sowie einem langen Dolch bestand. Man konnte nie wissen, für was die Waffen gut sein würden. Außerdem widerstrebte es Enowir, diese wertvollen Artefakte zurückzulassen. Nur den Bögen und den vergleichsweise minderwertigen Pfeilen schenkte er keine Beachtung.

»Das lief schon mal ganz gut«, schätzte Nemira ihre Gräueltat ein. Sie wirkte durchaus zufrieden mit sich. Unterdessen wurde Enowir von Gewissensbissen gequält. Auch wenn die Jäger Verräter waren, so hätte man sie dem Oberen vorführen müssen. Doch der Gedanke an Gwenrar verdeutlichte ihm, dass sie im Grunde keine andere Wahl hatten.

Die beiden Mörder stiegen wieder in die Baumkronen. Es würde vermutlich nicht lange dauern, bis die anderen Jäger bemerkten, dass etwas nicht stimmte und dann stand es dreizehn zu zwei. Darum war es unerlässlich, zu wissen, was Eruwar unternehmen würde. Auf ihre Deckung bedacht, schlichen sie sich zum Waldrand. Aber nicht mehr so nah wie zuvor, weil der Jagdtrupp nun vor dem Wald Stellung bezogen hatte und all ihre Aufmerksamkeit auf ihn richtete, um selbst die kleinste Bewegung darin zu bemerken. Sie warteten darauf, ihre Beute zu erlegen, wenn sie gehetzt von der Vorhut den Wald verließ. Es konnte ihnen alles

Mögliche entgegenkommen, kleine Tiere oder gigantische Bestien. Die Jäger standen in diesem Augenblick bereit, um auf alles zu schießen, was sich im Wald bewegte. All dies wusste Enowir aus seinen eigenen Erfahrungen als Jäger.

Als er durch das Blattwerk hindurch spähte, sah er den Jagdtrupp, wie erwartet, fünfzig Schritt vom Waldrand entfernt mit den Bögen im Anschlag. Ihre Speere steckten einsatzbereit neben ihnen im Boden. In einer Reihe aufgestellt, gaben die Jäger perfekte Ziele ab. Enowir sah deutlich, wie es Nemira in den Fingern juckte. Er griff ihr mahnend an die Schulter. »Du schaffst maximal drei, bis sie wissen, wo wir sind«, warnte er. »Und dann sind es immer noch zehn erfahrene Jäger.«

Nemira schnaubte verächtlich, hielt sich jedoch zurück.

Die Zeit verstrich und die Sonne kündete bereits von Mittag, als die ersten Jäger begannen, ihre Glieder zu strecken und herzhaft zu gähnen.

»Auf Posten bleiben!«, mahnte Eruwar laut. »Sie kommen gleich wieder raus!«

Aber Enowir wusste es besser. Die beiden Jäger würden nie wieder einen Schritt tun. Das glaubte er zumindest. So fiel er fast vom Baum, als er unter sich zwei Gestalten erkannte, die zu den Jägern zurück schlurften. Es handelte sich ohne Frage um die beiden Elfen, die Nemira zuvor erschossen hatte. Sie bewegten sich schleppend und unnatürlich. Aus den Löchern in ihren Köpfen lief Blut und aus ihren Mündern troff grüner Schleim.

»Hast du die beiden etwa in das Nest eines Drawnaschi gelegt?«, erfasste Nemira die Situation.

»Nein«, widersprach Enowir energisch. »So ein Monstrum wäre mir aufgefallen.«

Ein Drawnaschi ist eines der verderbten Ungeheuer von Krateno. Es legt seine Larven in lebenden Körpern ab. Diese befallen daraufhin den Organismus und ernähren sich von ihm, bis ihr Wirt innerhalb eines halben Tages unter heftigen Schmerzen stirbt. Dabei gelingt es den Larven irgendwie in das Nervensystem des Körpers einzudringen und ihn zu bewegen. Nemira und Enowir hatten das bei Tieren schon oft beobachtet, doch noch nie bei einem Elfen. Die grüne Schleimspur um die Münder der Toten sprach allerdings dafür, dass sie genau dieses Schicksal ereilt hatte. Die Larven veranlassten den Organismus dazu, jedes andere Lebewesen anzugreifen und zu überwältigen, damit sie auch dieses befallen konnten. Zumindest machten sie das so lange, bis der Wirtskörper nur noch eine leergefressene Hülle war und in sich zusammenklappte. Das war der gefährlichste Moment, denn ab diesem Zeitpunkt sprangen die Larven heraus und hefteten sich an jedes Lebewesen in bis zu zwei Schritt Entfernung, um den nächsten Körper zu übernehmen. Meistens ereilte dieses Schicksal irgendwelche Aasfresser, die sich an der Leiche gütlich taten.

»Da seid ihr ja! Wo ist die Beute? Wir warten hier schon seit einer Ewigkeit!«, rief Eruwar den Jägern zu und schritt ihnen wütend entgegen.

»Wenn sie ihn erwischen, können wir unseren Plan vergessen.« Nemira zog einen Pfeil auf.

»Wenn sie uns erwischen, auch«, hielt Enowir sie zurück. »Eruwar wird bemerken, was los ist.«

Tatsächlich stoppte der Anführer auf halbem Weg zu seinen Jägern. Ihr schleppender Gang hatte ihn mit Sicherheit misstrauisch gemacht. Die anderen Jäger kamen herbei, waren aber bei weitem nicht so vorsichtig wie Eruwar.

»Was habt ihr denn?«, wollte einer der Jäger wissen, der sich viel zu nah an die beiden heranwagte. Eruwars Warnung kam zu spät. Der Jäger wurde von einem Larventräger am Hals gepackt und in die Knie gezwungen. Vergeblich schlug er mit den Fäusten auf die Arme ein, die seine Kehle erbarmungslos zudrückten. Eruwar reagierte schnell, aber nicht schnell genug. Er zog sein Schwert und hieb mit einem Streich die Arme des Angreifers ab. Der Jäger sank mit gebrochenem Genick tot zu Boden. Aus den Armstümpfen des Larventrägers quoll zäher, grüner Schleim. Der Wirtskörper versuchte, Eruwar mit seinen verstümmelten Armen zu fassen. Dieser wirbelte um ihn herum, um ihm mit einem einzigen, gezielten Schlag den Kopf von den Schultern zu trennen. Der zu verderbtem Leben erwachte Körper sackte zusammen, um sich nie wieder zu erheben.

Die Jäger zogen sich von dem anderen Wirt zurück, der immer noch mit erhobenen Armen auf sie zukam. Jetzt hatten die meisten Jäger begriffen, was ihren Gefährten zugestoßen war. Wenn auch noch nicht alle, denn einige versuchten den wandelnden Larvenkokon mit Pfeil und Bogen niederzustrecken, indem sie ihm in die Brust schossen.

»Schießt auf seine Beine ihr Narren!«, herrschte Eruwar sie an.

Tatsächlich brachten die Beintreffer den wandelnden Leichnam zu Fall, dennoch kroch er weiter auf die Jäger zu.

»Kommt ihnen nicht zu nahe«, wies Eruwar seine Männer an. »Es sei denn ihr wollt ihr Schicksal teilen.«

Die Jäger blickten bestürzt auf ihre Kameraden, die so erbärmlich verendet waren.

»Da waren es nur noch zwölf«, triumphierte Nemira leise. Sie saß auf einem Ast, den sie mit ihren Beinen umschlungen hielt, um die Hände frei für ihren Bogen zu haben.

»Ja«, stimmte Enowir zu, auch wenn er sich etwas mehr Würde für seine einstigen Brüder gewünscht hätte.

Natürlich bemerkte Nemira seinen inneren Konflikt. »Ich glaube, wir sterben so, wie wir gelebt haben«, tröstete sie ihn.

»So heißt es, ja«, stimmte Enowir düster zu. »Wie stirbt ein Brudermörder?«

Die Jäger rotteten sich zusammen. Es war nicht zu verstehen, was sie sprachen. Vermutlich ging es darum, ob sie nach diesen Verlusten die Jagd fortsetzen oder wieder zurück in die Festung gehen sollten. Währenddessen kroch der zu Boden gegangene Larventräger immer noch, nach Beute suchend, herum. Keiner störte sich mehr an ihm, was Enowir stark verwunderte.

Was die Jäger nach ihrer Beratung taten, verwirrte Enowir zusätzlich. Anstatt zur Festung zurückzukehren oder erneut zu einer Treibjagd anzusetzen, schritten sie paarweise in Richtung des Waldes. Jeweils einer mit einem Speer und der andere mit einem Bogen in der Hand. Diesmal blickten sie fast ausschließlich nach oben in die Bäume.

»Sie müssen etwas ahnen«, erkannte Enowir.

»Die Wunden in ihren Köpfen waren auch kaum zu übersehen«, schimpfte Nemira und spannte den Bogen.

»Nein«, hielt Enowir sie nochmals zurück. »Wir trennen uns und warten, bis sie sich im Wald versprengt haben. Dann nehmen wir sie uns vor. Sie jetzt anzugreifen ist Selbstmord.«

Zustimmend nickend schob Nemira den Pfeil zurück in den Köcher und hängte den Bogen um. »Wir finden uns wieder«, versprach sie und sprang behände durch die Äste davon.

Enowir schwang sich in die andere Richtung. Wobei er darauf achtete, zumindest immer einen Baumstamm hinter sich zu haben, damit ihm nichts und niemand in den Rücken fallen konnte. Unentwegt drehte er sich nach den Jägern um, sodass er sie nicht aus dem Blickfeld verlor. Jetzt galt es, alle Skrupel hinter sich zu lassen. Er musste das sein, was er über die Jahrhunderte seines Lebens auf Krateno geworden war, ein Tötungswerkzeug. Die Jahre auf Reisen hatten ihn erbarmungslos gegenüber den Bestien werden lassen. Jetzt waren die Bestien eben Zweibeiner mit spitzen Ohren, mit Bögen und Speeren bewaffnet.

Wie ein Raubtier sog er die Waldluft ein, die ihm eine Menge Aufschluss über seine Umgebung gab. Nicht nur über die Art der Pflanzen, sondern auch darüber, ob sich hier Bestien befanden, die gelegentlich einen markanten Duft verströmten. Doch außer ihm und ein paar Vögeln konnte er nichts wahrnehmen. Unter ihm bewegten sich gut hörbar zwei Elfen. Enowir hatte sich so in den Baum gekauert, dass er von unten nicht zu sehen war. Er vergewisserte sich, dass keine anderen Jäger in Sichtweite waren, dann zog er ein Wurfmesser. Enowir trat aus seinem Versteck und schleuderte es dem Bogenschützen in die Schulter, der laut aufschrie. Daraufhin sprang er vom Baum, noch im Fallen zog Enowir sein Schwert. Die prächtige Klinge kostete zum ersten Mal seit etwa zwei Jahrtausenden Blut, als Enowir den Schädel des Speerträgers spaltete.

Er ließ die festgesetzte Klinge los und rammte dem Bogenschützen blitzartig den schartigen Dolch ins rechte Auge. Die Waffen aus den Toten Leiber reißend trat er in den Schatten der Bäume zurück. Dies alles war innerhalb von fünf Lidschlägen geschehen. Enowir konnte es sich nicht leisten, zu zögern oder Erbarmen zu zeigen.

Oben in den Bäumen setzt er seine unerbittliche Jagd fort. Zwei weitere Jäger fanden auf diese Weise den Tod. Von Eruwar gab es keine Spur, was Enowir durchaus recht sein konnte. Es war zu gefährlich ihn zu befragen, solange noch ein einziger seiner Gefährten lebte.

Enowir wollte sich bereits wieder auf eine Gruppe seiner Artgenossen stürzen, als er zwei weitere Jäger von Eruwars Trupp erblickte. Sie winkten sich und kamen auf einander zu.

»Drawlar und Galmir sind tot«, berichteten die Hinzugetretenen.

»Eschnur und Limrar auch«, erwiderten die Elfen, die sich Enowir als nächste Opfer auserkoren hatte. Sie sahen sich gehetzt um, offenbar wussten die Jäger, dass sie nun die Gejagten waren. »Wir müssen hier weg!« Todesangst lag in der Stimme des Jägers.

Enowir zog sich nahe am Stamm den Baum empor, damit die Äste nicht unter seinem Gewicht knarrten. Von dort sprang er zum nächsten Baum, zog ein Wurfmesser und schleuderte es über die Gruppe hinweg in ein Gebüsch. Scheinbar griff die Angst des Elfen auf die anderen über, denn die vier zuckten gleichzeitig zusammen.

»Das kam von dort!« Einer wies in die Richtung des Gebüsches, dessen Äste sich vom Messer getroffen bewegten.

Unterdessen stieg Enowir auf tiefer liegende Äste.

Wie Jünglinge, die nichts gelernt hatten, wandten sich die Jäger allesamt in die von ihm gewollte Richtung. Mit einem Blick über die Schulter vergewisserte sich Enowir, sich schnell genug aus dem Sichtfeld der Jäger zurückziehen zu können. Dann zog er ein Wurfmesser und schleuderte es in die Gruppe. Es gehörte auch immer etwas Glück dazu, mit einem Messer, das sich in der Luft drehte, eine Wunde zu schlagen. Doch seine Berechnung stimmte. Einer der Jäger schrie auf und griff sich an die Kehle, doch das aus seiner Halsschlagader pumpende Blut rann unaufhaltbar durch seine Finger. Flink zog sich Enowir hinter einen Baumstamm zurück. Die Stimmen seiner Beute gingen wild durcheinander, keiner konnte die Richtung bestimmen, aus der sie angegriffen wurden. Dem aufgeregten Stimmengewirr entnahm Enowir, dass sie versuchte, ihren Bruder zu retten. Bei dieser Verletzung jedoch völlig aussichtslos.

Behände schwang sich Enowir einige Astreihen nach oben und sprang von einem Ast zum nächsten. Diesmal wollte er Geräusche machen, er durfte nicht zulassen, dass die Elfen sich neu formierten. Er musste ihre Angst schüren. Mit einer überragenden Geschwindigkeit schwang er sich durch die Bäume, sodass die entstehende Geräuschkulisse nur vermuten lassen konnte, dass die Elfen umzingelt waren. Im Sprung schleuderte Enowir sein letztes Wurfmesser nach den Jägern. Diesmal gelang ihm kein meisterlicher Wurf, der Dolchgriff traf den letzten Bogenschützen lediglich an der Stirn. Benommen taumelte dieser zurück. Die Speerträger versuchten vergeblich, den Angreifer zwischen den Ästen und Zweigen ausfindig zu machen. Deshalb sahen sie Enowir zu spät, der sich bereits mit Dolch und Schwert bewaffnet auf dem Boden befand und erbarmungslos auf die drei losging. Binnen weniger Augenblicke lagen sie tot oder sterbend in ihrem Blut. Enowir rang sich zu einem letzten Gnadenakt durch, indem er dem qualvollen Sterben eines Elfen mit einem Stich ins Herz ein Ende setzte.

»Dann gibt es also nur noch uns drei.« Jetzt war Enowir an der Reihe zu erschrecken, als er die schneidende Stimme von Eruwar hinter sich hörte.

»Dreh dich langsam um, und es wäre in Nemiras Interesse, wenn du die Waffen fallen lässt.«

Mit dem Schlimmsten rechnend, drehte er sich um. Es widerstrebte ihm dabei, seine bluttriefenden Klingen loszulassen. Doch er tat es, als er Eruwar erblickte. Mit einem Dolch an ihrer Kehle hielt er Nemira als lebenden Schild vor sich. Enowirs Gefährtin wagte nicht, zu sprechen, weil der Dolch so dicht an ihrer Kehle lag, dass bereits Blut über die Schneide lief und auf ihren Lederpanzer tropfte.

»Warum, Eruwar?«, wollte Enowir enttäuscht wissen. Eruwar war immerhin einmal sein Freund gewesen.

Der Jäger grinste hämisch. »Das würdest du nicht verstehen!«

In Nemiras Augen lag keine Angst oder auch nur ein Hauch von Hilflosigkeit. Ihr Ausdruck schien lediglich zu sagen, dass sie etwas Zeit benötigte. Eruwar konnte nicht ahnen, wen er da so siegessicher als Schild verwendete.

»Erklär es mir«, verlangte Enowir und reckte seinem einstigen Freund die Handflächen entgegen, um zu verdeutlichen, dass er sich ergab.

»Du bist viel zu naiv, kleiner Wicht!«, knurrte Eruwar. »Du kannst unsere Ziele nicht verstehen.«

»Wer ist uns? Du und wer noch?«, fragte Enowir.

»Ich habe schon zu viel gesagt, ich werde eurem Aufstand jetzt ein Ende setzen!« Er zog Nemira näher an sich heran, dabei lockerte sich sein Griff unwesentlich, aber das genügte ihr. Eruwar zog ihr den Dolch über die Kehle. Doch das erwartete Gurgeln blieb aus, stattdessen sprühten Funken. In den unachtsamen Momenten Eruwars, war es Nemira gelungen ihm ein Wurfmesser aus dem Gürtel zu ziehen und unbemerkt zwischen ihren Hals und die Klinge zu schieben. Bevor Eruwar begriff was geschah, schlug Nemira ihm ihre Schulter so heftig gegen sein Kinn, dass es laut knackte.

Blut spritzte aus Eruwars Mund, als er hintenüber kippte. Nemira befreite sich dabei endgültig aus dem Griff, wand dem gestürzten Jäger den Dolch aus der Hand und zog dessen Schwert aus der Scheide. Grob drehte sie ihn auf den Rücken und schlang ein dickes Lederband um seine Handgelenke.

»Jetzt werden wir uns unterhalten«, prophezeite Nemira ihm knurrend. »Wie viele Jäger laufen hier noch rum?«, erkundigte sie sich bei Enowir. Sie band auch die Füße des Gefangenen zusammen, so wurde ihm jegliche Flucht unmöglich.

»Ich weiß nicht, ich habe acht erwischt«, zählte er in Gedanken die getöteten Elfen nach.

Nemira sah ihn bewundernd an. »Ich habe nur drei erlegt. Er hier ...«, sie drehte Eruwar in eine sitzende Position und lehnte ihn an einen Baumstamm, »...ist mir entkommen. Als ich meine Pfeile von den Toten holen wollte, hat er mich überrascht.«

»Also sind es alle«, schlussfolgerte Enowir, die Leichtsinnigkeit seiner Gefährtin geflissentlich überhörend. Sie wusste selbst am besten, dass es eine

Dummheit war, ihre Pfeile einzusammeln, während sich ein Feind in der Nähe aufhielt, auch wenn es sich um solch besondere Geschosse handelte.

»Ihr könnt mich und meine Männer aufhalten, aber nicht den Plan. Er ist bereits in vollem Gange«, lachte Eruwar seltsam lispelnd. Wie es aussah, hatte er sich ein Stück der Zunge abgebissen.

Enowir kniete sich zu ihm hinunter. »Genau über diesen Plan werden wir uns jetzt unterhalten.« Er packte den Gefangenen an den Haaren und riss dessen Kopf hart nach hinten. Eruwar biss unter Schmerzen die Zähne zusammen.

»Rede!«, verlangte Enowir, wobei er über sich selbst erschrak. Langsam ließ er seinen einstigen Freund los.

Blutverschmiert grinste Eruwar ihn an. »Unser Klan kann nur überleben, wenn wir alle Macht in unseren Händen halten«, spuckte er aus. »Es geht um unser Überleben auf diesem verderbten Land. Verstehst du das? Dafür müssen Opfer gebracht werden!«

Plötzlich erkannte Enowir seinen alten Freund wieder, vermutlich trug dieser denselben Konflikt in sich, den er soeben verspürte.

»Du Wahnsinniger glaubst, das alles für unseren Klan zu tun?«, fragte Nemira wütend. »Unschuldige zu ermorden? Sich mit den Zentifaren zu verbünden ...«

»Mit den Scheusalen verbünden?« Eruwar sah sie verächtlich an. »Nein, wir kontrollieren sie!« Er bemerkte wohl, dass er zu viel gesagt hatte, denn er hüllte sich sogleich in Schweigen.

»Wie?«, fragte Nemira, zog ihren Dolch und kniete sich neben den Gefangenen. »Rede und ich erlaube dir, schnell zu sterben.«

Eruwar spuckte ihr eine Mischung aus Blut und Speichel mitten ins Gesicht. Nemiras Miene zeigte keine

Regung. Ohne ein weiteres Wort trieb sie ihm die Klinge in den Muskel des Oberarms, sorgsam darauf achtend kein großes Blutgefäß zu treffen.

An Schmerz gewohnt, biss Eruwar lediglich seine Zähne zusammen. »Ihr könnt mich so lange foltern, wie ihr wollt! Von mir erfahrt ihr nichts«, presste er heraus.

Das war also jetzt ihr Weg. Mord und die eigenen Artgenossen foltern? Das war nicht richtig! Doch was sollten sie anderes unternehmen? Auch wenn es ihm nicht gefiel, so hielt Enowir dem Blick von Eruwar stand und fragte erneut: »Wie kontrolliert ihr die Zentifare? Was für eine Intrige habt ihr ausgeheckt?«

Langsam, nicht ohne den Muskel weiter einzuschneiden, zog Nemira ihren Dolch aus dem Oberarm des Elfen, aber nur, um die Klinge sofort am anderen Arm anzusetzen.

»Wie willst du das Überleben unseres Klans sichern?«, versuchte Enowir eine andere Strategie. Er besaß keine Erfahrung im Verhör, aber es verhielt sich wie mit der Diplomatie. Man musste die richtigen Fragen stellen und diese richtig formulieren, wenn man eine brauchbare Antwort erhalten wollte. Fast wünschte er sich, Daschmir wäre hier. Er würde sicher wissen, wie man Eruwar zum Reden brachte.

»Ach, zur Unterwelt mit euch.« Eruwar ließ sich nach hinten sinken. »Los, ritz mir auch noch den anderen Arm auf«, verlangte er von Nemira. »Vielleicht verblute ich dann schneller.«

Enowir verstand den Blick, den Nemira ihm zuwarf. So kamen sie nicht weiter. Sie brauchten eine andere Strategie, deshalb setzte er sich neben den Gefesselten, als wäre er ein Freund. »Erinnerst du dich noch, als wir in das Netz der Riesenspinne gefallen sind?«, begann er. »Wir sind nur um Haaresbreite entkommen.«

»Wir wären überhaupt nicht in diese Lage gekommen, wenn du auf Glinmirs Befehle gehört hättest«, erinnerte ihn Eruwar.

»Das war immer schon mein Problem«, gestand sich Enowir ein. »Aber wir sind entkommen, oder?«

»War nicht unsere beste Idee das Netz in Brand zu stecken«, meinte Eruwar und lächelte matt.

»Ja, es hat bestimmt hundert Tage gedauert, bis uns die Augenbrauen nachgewachsen sind«, lachte Enowir. Auch der Gefangene grinste blutig. »Wir waren wie Brüder, Eruwar«, schwelgte Enowir in Erinnerung.

»Das sind wir noch«, bestand Eruwar und blickte ihn an.

»Und warum hast du dann versucht, mich zu töten?«, wollte Enowir wissen. Seine Enttäuschung hätte er gerne nur gespielt, doch sie war echt.

»Ist nichts Persönliches«, versicherte Eruwar. »Aber ihr wisst zu viel. Deshalb seid ihr ein Risiko. Es ging nie um uns beide, mein Freund.« Er klang aufrichtig.

Eigentlich wussten Enowir und Nemira rein gar nichts. In Gedanken ging er alles noch einmal durch: Die einzige Erkenntnis, die sie gewonnen hatten, war, dass sich die Horde Zentifare zusammengerottet und mit Metallklingen bewaffnet hatte. Außerdem waren sie wesentlich intelligenter als sonst und standen mit Eruwars Jägern in Verbindung. Zu allem Überfluss versuchte jemand, Unfrieden zwischen den Klanen zu stiften, indem er grausige Morde einem anderen Stamm anhängte.

»Bin ich dir also wieder in die Quere gekommen?« Dieser Satz war ein Schuss ins Blaue, aber Enowir musste seine Unwissenheit verbergen.

»Nicht mir, aber du hast mit deiner verdammten Rettungsaktion den gesamten Plan gefährdet«, eröffnete Eruwar und gab damit viel mehr preis, als er vermutlich beabsichtig hatte.

»Das tut mir leid.« Auch wenn Enowir nicht verstand, was Eruwar meinte, grinste er schuldbewusst, um in der Rolle desjenigen zu bleiben, der zu viel wusste. Dann schwieg er, um seinem alten Freund genug Raum zu geben, damit dieser seine Gedanken aussprechen konnte.

»Das sollte es verdammt nochmal auch«, grinste Eruwar freundschaftlich. »Weißt du eigentlich, wie schwierig es war, alle Trinkwasserquellen des anderen Klans zu vergiften?«

Nemira, die ungeduldig auf und ab geschritten war, stolperte beinahe. Es war so unglaublich, dass Enowir seinen Ohren nicht traute. Er rang um Fassung, denn er durfte nicht aus der Rolle fallen. Nicht jetzt, da Eruwar langsam auftaute.

»Kann ich mir vorstellen, es muss ein gigantischer Aufwand gewesen sein«, köderte Enowir den Gefangenen.

»Du machst dir keine Vorstellungen.« Eruwar schien dies alles lange auf der Seele gebrannt zu haben. Er wirkte erleichtert, es endlich aussprechen zu können. »Das Wasser hat sich durch einen Strom, die Umwelt oder sonst etwas ständig selbst entgiftet. Ein mühseliges Unterfangen.«

»Kaum zu glauben, dass du das mit fünfzehn Jägern allein bewerkstelligt hast«, sagte Enowir und musste sich Mühe geben, anerkennend zu klingen.

»Das? Ach nein, natürlich hatten wir Hilfe«, schmälerte Eruwar das Lob. »Es gibt nicht nur uns fünfzehn Elfen, die wollen, dass unser Klan über den Kontinent herrscht.«

Das war es also, es ging nicht ums Überleben, sondern allein um Macht.

»Verstehst du das, Enowir? Wir sind die Zivilisation! Alle anderen Klane sind im Vergleich zu uns nicht mehr als Primitive«, beschwor der Gefangene seinen alten Freund. »An uns wird der Kontinent genesen, wir werden ihm zu altem Ruhm und Glanz verhelfen.«

»Glaubst du wirklich, wir könnten das schaffen?« Es kostete Enowir alle Mühe, in der Rolle des alten Freundes zu bleiben. Offenbar hatte der Wahnsinn von Eruwar Besitz ergriffen. Oder handelte es sich doch um eine Vision, der er mehr Beachtung schenken sollte?

»Wieso nicht?«, wollte Eruwar wissen. Er wirkte überrascht, als sei ihr Triumph eine zweifelsfreie Gewissheit.

»Nun, ich meine Gwenrar ... glaubst du wirklich, dass er der richtige Anführer für solch ein Reich ist?«, vergewisserte sich Enowir.

»Was?« Eruwar wirkte, als habe er ganz vergessen, um wen es sich handelte. »Ach der, nein«, winkte er schulterzuckend ab. »Der wird ...«, mit einem Mal schwieg er und sah Enowir böse an. »Niederträchtiges Pack«, beschimpfte er seinen einstigen Freund und dessen Begleiterin. »Seid euch gewiss, ihr könnt uns nicht mehr aufhalten. In diesem Moment löschen sich die beiden anderen Klane gegenseitig aus und die Einzigen, die übrig bleiben, sind wir!«

Enowir erhob sich. »Du bist wahnsinnig geworden, alter Freund«, diagnostizierte er.

»Nein!«, lachte Eruwar irre. »Wir haben nur eine Vision von einer glorreichen Zukunft, die ...« Er stockte und seine Augen weiteten sich.

Dies war Enowirs und Nemiras Glück, denn sie begriffen die unwillkürliche Warnung und drehten sich um. Blasse tote Hände griffen nach ihnen. Die vier Elfen hatten sich zu einem neuen Leben erhoben und wankten auf die beiden Gefährten zu, um sie zu zerreißen. Dabei bewegten sie sich schwerfällig und unbeholfen. Nachdem Nemira und Enowir den ersten Schreck überwunden hatten, war es ein Leichtes ihnen auszuweichen. Die Köpfe der Elfen fielen kraftlos auf ihren Schultern herum, kippten nach vorne und nach hinten. Die Augen ins Weiße verdreht, wirkten sie wie groteske Kreaturen, nicht mehr wie die Elfen, die sie einst waren. Um ihre Münder zeigte sich derselbe, verräterische, grüne Schleim, wie bei den anderen Toten, die sich erhoben hatten. Aber das konnte nicht sein! Einen Drawnaschi hätten Nemira und Enowir bemerkt, auch wenn er sich hinterrücks an sie herangeschlichen hätte. Dazu drängte sich noch eine Frage auf. Seit wann zog diese Kreatur Tote den Lebenden vor?

Vorsichtig gingen Enowir und Nemira um die lebenden Toten herum. Es war einfach, diese kampfunfähig zu machen. Die Schwierigkeit bestand darin, den Larven zu entgehen, wenn sich diese von den toten Körpern lösten, um sich einen anderen Wirt zu suchen. Denn dies unternahmen sie meist mit einem Sprung, den man dem schleimigen Getier nicht zutraute.

Der erste Elf büßte seinen Kopf ein, nachdem Enowir ihm ein Bein gestellt und mit der Schulter umgestoßen hatte. Der zweite sank nach einem Schwerthieb in die Kniekehlen zusammen. Ein weiterer

Hieb durchtrennte den Kehlkopf und das Rückgrat, sodass der Kopf nur noch mit einigen Sehnen und Muskeln am Körper hing. Nemira, bewaffnet mit Eruwars Langdolch, machte mit den anderen beiden ebenfalls kurzen Prozess. Es ging schnell und sauber, ohne dass sie sich der unnötigen Gefahr aussetzten, zu nah an die schleimigen Larven zu kommen, die sich aus den klaffenden Wunden der Körper schoben. Für einen Moment nahm dieses widerwärtige Schauspiel Enowir gefangen. Von Eruwars lautem Aufschrei wurde er aus den Gedanken gerissen. Mit erhobenem Schwert fuhr Enowir herum. Doch es war zu spät. Er und Nemira hatten sich zu sehr auf die vier Larventräger konzentriert. Dabei bemerkten sie nicht, dass die anderen getöteten Elfen ebenfalls herbei gewankt waren, um ihrem ehemaligen Anführer das Genick zu brechen. Es krachte, als würde man einen dicken Ast abbrechen. Der Körper des gefesselten Toten zuckte kurz, bevor er endgültig erschlaffte. Darauf sanken die toten Elfen ebenfalls darnieder, ganz so als starben sie zum zweiten Mal. Ungläubig und fassungslos versuchte Enowir zu verstehen, was eben passiert war.

»Was bei allen Göttern geht hier vor?«

»Enowir, sieh dir das an.« Nemira deutete auf die Elfen, die sie erneut getötet hatten. Eben noch waren dicke Larven aus ihnen hervorgequollen, doch nun regten sie sich nicht mehr. Vorsichtig stieß Enowir eines der Tiere mit der Schwertspitze an, es platzte auf und ein modriger Geruch drang heraus.

»Sie sind gestorben, nachdem sie Eruwar getötet hatten«, versuchte Nemira, einen Zusammenhang herzustellen.

»Als wäre das allein ihr Lebenszweck«, stimmte Enowir zu und streifte seine Klinge an den Blättern eines Strauches ab.

»Wer macht so etwas?«, wollte Nemira wissen.

»Wie meinst du das? ›Wer macht sowas?‹«, fragte er verwirrt.

»Er hat doch die ganze Zeit von ‚wir' gesprochen, oder?«, wies sie ihn auf Eruwars Halbgeständnis hin.

»Tut mir leid, ich war zu sehr damit beschäftigt, dass aus gesunden Elfen, die noch nie in den Kontakt mit einem Drawnaschi gekommen sind, dessen Larven schlüpfen«, erwiderte Enowir. Die Worte kamen ein bisschen barscher aus seinem Mund, als er es beabsichtig hatte.

»Es muss hinter dem Ganzen doch noch jemanden geben, der das alles geplant hat.« Nemira achtete gar nicht auf seine Worte. »Was ist, wenn er ihnen die Larven eingesetzt hat, damit sie, wenn sie gefangen und gefoltert werden, nicht mehr reden können.«

Das klang sehr weit hergeholt. »Dazu müsste man doch«, er zuckte mit den Schultern. »...zaubern können oder so.«

Doch die Fähigkeit Magie zu nutzen, war mit ihrem Volk untergegangen. Heute hatte diese Kraft nur noch in alten Mythen und Legenden ihren Platz, erzählt von Frauen abends am Lagerfeuer.

»Könnte doch sein«, stimmte Nemira zu. »Mittlerweile halte ich alles für möglich. Hat er nicht gesagt, dass sie die Zentifare kontrollieren? Wie sollte das möglich sein, ohne dass hier so etwas wie Magie im Spiel ist.«

Ratlosigkeit machte sich zwischen den beiden Elfen breit. Ein unangenehmer Gast, wenn es so viel zu entwirren gab.

Die Gefährten schwiegen eine ganze Weile. »Hat er nicht auch gesagt, dass sich die Klane eben in diesem Moment gegenseitig auslöschen?«, fiel es Enowir wieder ein.

»Ja, hat er«, stimmte Nemira zu und sah ihren Liebsten an.

»Vielleicht hat er recht und wir können den Plan nicht mehr aufhalten«, gab sich Enowir seiner Hoffnungslosigkeit hin.

Nemira schlug ihm mit der Faust auf die Schulter. »Willst du etwa aufgeben?«, fragte sie empört.

»Wir haben doch noch gar nichts erreicht.« Er sah auf die Toten hinab, die in ihrem eigenen Blut vor ihnen lagen. Sein Blick verweilte auf Eruwar, der mit eigentümlich verdrehtem Kopf und gefesselt an einem Baumstamm lehnte. Neben ihm lagen zwei Elfen, mit großen Löchern im Schädel und grünem Schleim vorm Mund.

»Was auch immer hier am Werk ist, es ist größer und mächtiger als wir«, äußerte er seine düstere Ahnung.

»Ach, und das ist plötzlich ein Grund, um aufzugeben?«, fragte Nemira und stemmte entrüstet ihre Hände in die Seite. »Was hast du immer gesagt: Wenn man auf eine Bestie trifft, die größer und stärker ist als man selbst und man ihr nicht entkommen kann, dann spring ihr mit gezogenem Schwert ins Maul.«

Mit großen Augen sah Enowir seine Gefährtin an. »Wann soll ich denn sowas gesagt haben?«, erkundigte er sich ehrlich erstaunt.

»Noch nie«, erwiderte Nemira keck. »Aber das wird dein neuer Wahlspruch«, beschloss sie. »Komm jetzt, wir haben nicht viel Zeit!« Nemira stapfte in den Wald, um ihre Waffen zu bergen. Ohne Widerworte folgte Enowir. Hatten sie dieser unbekannten Macht nicht schon einen Plan vereitelt, in dem sie Kranachs Klan gerettet hatten? Vielleicht würde es ihnen noch einmal gelingen. Vielleicht ...

VIII.

Gleich welcher Linie ihr entspringt, ihr seid ein Volk, deshalb sollt ihr für einander einstehen. Zwischen euch darf es weder Groll noch Feindschaft geben. In der immerwährenden Verbundenheit unseres Volkes zeigt sich der Wille Conaras.

Aus dem Codex der Hochgeborenen, Artikel 3

Es müssen über fünfhundert sein«, schätzte Nemira. »Wenn nicht sogar noch mehr.«

»Von Taktik verstehen sie aber nichts«, überlegte Enowir. »Man lagert doch nicht offen vor den Mauern des Feindes.«

»Es sei denn, man will gesehen werden. Vielleicht ist das ein Einschüchterungsversuch«, grübelte Nemira.

»Wenn es das ist, dann ist es ihnen gelungen.« Enowir musste beim Anblick der vielen Krieger laut schlucken.

»Jetzt mach dir nicht in die Hosen. Noch haben sie uns nicht bemerkt«, stichelte Nemira ihren Gefährten.

Nachdem sie von Eruwars Plan erfahren hatten, die beiden Elfenklane gegeneinander aufzuhetzen, waren sie, so schnell sie ihre Beine trugen, nach Raschnur aufgebrochen. Nemira benutzte seit kurzem für die Festungen die Namen der alten Städte, die sie von der Wasserkarte kannten.

Nach wenigen Tagen kamen die beiden bei der Festung an, nur um festzustellen, dass Eruwar nicht gelogen hatte, als er sagte, dass die Klane sich gegenseitig auslöschen würden.

Vor der Festung von Salwachs Klan lagerten über fünfhundert der dunkelhäutigen Elfen in einfachen

Zelten. Sie hatten ein unfassbar großes Heer auf die Beine gestellt, aber warum? Was trieb sie zu so einer Kampfhandlung? Ihren Aufenthalt konnte man nicht anders verstehen, als eine offene Kriegserklärung.

Nemira und Enowir versteckten sich im Dickicht des Waldes, der die Festung umgab. Die primitiv wirkenden Elfen lagerten nicht direkt am Rand des Forstes, sondern etwa fünfzig Schritt abseits davon, um nicht unbemerkt von einer Kreatur aus dem Unterholz angegriffen zu werden. So viel Umsicht war ihnen von ihrer Sprache und ganzen Lebensart ausgehend nicht zuzutrauen. Vielleicht hatte Enowir diese Elfen ebenfalls unterschätzt. Allerdings spürte jeder, der durch den Wald ging, der sich wie ein Ring um die Festung schloss, dass sich darin etwas Bedrohliches aufhielt, zu dem man am besten Abstand hielt. Auch dieses Mal, als sich Nemira und Enowir durch das Unterholz geschlichen hatten, war ihnen die unheimliche Präsenz aufgefallen, die wie ein Raubtier im Wald lauerte. Dazu kamen die schweren Schritte, deren Erschütterung sie deutlich durch den Waldboden spürten.

»Wir müssen Salwach warnen«, flüsterte Nemira und schob sich in den Schatten der Bäume zurück.

»Ich glaube, er hat die Krieger schon bemerkt.« Für den Kommentar fing Enowir sich einen Fausthieb gegen die Schulter ein.

»Nicht das, Stumpfohr«, zischte Nemira. »Sondern, dass dieser Angriff Teil eines Planes ist, ihn und seinen Klan zu vernichten.«

»Ist mir auch klar.« Enowir kroch ihr hinterher. »Das war nur ein Witz.«

»Ha, ha«, sagte Nemira freudlos. Doch in der Dunkelheit bemerkte er ihre weißen Zähne, die kurz zu einem stummen Grinsen aufgeblitzten.

Es blieb zu hoffen, dass das Lager der Angreifer sich nicht um die ganze Festung schloss, sodass sie sich von hinten an die Wehranlage heranschleichen konnten. Natürlich hätten die beiden Gefährten, um diese Schlacht zu verhindern, auch Kontakt mit den primitiven Elfen aufgenommen, nur verstanden sie deren Sprache nicht. Andererseits gab es auch keine Garantie, dass Salwach ihnen glauben würde, wenn sie ihm von einer Verschwörung gegen alle Klane berichteten. Hoffentlich war sein Verstand nicht mehr vom Rausch der Macht getrübt. Dennoch war der Ausgang dieses Unterfangens recht ungewiss, im Grunde so wie alles, was sie bisher unternommen hatten.

Nemira und Enowir mussten bald einsehen, dass eine Umrundung der Festung im Schutze des Waldes schwieriger war, als sie sich vorgestellt hatten. Der Waldrand verlief keinesfalls schnurgerade. So gab es beispielsweise etliche Windschneisen, die ihnen zusätzlich Zeit kosteten, wenn sie ihre Deckung nicht aufgeben wollten. Dazu erzitterten ihre Körper im regelmäßigen Takt der schweren Schritte, deren Ursprung tief im Wald verborgen lag. Fast gewöhnten sie sich daran. Dies war die größte Gefahr auf Krateno. Ein Warnsignal nicht mehr wahrzunehmen, konnte einem das Leben kosten. Dessen bewusst, gaben sich Nemira und Enowir alle Mühe, sich das Beben der Schritte unter ihren Fußsohlen unentwegt ins Bewusstsein zu rufen.

Erneut kamen die beiden an eine Windschneise, in der diesmal die dunkelhäutigen Elfen lagerten. Die Lichtung war zur Festung hin fast geschlossen, sodass man sie nicht einsehen konnte und ihnen war auch sofort klar, warum sich die Belagerer hier versteckten.

Sie demonstrierten mit dem offenen Lager ihre Stärke, um die Elfen in der Festung einzuschüchtern. Zeitgleich verbargen sie ihre wahre Kraft im Wald, um ihre tatsächliche Schlachtstrategie nicht zu früh zu offenbaren. Wobei sich Nemira und Enowir nicht vorstellen konnten, wie die dunklen Elfen eine derartige Gewalt kontrolliert entfesseln wollten.

In der Windschneise saß ein Taurus. Eine Kreatur, die es eigentlich nicht geben durfte, so wie jedes zweite Lebewesen auf Krateno. Es war ein gigantisches Monster. Aus der Ferne schätzte Enowir es auf mindestens dreißig Schritt. Den bulligen Kopf zierten geschwungene Hörner. Mit seinen Pranken hätte er einen ausgewachsenen Elfen ohne Mühe zerquetschen können. Seine Hinterbeine waren behuft und wirkten dagegen kümmerlich, aber wenn sie diese Bestie tragen konnten, musste ihnen eine ungeahnte Kraft innewohnen. Der Taurus saß einfach nur da, mit unzähligen Leinen angebunden, die vor allem um seinen Hals und die Handgelenke geschlungen waren. Diese Stricke hatten die Elfen über die ganze Lichtung gespannt und an Bäume gebunden. An dem Ungetüm wirkten die Seile wie dünne Fäden. Erst wenn man sie im Vergleich zu den Bäumen sah, erkannte man ihren wahren Durchmesser, die Leinen waren armdick.

»Unmöglich«, staunte Enowir, der sich hinter einen Baum kauerte und sich die Augen rieb. Um das Wesen auf der Lichtung liefen Elfen herum, als stelle es für sie keine Bedrohung dar. Der Taurus schien sich seinem Schicksal zu fügen. Er saß inmitten der Windschneise und zerkaute zufrieden ein halbes Reh, welches man ihm vorgeworfen hatte.

Bisher hatte Enowir angenommen, dass sich die Klane gegenseitig auslöschen würden, weil die Elfen aus dem Südwesten Kratenos sich zwar in der Überzahl befanden, aber Salwachs Krieger die besseren Waffen besaßen. Mit diesem Monstrum in den Reihen wendete sich jedoch das Blatt.

»Wie wollen sie den in der Schlacht einsetzen?« Nemira rieb sich ebenfalls die Augen., als hoffte sie, der Taurus würde dadurch verschwinden.

»Sehr gute Frage«, entgegnete Enowir. »Aber scheinbar sind sie sich ihrer Sache recht sicher, sonst hätten sie ihn nicht hierher gebracht.«

Die dunkelhäutigen Elfen mussten Meister der Bestienbeherrschung sein, wenn sie solch ein Monstrum unbemerkt herbringen konnten.

»Gnade Conara allen Elfen in der Festung«, schickte Enowir ein Stoßgebet nach oben. »Wenn der Taurus zu wüten beginnt, wir er einfach durch die Mauern rennen.«

»Ich wette, dass ihm Pfeile nichts anhaben können«, überlegte Nemira und griff nach hinten an den Köcher. »Zumindest keine aus Holz.«

»Du willst ihn doch nicht anschießen?« Enowir ergriff ihren Arm, um ihr Einhalt zu gebieten.

»Wieso nicht? Glaubst du diese Fädchen können ihn wirklich festhalten, wenn er wütend wird?«, fragte sie mit einem schadenfrohen Grinsen.

»Vermutlich nicht«, gestand Enowir ihr zu. »Aber was ist, wenn die Elfen diesen Wutausbruch nutzen, um ihren Angriff früher zu beginnen?«

Nemira hielt inne. »Daran hab ich nicht gedacht.«

»Wenn sie ihn hierher gebracht haben, dann nur, weil sie absolut sicher sind, ihn unter Kontrolle zu haben. Es lohnt nicht, den Taurus zu piksen. Wir müssen sicher sein, dass wir ihn ein für alle Mal außer

Gefecht setzen«, erklärte Enowir und zog Nemira tiefer in den Wald.

»Gut, du Meisterstratege! Wie willst du das anstellen?«, wollte Nemira wissen und sah ihn skeptisch an. Ihren herausfordernden Blick spürte er mehr, als er ihn in der Dunkelheit sehen konnte.

»Erinnerst du dich noch daran, wie ich die Hydra getötet habe?«, fragte Enowir nicht ohne Stolz.

»Ja, ja, das darf ich mir jetzt die nächsten hundert Jahre anhören: ›Hey, Nemira weißt du noch, damals, als ich die Hydra getötet habe?‹«, äffte sie ihn nach.

»Weißt du, dass du niedlich bist, wenn du gemein bist?«, stichelte Enowir und brachte sie damit aus dem Konzept. »Ich meine nur er ist sicher eine verderbte Kreatur, so wie die Hydra. Wenn wir ihn also dazu bringen, heilendes Wasser in sich aufzunehmen, dann wird er ebenso vergehen wie die Hydra«, erläuterte Enowir seine Überlegung.

»Und wie willst du das machen? Hier sind überall Elfen. Selbst wenn du es schaffst, unbemerkt zu ihm zu gelangen, glaube ich nicht, dass er das Wasser einfach so trinken wird«, gab Nemira zu bedenken. »Und außerdem fehlt dir zu deinem genialen Plan die wichtigste Zutat.«

»Das Wasser des Lebens, ich weiß«, beendete Enowir ihr Gegenargument. »Aber der Plan war nicht schlecht«, verteidigte er sich.

»Na ja, nachdem er schon an seinem ersten Schritt scheitert, ist er nicht wirklich gut.« Sie küsste ihn aufbauend auf die Wange. »Und jetzt komm, vielleicht hat Salwach noch eine Geheimwaffe oder so.«

Mit einer Geheimwaffe rechnete Enowir genau so wenig, wie damit, dass der Taurus das heilende Wasser freiwillig trank.

***

Neugier war schon immer eine Eigenschaft von Enowir gewesen. So war er überhaupt zu einem Reisenden geworden. Wer nicht über einen unstillbaren Forschungsdrang verfügte, der wagte es nicht, die Festung mit nur einem Gefährten an der Seite zu verlassen, um nach Ruinen, alten Waffen und längst vergessenen Artefakten zu suchen. Doch herauszufinden, was es mit den donnernden Schritten im Wald auf sich hatte, wäre ihm lieber erspart geblieben.

Für Enowir und Nemira war die Flucht, wie so häufig, das Mittel der Wahl. Sie setzten darauf, dass sich der wütende Steingigant besonders schwer damit tat, zwischen den Bäumen hindurch zu laufen. Das Krachen von fallenden Baumstämmen hinter ihnen verhieß jedoch das Gegenteil. Scheinbar schlug der Gigant bei seiner Jagd eine Schneise in den Wald, so als lief er durch hohes Gras.

»Schneller, er kommt näher!«, rief Nemira, doch das brauchte sie Enowir nicht zu sagen. Er hörte es und spürte zudem, wie der Boden unter den Schritten des Titanen wankte. Ihre einzige Chance zu entkommen sah Enowir darin, das Monstrum irgendwie in die Zeltstadt der Belagerer zu locken, ohne dabei entdeckt zu werden. Doch noch näher wagten sie sich bei ihrer Flucht nicht an den Waldrand heran. Sie konnten nur hoffen, dass die dunklen Elfen durch das Krachen der Bäume auf den Steintitanen aufmerksam wurden.

Endlich erreichten sie eine der ersehnten Schneisen im Wald. Wenn sie über diese hinweg rannten, wurden die Belagerer für den Steintitanen sichtbar. Hoffentlich genügte deren Anblick, um das Monstrum auf neue Opfer zu lenken. Allerdings gaben sich Nemira und Enowir bei dieser Aktion ebenfalls zu erkennen, was ein weiteres Risiko darstellte. Vielleicht hatten sie Glück und der Steintitan zog alle Aufmerksamkeit auf sich.

Als die beiden Flüchtenden über die Lichtung schossen, gellten Schreie durchs Lager. Sie klangen in den Ohren von Enowir panisch und entsetzt.

Scheinbar gab der Titan ihre Verfolgung tatsächlich auf. Denn das Krachen der Bäume erstarb und das Beben seiner Schritte nahm ab.

»Jetzt will ich es wissen!« Nemira packte Enowir im Laufen und bremste ihn so rabiat ab, dass er sich beinahe auf dem Waldboden lang gemacht hätte.

»Was soll das?«, begehrte er auf und riss sich los.

»Na, ich will wissen wie die dunklen Elfen mit dem Steinungetüm fertig werden«, keuchte sie.

»Bist du verrückt, wir müssen hier weg!« Es verlangte Enowir nach etwas Sicherheit, nachdem er dem Steintitanen in die glühenden Augen geblickt hatte.

»Komm schon, wo bleibt denn da der Spaß?«, neckte Nemira und begab sich zurück an den Waldrand.

Nichts deutete darauf hin, dass die Elfen sie bemerkt hatten. Zumindest wurden sie nicht verfolgt. Und eine zweite Erkenntnis reifte in Enowir heran: Die Elfen hatten keinesfalls panisch geschrien, sondern zu den Waffen gerufen. Die dunkelhäutigen Elfen dachten nicht an Flucht, ganz im Gegenteil. Sie umkreisten den Titanen, schrien und bewarfen ihn mit Steinen. Schnell erkannte Enowir darin ein Muster. Immer wenn sich das Monstrum nach dem Steinewerfer umdrehte, machte ein Elf hinter ihm, auf sich aufmerksam. Davon irritiert rührte er sich kaum mehr vom Fleck und wendete lediglich seinen Oberkörper. Davon, dass andere

Krieger um ihn herum Seile spannten, bekam er nichts mit. Wie auf ein stilles Kommando rannten die Seilträger los. Dabei entstand ein kompliziertes Geflecht um die Füße des Ungetüms. Er schlug wütend nach den rennenden Elfen, doch er war viel zu träge und ließ sich zu schnell ablenken. Manch einer musste kurz zur Seite springen, um nicht getroffen zu werden, mehr aber auch nicht. Das Geflecht aus Seilen war nicht so willkürlich, wie es zunächst erschien. Seine Funktion wurde aber erst klar, als der Steinriese einen Schritt in das gespannte Netz hinein tat. Es zog sich um seine Füße zusammen, so fest und so straff, dass es ihn beim Gehen behinderte. Mit jedem weiteren Schritt zog es sich enger um seine Beine. Dabei musste das Netz von den Elfen nicht einmal fest gehalten werden. Die meisten Krieger hielten es lediglich mit einer Hand auf Brusthöhe, damit der Titan nicht darüber hinwegsteigen konnte.

Mit einem Donnerschlag stürzte der Steinriese zu Boden. Die Krieger ließen die Seile los, während ein Elf hervortrat, der bisher unbeteiligt zugesehen hatte. Ohne Furcht schritt er auf den Giganten zu und zog dabei einen Speer von seinem Rücken, dessen Spitze im Mondschein funkelte. Damit bewaffnet erklomm er das Monstrum, welches gerade den Versuch unternahm, sich zu erheben, und rammte den Speer von hinten in den Kopf des Steintitanen. Dabei wirkte der Elf so routiniert, als hätte er so schon hunderte Monstren vernichtet.

Der Titan grollte wie ein Steinschlag und zerbrach in viele unterschiedlich große Felsbrocken. Als sei nichts Erstaunliches oder Ungewöhnliches geschehen, stieg der Krieger von den Trümmern herunter, die einst ein Gigant gewesen waren und schob den Speer in eine Halterung auf seinem Rücken. Die Elfen jubelten nicht, wie es vielleicht der Klan von Nemira und Enowir bei solch einem Sieg getan hätte. Stattdessen machten sie sich ungerührt daran die Seile einzurollen.

Enowir und Nemira achteten nicht auf ihre Deckung, sie standen wie vom Donner gerührt im Wald. Es gab keine Worte, um ihre Verblüffung zu beschreiben. Was waren das nur für Elfen, die derart spielend mit solch einem Ungetüm fertig wurden? Es hatte dazu nicht mehr als fünfundzwanzig Krieger bedurft, fünfzig weitere Elfen waren als unbeteiligte Zuschauer dabeigestanden. Als sähen sie einer Hinrichtung zu, ohne eine Gefahr für ihr Leben.

Es dauerte lange, bis Enowir und Nemira ihre Fassung zurückgewannen und sich endlich von den Trümmern des Steintitanen losrissen. In dieser Zeit hielt Conara selbst seine Hand schützend über sie, denn sie wurden nicht entdeckt.

»Na ja, eigentlich hätten wir das ahnen müssen, oder?« Nemira fand als erste die Sprache wieder. »Ich meine, wenn sie wirklich im Südwesten unseres Kontinents zwischen den gigantischen Ungeheuern überlebt haben, dann ist so eine mickrige Kreatur keine große Herausforderung für sie«, spielte sie das Ereignis herunter.

»Vermutlich hast du recht«, stimmte Enowir ihr zu. »Aber bei Conara, das sind wirklich gute Kämpfer. Die wissen genau, was sie tun«, er konnte sich dann doch nicht mit seiner Bewunderung zurückhalten. »Was die wohl machen, wenn Salwach auf seinen Echsen angeritten kommt?«

»Wahrscheinlich lachen sie ihn aus«, überlegte Nemira und musste bei der Vorstellung hämisch grinsen. Sie hatte es nicht und würde es Salwach auch niemals verzeihen, dass er ihre treuen Reittiere hatte umbringen lassen. Enowir hoffte nur, dass sie sich von diesen Gefühlen nicht zu sehr vereinnahmen ließ. Hier ging es um hunderte von Elfenleben und nicht um ihre persönliche Rache.

Jetzt war nur wichtig Salwach zu erklären, dass er Opfer einer Intrige geworden war.

Verborgen im Wald, gelangten die beiden in schnellem Lauf um die Festung herum. Aber sie hätten es ahnen können, dass diese umstellt war. Schließlich gehörte es zu einer guten Belagerung, den Feind komplett zu umzingeln. Es gab zwar keine derart großen Lager mehr, wie das direkt vor dem Hauptportal der Festung, dafür befanden sich in regelmäßigen Abständen mehrere kleinere Wachtposten. Sie würden sofort Alarm schlagen, wenn die belagerten Elfen versuchten, zu entkommen. Diese Wachposten machten es ihnen unmöglich, ungesehen zur Festungsmauer zu gelangen. Doch falls es den beiden widererwartend gelang, gab es keine Garantie dafür, eingelassen zu werden.

»Wenn wir es heute Nacht nicht schaffen, da irgendwie rein zu kommen, verlieren wir einen ganzen Tag«, stellte Nemira niedergeschlagen fest. Zu ihrem Bedauern stand die silberne Scheibe hoch am Himmel und tauchte die karge Ebene in ein mattes Licht. »Wir haben auch gar kein Glück«, kommentierte Enowir ihre Situation.

»Trotzdem müssen wir es versuchen«, flüsterte Nemira. »Vielleicht, wenn wir schnell genug sind.«

Von ihren waghalsigen Plänen hatte Enowir noch nie viel gehalten. »Und wenn wir es nicht sind?« Er wartete nicht auf eine Antwort, sondern gab sie selbst. »Dann bekommen wir einen Pfeil in den Rücken und dieses Mal ist keine Quelle in Sicht, die uns das Leben rettet.«

Nemira schwieg eine Weile. »Also sollen wir einfach warten?«, fragte sie nach einer langen Pause. »Aber dann kann es zu spät sein. Es grenzt sowieso schon an ein Wunder, dass wir rechtzeitig hier angekommen sind«, sie trat unruhig auf der Stelle. »Vielleicht gelingt es uns auch, einen Außenposten auszuschalten.«

»Wenn wir die Elfen dort töten, dann ist die Hoffnung auf Frieden gleich mit ihnen gestorben«, lehnte Enowir den Vorschlag ab.

»Ich will sie nicht töten«, erwiderte Nemira verärgert. »Nur schlafen legen. Siehst du den Elfen da?«

Enowir erblickte einen Krieger, der mit einem Speer bewaffnet auf und ab schritt.

»Ja?«, fragte er unsicher.

»Der hat die ganze Zeit nichts Besseres zu tun, als immer wieder auf und ab zu laufen, und bei jedem dritten oder vierten Gang nimmt er einen Schluck aus dem Auffangbecken dort.«

Enowir suchte die Ebene ab, um zu sehen, was sie meinte. Zunächst hielt er es für einen Stein, doch bei genauerer Betrachtung erkannte er, dass es sich um ein Becken handelte. Es bestand aus aufgestellten Holzstangen, in die eine Lederhaut eingespannt war. Das Gestell diente dazu, den Regen aufzufangen und so für einen ausreichenden Vorrat an Trinkwasser zu sorgen. Nur hatte es schon lang nicht mehr geregnet, was auf Krateno nur bedeuten konnte, dass ihnen ein heftiges Unwetter bevorstand.

»Ja gut, und weiter?«, erkundigte sich Enowir, dem immer noch nicht klar war, auf was seine Begleiterin hinauswollte.

»In meinem Trank ist ein schmerzstillendes Kraut enthalten. Sonst würde man davon keinen Schluck überleben, weil die Pein einen umbringt.«

Bei ihren Worten erschauderte Enowir. Er wollte nicht wissen, was sich Nemira in regelmäßigen Abständen antat, indem sie dieses Gesöff zu sich nahm, dessen Rezeptur von Galwar selbst stammen musste.

»Dieses Kraut hat auch eine betäubende Wirkung, wenn man es richtig dosiert«, führte sie aus, ohne auf die offen zur Schau gestellte Abscheu ihres Gefährten einzugehen.

»Du willst dieses Gift also in ihr Trinkwasser mischen?«, vergewisserte sich Enowir.

»Das wäre mein Vorschlag, ja«, stimmte Nemira zu.

»Wie viel Gift brauchst du für so einen großen Behälter, damit es nicht zu sehr verdünnt wird?«, fragte Enowir.

»Stimmt, das hatte ich nicht bedacht. Ich würde vermutlich einen ganzen Strauch Giftfarn benötigen«, resignierte Nemira. »Das wird er wohl bemerken.«

»Und wenn er das Gift einatmet?«, überlegte Enowir. »Ich meine …«

Auf einmal traten mehrere Elfen mit Bögen und Speeren bewaffnet aus dem Zelt. Sie schritten direkt auf Nemira und Enowir zu, die sich im Dickicht des Waldes sicher gefühlt und viel zu wenig auf ihre Deckung geachtet hatten.

»Vielleicht haben sie uns nicht gesehen«, wagte Nemira zu hoffen.

»Aber wenn wir hier noch länger stehenbleiben, sehen sie uns auf jeden Fall.« Selbst Enowir ging sein Pessimismus auf die Nerven. Doch was blieb ihnen anderes übrig, als vom Schlimmsten auszugehen.

Die beiden zogen sich so lautlos und schnell, wie es ihnen möglich war, in den Wald zurück. Offenbar hatte der Wachposten lediglich etwas Verdächtiges bemerkt. Denn die Elfen suchten den Waldrand nur bis zu der Stelle ab, wo die beiden bis eben noch gestanden hatten. Erst als Enowir Nemiras glühend grüne Augen sah, wurde ihm klar, was der Wachposten gesehen haben musste.

Immer tiefer schlichen sie sich in den Wald hinein, bis die Dunkelheit Enowir endgültig die Sicht raubte. Fast flehend sah er durch die Bäume zum klaren Nachthimmel hinauf. Doch Mond und Sterne vermochten das Dickicht nicht zu erhellen. Dafür erstrahlte in ihrem Licht ein weißer Turm, mitten im Wald. So wie eine Mücke vom Licht angezogen wird, bewegte sich Enowir in Richtung des Bauwerks. Nemira, die in eine ganz anderen Marschroute unterwegs war, bemerkte erst sehr spät, dass er sich nicht mehr hinter ihr befand und kam ihm nachgelaufen.

»Was ist?«, fragte sie leise.

»Ich weiß auch nicht, nenn es eine Eingebung«, gab er ihr eine rätselhafte Antwort, Er verstand selbst nicht, was ihn an diesem Turm so anzog.

Den Blick nach oben zwischen die Baumwipfel hindurch gerichtet konnte man das Bauwerk gut erkennen. Am Waldboden hingegen erschien es nicht mehr als ein undurchdringlicher Schatten zwischen den Baumstämmen. Im Dickicht leicht zu übersehen. Auch ihn zierten Echsenstatuen, die sich an allen vier Außenwänden befanden. Anders als der erste Turm, den sie gefunden hatten, war dieser nicht eingestürzt. Nach einem Hieb mit Enowirs Schwertknauf lösten sich krachend die Türscharniere. Hoffentlich ging dieses

Geräusch im Blätterrascheln und knarren der Bäume unter.

»Ich verstehe nicht, was wir hier wollen«, nörgelte Nemira und sah sich nach möglichen Verfolgern um. Vielleicht hatten die dunklen Elfen doch noch ihre Fährte aufgenommen. »Das letzte Mal hast du selbst gesagt, dass dieser Turm eine Todesfalle ist und da hatten wir niemanden im Rücken.«

Doch Enowir reagierte nicht, sondern trat ein, um mit schnellen Schritten die Treppe hinaufzusteigen. Hinter ihm deutete ein Krachen darauf hin, dass Nemira die Tür geschlossen hatte, oder zumindest einen Versuch unternahm. Enowir durchdrang eine Ahnung, die er sich nicht erklären konnte, so blieb ihm nichts anderes übrig, als dieser zu folgen.

Die Treppe führte bis zur Turmspitze hinauf. Nur spärlich schien das Licht des Nachthimmels durch die schmalen Fensterscharten. Einzelne Stockwerke gab es nicht, sondern nur die engen Stufen, die sich direkt hinter der Außenwand des Bauwerks hinaufwanden.

Oben angelangt eröffnete sich Enowir eine weite Sicht über das gesamte Land. Von hier aus konnte man Angreifer früh ausmachen und die Festung auf der Anhöhe warnen. Doch was, wenn die Festung belagert wurde? Irgendwie glaubte Enowir nicht, dass die Türme eigenständige Bauwerke waren, die man einfach in die Landschaft gesetzt hatte, ohne eine direkte Verbindung zur Festung herzustellen. Das passte nicht zu seinen Vorfahren.

Wild protestierend trat Nemira auf die Aussichtsplattform. Sie schwieg jedoch, als sie Enowir erblickte, der jeden Stein, prüfend abklopfte, so als würde er das Bauwerk auf Schwachstellen untersuchen. Ein hüfthohes Steingeländer umfasste die

Aussichtsplattform. Außerdem gab es vier Säulen, die daran erinnerten, dass es einmal ein Dach gegeben haben musste, welches die Jahrtausende nicht überstanden hatte.

»Was treibst du da?«, erkundigte sich Nemira verärgert.

»Ich suche etwas«, erwiderte Enowir, während er die Säulen auf Schulterhöhe abtastete.

»Ach so, na dann ist ja alles in Ordnung.« Nemiras Worte troffen vor Ironie. »Beantworte mir nur eine Frage: Suchst du deinen Verstand? Ich meine, er scheint dir ja verloren gegangen zu sein«, fauchte Nemira.

»Möglich«, stimmte Enowir zu, ohne wirklich zuzuhören. »Aber sieh dir das an. Der Boden hier ist über eine scharfe Kante vom Wehrgang abgesetzt. Ganz so, als ob es hier eine Tür nach unten gäbe«, teilte er seinen Verdacht mit.

»Ja, jetzt ist es soweit, es hat dich erwischt.« Nemira wirkte betroffen. »Vermutlich ist es eine Art von Seuche, die Männern den Verstand raubt oder so«, diagnostizierte sie. »Aber keine Sorge, mit dem Wasser aus einer der Heilquellen bekommen wir das wieder hin.«

»Anstatt deine Witze zu machen, solltest du mir lieber helfen.« Enowir war ganz auf seine Suche konzentriert und deshalb für ihre Scherze nicht empfänglich.

»Hier ist nichts«, beschwerte sich Nemira und schlug mit der Faust gegen eine der Säulen. »Es ist nur ein verdammter Aussichtsturm.« Diesmal trat sie aufgebracht mit dem Fuß gegen den weißen Stein. Es klackte, krachte und für einen Moment glaubte Enowir, der Turm würde einstürzen. Auf dem Stein, gegen den Nemira getreten hatte, glomm eine Rune auf. Was

Enowir jedoch nur kurz sah, weil sich der Boden unter ihm mit einer erschreckenden Geschwindigkeit absenkte. Schnell und doch kontrolliert. Offenbar befand er sich auf einer Aufzugsplattform.

»Enowir?!«, schrie Nemira erschrocken von oben herab. Er sah sie nur als Schatten in dem kleiner werdenden Quadrat aus Licht über ihm.

»Alles in Ordnung!«, rief er zu ihr hinauf. »Es ist ein Aufzug.« Bei Nemira kam vermutlich nur noch der halbe Satz an, denn in diesem Moment schloss sich die Öffnung über Enowir.

Ein Ruck lief durch den Boden, als der Aufzug unten anlangte. Enowir befand sich in tiefe Dunkelheit gehüllt. Suchend sah er sich nach einer Lichtquelle um, bis er in die glimmenden Augen eines Steintitanen blickte. Alle seine Sinne stellten sich auf Flucht, er kam jedoch nicht weit. Bei dem kopflosen Versuch, in die Finsternis davon zu rennen prallte er gegen eine Steinwand und ging zu Boden. Schwerfällig rappelte Enowir sich auf. Eigentlich müsste er tot sein, überlegte er. Vorsichtig drehte er sich um. Der Steinriese stand unbewegt in einem Raum hinter dem Aufzug, in das fahle Licht seiner Augen getaucht, welches sich von den weißen Wänden widerspiegelte. In seinen klobigen Händen hielt er den Griff einer Winde, die zu einem gigantischen Getriebe gehörte. Kein Elf wäre stark genug gewesen, es in Gang zu setzen. Das also war das Geheimnis der Aufzüge. Doch wie veranlasste er den Steintitanen dazu, die Platte nach oben zu bewegen? Es gab weit und breit keinen Anhaltspunkt dafür. Vermutlich ging es nicht von oben, denn sonst hätte Nemira den Aufzug wieder hochgeholt. Womöglich eine Sicherung gegen Eindringlinge. Über den geheimen Druckpunkt auf der Aussichtsplattform gab man dem

Steintitanen den Befehl, die Winde zu drehen. Doch hier benötigte man so etwas nicht, denn der Gigant befand sich keine fünf Schritt von ihm entfernt. Er war auch nur doppelt so groß wie ein Elf, stand also in keinem Vergleich mit dem Steinmonster im Wald. Dennoch wagte Enowir es nicht, dieses ungeheuerliche Wesen direkt anzusprechen.

Wie hatt Salwach den Aufzug in der Festung in Gang gesetzt?, versuchte sich Enowir zu erinnern. Da fiel es ihm ein: Salwach hatte gepfiffen. Zögerlich schob sich Enowir zwei Finger in den Mund und ließ einen gellenden Pfiff erklingen, der um ein Vielfaches verstärkt von den Wänden widerhallte. Sein sensibles Gehör schmerzte, doch der Steintitan blieb ungerührt stehen. Etwas anderes offenbarte sich Enowir. Irgendwo in der Dunkelheit des Raumes musste sich ein Gang befinden. Zumindest hatte es so geklungen, als sein Pfiff von den Wänden zurückgeworfen wurde. Vielleicht gab es tatsächlich einen unterirdischen Tunnel in die Festung. Was ihn im Moment wenig nutzte, zuerst musste er wieder zu Nemira hinauf gelangen.

Da Enowir keine andere Möglichkeit sah, beschloss er, den Steintitan anzusprechen. »Hoch!«, befahl er laut und deutlich. Doch der Steintitan rührte sich nicht. »Fahr den Aufzug nach oben!«, versuchte er es mit einem komplexeren Befehl. Auch dieser zeigte keine Wirkung. In seiner Ratlosigkeit stellte er sich auf die Steinplatte des Aufzugs. Enowir musste um sein Gleichgewicht ringen, als der Steintitan plötzlich zum Leben erwachte und die Winde mit übermächtiger Kraft bediente.

Schon schlossen sich die Mauern des Turmes um Enowir und es dauerte nicht lange, bis sich die Öffnung über ihm aufschob und silbernes Mondlicht hereinließ.

Enowir freute sich darauf, Nemiras überraschten Gesichtsausdruck zu sehen, wenn er wieder vor ihr stand. Als er oben ankam, wartete seine Gefährtin nicht mit offenstehendem Mund auf ihn, wie er es sich wünschte. Stattdessen befand sie sich an der Turmtreppe und kämpfte verbissen gegen einen Gegner, der versuchte auf die Aussichtsplattform zu gelangen. Die dunkelhäutigen Elfen hatten sie also doch gefunden und bis auf den Turm verfolgt. Nemira stritt einen aussichtslosen Kampf, den sie nur noch nicht verloren hatte, weil der Elf sich auf den schmalen Stufen nicht ausreichend bewegen konnte. Schnell trat Enowir mit dem Fuß gegen den Stein, der den Aufzug in Gang setzte. Er zog Nemira zurück und beförderte sie unsanft auf die Plattform, die sogleich in den Turm hinabglitt. Ihren Widersacher stieß er mit einem heftigen Tritt vor die Brust die Treppe hinab. Dieser hatte nicht damit gerechnet und stürzte, wobei er die Elfen hinter sich mit hinabriss.

»Achtung!«, rief er Nemira zu und sprang in den Aufzugsschacht. Es gelang ihr gerade noch, Enowir Platz zu machen, damit er nicht auf ihr landete. Über ihnen schloss sich soeben die Luke.

»Wo warst du so lange?«, beschwerte sich Nemira. »Weißt du, wie schwer es ist, einen Speerkämpfer nur mit einem Messer abzuwehren?«

Enowir überhörte ihren Ärger geflissentlich. »Nemira, ich muss dir was sagen.«

»Ja, ich mag dich auch«, säuselte sie liebevoll. »Und es tut mir leid, dass ich so gemein zu dir war.«

»Äh, schön«, erwiderte er überrascht über ihren plötzlichen Sinneswandel. Nemira war schon immer anders als die meisten Elfen gewesen, aber so launenhaft kannte er sie nicht. »Ich muss dir dringend was sagen.«

Doch es war zu spät, der Aufzug beendete seine Fahrt und Nemira stieß einen spitzen Schrei aus, der Enowir dazu veranlasste, sich die Ohren zu zuhalten.

Seine Gefährtin begriff jedoch viel schneller als er, dass von dem Steintitanen keine unmittelbare Gefahr ausging. »Also, das hättest du mir auch sagen können«, empörte sich Nemira. »Mir wäre beinahe das Herz aus dem Hals gesprungen.«

»Hab ich doch versucht«, verteidigte sich Enowir. Er erhob sich und half seiner Gefährtin auf die Beine.

»Fantastisch«, staunte Nemira, als sie sich umsah. Sie konnte im Dunkeln wesentlich besser sehen als er, was sie schon etliche Male unter Beweis gestellt hatte. »Woher wusstest du das?«

»Ich habe es geahnt«, spielte Enowir herunter. »Wobei ich nicht mit einem Steintitanen gerechnet habe, der hier unten herumsteht und eine Kurbel dreht.«

»Ja, so was würde auch nur einem absolut Verrückten einfallen«, erlaubte sich Nemira zu sagen. Humor war etwas sehr Zentrales. Man benötigte ihn als ein Gegengewicht zu dem Schrecken, der einem täglich in der Wildnis begegnete. Eigentlich waren Elfen für ihre kalte Ernsthaftigkeit bekannt. Doch auf Krateno änderte sich alles.

»Und wohin führt der Gang hier?«, erkundigte sich Nemira und spähte in die Dunkelheit. Sie hatte ihn im Gegensatz zu Enowir sofort gefunden und musste keine Mutmaßungen über seine Existenz anstellen.

»Das wollte ich gemeinsam mit dir herausfinden. Er scheint in die Richtung der Festung zu führen«, erklärte Enowir seiner Gefährtin, die bereits dabei war den Gang zu ergründen.

Enowir zog den Dolch. In der Dunkelheit eines alten Tunnels, den seit zweitausend Jahren kein Elf mehr betreten hatte, konnte alles Mögliche lauern. Um ein Schwert einzusetzen, war der Tunnel zu schmal, was vermutlich ebenfalls der Verteidigung diente.

Unerschütterlich schritt Nemira voraus, diese Selbstsicherheit verdankte sie ihrer unnatürlichen Sehkraft. Enowir sah hingegen nicht seine Hand vor Augen und so blieb ihm nichts anderes übrig als sich an Nemiras Schrittgeräuschen zu orientieren.

Es fiel Enowir zu spät ein, die Schritte mitzuzählen, um die Entfernung in etwa einschätzen zu können.

»Verdammt!« Nemiras Fluch hallte durch den Gang.

»Was hast du?«, fragte Enowir und hoffte insgeheim, dass sie sich lediglich den Fuß gestoßen hatte, denn ansonsten konnte es nur einen einzigen anderen Grund für Nemiras Ärger geben.

»Der Tunnel, er ist ein eingestürzt«, teilte sie ihm resigniert mit.

»Nein, das darf nicht sein«, verdrängte Enowir die Tatsache, derer er sich erst vollends bewusst wurde, als er sich an Nemira vorbeischob und fünf weitere Schritte lief. Dann ertastete er den großen Felsbrocken, der von der Decke herabgebrochen war und sich schräg in den Gang eingegraben hatte. Verzweifelt stemmte sich Enowir dagegen, schob, zog und drückte. Doch er hatte nicht annähernd die Kraft, um den Block auch nur einen fingernagelbreit zu bewegen. Kapitulierend ließ er sich gegen das Hindernis sinken. Wieso wurden sie von Conara nur immerzu gepeinigt?

»Halt das!« Nemira drückte ihm ihren Bogen und Köcher in die Hände. Nicht wissend, wie ihm geschah, nahm Enowir danach tastend ihre Habseligkeiten entgegen. Er hörte, wie Nemira auf die Knie hinabging und sich über den Boden schob.

»Ist ganz schön eng hier«, verkündete sie mit gedämpfter Stimme. »Aber es könnte ...«, der übrige Satz wurde von dem Gestein geschluckt.

»Sei vorsichtig.« Enowir begab sich ebenfalls auf alle viere und ertastete die Öffnung, durch die Nemira entschwunden war. In dem Loch blitzten ihre Augen auf. Mehr konnte er von seiner Gefährtin nicht erkennen.

»Schieb mir die Waffen durch«, forderte sie ihn auf. »Hier geht es weiter.«

Enowir kroch nun selbst in das enge Loch hinein, wobei er Bogen, Köcher sowie seinen Waffengurt, den er vorausschauend abgenommen hatte, vor sich her schob. Doch Nemiras Schultern waren schmaler als die seinen, sodass er plötzlich mit ausgestreckten Armen festsaß, nicht fähig, sich weiter vor oder wieder zurückzuschieben. »Nemira, ich stecke hier irgendwie fest«, teilte er seiner Begleiterin mit und versuchte dabei nicht panisch zu klingen.

»Keine Angst«, durchschaute sie ihn. Abermals tauchten ihre Augen vor ihm am Ende der engen Spalte auf. Sie räumte die Waffen aus dem Weg und tastete dann nach seinen Händen. Um sie zu erreichen musste sie wieder etwas in den Spalt hineinkriechen. Enowir spürte, wie ihre zarten Finger über seine Hände wanderten, um seine Handgelenke zu fassen zu bekommen. Mit einem Ruck, der Enowir fast die Schultern aus den Gelenken springen ließ, befreite Nemira ihn und zog ihn aus der Spalte heraus.

»Danke« Enowir rieb sich die schmerzenden Schultern.

»Ist alles noch dran?«, stichelte sie.

»Nachdem ich meine Arme spüre wie noch nie, denke ich schon«, gab er zurück. Er musste sich an der

Wand abstützen, um auf die Beine zu kommen. Enowir legte den von Nemira gereichten Waffengurt an, darauf wurde er sich wieder der undurchdringlichen Schwärze des Tunnels bewusst.

»Und du bist sicher, dass der Gang noch intakt ist?«, erkundigte sich Enowir, der diese Strapaze nicht noch einmal in die andere Richtung unternehmen wollte.

»Nun, ich habe so eine Ahnung«, spielte sie auf seine aberwitzige Suchaktion im Turm an.

Enowir musste sich eingestehen, dass es wirklich lächerlich klang, wenn man mit diesem Argument konfrontiert wurde.

Nach weiteren ungezählten Schritten endete der Gang erneut, doch nicht mit einer herabgestürzten Decke, sondern mit einer Treppe.

»Sag ich doch«, freute sich Nemira und nahm gleich zwei Stufen auf einmal.

»Noch sind wir nirgendwo angekommen«, bemerkte Enowir leise, sodass ihn seine Gefährtin nicht hörte. Wie blind musste er sich die Stufen emportasten. Seine bisherige Erfahrung hatte ihm gezeigt, dass es ihnen die Götter nicht einfach machen wollten. Wieso sollte sich das plötzlich ändern?

»Wo bleibst du denn?«, rief Nemira von oben.

Auf einmal flammte ein gleißendes Licht auf. Als seine Augen sich an die Helligkeit gewöhnt hatten, staunte er nicht schlecht. Sofort war Enowir klar, wo sie sich befanden.

Nemira stand in einer Geheimtür, die ähnlich gut verborgen gewesen war, wie jene, durch die sie in die alte Ratskammer mit der Wasserkarte gelangt waren. Der Raum war groß und rund. Die hölzerne, schmucklose Decke war tief gelegen und vor ihnen befand sich eine dicke Säule, in die ein Gewinde eingearbeitet war. Um diese lag ein gigantischer Eisenring, von dem wiederum vier lange Stäbe ausgingen, woran ebenfalls vier gedrungene Steintitanen standen, die genauso aussahen wie derjenige, der den anderen Aufzug in dem kleinen Turm bediente. Es gab keinen Zweifel, sie befanden sich unter dem großen Aufzug inmitten von Salwachs Festung.

Ein Gefühl von Unbehagen ergriff die beiden, schließlich waren sie bewaffnet in die Festung eines anderen Klans eingedrungen. Das würde der Obere nicht gutheißen, zumal er ihnen ohnehin feindlich gegenüberstand. Nemira schloss den Geheimweg hinter sich; vielleicht benötigten sie das Wissen um den Gang, falls sie von hier flüchten mussten.

»Und was jetzt?«, fragte sie unsicher.

»Weiß ich auch nicht«, gestand Enowir ihr.

»Es ist dein Tunnel und deshalb auch dein Plan«, wies sie ihm alle Verantwortung zu, ohne es ernst zu meinen.

»Vielleicht sollten wir uns zu erkennen geben?«, überlegte Enowir.

»Nach dir«, ließ Nemira ihm den Vortritt.

»Dann lassen wir unsere Waffen besser irgendwo hier unten«, beschloss Enowir. »Sie werden uns nichts tun, wenn wir unbewaffnet sind.«

»Natürlich«, ließ sich Nemira zu einer ironischen Bemerkung hinreißen.

Enowir teilte ihre Bedenken. Aber er erinnerte sich auch an die Krieger, die verschämt von ihnen wegsahen, als Salwach sie davongejagt hatte. Wenn sie jemanden fanden, der wusste, welches Opfer sie für diesen Klan gebracht hatten, dann bestand eine geringe Chance, das hier heil zu überstehen.

»Lass uns nach Darlach suchen«, fiel Enowir der Gelehrte ein. »Ich bin sicher, er wird uns glauben und vielleicht kann er Salwach überzeugen, uns zumindest anzuhören.«

»Und wo willst du ihn finden?«, erkundigte sich Nemira skeptisch.

»Nun, ich würde ihn im Turm suchen«, überlegte Enowir.

Nachdem sie ihre Waffen hinter der Geheimtür verborgen hatten, stiegen sie die Treppe hinauf. Der Morgen graute bereits. Im wahrsten Sinne des Wortes, denn mit der Sonne zogen viele graue Wolken herauf, als ahnte das Firmament, dass dieser Tag nichts Gutes brachte.

Ein Elf in einem weißen Gewand und mit geflochtenem Haar torkelte schlaftrunken einige Schritte entfernt an ihnen vorbei.

»Darlach?«, rief Enowir ihm zu. Der Elf hatte sich noch nicht ganz zu ihm umgedreht, als er seinen Irrtum erkannte. Es war ein Gelehrter, der durch die Robe und die Art, wie er seine Haare trug, Darlach sehr ähnlichsah. Er blickte sie verwundert an, als traute er seinen Augen zu dieser Tageszeit nicht sonderlich. In Enowir keimte die Hoffnung auf, dass sie auch ihm ihre Lage erklären konnten.

»Hör uns zu, wir sind ...« Er wurde von dem Gelehrten unterbrochen, der lauthals nach einer Wache rief. Sogleich stürmten aus einer der vielen Türen sechs gerüstete Elfen herbei, die mit blank gezogenen Schwertern die Eindringlinge umringten. Selbst wenn Enowir und Nemira bewaffnet gewesen wären, so hätten sie gegen diese Überzahl von Kriegern nicht die geringste Chance gehabt. Um zu zeigen, dass sie keinen

Widerstand leisten würden, streckten sie gleichzeitig ihre Hände in die Höhe.

»Bringt die Eindringlinge nach draußen«, befahl der Gelehrte den Wachen. »Ich frage unseren Oberen, was wir mit ihnen tun sollen.«

Scheinbar waren es die Krieger nicht gewohnt von einem Gelehrten Befehle entgegenzunehmen. Dennoch gehorchten sie, auch wenn Enowir unter den Wachen viele missbilligende Blicke wahrnahm, die sie dem Gelehrten zuwarfen. Vermutlich waren Krieger auf Gelehrte nicht sonderlich gut zu sprechen, wie zwei rivalisierende Lager innerhalb eines Klans. Möglicherweise wechselten sie sich in der Herrschaft ab, wenn der Obere aus irgendeinem Grund abdanken musste. Vielleicht war Salwach deshalb so aggressiv, weil er Jahrhunderte miterlebte, wie der Klan von Weisheit und Bedacht regiert wurde und nicht von roher Kraft, so wie er es sich vorstellte.

Nemira und Enowir wurden hinaus vor den Turm auf das steinerne Podest geführt, welches zu dem großen Portal des gigantischen Bauwerks gehörte. Schon von weitem erkannten sie die breite Statur von Salwach, der mit ausladenden Schritten und in voller Rüstung durch die Festung auf sie zugelaufen kam. Neben ihm lief der Gelehrte, der ihre Festnahme veranlasst hatte. Außerdem wurde der Obere von zwanzig Kriegern mit ernsten Mienen begleitet. Vermutlich seine Leibwache. Der kleine Tumult um die beiden Eindringlinge war nicht unbemerkt geblieben, weshalb sich etliche Elfen um das Podest versammelten.

»Wen haben wir denn hier?«, erkundigte sich Salwach übertrieben überrascht, mit einem diabolischen Gesichtsausdruck, der mehr als Schadenfreude verhieß.

Er stieg zu ihnen auf das Podest, sodass ihn alle versammelten Elfen sehen konnten.

»Hört her!«, rief er über den Platz. »Das hier sind Verräter an ihrem eigenen Klan und sie sind unerlaubt hier eingedrungen!«

Einer der Gelehrten würde vermutlich wissen wollen, wie es ihnen gelungen war, mitten in der Festung aufzutauchen. Doch Salwachs Kriegerverstand kam nicht auf die Idee danach zu fragen. Aber vielleicht wusste er es auch schon.

»Sie da vergiftet sich mit dem Blut der Bestien, wie man sieht!« Er deutete anklagend auf Nemira. »Er ist ein kleiner Kriecher und Feigling!« Diese Anklage galt Enowir, der sich für diese Beleidigung liebend gern auf Salwach gestürzt hätte. Die zwei Schwertspitzen auf seiner Brust, hielten ihn jedoch davor zurück, selbst wenn sie seine Haut erst einritzen mussten, bevor Enowir seinen Groll vollständig niedergedrückt hatte.

»Für dieses Geschmeiß haben wir hier keinen Platz!«, verkündete er. »Wir werden diese unwürdige Brut töten, als Opfer für Galrawach, auf dass er uns in der heutigen Schlacht beistehen möge!«

Die Krieger unter den Zuschauern reckten ihre Fäuste zum Himmel und riefen im Chor den Namen des Kriegsgottes. Viele der umstehenden Elfen schienen von dem Gedanken jedoch nicht sehr angetan.

Verzweifelt sah sich Enowir nach einem vertrauten Gesicht um, nach einem Elfen, der ihnen beistehen konnte, doch er erkannte niemanden.

»Wenn ihr unseren Tod wollt, dann hört uns zuerst an!«, schrie Nemira über den Platz. Die Krieger verstummten tatsächlich. Zur Antwort schlug Salwach ihr mit der behandschuhten Hand ins Gesicht. Ihre Nase knirschte und Blut spritzte heraus.

»Nichts, was du sagst, kann deine Lage verbessern«, knurrte er bösartig. »Ich habe gesagt, dass ich euch das nächste Mal töte, wenn wir uns wiedersehen und ich halte mein Wort.« Er drehte sich zu seinem Klan um. Nach und nach fand sich jeder Elf, ob groß oder klein, vor dem Podest ein, um an dem Spektakel teilzunehmen.

»Sie hat um den Vortritt gebeten«, verkündete Salwach. »Diesem Wunsch werden wir entsprechen.«

Mit einem Tritt in die Kniekehlen wurde Nemira zu Boden geworfen. Einer der Wächter hob sein Schwert bedrohlich über ihrem Hals.

»Das kannst du nicht tun«, begehrte Enowir auf. »Wir haben euch ...«

Mit einem Schlag ins Gesicht beendete Salwach Enowirs Einspruch.

Durch einen Schleier aus Blut und Tränen musste Enowir mit ansehen, wie das Schwert auf Nemiras Hals herniederging. Singend durchschnitt die Klinge die Luft und fuhr ins Leere. Denn Nemira hatte nicht vor, auf diese Weise zu sterben. Blitzschnell war sie zurückgewichen und rammte ihrem Henker, noch während sie am Boden kauerte, den linken Fuß derart gegen den Brustpanzer, dass dieser ins Taumeln geriet. Diese Ablenkung nutzend, ergriff Enowir Salwachs Schwert, das er ihm vom Gürtel riss. Er stieß den überrumpelten Oberen die Treppe hinunter und sprang zurück, damit die Wachen, die ihn zu umzingeln versuchten, nicht in seinen Rücken gerieten. Auch er würde nicht kampflos sterben. Jeden Wächter, der ihm zu nahe kam, wehrte er mit heftigen Schlägen ab. Es gelang Nemira, ihren Henker zu überrumpeln und ihm das Schwert zu entreißen. Mit ungezielten Hieben trieb sie ihre Gegner auseinander und brach zu ihrem

Gefährten durch. Rücken an Rücken setzten sich die beiden zur Wehr. Natürlich wussten sie, dass es kein Entkommen gab, aber leicht würden sie es ihnen nicht machen.

Salwach war mittlerweile unten an der Treppe angelangt und rappelte sich schwerfällig auf.

»Tötet sie!«, schrie er vom Hass ergriffen.

Seine Krieger taten ihr Bestes, um dem Befehl Folge zu leisten, doch ein Vorstoß würde sie selbst das Leben kosten.

»Genug jetzt!«, rief eine Stimme über den Platz. Sie kam vom Eingang des Turmes. Zwischen die Soldaten und die beiden Gefährten schoben sich einige weißgekleidete Gestalten, die Enowir und Nemira unter Einsatz ihres eigenen Lebens vor den Klingen abschirmten. Völlig perplex zogen sich die Krieger zurück, um nicht einen der ihren zu verletzen, auch wenn es sich dabei um Gelehrte handelte. Darlach kam durch die Reihen seiner Brüder geschritten. Ungläubig und doch erleichtert senkten Enowir und Nemira ihre Waffen. Der Gelehrte sah sie betroffen an und legte ihnen seine Hände auf ihre Schultern. Seine Augen glitzerten feucht.

»Nemira, Enowir, Galarus sei Dank ist euch nichts passiert. Es tut mir so unendlich leid«, entschuldigte er sich, als trüge er an allem die Verantwortung. »Aber ich werde es wieder in Ordnung bringen. Das verspreche ich.« Er sah den beiden kurz in die Augen und schritt dann durch die Reihen seiner gelehrten Brüder vor die versammelten Elfen.

»Aber mir werdet ihr zuhören!«, rief er über den Platz. »Salwach, dich hat ein schweres Fieber ergriffen. Deshalb entbinde ich dich von deinem Posten als unser Oberer.«

Die Krieger des Klans schrien empört auf, Salwach am lautesten.

»Das darfst du nicht, dazu hast du kein Recht!«, protestierte der Anführer deutlich hörbar über die anderen Stimmen hinweg.

»Ich darf, ich muss und ich werde! Deinen Wahnsinn hat jeder hier gesehen!«, gab er zur Antwort. »Dein Geist ist vom Schmerz besessen und von der Macht des Oberen vernebelt. Deshalb bist du nicht mehr in der Lage, uns in dieser schweren Zeit zu führen.«

»Das kannst du nicht entscheiden!«, rief Salwach aufgebracht. »Zurück an deine Bücher sonst ...«

»Sonst was?« Darlach sprach ruhig und gemäßigt, was den Kontrast zwischen ihm und dem wie ein Wahnsinniger brüllenden Oberen noch verdeutlichte. »Willst du mich umbringen? Dann tu es!«, forderte er ihn auf und stieg die Stufen hinab. »Ich habe schon viel zu lange gelebt und diese Tat würde meine Feststellung nur belegen.«

Für einen Moment sah Salwach wirklich so aus, als würde er ein Messer ziehen wollen, um das Angebot des Gelehrten wahrzunehmen. Doch die vielen zweifelnden Blicke, die auf ihm ruhten, brachten ihn letztendlich dazu, lediglich wütend mit den Zähnen zu knirschen.

»Wer glaubt, dass Salwach im Moment dazu in der Lage ist, unseren Klan gut zu führen, der möge die Hand heben«, forderte Darlach die Anwesenden auf. Doch nicht einmal die Krieger bestätigten mit der geforderten Geste ihren Anführer.

»Damit ist es entschieden, du bist vorerst nicht mehr unser Oberer.« Darlach schritt die Treppe wieder hinauf, ohne auf Salwach zu achten, dessen Hand nach dem Dolch zuckte. Bevor er jedoch seine Waffe ziehen konnte, waren zwei Krieger zur Stelle, die ihn an den Armen packten und abführten. Der abgesetzte Obere brüllte und schrie, als sei er besessen. Sein Wahnsinn wurde nun selbst für die letzten Zweifler sichtbar. Darlach hatte ihm die Möglichkeit gegeben, sein Gesicht zu wahren. Diese hatte er nun, aufgrund seines blinden Hasses verspielt.

»Ich will euch unsere Gäste vorstellen«, verkündete Darlach feierlich, als er wieder neben den beiden Gefangenen stand, die nun nicht mehr von Soldaten umringt wurden. »Nemira und Enowir vom Klan des Gwenrar. Salwach hat euch berichtet, er allein habe die Quelle mit dem Wasser des Lebens gefunden! Das war eine Lüge und ich habe viel zu lange darüber geschwiegen!«, brachte er reumütig hervor. »Es waren diese beiden. Sie haben ihr Leben riskiert, um uns in dieser schweren Zeit beizustehen. Ihnen allein verdanken wir unsere Rettung! Die Krieger, die an der Expedition teilgenommen haben, können das bestätigen! Deshalb ist unsere immerwährende Dankbarkeit und grenzenlose Gastfreundschaft das Mindeste, was wir ihnen schulden.«

***

»Das sind schreckliche Neuigkeiten«, kommentierte Darlach den Bericht von Enowir und Nemira. In knappen Sätzen hatten sie ihm von der Intrige gegen die beiden Klane berichtet. »Dann ergibt das alles einen Sinn«, schlussfolgerte Darlach. »Wir haben im Grenzgebiet zu den Faraniern«, so nannte er die dunklen Elfen, »zweiundzwanzig ermordete Jäger gefunden. Deshalb hat Salwach ihnen den Krieg erklären lassen. Seltsamerweise waren sie zur selben Zeit mit einer ähnlichen Botschaft zu uns unterwegs. Ich möchte nicht aussprechen, was Salwach mit den Diplomaten getan hat.« Darlach musste dazu nichts sagen. Sein Gesichtsausdruck verriet zu deutlich, dass von den Botschaftern der Faranier keiner überlebt hatte.

»Jemand will also unsere beiden Klane im Krieg sehen«, schloss Darlach die Überlegungen ab.

»Ja, einen Krieg, aus dem ihr derart geschwächt hervorgehen werdet, dass es ein leichtes sein wird, euch endgültig zu vernichten«, wiederholte Enowir seine Warnung.

Nemira und Enowir hatten sich mit Darlach in den Turm zurückgezogen. Umringt wurden sie von einigen hochrangigen Krieger und auch die Gelehrten, die sie zuvor beschützt hatten, waren bei ihnen und hingen an ihren Lippen. Bei ihrem Bericht waren die Gesichter der beiden Gruppen immer länger geworden.

»Wenn diese Schlacht erst einmal beginnt, ist die Vernichtung nicht mehr aufzuhalten«, prophezeite Nemira.

»Unsinn! Wir haben die Steingiganten. Ihnen haben die Faranier nichts entgegenzusetzen«, warf einer der Krieger ein, offenbar kitzelte ihn die Vorstellung von einem Kampf.

»Haben hier eigentlich alle die ein Schwert halten den Verstand -«, Enowir unterbrach Nemira in ihrem Ausbruch, indem er sie sanft an der Schulter berührte.

»Was Nemira sagen will, ist, dass die Faranier aus einem Teil des Landes kommen, in dem es noch viel Schrecklicheres als Steingiganten gibt«, versuchte es Enowir eine Spur sachlicher. »Wir sind im Wald auf einen der Titanen getroffen und haben ihn bei unserer Flucht ins Lager der Faranier gelockt. Sie haben ihn ohne weiteres besiegt und sind dabei noch nicht einmal ins Schwitzen gekommen«, er blickte in lauter ungläubige Gesichter. »Und ohne dass einer der Faranier ernsthaft in Gefahr war«, ergänzte Enowir seinen Bericht.

»Wenn das erste Blut in dieser Schlacht fließt, gibt es kein Zurück mehr«, warnte Nemira.

»Dann ist es zu spät«, erinnerte der Krieger. »Salwach hat bereits eine Vorhut der Faranier niedergemacht.«

»Die eigentlich nur gekommen sind, um mit uns über die Toten im Grenzgebiet zu sprechen«, fügte einer der Gelehrten hinzu. Es musste sich dabei um die Diplomaten handeln, die Darlach zuvor erwähnt hatte.

Schon wieder kamen Enowir und Nemira zu spät.

»Als Krieger muss ich euch sagen, dass man solch ein Heer nicht auf die Beine stellt, nur um dann kampflos abzuziehen. Zumindest würden wir es nicht tun«, eröffnete der ranghöchste Soldat seine eigene Einschätzung der Situation.

»So lange man glaubt, dass man gewinnen kann«, tat Darlach einen tiefen Blick in die Seele eines Kriegers. »Sie können unsere Steinriesen vielleicht bezwingen, aber können sie auch unsere Mauern überwinden?«

»Sie haben einen Taurus im Wald versteckt«, berichtete Nemira und zerschmetterte damit jede Hoffnung auf den Sieg. »Und vielleicht nicht nur einen. Wir haben zwar nur einen gesehen, aber es könnten auch leicht mehr versteckt sein.«

»Aber der eine, den wir gesehen haben, würde schon ausreichen, um die Tore einzureißen und jeden Krieger zu töten, so tapfer er auch sein mag«, fügte Enowir hinzu, um die Soldaten nicht in ihrem Stolz zu kränken.

»Das ändert alles«, gab der Soldat zu, auch wenn er den Worten der beiden offensichtlich kaum Glauben schenkte. Als Krieger war es wohl seine Pflicht, vom Sieg überzeugt zu sein. Deshalb gab es nichts Schlimmeres, als einen Feind, den man nicht besiegen oder zumindest zurückschlagen konnte.

Ein Horn ertönte. Der bedrohlich klingende Signalton verhieß selbst für Enowir nichts Gutes, auch wenn er dessen genaue Bedeutung nicht kannte.

Erschrocken fuhr Darlach in Richtung Festungstor herum. »Sie greifen an!«

IX.

Dem Gütigen, wird Güte zu Teil.
Dem, der das Schwert führt, die eigene Klinge.
Und der Tapfere wird das Licht erringen.

Altes Sprichwort der Hochgeborenen

»Was soll denn das werden?«, wollte Nemira irritiert wissen. Die Gefährten standen mit Darlach und dem neuen Anführer der Wache, Nurach, auf dem Wehrgang der Festung. Sie blickten die Anhöhe hinab, an deren Fuß sich die Faranier zum Angriff bereit machten. Sie hatten mehrere, fünf Schritt hohe Palisaden aus Holz errichtet, die etwa acht Schritt breit waren und Stützen an den Seiten besaßen, sodass sie in einer leichten Schieflage stehen konnten. Diese Konstruktionen schoben die Angreifer nun den Hügel hinauf. Hinter diesen mobilen Palisaden konnten gut und gerne jeweils zehn Krieger in Deckung gehen.

»Machen sie das, um ihre Anzahl zu verbergen?«, fragte Nurach in die Runde.

»Sie wollen sich vor Beschuss schützen«, durchschaute Darlach, die Absicht der Faranier.

»Womöglich, wir können sie dahinter nicht treffen. Jeder Pfeil, den wir abschießen, wäre verschwendet. Aber was haben sie davon, wenn vierzig Krieger bis an die Festung kommen? Sie müssten immer noch die Mauern überwinden«, überlegte Nurach und lehnte sich weit über die Brüstung, als hoffte er, so etwas mehr erkennen zu können.

»Sie könnten versuchen die Mauer zu erklimmen«, schlug Nemira vor.

»Nur wenn die Krieger ihres Lebens überdrüssig sind«, tat Nurach diese Überlegung ab. »Bei diesem Versuch wären sie ein leichtes Ziel für unsere Bogenschützen.«

»Sie müssen nicht über die Mauern, wenn sie einen Taurus haben, der ihnen das Tor aufbricht«, warf Enowir ein und da wurde es ihm klar. »Irgendwie müssen sie den Taurus darzubringen durchs Tor zu rennen. Sie werden ihn sicher nicht dressiert haben wie ihr eure Echsen.«

Nemira und Darlach sahen ihn fragend an.

»Ich weiß nicht genau, wie sie das machen wollen, aber vermutlich werden sie den Taurus hieher locken. Vielleicht mit einem Köder, den sie im Schutz der Palisaden heraufschaffen.«

»Dann müssen wir sie sofort aufhalten«, beschloss der Anführer der Wache.

»Ein Ausfall ist viel zu riskant«, warf Darlach ein.

»Ein Krieger kämpft und stirbt für seinen Klan«, erinnerte Nurach an seinen Ehrencodex.

»Ein toter Krieger kann seinen Klan nicht beschützen«, hielt Darlach dagegen. »Ich meinte auch nur, dass es jetzt noch zu gewagt ist. Erst wenn sie sich aus der Reichweite ihrer Bogenschützen begeben haben, werden wir deinen Plan in die Tat umsetzen.«

Das gefiel Nurach sichtlich besser, als tatenlos herum zu stehen. »Ich werde die Reiterei bereit machen«, verkündete er und schritt über den Wehrgang davon.

Unterdessen zogen sich am Himmel immer mehr Wolken zusammen. In ihnen kündeten Blitze und Donnergrollen von dem herannahenden Unwetter.

Hinter den Mauern marschierten acht Steintitanen auf, bereit in den Kampf zu ziehen. Sie sollten eigentlich die Speerspitze des Ausfalles gegen die Faranier sein. Doch da der Feind speziell gegen diese Monstren besonders gut gewappnet zu sein schien, entschied sich Nurach dazu, die Steingiganten erst später einzusetzen.

»Das behagt mir alles nicht«, gestand Enowir seinen Mitstreitern. »Wir tun doch genau das, was man von uns will. Wir werden eine Schlacht schlagen und uns dabei gegenseitig auslöschen.«

Erste Tropfen fielen vom Himmel und hinterließen feuchte Punkte auf dem heißen Stein, gegen den sie sich zunächst nicht lange behaupten konnten. Der Geruch nach Regen erfüllte die Luft.

»Mir ist auch klar, dass wir einen richtigen Plan brauchen«, stimmte Darlach zu. »Um einen Sieg davonzutragen, dürfen wir nicht nur reagieren. Wir müssen vielmehr agieren.«

»Das ist vermutlich der Fehler«, dachte Enowir laut. »Wenn wir den Schaden an beiden Klanen so gering wie möglich halten wollen, dann darf keine Seite den Sieg davontragen.«

Es donnerte und der Himmel tat sich auf, dicke Regentropfen fielen hernieder. Binnen weniger Augenblicke regnete es in Strömen. Die Anhöhe, auf der die Festung erbaut war, verwandelte sich in einen Wasserfall, da der trockene Boden die Unmengen an Regen nicht aufnehmen konnte.

»Da! Sie verlassen ihre Stellungen«, jubelte Nemira. Tatsächlich liefen die Faranier, die eben noch versucht hatten ihre mobilen Palisaden auf die Anhöhe hinaufzuschieben zurück ins Lager.

»Das Wasser«, schlussfolgerte Darlach. »Es wird zu schwer sein, die Palisaden gegen die Strömung nach oben zu schieben. Aber wenn sie damit schon Probleme haben, dann werden sie sich wundern, was passiert, wenn der Boden das Wasser zu schlucken beginnt.«

Auf dem ganzen Hügel wuchsen weder Bäume noch Gräser. Alles, was dem Boden Halt und Festigkeit hätte geben können, war nicht vorhanden. Für Enowir war es ein Leichtes, sich auszumalen, wie sich dieser Boden bei solch einem Regenguss in einen sumpfigen Morast verwandeln würde, der den Transport der Palisaden unmöglich machte. Es sei denn, man wollte Tonnen von Schlamm vor sich herschieben.

»Sieht aus als hätten uns die Götter etwas Zeit verschafft.« Darlach hielt seine Hände dankbar in den strömenden Regen. »Kommt mit und wir werden sehen, wie wir sie gewinnbringend für uns nutzen können.«

***

»Ich habe euch noch einen Fehler einzugestehen«, eröffnete Darlach ein Gespräch, während sie mit dem Aufzug hinauf in den Besprechungsraum fuhren. »Es ist meine Schuld, dass die Quelle verloren ist.«

Gerade, weil Enowir dem Gelehrten unendlich dankbar war, konnte er nicht ertragen, dass dieser sich die Schuld für alles gab. Doch er beschloss, ihn ausreden zu lassen.

»Ich habe Salwach davon berichtet, dass das Blut der verderbten Kreaturen das Wasser vergiftet«, gestand er. »Er hat mich angewiesen, etwas von dem Wasser zu untersuchen, das ihr mitgebracht hattet. Das war mein erstes Ergebnis. Ich wollte wissen, ob das Wasser das Bestienblut reinigt«, er schüttelte den Kopf. »Natürlich tat es das nicht! Ich, in meiner Einfalt, habe Salwach davon berichtet und deshalb ist die Quelle nun für immer versiegt. Schon als ich gehört habe, was er mit der Quelle gemacht hat, hätte ich ihn absetzen sollen.« Sein Rücken war von Gram gebeugt. »Aber erst, als ich sah, wie er euch beide töten lassen wollte, bin ich mir meiner Verantwortung bewusst geworden.«

»Besser spät als nie«, entgegnete Enowir. Nachdem was er gehört hatte, gelangte er zu derselben Meinung wie Darlach, nämlich dass dieser früher hätte handeln müssen.

»Mach dir keine Vorwürfe«, beschwichtigte Nemira ihn. »Was geschehen ist, ist geschehen. Wir leben im Hier und Jetzt und müssen das Beste aus dem machen, was wir haben.«

»Danke, meine Freundin. So viel Verständnis habe ich nicht verdient«, erwiderte Darlach demütig.

»Eine Frage habe ich dann aber doch noch«, warnte Nemira ihn vor.

»Du kannst mir jede Frage stellen«, erlaubte er ihr, ohne zu zögern.

»Dieses Fieber, welches Salwach ergriffen hat. Was hat es damit auf sich?«

»Nun«, überlegte der Gelehrte. »Es ist nicht so sehr ein Fieber. Obwohl man davon recht hitzköpfig wird«, versuchte er sich an einem Wortspiel. »Es ist ein komplexes Zusammenspiel aus den Empfindungen der Seele.«

Enowir sah ihn fragend an. Er wusste, worauf seine Gefährtin hinauswollte. Ihr Bestreben war es, dem jähzornigem Verhalten Gwenrars auf dem Grund zu gehen.

»Nun, wenn ein Elf ungeahnte Macht erhält, sei es durch ein altes Artefakt, oder eine gehobene Position, so kann es sein, dass er seinen gesunden Verstand einbüßt, was leider viel zu häufig vorkommt.« Darlach senkte bedauernd den Blick. »Das war der Grund, warum Kranach den Erlass verfügt hat, dass ein Oberer abgesetzt werden kann, bis er wieder zur Vernunft kommt.«

»Lass mich raten, der Obere vor Kranach ist genau demselben *Fieber* zum Opfer gefallen?«, erkannte Enowir nicht ohne Gehässigkeit in der Stimme, die ihn sogleich reute. Sein Klan war keinen Deut besser.

»Aber auf uns schien er einen besonderen Hass zu haben«, überlegte Nemira.

»Wohl wahr«, stimmte Darlach ihr zu. »Es war ein Jagdunfall. Zumindest wurde das behauptet. Sein erstgeborener Sohn kam dabei ums Leben. Euer Klan war irgendwie darin verwickelt.«

»Salwach glaubt nicht daran, dass es ein Unfall war, oder?« Nemira klang betroffen.

»Ja«, stimmte Darlach zu. »Es ist nun fast vierhundert Jahre her. Damals hatten wir uns gerade erst in dieser Festung niedergelassen. Aber Salwach konnte seinen Zorn nicht überwinden und dieser wurde zu Hass. Eine gefährliche Mischung in Verbindung mit dem *Fieber*.«

»Dieses Fieber, kann es eigentlich jeder bekommen?«, fragte Nemira, als sie endlich oben angekommen und zum Thronsaal emporgestiegen waren.

»Selbstverständlich, jeder Elf, der an ungeahnte Macht gelangt. Ich bin im Moment sehr gefährdet«, räumte Darlach ein und nahm am Ratstisch Platz. »In der Regel befällt es einen gleich, nachdem man diese ominöse Macht erhalten hat. Das Fieber steigert sich von kleinen Wutausbrüchen und Misstrauen, bis hin zu offensichtlichem Wahnsinn.«

Nemira und Enowir sahen sich verunsichert an.

»Keine Sorge, wenn man etwas selbstreflektierter ist als Salwach, sollte man davon verschont bleiben«, beruhigte der Gelehrte.

Doch das war es nicht, was die beiden beschäftigte. Ihnen ging es um Gwenrar. Er hatte das Amt des Oberen schon so lange inne, wie sie denken konnten und nie hatte er eine Spur von Wahnsinn gezeigt. Er war seit jeher jähzornig, gnadenlos und brutal gewesen. Dabei hatte er aber immer überlegt und zum Wohle seines Klans gehandelt. Wenn sich das mit dem seltsamen Fieber wirklich so darstellte, wie Darlach es beschrieb, so konnte dies nicht der Grund für Gwenrars Verhalten sein.

Darlach sah die beiden arglos an. Wenn er etwas von ihren Überlegungen ahnte, dann verbarg er es gut.

»Dies ist eine Karte der Umgebung.« Er zeigte auf das ausgerollte Leder, in das die Umrisse der Festung und des Waldes in ihrer Nähe eingeritzt und unterschiedlich eingefärbt waren. Nemira und Enowir traten an den Tisch heran und beugten sich darüber. Mit flach geschliffenen schwarzen Steinen hatte Darlach das Lager der Faranier dargestellt und auch die einzelnen Wachposten, die am Rand des Waldes um die Festung herum Stellung bezogen hatten.

»Das sind unsere Gegner«, erklärte er überflüssigerweise. »Und das sind wir.« Innerhalb der Festung lagen etliche glatte weiße Steine. »Zahlenmäßig sind sie uns weit überlegen«, stellte er nüchtern fest. »Um sie also zu besiegen oder zu vertreiben, benötigen wir eine gute Strategie.«

»Das hier«, Enowir nahm sich einen deutlich größeren schwarzen Stein vom Tisch, der noch keinen Platz auf der Karte hatte, »ist der Taurus.« Er hatte die Schneise gefunden, auf der die Faranier die Bestie versteckten. Die Karte war wirklich vortrefflich gearbeitet, man konnte jede Besonderheit der Umgebung darauf erkennen. Selbst die alten Aussichtstürme waren dargestellt, auch wenn diese vermutlich nicht mehr genutzt wurden.

»Es gibt noch viele weitere Möglichkeiten, wo sie solche Monster versteckt haben könnten«, bemerkte Nemira. Von oben betrachtet wies der Wald zahlreiche Lichtungen auf, in denen man sich vor der Festung verbergen konnte. »Was ist das eigentlich?«, sie deutete auf einzelne weiße Steine, die hier und da auf dem Wald lagen.

»Weitere Steingiganten, die den Wald bewachen und uns vor größeren Bedrohungen schützen«, erläuterte Darlach. Seine Stirn war von Sorgenfalten zerfurcht. »Die Lage sieht nicht gut aus.«

»Wie habt ihr sie erschaffen?«, wollte Enowir wissen und setzte sich auch an den Tisch.

»Das haben wir nicht«, gestand Darlach. »Als wir hier ankamen, waren sie da. Sie regten sich nicht und es gelang uns in langen Studien der Bücher ...«, er wies auf die Regale, »sie zum Leben zu erwecken und zu kontrollieren. Jeder Steingigant hat individuelle Befehle erhalten. Deshalb waren wir gut geschützt, zumindest bis jetzt«, der Gelehrte seufzte. »Vielleicht ist es jeder Kultur bestimmt, irgendwann unterzugehen.«

»Nur wenn man aufgibt!«, empörte sich Nemira.

Darlach nickte zustimmend, auch wenn er dabei nicht sehr entschlossen wirkte.

»Der da existiert nicht mehr.« Enowir nahm einen weißen Stein aus dem Wald. »Das ist der Steintitan, den die Faranier vernichtet haben«, erklärte er. »Ob sie die anderen ebenfalls ausgelöscht haben, wissen wir nicht, aber wir können davon ausgehen.«

»Denkbar«, stimmte Darlach zu.

»Der Taurus ist ihr Trumpf. So lange sie diesen besitzen, sind sie uns klar überlegen und werden nicht über einen Waffenstillstand sprechen wollen«, riet Enowir die Taktik der Faranier. »Wenn es uns gelingt, ihnen diesen zu nehmen, werden sie vielleicht mit uns verhandeln.«

»Wenn sie nicht noch so eine Bestie haben«, überlegte Nemira düster.

»So eine Streitmacht will ernährt werden und hast du gesehen, was der Taurus alles verschlungen hat?«, gab Enowir zu bedenken. »Ehrlich gesagt glaube ich nicht, dass sie einen zweiten mitdurchfüttern können und auch nicht, dass sie im Stande sind, eine derartige Belagerung lange aufrecht zu erhalten, ohne dass ihnen die Nahrung ausgeht. Sie hoffen vermutlich auf einen schnellen Sieg durch das Monster. Wenn der Taurus tot ist, müssen sie mit uns verhandeln.«

»Selbst wenn es uns gelingt, den Taurus zu töten und du recht hast, wäre da immer noch das Problem mit der Sprache«, überlegte Nemira.

»Das sollte nicht die größte Schwierigkeit sein«, beruhigte Darlach. »Ich weiß, dass einige der Faranier unsere Sprache sprechen. Wenn wir Glück haben, befinden sich solche unter den Belagerern. Wenn nicht, wird es andere Wege geben. Sagt mir lieber, wie wir den Taurus loswerden können?«

»Dazu haben wir schon zwei Ideen«, eröffnete Enowir. »Wir könnten versuchen ihn zu reizen. Vielleicht mit Pfeilen aus dem Hinterhalt, bis er derart in Rage gerät und von den Faraniern nicht mehr kontrolliert werden kann. Oder wir vergiften ihn mit dem heilenden Wasser.«

»Wir haben noch etwas von dem Wasser«, meinte Darlach erfreut. »Zwei Trinkschläuche voll. Ich habe sie versteckt, in der Hoffnung dem heilenden Wasser sein Geheimnis zu entlocken, um selbst etwas davon herzustellen.« Auf den fragenden Blick der beiden fügte er hinzu. »Zugegeben eine aberwitzige Idee, aber ich musste es zumindest versuchen, falls die Seuche erneut ausbricht.«

Nemira ging nicht weiter darauf ein. »Wir sollten die Strategie mit dem heilenden Wasser verfolgen. Zumindest hat das schon einmal gut geklappt. Ja, ich weiß. Du hast die Hydra damit erlegt«, nahm sie Enowirs Worte vorweg, der tatsächlich beabsichtigt hatte, davon zu berichten. »Wir schleichen uns durch den Geheimgang hinaus und vergiften den Taurus«, legte sie einen einfach erscheinenden Plan vor.

»So seid ihr also in die Festung gekommen«, erkannte Darlach. »Wo befindet sich dieser Geheimgang?«

»Oh stimmt. Den hatte ich ganz vergessen«, meinte Enowir verlegen. »Vielleicht wäre es besser, unter dem Aufzug einige Wachen aufzustellen, nur für den Fall, dass die Faranier eine Möglichkeit finden den Tunnel zu benutzen. Und wenn ich mir diese Karte so anschaue«, er ließ demonstrativ seinen Blick darüber schweifen, »gibt es noch acht weitere Türme, die vermutlich auf die gleiche oder ähnliche Weise mit der Festung verbunden sind.«

***

Mit Nurachs Kriegern suchten Nemira und Enowir das Gewölbe unter dem Aufzug ab und fanden tatsächlich acht weitere Zugänge. Jahrtausende lagen diese verborgen, ohne dass die Elfen etwas davon geahnt hatten. Bei einer genaueren Untersuchung der geheimen Gänge kam heraus, dass drei Tunnel derart zusammengebrochen waren, dass man sie nicht mehr passieren konnte. In den anderen Gängen gelang es den Kriegern, bis zu den Aufzügen vorzudringen. In einem stand kein Steintitan und die Kurbel ließ sich nicht von Elfenhand bedienen. Zwei weitere Aufzüge befanden sich oben in den Türmen und die Giganten an den Mechanismen waren nicht dazu zu bewegen, sie nach unten zu holen, wenngleich Krieger und Gelehrte alles Elfenmögliche versuchten. Auch die Formeln, mit denen sie die Steingiganten für gewöhnlich kontrollierten, brachten keine Erfolge. So gab es nur noch zwei Türme, die benutzbar waren. Doch der eine war zu weit abgelegen, als dass er ihnen in ihrer Situation nutzte. Bei dem anderen handelte es sich um jenen Aussichtsturm, durch den Enowir und Nemira in die Festung gelangt waren. Vermutlich wurde er jetzt von den dunkelhäutigen Elfen bewacht. Dennoch würden sie genau diesen benutzen müssen, wenn sie möglichst schnell zum Taurus gelangen wollten. Die Zeit drängte. Keiner wusste, wie lange der Regenguss noch anhielt, der die Faranier an ihrem Angriff hinderte. Es konnte einen Mondzyklus dauern, bis der Himmel seine Schleusen schloss, oder auch schon am nächsten Tag so weit sein. Auf Krateno war das Wetter genauso unberechenbar, wie das Land selbst.

Am liebsten hätten Enowir und Nemira ihren Plan allein in die Tat umgesetzt. Doch es bedurfte ihrer ganzen Überredungskunst, um überhaupt an der Nacht- und Regenaktion teilnehmen zu dürfen. Darlach wollte nicht, dass sie abermals ihr Leben riskierten, um seinen Klan zu retten. Seiner Ansicht nach hatten die beiden schon viel mehr getan, als man jemals erwarten durfte. Dagegen stand das Argument, dass sie die Umgebung um den Taurus herum bereits kannten. Dennoch bestand er darauf, ihnen zehn Krieger mitzugeben, unter denen sich Nurach als Anführer befand. Die Krieger trugen leichtere Rüstungen als sonst, die aber genauso aus dunklen Echsenschuppen zusammengesetzt waren. Nemira und Enowir erschien die Panzerung dennoch zu hinderlich. Nicht nur durch ihr Gewicht, sie schränkten auch ihre Bewegungsfähigkeit ein. Die beiden verließen sich seit jeher auf ihre Wendigkeit als besten Schutz gegen die Bestien von Krateno. Daher lehnten sie das Angebot von Nurach, ihnen in einen solchen Panzer zu helfen, dankend ab.

Schon im Tunnel zu dem besagten Aussichtsturm wurde deutlich, dass die Rüstungen bei diesem Unterfangen ungeeignet waren. Um durch das schmale Loch im Geröll des eingebrochenen Ganges zu kriechen, mussten die Krieger ihr Rüstzeug erst ablegen, sie durch die Enge schieben und auf der anderen Seite wieder anlegen.

Die zwei Trinkschläuche mit dem letzten Vorrat der heilenden Quelle trug Mirach, ein junger Elfenkrieger, der mit knapp siebzig Jahren noch nicht viel Erfahrung im Kampf gesammelt hatte. Doch Nurach vertraute ihm so sehr, dass er Mirach ihr wichtigstes Gepäck überließ. Allerdings wies er den jungen Elfen an, sich im Kampf zurückzuhalten, um die Trinkschläuche nicht zu gefährden. Enowir missfiel das alles. Es lag vor allem an seiner Gewohnheit, sich lediglich auf sich und Nemira zu verlassen. In einer solch großen Gruppe unterwegs zu sein, war nicht nur neu für ihn, es barg auch viele Risiken. Dass jeder zweite Krieger eine Fackel trug, war wohl ihr kleinstes Problem. Enowir wusste außerdem nicht, wie sich die einzelnen Elfen in einer Krisensituation verhalten würden und das bereitete ihm große Sorge.

»Wie lebt ihr eigentlich in eurem Klan?«, plauderte Nemira, die es offenbar genoss, mit anderen Elfen, die sie nicht verurteilten, unterwegs zu sein.

»Gut, würde ich sagen«, erwiderte Nurach knapp, der sich, wie die meisten Krieger, mehr auf das Kämpfen verstand, als darauf, Reden zu führen. Ihm war vermutlich nicht daran gelegen in einem beengenden Tunnel ein Schwätzchen zu halten.

»Was sie wissen will, ist, ob ihr in Partnerschaften lebt und wie ihr euch um eure Kinder kümmert«, erklärte Enowir die Frage seiner Gefährtin.

Nurach wirkte derart irritiert, als hätte ihm jemand im Zweikampf mit einer gewieften Finte das Schwert abgenommen. Zumindest erweckte sein Gesicht im flackernden Fackelschein den Eindruck eines verdutzten Mannes, der nicht wusste, was er tun oder sagen sollte.

»Wie sollen wir uns schon um unsere Kinder kümmern? Sie wachsen bei ihren Eltern auf und wenn sie alt genug sind, bilden wir sie ihren Fähigkeiten entsprechend aus.«

»Im Grunde wie bei uns«, log Nemira schlecht wie immer.

Doch der Krieger verstand sich scheinbar nicht so sehr darauf, im Tonfall eines Elfen zu lesen. Diese Elfen lebten so gar nicht wie in Nemiras und Enowirs Klan. Unter Gwenrars Führung wurden Kinder massenhaft gezeugt und der gesamte Klan kümmerte sich um sie, bis sie sich einen Mentor erwählen konnten, der sie in seiner Kunst unterwies. Zumindest galt das für die Männer. Für Frauen gab es nur ein Schicksal: Hilfsarbeiten und ständiges empfangen und gebären.

Schon damals brach Nemira die Regeln, indem sie sich unter den Frauen eine Mentorin gesucht hatte. Wie Enowir nun wusste, hatte diese sich mit der Herstellung von Giften und Tränken befasst und war sehr frei in ihrem Denken gewesen. Doch sie hatte es anscheinend nie so offen gezeigt oder gelebt, wie Nemira es tat.

Der Aufzug stellte für ihre Gruppe ein neuerliches Hindernis dar. Zum einen hatten darauf nur maximal vier Elfen Platz und zum anderen wussten sie nicht, wer oder was sie dort oben erwartete. Vielleicht hielten die Faranier auf der Aussichtsplattform einen Hinterhalt bereit. Es wäre ein leichtes jeden zu töten, der durch die Luke hinaufgefahren kam, ohne diesem Gelegenheit zu geben, sich zur Wehr zu setzen.

»Vier gehen rauf«, befahl Nurach seinen Männern. »Drei sichern den Turm und einer kommt wieder runter, um die nächsten mit nach oben zu nehmen.«

Die Kämpfer nickten, scheinbar kannten sie nur widerspruchsfreien Gehorsam. Nurach wählte die Krieger für diese Aufgabe aus und war bereit, sie nach oben zu schicken, als Nemira einwandte: »Der Aufzugsmechanismus ist versteckt. Ich komme besser mit hoch und zeige ihn euch.«

Enowir wollte widersprechen, doch sie verbot ihm mit einer eindeutigen Geste den Mund. Aber auch Nurach wirkte nicht begeistert.

»Es spart uns Zeit, von der wir eigentlich keine haben«, argumentierte Nemira.

Schließlich gab der Anführer nach und winkte sie zu der Plattform. Einen seiner Krieger abzuziehen, fiel ihm jedoch nicht ein. Vermutlich traute Nurach den beiden genauso wenig über den Weg, wie sie seinen Männern vertrauten.

Zu fünft wurde es auf der Plattform ziemlich eng. Enowir sah mit Unbehagen, wie Nemira inmitten der vier Soldaten nach oben fuhr. Von den Geschehnissen absolut unbeeindruckt betätigte der Steingigant die Kurbel. Dabei schabte und knackte die Mechanik bedrohlich.

Für einen kurzen Augenblick hielt der Titan an, dann setzte er sich in die entgegengesetzte Richtung in Bewegung. Schon stand Nemira wieder vor ihnen. »Da oben sieht alles ruhig aus, wenn man von den Blitzen absieht, die vom Himmel herunterzucken«, machte sie Meldung.

Jetzt fuhren fünf weitere Krieger nach oben, unter ihnen auch Nurach. Nur Mirach, Nemira und Enowir blieben zurück.

Es kam ihnen viel zu lange vor, bis die Plattform endlich wieder unten ankam. Allerdings war sie diesmal leer. Mit einer ungaten Vorahnung bestiegen sie den Aufzug. Es dauerte nicht lange, da öffnete sich über ihnen der Blick in den gestürmten Himmel. Der Regen, der durch die Öffnung drang, durchnässte ihre Kleidung. Enowir zog die Lederjacke fest zusammen, um sich zumindest etwas vor dem Wasser und der damit verbundenen Kälte zu schützen.

Der Turm war derart hoch, dass es den Anschein erweckte, sie seien mitten in den Sturm hinaufgefahren. Erbarmungslos zog der Wind an ihrer Kleidung und der Donner grollte empört über den unerwünschten Besuch. Mit Ausnahme eines Kriegers war die Aussichtsplattform leer. Er lag mit verdrehten Gliedern am Boden und gab kein Lebenszeichen von sich. Mirach erschrak so sehr, dass Nemira ihn beruhigen musste. Enowir erkannte sofort, dass der Tote nicht Ziel eines Angriffes geworden war, sondern ein Blitz in seine Waffe eingeschlagen hatte. Mit Schrecken dachte er daran, wie viel Eisen seine Begleiter und er selbst am Körper trugen.

»Wir müssen schnell hier runter«, trieb er Nemira und Mirach an. Er hielt sich nicht mit Erklärungen auf, außerdem wollte er den jungen Elf nicht noch mehr in Panik versetzen.

Der glatte Stein war durch das über ihn fließende Wasser rutschig geworden, sodass sie die Treppen langsamer hinuntersteigen mussten, als es Enowir lieb war. Zumindest konnten sie innerhalb des Turmes nicht mehr von einem Blitz getroffen werden.

Als sie die Treppe zur Hälfte hinabgestiegen waren, hörten sie das Klirren von Waffen und Kampfgeschrei.

»Also doch!« Enowir zog alarmiert sein Schwert und sprang die letzten Stufen hinunter. Die Faranier hatten den Turm tatsächlich bewachen lassen. Es wäre auch leichtsinnig gewesen, es nicht zu tun.

Schnell erfasste Enowir die Situation. Seine Verbündeten waren von Faraniern umringt, die direkt vor dem Tor des Turmes auf sie gewartet hatten. Zwei von Nurachs Kriegern lagen tot neben dem Eingang, mehrere Pfeile steckten in ihren Leibern. Der Rest der Truppe wehrte sich tapfer gegen die Übermacht.

»Nemira, da am Wald!«, rief Enowir als er im Licht eines Blitzes einen Faranier erkannte, der durch den Wald davonrannte, um Alarm zu schlagen. Nemira hatte ihn schon gesehen und sendete ihm einen Pfeil hinterher, der ihn niederwarf.

»Pass auf den Welpen auf«, gebot Enowir seiner Gefährtin, die mit angelegtem Bogen im Eingang des Turmes stehen blieb und nach freiem Schussfeld suchte. Enowir hob hingegen sein Schwert und zog den Dolch, um den Soldaten zu Hilfe zu kommen. Es gelang ihm, drei Faranier zu töten, bevor sie ihn bemerkten.

Die fast schwarz erscheinenden Elfen kämpften nur mit angespitzten Kampfstäben, womit sie allerdings ausgezeichnet umzugehen wussten. Mit ihren Waffen hielten sie die Soldaten auf Abstand und warfen sie nieder, ohne sich selbst eine Blöße zu geben. Es gelang Enowir, mehr schlecht als recht, den Hieben und Stößen der Kampfstäbe auszuweichen. Der schlammige Boden und das Regenwasser, welches ihm ständig in die Augen lief, machten es nicht leichter. Ohne Nemira, die einen tödlichen Schuss nach dem anderen abgab, wären sie alle verloren gewesen.

Mit Dolch und Schwert parierte Enowir die Hiebe seiner Widersacher. Er hütete sich aber davor, selbst zu fest zuzuschlagen, damit sich seine Klinge nicht im weichen Holz der Stabwaffen festsetzte. Erst als ein weiterer von Nurachs Kriegern tödlich getroffen wurde, beschloss Enowir, seine Taktik zu ändern. Er ließ sein Schwert fallen, griff nach dem Stab seines Gegners, zog ihn zu sich heran und rammte ihm den Dolch durch den Hals. Für einen Moment erschrak er, als er in die flackernden Augen einer jungen Elfe blickte, deren Weiblichkeit noch kaum zu erkennen war. Blitz und Donner verliehen seiner Gräueltat die passende Atmosphäre. Enowir entriss der Sterbenden den Stab und drang mit der stumpfen Waffe auf die Faranier ein, was deutlich erfolgreicher war. Schon lange hatte er nicht mehr mit einem Stab gekämpft, doch die Erinnerung kehrte schnell wieder. Es gelang ihm, drei weitere Feinde auszuschalten. Dieses Mal war er jedoch darauf bedacht, ihr Leben zu verschonen.

Es dauerte nicht lange, da hatten Enowir und seine Begleiter den Kampf für sich entschieden. Allerdings nicht, ohne herbe Verluste hinzunehmen. Außer Nurach und Mirach hatten nur zwei Krieger überlebt.

»Ich glaube, es ist keiner entkommen. Zumindest nicht, seit wir aus dem Turm getreten sind«, verkündete Nemira, die über die Gefallenen hinwegstieg, um ihre wertvollen Pfeile einzusammeln.

»Was soll das?«, begehrte Enowir auf, als er sah, wie Nurach einem der bewusstlosen Elfen sein Schwert ins Herz stieß.

»Wir können uns nicht erlauben sie am Leben zu lassen. Wenn sie wieder zu sich kommen werden sie Alarm schlagen«, erklärte sich der Krieger und schüttelte über Enowirs Empörung den Kopf.

»Da sind Jünglinge und Frauen dabei!«, argumentierte Enowir dagegen. Tatsächlich hielten die Krieger inne. »Es gibt noch andere Wege, um sie unschädlich zu machen.«

»Für Gnade und andere Kindereien haben wir keine Zeit«, widersprach Nurach.

»Wenn es für Gnade keine Zeit gibt, dann haben wir schon verloren«, beharrte Enowir. Er beugte sich zu einem der Gegner hinab, den er durch einen Schlag gegen den Kopf ausgeschaltet hatte. Er schnitt ihm ein langes Lederband vom Handgelenk, bog ihm die Hände auf den Rücken und schnürte die Arme des Kriegers fest zusammen. Dabei erkannte Enowir, dass der Faranier bereits wach war und sich nur bewusstlos gestellt hatte. Als ihm klar wurde, dass seine Tarnung aufgeflogen war, öffnete er die Augen und sah Enowir lange an, ohne ein Wort zu sprechen. Enowir führte ihn zum Turm und band seine Beine zusammen.

»Keine Sorge, dir geschieht nichts«, versuchte er den Gefangenen zu beruhigen. Auch wenn er nicht wusste, ob ihn dieser verstand. Nemira schien mit seinem Vorgehen nicht einverstanden zu sein, dennoch half sie ihm. Als sie bemerkte, dass es sich bei den Kriegern wirklich um Jünglinge handelte, weichte auch ihr Herz auf.

Nurach und seinen Kriegern hingegen fiel nichts Besseres ein, als die beiden als Schwächlinge zu beschimpfen. Enowir ließ es über sich ergehen, diese Schmähung konnte er ertragen. Was er allerdings nicht aushielt, war der sinnlose Tod seiner Artgenossen, auch wenn ihre Haut dunkler und ihre Sprache eine andere war. Ungläubig beobachtete der junge Elf, den Enowir als erstes vor dem Tod bewahrt hatte, ihr Treiben.

Natürlich dauerte es länger, als sie einfach zu töten. Doch sie hätten ohnehin warten müssen, bis die Nacht sie endgültig in schützende Dunkelheit gehüllt hatte. Der Himmel verbarg die sterbende Sonne hinter schwarzen Wolken, die sich unaufhörlich über ihnen ausgossen.

***

Nemira voran, schlugen sie sich durch den Wald. Sie verfügte über einen hervorragenden Orientierungssinn, dem Enowir in jeder Lage vertraute. Er bemerkte, dass sie weite Umwege einschlug, um sie sicher ans Ziel zu bringen. Die Gefahr bestand durchaus, dass einer der Elfen entkommen war und Alarm geschlagen hatte, oder dass ihnen die Wachablösung entgegenkam.

Noch hatte die Nacht nicht ihren schwärzesten Punkt erreicht, als sie vor der Lichtung eintrafen, auf welcher der Taurus angebunden war.

Mirach, Nurach und den beiden anderen Krieger verschlug es beim Anblick der gewaltigen Bestie die Sprache. Im Schein der wenigen Feuer, die auf der

Lichtung unter Zeltdächern brannten, konnte man die Gestalt des Monsters in der verregneten Nacht nur erahnen. Doch das genügte. Der Taurus saß wie beim letzten Mal angeleint da und war unentwegt dabei riesige Fleischmengen zu vertilgen. Er besaß einen unstillbaren Hunger. Einige der Elfen waren nur damit beschäftigt Futter für das Monstrum heranzuschaffen und es vor ihm auf einen Haufen zu schmeißen. Enowir erkannte nicht, was er da fraß, aber es schien so, als sei es dem Taurus absolut egal. Oft machte er sich nicht einmal die Mühe von den dargebrachten Fleischbrocken abzubeißen, sondern vertilgte diese in einem Bissen.

»Da habt ihr ihn«, Nemira rief beinahe, um sich über den prasselnden Regen hinweg verständlich zu machen, weshalb sie von allen Seiten angezischt wurde. »Ja, ja«, flüsterte sie ungeduldig. »Wir machen es so: Ich schleiche mich zu dem Fleischhaufen dort und stopfe die Trinkschläuche in einen der kleineren Tierkadaver. Er wird nicht einmal merken, dass er vergiftet wurde, bevor es zu spät ist.«

Das war riskant, aber vermutlich die einzige Möglichkeit, das Wasser unbemerkt in den Magen des Taurus zu bekommen. Sie nahm bereits Mirach die Schläuche ab, als sie von Nurach zurückgehalten wurde.

»Es reicht, wir können das auch allein. Wir müssen nicht von euch gerettet werden«, er klang fast feindselig. Dies war also der Grund, für sein abschätziges Verhalten ihnen gegenüber. Sein Stolz war verletzt.

»Mirach wird das erledigen, er kann sich gut anschleichen. Der Regen wird ihn zusätzlich verbergen und ...«, vermutlich wollte er so etwas sagen wie: »Und seine Geräusche übertönen«, doch das behielt er für sich. Der junge Elf sah seinen Befehlshaber verunsichert an. Er hatte bestimmt noch nie solch ein Monstrum gesehen und jetzt sollte er sich sogar an dieses heranschleichen, mitten durch ein Lager feindlicher Elfen.

»Mir gefällt das nicht«, brachte Nemira die Bedenken des jungen Kriegers zum Ausdruck.

»Ist mir egal«, versetzte Nurach. »Es ist unser Klan und damit unsere Aufgabe ihn zu beschützen. Du schaffst das mein Junge.« Er klopfte Mirach aufbauend auf die Schulter.

Nemira trat an ihn heran und flüsterte ihm etwas ins Ohr. Nur Enowir stand nahe genug, um zu verstehen, was sie sagte: »Halt dich immer im Schatten der Zelte, der direkte Weg ist zu gefährlich.«

»Es reicht jetzt«, wurde sie von Nurach unterbrochen. »Los, mein Junge«, befahl er.

Schon als Mirach in die Hocke ging und sich dabei in seinem Schwertgurt verhakte, wusste Enowir, dass sie einen fatalen Fehler begingen. Für ihn stellte sich nicht die Frage, ob Mirach scheitern würde, sondern nur auf welche Weise.

Zunächst kam der junge Elf überraschend gut voran. Er hielt sich, wie Nemira es ihm geraten hatte, immer auf der dunklen Seite der Zelte. Für einige Momente entschwand er sogar ganz aus ihrem Sichtfeld, weil er vollkommen mit dem Schatten verschmolz.

Das Wetter verschaffte ihm einen zusätzlichen Vorteil. Die meisten Faranier hielten sich in den Zelten auf, vielleicht war auch diesen hartgesottenen Elfen der eiskalte Regen zuwider.

Ungesehen gelangte Mirach zu dem Taurus, der von ihm so wenig Notiz nahm, wie von den Elfen, die ihm seine Nahrung heranschafften. Mirachs hektische Bewegungen, als er versuchte, einen Trinkschlauch in einen der Kadaver zu stopfen, waren allerdings weithin sichtbar, weil er nicht mehr darauf achtete sich in den Schatten zu ducken. Noch dazu lag der Fleischberg inmitten des Lagers.

Nemira wäre vermutlich am liebsten losgestürmt, um den jungen Elfen zu warnen. Auch wenn sie schwer an sich halten musste, so gelang es ihr, diesen Impuls zu unterdrücken. Nur zu deutlich spürte Enowir ihren inneren Konflikt. Er durchlebte Ähnliches. Warnten sie Mirach, gefährdeten sie ihren Auftrag und damit die Existenz beider Klane. Taten sie nichts, würde der junge Elf entdeckt werden, und nur Conara wusste, was dann mit ihm geschah.

Da sah er sie, etliche Schatten die sich mit Speeren bewaffnet auf Mirach zu bewegten und ihn letztlich umzingelten. Über den prasselnden Regen hinweg konnte Enowir nicht hören, was gesprochen wurde, vermutlich sollte Mirach aufstehen und sich zu erkennen geben. Er war von den Faraniern eingekreist, die dabei einen erheblichen Abstand zu dem fressenden Taurus einhielten. Blitze zuckten über die Lichtung und Donner grollte. So wurden ihre kleine Gruppe Zeuge davon, wie Mirach einen folgenschweren Fehler beging. Anstatt sich der Gruppe zu ergeben, zog er sein Schwert. Der junge Elf kam nicht mehr dazu, es gegen einen Feind zu führen. Mit nur einem einzigen Stich stieß ihm ein Faranier seinen Speer durch den Schädel. So tief, dass er zur Rückseite herausbrach. In diesem Moment ließ ein Blitz die Lichtung aufleuchten. Enowir und seine Begleiter mussten fassungslos mit ansehen, wie Mirach auf der Stelle tot zusammenbrach. Sein Schwert fiel ihm aus der erschlaffenden Hand und versank im schlammigen Boden.

Ein anderer Faranier hatte mittlerweile einen der Beutel gefunden, den Mirach nicht gut genug versteckt hatte und leerte ihn aus.

»Das werden sie bereuen!«, knurrte Nurach und riss sein Schwert hervor. Vom Zorn geblendet taten es ihm die beiden Krieger gleich. Noch bevor Enowir sie aufhalten konnte, stürmten sie lauthals brüllend auf die Lichtung.

»Verdammte Soldaten«, schimpfte Enowir. Zu jedem Kämpfer gehörte ein gewisses Maß an Besonnenheit, welches Nurach und seine Männer zur Gänze vermissen ließen. Er und Nemira dagegen ... Suchend blickte sich Enowir um, doch seine Gefährtin war verschwunden.

»Nemira, nein ...«, keuchte Enowir, als er einen Schatten mit grün leuchtenden Augen erkannte, der den überstürzten Angriff als Ablenkung nutzte, um sich unbemerkt ins Lager zu schleichen.

»Was bei allen Göttern, die uns verfluchen, tust du da?«, verlangte Enowir zu wissen. Zügig hatte er zu ihr aufgeschlossen.

»Ich bringe unseren Auftrag zu Ende«, erklärte sie und wechselte über eine freie Fläche in den Schatten eines anderen Zeltes. Der Kampflärm übertönte jedes ihrer Geräusche.

»Wie willst du das machen?«, fragte Enowir, als er ihr nachsetzte.

Zur Antwort hielt sie ihm einen Trinkschlauch unter die Nase.

»Du hast ...«, Enowir spurtete ihr geduckt hinterher.

»...ihn Mirach abgenommen. Der Arme hatte nichts gemerkt«, vollendete sie seinen Satz.

Unbemerkt hatten sich die beiden im Halbkreis um den Taurus bewegt. Der aussichtslose Kampf von

Nurach und seinen Kriegern fand direkt vor dem Monster statt, was es hoffentlich zusätzlich ablenkte.

»Ich dachte mir, ihm würde einer genügen«, flüsterte Nemira, die sich dem Taurus vorsichtig von hinten annäherte.

Plötzlich brüllte das Monster auf und erhob sich. Irgendetwas schien ihm zu missfallen, vielleicht war ihm das Futter ausgegangen. Wütend riss der Taurus an seinen Fesseln. Die Bäume, an denen er festgebunden war, ächzten markerschütternd unter seiner Kraft.

»Galwar!«, fluchte Nemira laut.

Sogleich stoben die Faranier auseinander, um nicht in seine Reichweite zu kommen.

»Ich muss da rauf!«, Nemira deutete auf den Nacken des Ungeheuers.

»Du bist verrückt!«, rief Enowir über das Grollen der Bestie hinweg. Der Boden erzitterte unter den donnernden Hufen des Taurus derart, dass Enowir beinahe seinen festen Stand verlor.

»Es ist unsere einzige Möglichkeit und jetzt hilf mir!« Nemira hielt in jeder Hand einen Pfeil und nahm Anlauf. Enowir verstand und spurtete auf den Rücken des Taurus zu. Er bremste jedoch fünf Schritte hinter ihm ab und verschränkte seine Hände. Genau in diesem Moment kam Nemira bei ihm an. Sie stieg in den improvisierten Tritt. Mit dem Schwung, den sie mitgebracht hatte, Enowirs Kraft und ihrem Geschick, sprang sie auf den Rücken des Taurus zu. Sie kam nicht so hoch, wie sie beabsichtigt hatte, es gelang ihr aber, beide Pfeilspitzen in die dicke Haut des Monsters zu schlagen und sich so an der Bestie zu halten. In dem Moment riss der Taurus seine linke Pranke los, wobei die zerrissenen Fesseln über den Boden hinweg peitschten. Angespornt von seinem Erfolg, begann er mit beiden Händen an den verbliebenen Stricken zu reißen, die ihn noch gefangen hielten.

Auf seinem Rücken wurde Nemira hin und her geschleudert. Der Pfeil in ihrer Linken brach aus der Haut. Nur wegen ihrer überelfischen Stärke gelang es ihr, sich auf dem Rücken des tobenden Ungeheuers zu behaupten. Sie rammte den linken Pfeil weiter oben in die Haut des Taurus, knapp neben seinem Rückgrat.

Wie gebannt sah ihr Enowir zu, als sie sich auf dem Rücken des Ungeheuers langsam nach oben arbeitete. Sich seiner eigenen Gefahr bewusst werdend, wandte sich Enowir von seiner Gefährtin ab und vermied es, nach seinem Schwert zu greifen. Stattdessen nahm er einem der Faranier den Kampfstab ab, der ihn in dem Tumult wohl für einen der ihren gehalten hatte und schlug ihn damit zu Boden. Natürlich wusste Enowir genau, dass er sich im Kampf gegen die Faranier nicht lange behaupten konnte, doch er würde Nemira nicht zurücklassen. Wenn es ihr gelang den Taurus, der sich mittlerweile ganz losgerissen hatte, tatsächlich zu vergiften, dann wollte er ihnen wenigstens eine kleine Chance zur Flucht einräumen. Was aber nur gelingen konnte, wenn er nicht unnötig auf sich aufmerksam machte. Im Moment waren die Faranier mehr mit dem frei gewordenen Taurus beschäftigt, als sich um irgendwelche Eindringlinge zu kümmern. Selbst die Faranier schienen vor der Gewalt des Monstrums Angst zu haben. Sie erweckten den Anschein von Ratlosigkeit, ganz im Gegensatz zu ihrem Umgang mit dem Steingiganten, den sie auf verblüffende Weise schnell und leicht vernichtet hatten. Jetzt allerdings rannten die Faranier wie aufgescheuchte Hühner durcheinander. Zumindest glaubte Enowir das, bis er in ihren Bahnen ein Muster erkannte. Ein Muster, das der Taurus nicht nachvollziehen konnte und ihn geistig zu überfordern schien. Er schlug zwar unmotiviert nach den rennenden Elfen, doch er war mehr damit beschäftigt, die komplizierten Bahnen nachzuverfolgen. Dabei ließ er ein ratloses Grunzen vernehmen. Der Taurus wusste nicht, auf welchen der Elfen er seinen Zorn richten sollte.

Vor dem Hintergrund des Unwetters erschien eine Gestalt auf der Schulter des Taurus, die einen blitzenden Dolch zum Stoß erhob. Der Taurus brüllte, als die Klinge in seinen Hals stieß. Er fuhr herum und versuchte Nemira abzuwerfen. Verzweifelt schlug er nach ihr. Nemira wich den Pranken aus, indem sie über seine breiten Schultern hin und her hechtete. Dabei griff sie immer wieder nach dem Dolch, der dem Taurus im Hals steckte und schwang sich daran herum. Auf diese Weise vergrößerte sich die Wunde, bis grünes Blut in Bächen aus dem Hals des Monsters pumpte.

Nicht nur Enowir starrte wie gebannt auf das Schauspiel, auch die Faranier hatten Nemira bemerkt und hielten in ihrem Lauf inne, um sie zu beobachten.

Nur zu deutlich sah Enowir, wie sie sich an dem Loch im Hals des Taurus zu schaffen machte, wobei ihr zähflüssiges Monsterblut entgegen spritzte und von ihrem Körper herunter troff.

Mit einem Streich wischte der Taurus Nemira von seiner Schulter. Sie schleuderte in hohem Bogen über das Lager, prallte in ein Zelt und riss die Plane aus Tierhaut mit sich zu Boden.

Vor Entsetzen ließ Enowir alle Vorsicht fahren und rannte zwischen den Faraniern hindurch zu Nemira.

»Bist du verletzt?«, rief er ihr schon von weitem zu. Doch Nemira antwortete nicht; sie lag in den Zelttrümmern, im strömenden Regen und atmete schwach. Ihre linke Gesichtshälfte war von dem Blut des Monsters verätzt, genauso wie ihre Arme und Hände. Hätte der Regen das verseuchte Blut nicht sogleich abgewaschen, wäre es vermutlich durch die Reste ihres ledernen Brustpanzers gedrungen. Dieser stellte jetzt nur noch ein Fragment dessen dar, was er einst gewesen war. Auch die freiliegende Haut darunter wies Spuren von Verätzungen auf.

Enowir wollte sie hochheben und in Sicherheit bringen, doch er kam nicht mehr dazu. Vier Speere richteten sich auf seine Kehle. Die angeschliffenen Knochenspitzen nahmen ihm jegliche Bewegungsfreiheit. Die Waffen geboten ihm, sich langsam zu erheben und umzudrehen. Wie ein drohender Schatten stand der Taurus hinter den dunklen Elfen und rührte sich nicht. Einer der Faranier, der nicht nur einen eigenartigen Kopfschmuck trug, sondern auch ein langes Tuch, das er sich um die Schultern gelegt hatte, hielt einen langen Stab auf das Monster gerichtet. In der Spitze funkelte ein Edelstein, der aus sich selbst heraus zu leuchten schien. Es ähnelte dem Glimmen, das den Augen der Steingiganten innewohnte.

Nurach und seine Männer waren ebenfalls gefangen genommen worden. An den Händen gefesselt wurden sie neben Enowir bugsiert. Soweit er es in der Dunkelheit erkennen konnte, waren sie nur leicht verletzt.

Etliche Vorwürfe an Nurach lagen Enowir auf der Zunge. Anstatt sie auszusprechen, ließ er lediglich seinen Kampfstab fallen, den er, wie er soeben bemerkte, noch in Händen hielt.

»Bei uns gibt es eine Redensart«, sprach einer der Faranier.

Erstaunlicherweise verstand Enowir jedes Wort. Auch wenn seine Betonung so klang, als besäße er kaum Übung darin, diese Sprache zu sprechen.

»Wer eine Waffe führt, der muss damit rechnen durch sie zu sterben.«

»Nein!«, schrie Enowir verzweifelt. Ohne etwas dagegen unternehmen zu können, musste er mit ansehen, wie Nurach und seine beiden Soldaten mit ihren eigenen Waffen erstochen wurden.

Der hochgewachsene Elf sah Enowir lange aus dunklen Augen an. Seine Oberlippe war von etlichen kleinen Wolfszähnen durchstoßen. In den Ohrläppchen hingen Knochen. Das Linke wurde derart vom Wirbel eines kleinen Tieres gespreizt, dass es zu abnormer Größe angewachsen war. Seine schwarzen Haare waren aufwändig nach hinten geflochten. Er überragte Enowir, der selbst nicht gerade klein war, fast um einen Kopf. Sein Körper schien nur aus drahtigen Muskeln zu bestehen. Am Leib trug er nichts weiter als einen Lendenschurz. Drohend hielt er Enowir einen Dolch aus geschliffenen Knochen an die Kehle.

»Seit kurzer Zeit gibt es eine neue Redensart bei uns«, verkündete der Faranier. »Wenn es für Gnade keinen Raum gibt, dann haben wir den Krieg ohnehin schon verloren.«

Die Worte kamen Enowir überraschend vertraut vor.

»Zugegeben, wir müssen noch an der exakten Formulierung arbeiten, aber die Aussage ist weise«, er nahm den Dolch herunter. »Mein Sohn berichtete mir, ihr habt sein Leben verschont, obwohl euch diese ...«, er blickte auf die Leichen der erstochenen Krieger, »dafür verspotteten. Deshalb werde ich euch die gleiche Gnade zugestehen.« Seine Lippen umspielte der Hauch eines

Lächelns. »Aber ihr werdet verstehen, dass wir uns in einem Krieg befinden und ich euch deshalb nicht gehen lassen kann.«

Der Taurus gurgelte, grollte, griff sich an den Hals und stürzte der länge nach wie ein gefällter Baum zu Boden. Die Faranier sahen allesamt überrascht und entsetzt zugleich aus. Der einzige, der die Fassung behielt, war der Elf, der mit Enowir gesprochen hatte. Aufgeregte Rufe wurden laut. Der Faranieranführer antwortete in derselben eigentümlichen Sprache. Dann sagte er an Enowir gewandt: »Wirklich beeindruckend.« Er schien fast ein wenig zu lächeln, auch wenn man sich dessen in dieser verregneten Nacht nicht sicher sein konnte. »Das verändert alles«, stellte er ungerührt fest.

X.

*»Hoffnung ist nicht mehr, als verzweifelter Mut und dennoch
ist auch Hoffnung Teil meines Geschenkes an die
Hochgeborenen«, sprach Galarus. »Denn ohne diese Gabe,
würden sie bereits beim Anblick der untergehenden Sonne vor
Verzweiflung sterben.«*

Aus dem Schöpfungsmythos der Hochgeborenen

Wie angewiesen wechselte Enowir häufig die Wundauflagen, warf die alten weg, tauchte neue in die Tinktur und legte sie Nemira auf die verätzte Haut. Sie schlief und kam nicht einmal zu sich, wenn Enowir die Verbände an der Unterseite ihrer Arme wechselte. Die Wunden nässten stark und Norfra, einer der Schamanen der Faranier, hatte ihm aufgetragen, die Wunden sorgsam zu reinigen. Nemiras Körper wehrte sich gegen das Gift, das durch ihre Haut gedrungen war. Ihre Stirn glühte vom Fieber und sie schwitzte stark. Wenn aber jemand das Bad im Blut der Bestie überleben konnte, dann war es Nemira.

Der Regen trommelte unentwegt auf das Zeltdach. Seit zwei Tagen waren sie nun Gefangene der Faranier. Enowir, der nicht den Wunsch verspürte nach draußen zu gehen oder zu schlafen, hatte nicht bemerkt, wie die Zeit verstrichen war. Sie erhielten reichlich zu essen und zu trinken. Frangul, der Faranier, der die beiden gefangen genommen hatte, stellte sich als einer der oberen Strategen heraus. Er kam sie zweimal am Tag besuchen, um nach Nemira zu sehen und mit Enowir zu sprechen. Seine Auffassungsgabe war enorm. Er hatte seinen merkwürdigen Akzent mittlerweile fast abgelegt.

Nun schien es so als habe er sein ganzes Leben keine andere Sprache gesprochen. Einmal war sein Sohn bei ihm, um sich dafür zu bedanken, dass Enowir ihn verschont hatte. Seine Worte klangen wie auswendig gelernt und doch sagte es viel über die Faranier aus. Auch wenn dieser Klan auf den ersten Anschein recht primitiv wirkte, kam sich Enowir, neben der Höflichkeit und Großzügigkeit der Faranier, wie der eigentliche Wilde vor. Er hatte genug Vertrauen gefasst, um Frangul bei seinem nächsten Besuch davon zu berichten, dass sie alle Opfer einer Intrige geworden waren, selbst wenn er noch nicht wusste, wie er das genau ausdrücken sollte.

»Du siehst besorgt aus.« Nemiras Stimme war schwach und sie klang so, als habe sie hunderte trockene Holzspäne verschluckt. Enowir musste sich zurückhalten, um sie nicht fest an sich zu drücken. Er wollte ihr nicht wehtun. Doch sein Herz quoll über vor Freude darüber, dass seine Gefährtin endlich erwacht war. Er atmete erleichtert auf und reichte ihr eine Trinkschale, die sie kaum halten konnte. Behutsam half Enowir ihr dabei, einen Schluck zu nehmen.

»Ich bin auch besorgt«, gestand er ihr. »Ich bin nicht sicher, was wir jetzt tun sollen.«

»Haben wir denn gewonnen?« Nemira hörte sich schon besser an. Immer noch schwach, aber es war nur eine Frage der Zeit, bis sie wieder zu Kräften kommen würde. Enowir war sich da absolut sicher.

»Wenn du damit meinst, dass es uns gelungen ist, den Frieden zwischen diesen beiden Lagern zu sichern, dann haben wir noch keine großen Fortschritte gemacht«, gestand er ihr. »Aber so lange es regnet und der Festungshügel eine einzige Schlammlawine ist, wollen die Faranier nicht angreifen. Außerdem fehlt ihnen der Taurus, um das Festungstor aufzusprengen.«

»Dann hab ich ihn also erwischt«, sie lächelte. Das brüchige Narbengewebe um ihren linken Mundwinkel riss etwas ein. Enowir sah ihr an, dass sie Schmerzen hatte.

»Ja, das hast du«, antwortete er anerkennend. Nemira wollte nach seiner Wange greifen, erschrak aber, als sie ihre eigenen Finger erblickte. Die Haut war fast gänzlich weggeätzt und das blanke rote Fleisch lag frei. Als sie sich an die verätzte Seite ihres Gesichts fasste, wurde sie noch unruhiger.

»Enowir ich spüre nichts«, ihre Augen waren geweitet, das linke war grau und trüb. »Und ich kann nicht mehr richtig sehen!«

»Alles kommt wieder in Ordnung«, versuchte er, sie zu beruhigen. »Spürst du das?«, er legte ihr die Hand auf eine Stelle ihres Bauches, die nicht verätzt war. Dabei beruhigte sie sich etwas. »Spürst du das?«, er strich ihr die Haare aus der rechten Gesichtshälfte. »Und das?«, er küsste sie lange, wobei ihm etwas Wundsekret über den Mund lief, aber es war ihm egal.

»Ich hoffe, ich komme nicht ungelegen«, entschuldigte sich Frangul, der soeben das Zelt in Begleitung von Norfra, dem Schamanen, betrat.

»Nemira geht es schon besser«, begeisterte sich Enowir.

»Das ist schön zu sehen«, lächelte Frangul und setzte sich an die Feuerstelle. Norfra zog es vor, stehen zu bleiben, wie immer bei seinen Besuchen. Seine Miene blieb regungslos, doch dabei erschienen seine Gesichtszüge nicht unfreundlich. Sie zeigten gar keinen Ausdruck. Norfra schien völlig abgeklärt zu sein, als habe er einen Blick hinter die Wirklichkeit getan. Er wirkte so, als hätte das Leben für ihn allen Schrecken verloren. Seine Gestalt glich der Franguls, doch war er etwas kleiner. Er trug wie immer einen Umhang. In seine Haare waren Knochen und Federn eingeflochten und auf seinem Haupt trug er ein kompliziertes Gebilde, welches ebenfalls aus Knochen bestand und anmutete wie eine Krone. Norfra sprach nicht viel, doch was er sagte, hatte Gewicht. Enowir erinnerte sich gut daran, dass es dieser Schamane gewesen war, der den Taurus besänftigt hatte.

»Es gibt Dinge, über die wir reden müssen«, eröffnete Frangul den Grund seines Besuchs. »Ich habe mit unserem Oberen gesprochen.«

Enowir war überrascht, denn Frangul hatte zuvor gesagt, dass dieser daheim geblieben war, um seine Amtsgeschäfte nicht zu vernachlässigen.

»Er hat mir aufgetragen, diese Schlacht dennoch zu schlagen, auch ohne den Taurus«, erklärte er sachlich. »Ich habe zugesichert, den Sieg nach Hause zu bringen. Also werden wir die Festung erstürmen, wenn der Regen nachgelassen hat.«

»Aber auf beiden Seiten werden hunderte Elfen sterben.« Enowir spürte mehr Enttäuschung als Wut über diese Entscheidung. Einen echten Vorwurf konnte er Frangul nicht machen. Er tat lediglich, was man ihm befahl. Auch wenn das für Enowir kein Grund war. Er selbst würde schlicht den Befehl verweigern, aber das war seine Art. Die meisten Elfen taten hingegen, was man ihnen auftrug. »Dir ist doch klar, dass es kein richtiger Sieg ist, wenn es so viele Tote auf beiden Seiten gibt?«, sagte Enowir bedrückt.

Frangul schlug die dunklen Augen nieder.

»Gut gesprochen«, kommentierte Norfra und nickte Enowir zu. So viel positive Zuwendung hatte er von dem Schamanen noch nie erhalten. Fast wäre Enowir errötet. »Ich rate dir, genau hinzuhören«, wies der Schamane den Kriegsstrategen an.

»Sag doch bitte einfach, was du meinst, Norfra!« Frangul klang etwas verärgert. Er schien unter großer Anspannung zu stehen.

»Du sollst den Sieg bringen«, antwortete der Schamane in seiner ruhigen und rätselhaften Art, als würde sein Geist aus einer ganz anderen Welt in ihre dringen. »Bedenke die vielen Verluste, die du beim Erstürmen der Festung machst. Denke an die vielen Elfen, die auf beiden Seiten in der Schlacht sterben müssen. Kann man das wirklich einen Sieg nennen?«

Frangul lauschte aufmerksam, den Kopf halb zu dem Elfen hinter sich gedreht.

»Wenn du aber mit mehr zurückkommst, als du gegangen bist.«

»Ich nehme keine Sklaven mit«, protestierte Frangul.

Erleichterung machte sich in Enowir breit.

»Nein, er meint Freunde«, sprach Nemira mit schwacher Stimme. Sie war auf das Lager gesunken und erweckte den Anschein, als ob sie schlafen würde. Offenbar hatte sie aber sehr aufmerksam gelauscht. »Er meint, ihr solltet Frieden schließen.«

»Dann kämt ihr in der Tat mit mehr zurück, als ihr gekommen seid«, legte Enowir die Worte aus.

»Dagegen hätte ich nichts einzuwenden«, verkündete Frangul. »Doch keiner der Strategen hier glaubt daran, dass die Elfen in der Festung verhandeln wollen, jetzt da der Taurus gefallen ist.«

»Eigentlich war das der Grund, warum wir ihn töten mussten«, gab Enowir zu. »Um euch den Vorteil zu nehmen, damit ihr mit uns um den Frieden verhandeln müsst.«

»Erstaunlich.« Frangul sah ihn forschend an. »Euer Oberer hat auf uns nicht den Eindruck gemacht, als sei er besonders friedfertig, als er unsere Kundschafter umbringen ließ.« In seinem Tonfall lag keine Wut. Er sprach, als würde er eine nüchterne Aussage über das Wetter treffen.

Dann erzählte Enowir ihm alles. Von den falschen Spuren, die sie im Grenzbereich an den toten Elfen festgestellt hatten. Von der Verschwörung, die gegen die verschiedenen Elfenvölker lief. Er gestand sogar, dass sie vermutlich von seinem Klan ausging. Enowir berichtete, wie Salwach das Fieber ergriffen hatte und er von seinem eigenen Klan abgesetzt worden war. Wie er und Nemira mit Darlach den Entschluss gefasst hatten, den Taurus zu töten, damit die Faranier über Frieden verhandeln mussten.

Frangul und Norfra hörten aufmerksam zu. Als Enowir endete, schien der Stratege auf eine seltsame Weise erleichtert.

»Jetzt, nachdem ich das weiß, bleibt mir nichts anderes übrig, als Frieden zu schließen«, erkannte er. »Ich werde gleich alles in die Wege leiten«, verkündete Frangul, als er sich erhob. »Natürlich muss ich zuerst unseren Oberen davon in Kenntnis setzen. Vielleicht erinnere ich ihn daran, dass es besser ist, in dieser Welt Freunde zu finden, als sich neue Feinde zu machen.« Als er schon fast zum Zelteingang hinaus war, drehte er sich noch einmal um. »Ich bin froh, dass wir uns begegnet sind, Nemira und Enowir. Natürlich dürft ihr euch ab sofort nicht mehr als Gefangene, sondern als unsere Gäste und Freunde betrachten.« Mit diesen Worten verschwand er durch die Öffnung in der Zeltplane.

»Wie will er eigentlich mit eurem Oberen sprechen?«, erkundigte sich Enowir bei Norfra, der im Zelt geblieben war.

»Traumreise«, antwortete er knapp. »Kann ich mit dir sprechen?«, fragte Norfra an Enowir gewandt und wies zum Zelteingang. »Nicht hier, sondern draußen.«

Irritiert und zugleich neugierig folgte er dem Schamanen in den strömenden Regen.

Falls sich vor dem Zelt jemals Wächter befunden hatten, so waren sie jetzt verschwunden.

»Was gibt es denn?«, fragte Enowir ungeduldig. Er war zwar neugierig, wollte aber Nemira nicht unnötig lange allein lassen.

»Es geht um deine Bitte an mich. Wir haben den ganzen Lagerplatz abgesucht und nur noch das gefunden.« Er deutete auf zwei zerfetzte Trinkschläuche. Enttäuscht ließ Enowir die Schultern hängen. Seine große Hoffnung bestand darin, dass zumindest ein kleiner Rest von dem heilenden Wasser in einem der Schläuche zurückgeblieben war, mit dem er Nemiras Genesung vorantreiben konnte. Doch die Schläuche waren regelrecht zerfetzt. Wenn es darin auch nur einen einzigen Tropfen des heilenden Wassers gegeben hatte, war er vom Regen fortgespült worden.

»Na gut, dann werden wir uns eben gedulden«, seufzte Enowir.

»Darüber wollte ich eigentlich mit dir sprechen, mein Freund.« Aus Norfras Miene war wie immer nichts zu lesen. »Nemira wird sterben.«

»Was? Nein!«, rief Enowir. War das ein schlechter Scherz?

»Zu viel Gift ist in ihren Körper eingedrungen. Nicht einmal der stärkste Elf überlebt das«, zerschlug Norfra seine Hoffnung.

»Das kann nicht ... das darf nicht ... Es geht ihr doch schon besser.« Enowir spürte eine nie gekannte Verzweiflung, er musste etwas tun, und wusste sogleich, dass es nichts gab, was er tun konnte.

»Ein kurzes Aufflackern der Lebenslichter«, machte Norfra auch diesen Hoffnungsschimmer zunichte. »Ich habe das schon früher gesehen, allerdings dauert der Prozess bei ihr wesentlich länger.«

Enowir blickte hinter sich zum Zelteingang. Sein Körper wurde vor Verzweiflung ganz taub. Der Regen wusch ihm die Tränen fort, die ihm über die Wangen liefen. Scheinbar teilnahmslos sah ihn der Schamane an. Doch auch in dessen Augen glitzerte ein feuchter Schimmer.

»Das ist Nibahe«, staunte Norfra, für seine Verhältnisse ganz offensichtlich.

»Was?« Enowir wusste weder ein noch aus und da wurde er zusätzlich mit Worten konfrontiert, die so gar keinen Sinn ergaben.

»Nibahe ist die stärkste Kraft im ganzen Universum«, erklärte der Schamane, der ihn ohne Scham und ohne Sinn für Anstand anstarrte. »Ich hätte nie gedacht, sie je wieder in der Verbindung zweier Elfen anzutreffen.«

Enowir verstand nicht und er wäre auch nicht dazu in der Lage gewesen. All seine Gedanken drehten sich allein um Nemira. Dennoch sprach Norfra weiter: »Viele Elfen meines Klans glauben, dass sie in Nibahe verbunden sind und trennen sich dann schon nach einem Jahrhundert wieder. Nibahe ist eine Bindung, die sogar noch über den Tod hinaus geht und zwei Seelen auf ewig miteinander vereint.«

»Ich werde sie nicht sterben lassen.« Enowir hatte nicht zugehört und wollte es auch nicht. Den Worten des Schamanen wohnte nichts Tröstendes inne. Er ließ Norfra stehen und betrat das Zelt. Nemira schien zu schlafen. Er setzte sich zu ihr und betrachtete sie wehmütig. Enowir würde alles für sie tun. Falls nötig würde er selbst in den Tod gehen.

»Du weinst.« Nemira hielt die Augen geschlossen, aber sie fühlte seine Tränen, die auf ihre Schulter fielen.

»Das wird schon«, versuchte Enowir, sich selbst zu trösten.

»Enowir«, sie klang geschwächt und doch im Reinen mit sich. »Wir haben es geschafft. Wir haben den Frieden bewahrt.«

»Das haben wir«, seine Stimme war brüchig und heiße Tränen zogen lange Bahnen über sein Gesicht.

»Das ist gut«, lächelte Nemira müde. »Dann kann ich jetzt gehen. Er hat schon angefragt, weißt du.«

Wenn Enowir geglaubt hatte, dass sein Herz nicht noch mehr zu Bruch gehen konnte, so wurde er jetzt eines Besseren belehrt. Es schmerzte auf eine Art und Weise, wie er es noch nie zuvor gespürt hatte, niemals hätte er so eine Pein für möglich gehalten. »Nein Nemira, du wirst wieder gesund.«

»Ach Stumpfohr«, sie streichelte seine rechte Wange, wobei dunkles Wundsekret seine Haut benetzte. »Ich bin nur noch hier, um mich zu verabschieden. Deshalb habe ich Galwar noch etwas vertröstet. Aber der Gott des Todes ist nicht besonders geduldig.«

»Nein, Nemira ich werde dich retten, ich ...«

»Mach es mir bitte nicht so schwer«, sie sah ihn aus ihrem verbliebenen Auge an. Eine einzelne Träne lief über ihre Wange. »Auch wenn ich gehen muss, werde ich dich niemals verlassen.«

Ihre Hand fiel zurück und sie atmete nur noch ganz langsam. Nemira wirkte friedlich, wie sie so da lag.

Scheinbar hatte sie keine Schmerzen. Enowir spürte ihren Lebensfunken ganz deutlich. Schwach, aber er war da.

»Sie wird erst gehen, wenn du sie lässt oder Galwars Drängen zu stark wird.«

Enowir hatte Norfra nicht bemerkt, der hinter ihm im Zelt stand. »Du solltest sie frei geben.«

»Niemals!« Enowir war verzweifelt, sie hatten in den letzten Tagen so oft dem Tod getrotzt. So konnte, so durfte es nicht enden.

»Auch wenn ich deinen Willen bewundere, Enowir«, gestand ihm der Schamane zu, »so wird Nemira höchstens noch fünfzehn Tage leben. Diese Zeit solltest du ihr nicht noch schwerer machen, als sie ohnehin schon ist.«

Aber Enowir hörte nur die Hälfte von dem, was Norfra sprach. »Noch fünfzehn Tage also?«

Der Schamane nickte. »Wenn ich mich nicht irre.«

Enowir hörte ihn gar nicht. »Dann bleibt Zeit genug, sie zu retten.«

***

Auf der Grundlage, die Enowir und Nemira geschaffen hatten, waren der Frieden und die Freundschaft beider Klane schnell besiegelt. In Frangul und Darlach hatten sich zwei Elfen getroffen, die in der Erscheinung nicht unterschiedlicher hätten sein können. In ihrer geistigen Verbindung jedoch wurden sie vermutlich nur von Nemira und Enowir übertroffen. Dass auf der Basis ihrer Verhandlungen die Klane eine lange Freundschaft aufbauen würden, stand außer Frage.

Als hätte es Galarus, der Gott des Lebens, selbst so gewollt, riss der Himmel in dem Moment auf, da sich Darlach und Frangul zum Abschluss ihrer Gespräche die Hände reichten.

In seinem überschwänglichen Dank an Enowir war Darlach kaum zu bändigen. Doch diesem war nicht danach, sich endlose Lobreden über seine Leistung anzuhören. Er suchte immer noch nach einem Weg, Nemira zu retten.

»Ich habe nichts mehr davon.« Darlach war ehrlich bestürzt, als er Enowir mitteilte, dass alle Reserven des heilenden Wassers restlos aufgebraucht waren. Abermals starb etwas in Enowir. Es gab jedoch noch eine weitere Möglichkeit, eine verzweifelte.

»Ich brauche eine Kampfechse, wenn du eine erübrigen kannst.« Enowir wusste, dass er von Darlach fast alles verlangen konnte.

»Kein Problem«, willigte der Gelehrte sofort ein, sichtlich dankbar für die Möglichkeit, sich zumindest etwas bei ihrem Retter erkenntlich zeigen zu können.

»Die schnellste, die ihr habt«, koppelte Enowir eine zusätzliche Bedingung an seinen Wunsch.

»Die sollst du natürlich haben. Darf ich nur, in meiner Rolle als Gelehrter, fragen, was du mit ihr vorhast?«, erkundigte sich Darlach neugierig.

»Ich werde Nemira retten«, teilte er dem Gelehrten festentschlossen mit.

Darlach bedachte ihn mit einem besorgten Blick. »Es ist tragisch, was ihr zugestoßen ist. Wir werden selbstverständlich mit allen erdenklichen Mitteln versuchen ihr zu helfen«, bot er an. »Aber was hast du vor? Wie willst du sie retten?«

»Entschuldigt.« Frangul kam in Begleitung des Schamanen über den Platz geschritten. »Aber Norfra hier ist offenbar der Meinung, dass ich mich von dir verabschieden soll«, er reichte Enowir die Hand. »Er glaubt, du würdest aufbrechen?«

Enowir kam nicht umhin, überrascht zu sein. »Richtig«, bejahte er. »Ich werde alles daran setzen eine heilende Quelle zu finden, um Nemira zu retten.«

»Dein Einsatz ist bewundernswert«, erkannte der Stratege an. »Aber die eine ist verseucht und ...«

»Es gibt noch fünf andere! Ich weiß es. Vor kurzem habe ich eine Karte unserer Vorfahren gesehen, eine lange Geschichte«, fügte er auf die fragenden Gesichter hinzu.

»Krateno ist groß. Wo willst du sie suchen?«, erkundigte sich Darlach, dem man deutlich ansah, was er davon hielt. Er glaubte offenbar, Enowir würde sich in seiner Verzweiflung einem Hirngespinst hingeben.

»Es muss noch eine im Südwesten, in einem Gebirge geben«, berichtete er. »Die Strecke sollte in ein paar Tagen zu schaffen sein.«

»Nun, mein Klan lebt im Südwesten Kratenos und wir haben noch nie etwas von so einer Quelle gehört«, überlegte Frangul. »Allerdings gibt es Orte, die so gefährlich sind, dass wir uns von dort seit jeher ferngehalten haben.«

»Enowir, das ist Wahnsinn, du lässt dich von deinem Schmerz blenden«, versuchte es Darlach mit bestechender Ehrlichkeit. »Stell dir vor, Nemira stirbt hier, ohne dass du bei ihr bist. Oder du kommst bei dem Versuch sie zu retten um.«

Diese Vorstellung ließ Enowirs Herz zusammenkrampfen. »Dann sind wir im Tode eben wieder vereint! Wie war das noch, Nibahe, oder so?«

Norfra nickte. Wie gewohnt, war in seiner Miene nichts zu lesen.

»Versteht doch bitte, ich kann nicht an ihrem Lager sitzen und warten bis sie ...«, Enowir wagte nicht, es auszusprechen. »Ich muss etwas unternehmen.«

»Nun gut, du sollst unsere schnellste Kampfechse bekommen, selbst wenn ich fürchte, dich damit ins Verderben ziehen lassen«, willigte Darlach betroffen ein. »Wenn du willst, begleiten dich einige meiner Krieger.«

»Unsere Männer sind ebenfalls die deinen. So viele wie du willst«, setzte Frangul gleich hinzu, obwohl er sicherlich nicht die Befugnis besaß, ihm Krieger mitzuschicken. Zudem befand sich die Streitmacht der Faranier bereits im Aufbruch. Sie zogen als Friedensgeste ab.

»Nein, zu viele Krieger halten mich nur auf«, wies Enowir das Angebot entschieden zurück.

»Dann ist es an mir, dich zu begleiten«, erklärte Norfra.

»Du? Warum bin ich eigentlich überrascht«, tat Frangul ab. »Du setzt ja ohnehin immer deinen eigenen Kopf durch. Es wird unserem Oberen nicht gefallen, wenn du dich davonmachst«, versuchte er, den Schamanen umzustimmen.

»Unser Kult ist schon lange nicht mehr an den Oberen gebunden«, erinnerte Norfra den Strategen. »Ich kann gehen, wohin ich will und zufällig will ich nach Südwesten, um eine heilende Quelle finden«, er lächelte, was seinen Gesichtsausdruck derart veränderte, dass er kaum wiederzuerkennen war. »Du wirst jemanden brauchen, der dieses Land kennt«, kam er Enowirs Einwand zuvor. »Und ich kann reiten wie der Wind.«

Frangul klappte der Mund auf. In seinem Klan gab es keine Reiterei, so weit Enowir wusste, und auch keine Elfen, die diese Kunst beherrschten.

»Wenn ich es erst einmal gelernt habe«, fügte der Schamane hinzu.

***

Wenn Norfra recht behielt, blieben ihnen noch etwa zehn Tage. Mit einer Einschätzung hatte der Schamane zumindest richtiggelegen. Nach wenigen Anfangsschwierigkeiten beim Reiten der Echse, gelang es ihm, ohne weiteres mit Enowir mitzuhalten. Norfra hatte außerdem auf seine bizarre Krone verzichtet. Er trug neben dem Lendenschurz auch einen Knochendolch in einer Scheide auf seinen Rücken gegürtet, den sein Umhang fast gänzlich verbarg. Außerdem war er mit einem Kampfstab bewaffnet, an dessen Enden ebenfalls Klingen aus geschliffenen Knochen eingesetzt waren. Ein Amulett, in dessen Mitte ein schimmernder schwarzer Stein eingefasst war, stellte bis auf seine Lederarmbänder den einzigen Schmuck dar, den der Schamane mit sich genommen hatte. Norfra blieb so wortkarg wie eh und je, was Enowir ganz recht war. Er brauchte niemanden, der ihn unentwegt auf die Gefahren oder die Vergeblichkeit seiner Rettungsaktionen hinwies. Diese Aufgabe übernahmen seine Gedanken von ganz allein. Darunter mischte sich fortlaufend Nemiras Stimme, die ihn bat, sich nicht unnötig in Gefahr zu begeben. Aber bei diesem Vorhaben gab es für Enowir keinerlei Gefahren, die unnötig gewesen wären. Um für alles gerüstet zu sein, führte er neben seinem Schwert, auch Nemiras Dolch und Bogen mit sich.

Enowir hätte es niemals zugegeben, aber er war froh über seinen Begleiter. Der Schamane war die Stimme der Vernunft und diese hatte er dringend nötig, wenn er beispielsweise die Kampfechse zu sehr antrieb oder Abkürzungen nehmen wollte, die sich als Bestiennester entpuppten. Auf diese und andere Weise hatte Norfra ihn bereits mehrfach vor großem Schaden bewahrt. Er war viel zu zerstreut, um sich voll auf seine Umgebung zu konzentrieren, was auf Krateno unweigerlich den Tod bedeutete.

»Sammle deinen Geist.« Diesen Satz wiederholte Norfra wie ein Mantra, bis Enowir ihn sich selbst im Geiste aufsagte, wenn er bemerkte, wie seine Gedanken zu sehr um Nemira kreisten. Er spürte, wie sie um ihr Leben rang und dass sie trotz ihrer Abschiedsworte auf ihn wartete. Oder bildete er sich das nur ein und es handelte sich um den normalen Verlauf ihrer Vergiftung?

Norfra hatte auf einer Sanddüne angehalten. Vor ihnen tat sich eine Wüste auf, die sich bis zum Horizont erstreckte. Solch ein Anblick überraschte Enowir nicht. Der Südwesten Kratenos war noch ungastlicher, als alle Regionen, die er zeit seines Lebens bereist hatte.

»Wir dürfen nicht noch mehr Zeit verlieren«, beschwerte sich Enowir und wollte seine Echse über den Wüstensand jagen, als Norfra zu seinem Verdruss abstieg. Der Schamane griff in den lockeren Boden und ließ ihn durch seine Hände rinnen.

»Das ist kein Sand«, teilte er Enowir mit.

»Was soll es sonst sein?«, fragte er ungeduldig.

»Knochen«, sprach der Schamane. »Sieh dort.«

Ungläubig schüttelte Enowir den Kopf. Warum sollte sich hier so viel Knochenstaub versammeln? Jetzt fiel Enowir auf, welche seltsamen Bahnen sich durch den vermeintlichen Sand zogen, völlig entgegen der spürbaren Windrichtung.

»Das ist Marasch, eine Art Drache ohne Flügel«, berichtete Norfra.

»Ich weiß, was ein Lindwurm ist«, erwiderte Enowir ungeduldig. Wenn der aufgewirbelte Sand tatsächlich zu einem Lindwurm gehörte, der sich unter der Knochenwüste hindurchschlängelte, dann musste er gewaltig sein. Viel größer als jener Lindwurm, dem Enowirs Klan einst die Höhle abgerungen hatte.

»Wie es heißt, lebt und frisst er hier seit dem großen Ereignis. Knochen sind das Einzige, was er nicht verdauen kann, deshalb scheidet er sie feingemahlen aus«, sprach Norfra, als würde er eine Legende erzählen. »Marasch hat feine Sinne. Er spürt alles, was sich über das Knochenmeer bewegt. Er wird kommen und uns verschlingen.«

Mit einem Mal verlosch Enowirs Bedürfnis, über die Knochenwüste zu reiten. So schnell wie möglich lenkte er seine Echse von der Sanddüne herunter auf festen Boden. Norfra folgte ihm in seiner gewohnt teilnahmslosen Art.

»Er muss schon wirklich viel gefressen haben, wenn er so eine Wüste erschaffen hat«, überlegte Enowir und suchte einen Weg fernab davon. Zu sprechen lenkte ihn von dem innerlichen Drängen ab, einfach loszureiten und auf gut Glück nach der Quelle zu suchen.

»Er lebt seit zwei Jahrtausenden und frisst vor allem großes«, äußerte Norfra.

Erst als seine Echse Felsgestein betrat, fühlte sich Enowir wieder sicher. »Wieso hat ihn noch keiner getötet oder es zumindest versucht?«

»Wir Faranier würden so etwas nicht tun«, antwortete der Schamane und spähte wachsam über das Land.

»Warum nicht?«, fragte Enowir überrascht.

»Weil er große Bestien und Monster frisst, die sich sonst zu stark vermehren würden. Er schützt uns, wieso sollten wir ihn töten wollen?«

Enowir staunte über die Antwort. Bisher hatte er geglaubt, es wäre am sichersten alle Bestien zu töten, besonders die großen. Von dieser Warte hatte er es noch nie betrachtet. »Weißt du deshalb, wo die ganzen Monster hausen, weil ihr sie verschont?«, erkundigte sich Enowir.

»Viele lassen wir am Leben, ja«, stimmte Norfra zu. »Viele Bestien sind nicht sonderlich gefährlich, wenn man nicht in ihre Territorien eindringt und sie in Ruhe lässt.«

Das war also das Geheimnis der Faranier. Deshalb hatten sie sich hier behauptet, weil sie mit den Bestien in einer schwer zu begreifenden Harmonie lebten.

Es fiel Enowir nicht leicht, sich die Wasserkarte ins Gedächtnis zu rufen. Umso mehr er sich anstrengte, desto mehr verschwamm seine Erinnerung daran. Die Karte stammte ohne Frage aus einer Zeit vor dem großen Ereignis. Womöglich hatte sich die Landschaft grundlegend gewandelt. Enowir blieb lediglich das Gebirge, in dessen Mitte die Quelle liegen sollte, als wichtigster Orientierungspunkt. Hoffentlich war es möglichst wenig vom großen Ereignis betroffen, sodass er nur den genauen Standort finden musste, was sich als schwer genug erwies.

Seit sich Norfras Mantra in seinen Geist gebrannt hatte, gelang es Enowir immer länger im Hier und Jetzt zu verweilen.

Angestrengt suchte er den Horizont ab. Das Gebirge musste, wenn er sich in der Richtung nicht geirrt hatte, bald vor ihnen auftauchen. Doch bisher verlief sich das Gelände, ohne nennenswerte Anhöhe

Es verstrich ein halber Tag, den sie weiter an Maraschs Wüste entlangritten, bis sich endlich im Schein der untergehenden Sonne graue Zacken am Horizont abzeichneten.

»Da hinten muss es sein«, hoffte Enowir inständig.

Norfra sagte wie immer nichts dazu. Er äußerte keine Bedenken darüber, ihr Ziel nicht rechtzeitig zu erreichen. Sein Blick war auf die Gegenwart gerichtet, die ihm ein offenes Buch zu sein schien. In diesem Moment interessierte er sich mehr für den Boden. Auf dem kargen Felsen gab es für Enowir außer verwehtem Knochensand scheinbar nichts zu sehen. Maraschs gigantische Wüste lag rechts von ihnen in sicherer Entfernung.

»Was hast du?«, erkundigte sich Enowir und suchte selbst den felsigen Untergrund ab. »Da ist doch ...«, er stockte, denn als er seinen unruhigen Geist zur Ordnung rief, entdeckte er tatsächlich etwas. Die wenigen Pflanzen zwischen dem Gestein waren niedergetreten. Das Moos war vom Felsen gerissen und außerdem gab es einige frische Bruchkanten. Etwas Großes und Schweres musste hier entlang gekommen sein, oder viele Tiere mit ... Hufen!

»Zentifare!« Enowir musste Norfra erst erklären, auf welches Untier er geschlossen hatte, doch dann stimmte dieser seiner Einschätzung zu. Der Schamane kannte diese Wesen unter einem ganz anderen Namen und er hatte beim Anblick der Spuren ebenfalls an sie gedacht.

»Es müssen hunderte gewesen sein«, bemerkte Enowir. Seine alten Fertigkeiten als Spurenleser meldeten sich langsam zurück.

»Ungewöhnlich«, gab Norfra zu bedenken.

Enowir berichtete ihm von den Beobachtungen, die er einst mit Nemira nahe dem verbrannten Wald gemacht hatte. Norfras Gesicht zeigte auch hierzu keine Regung.

»Hast du Frangul nicht berichtet, dass die Zentifare mit einem der Krieger deines Klans eine Absprache getroffen haben?«, erinnerte sich der Schamane, wenn er auch damals nicht gewusst haben konnte, um welche Bestien es sich handelte.

»Ja, tatsächlich«, bestätigte Enowir. »Nemira meinte, der Zentifar hat gesagt: das Feuer sei gelegt. Ich weiß bis heute nicht, was er damit gemeint hat.«

Norfra blickte zum Horizont, als hätte er erst jetzt das Gebirge bemerkt, das sich dort in der Abendsonne abzeichnete. »Das bedeutet wohl, sie sind für den Konflikt zwischen den Klanen verantwortlich. Es passt alles zusammen«, führte Norfra aus, wobei er Enowir aus dunklen Augen anblickte. »Wenn sie wirklich so intelligent sind, wie du sie beschreibst und sie sogar in Metaphern sprechen können, dann sollte es für sie keine Schwierigkeit sein, solch einen Konflikt anzuzetteln.«

»Aber wie?«, wollte Enowir wissen. Er verstand es immer noch nicht.

»Wir haben viele Krieger in der Nähe des abgebrannten Waldes verloren. Ihn haben wir immer als Grenze zu unserem Gebiet verstanden«, holte Norfra weiter aus, um begreiflich zu machen, was er meinte. »Und immer waren unsere Leute scheinbar von Holzpfeilen getötet worden, von der Art, wie sie Darlachs Klan verwendet.«

Norfra lenkte seine Echse in die Richtung des Gebirges und setzte den Weg fort. Glücklicherweise musste Enowir seinen Gefährten nicht zu Eile antreiben.

»Unser Oberer beschloss, Botschafter auszusenden, um mit dem Klan zu verhandeln, der zu dieser Zeit noch unter Salwachs Führung stand. Sie trafen dabei auf den Oberen Höchstselbst, der etliche Krieger anführte«, berichtete Norfra, während er in einen schnelleren Ritt überging.

Enowir schloss zu ihm auf.

»Nur wenige überlebten den Angriff des wildgewordenen Anführers. Aus dem Angriff konnten wir nur einen Rückschluss ziehen: Salwach stand der Sinn nach Krieg. Unser Heer wurde ausgesandt den Klan endgültig zu vernichten«, schloss er seinen Bericht.

Enowir dachte an seinen alten Freund Eruwar. Er berichtete Norfra von dessen Geständnis und davon, dass sie die Zentifare irgendwie unter ihre Kontrolle gezwungen hatten.

»Ein gutes Werkzeug, wenn man die anderen Klane vernichten will«, gestand der Schamane diesen Machenschaften zu. »Wir können von Glück reden, dass Nemira und du diesen Plan durchkreuzt habt.«

Enowir konnte es schon nicht mehr hören. Sie galten in seinem Klan als Hochverräter, während die anderen Klane sie als Helden verehrten. Für ihre Taten büßte Nemira mit dem Leben, sie ... *Sammle deinen Geist*, wies sich Enowir zurecht.

»Bei alldem stellt sich die Frage, wer letztendlich dahinter steckt«, überlegte Enowir. »Der Elf«, er wollte Eruwars Namen nicht aussprechen, »sagte, sie seien viele.«

»Das ist die Frage«, stimmte Norfra zu. »Es gibt aber noch ein anderes Rätsel, nämlich wie sie die Zentifare kontrollieren.«

Und wo diese verdammte Quelle ist, fügte Enowir in Gedanken hinzu.

»Ich kenne keinen Zauber, der mächtig genug wäre, die Gedanken von so vielen zu kontrollieren«, dachte Norfra nach. Diesmal sah er wirklich angestrengt aus, so als würde ihm dieses Rätsel Kopfschmerzen bereiten.

»Ich werde das Gefühl nicht los, dass ich die Verantwortlichen gut kenne.« Diese Ahnung war Enowir allerdings neu, oder er hatte es bisher nur nicht wahrhaben wollen. Alles führte zu seinem Klan. Er und Nemira waren dem Schuldigen vermutlich schon viel zu nahe gekommen, denn sonst hätte man nicht den Beschluss gefasst, sich ihrer zu entledigen.

***

»Wieso verstecken wir uns eigentlich? Das sind doch deine Leute?«, fragte Enowir verwirrt, sich hinter einen Felsen kauernd. Sie befanden sich schon recht nah an dem verheißungsvollen Gebirge und die Zeit drängte.

»Nein«, flüsterte Norfra.

Vor ihnen befand sich ein Lager, an dessen Feuerstelle zwanzig Elfen mit dunkler Haut saßen und einen unförmigen Fleischbrocken brieten. Für Enowir gab es zwischen diesen Elfen und denen aus Norfras Klan keinen Unterschied. Sie waren ähnlich bewaffnet, flochten sich die Haare nach hinten und ihre dunkle Haut war auf die gleiche abstoßende Art und Weise an vielen Stellen von Knochen durchstoßen.

»Sie gehören zu einem Klan, der sich vor etwa zweihundert Jahren von den Faraniern losgesagt hat«, erklärte Norfra. »Sie glauben, um hier zu überleben, müsse man genauso wild sein, wie die Bestien. Unterdessen sind die Elfen meines Klans vom Gegenteil überzeugt. Wir besinnen uns auf jene Werte, die uns durch Legenden erhalten geblieben sind.«

Enowir wusste nicht, was er davon halten sollte. »Wie unterscheidet ihr euch? Ich meine, ihr seht genau gleich aus.«

»Seltsam, das sagen die meisten Faranier über euch«, erwiderte Norfra ungerührt. »Aber schau dir ihre Waffen an. Wir haben angefangen unsere mit Knochen zu verstärken, während sie weiter im Feuer gehärtetes Holz verwenden.«

Tatsächlich trugen diese Elfen lediglich Waffen, die sich aus Holz herstellen ließen. Ihre Pfeile waren schwarzweiß gefiedert, genau wie jener, der Nemira getroffen hatte. Enowir hätte damals nicht geahnt, dass es noch einen weiteren Klan der Faranier gab. Bisher hatte er die Barbarei verdrängt, die er damals vor dem Tempel der heilenden Quelle beobachtet hatte. Er glaubte, es sei nicht angemessen, die Faranier danach zu fragen. Sie erschienen ihm viel zu kultiviert, um Kannibalen zu sein und er wollte sie nicht beleidigen, indem er das Thema zur Sprache brachte. Doch jetzt musste er es einfach wissen. »Essen sie ihre Toten?«, fragte er rundheraus. Er wusste nicht, wie er es diplomatischer ausführen sollte.

»Eine Unsitte, die wir Faranier schon lange aufgegeben haben, aber dieser Klan wieder aufgegriffen hat. Im Grunde essen sie jede Art von Fleisch«, bejahte der Schamane.

Enowir schauderte bei dem Gedanken, Elfenfleisch zu sich zu nehmen selbst, wenn es gebraten war. Zumindest erklärte sich so jene Gräueltat, die er vor dem Tempel der versiegten Quelle beobachtet hatte. Es war ihm auch nie in den Kopf gegangen, dass Elfen wie Frangul und seine Krieger, die derart höflich und auf ihre Weise vornehm waren, so etwas tun konnten. Wenn es sich um zwei verschiedene Klane handelte, von denen sich einer weiter entwickeln wollte und der andere an den alten Gesetzen der Wildnis festhielt, ergaben Enowirs Erlebnisse auf einmal Sinn.

»Dann sollten wir einen großen Bogen um sie machen. Ich möchte nicht auf einem Grillspieß enden«, beschloss Enowir. Die beiden schlichen sich zu ihren Reittieren. Sie hatten diese weit hinter sich zurückgelassen, um die Rauchquelle zu überprüfen, ohne dabei selbst gesehen zu werden.

»Das Leben ist ein ewiger Kreislauf, mein Freund«, erwiderte Norfra, in seiner gewohnt kryptischen Weise.

Sie waren nicht weit gekommen, als hinter ihnen Rufe in der primitiven Sprache des zweiten Faranierklans ertönten. Jeden Moment rechnete Enowir damit, dass ihm Pfeile um die Ohren zischten, doch der erwartete Angriff blieb aus. Stattdessen gingen die Schreie in Kampflärm über.

»Was geht da vor?« Von Neugier übermannt, schlich sich Enowir zurück und sah dreißig Zentifare, die mit Eisenspeeren bewaffnet über die Elfen hinweg ritten. Die meisten Faranier fielen dem ersten Ansturm zum Opfer. Wenngleich sich die übrigen Elfen heftig wehrten, unterlagen sie doch in wenigen Augenblicken den Waffen ihrer Feinde, während keiner der Zentifare eine erkennbare Wunde davontrug. Nach ihrem Sieg holten die Bestien Holzpfeile hervor und schoben sie ungeschickt in die von ihren Speeren verursachten Wunden.

»Also waren sie es tatsächlich!« Bisher war es nur eine haarsträubende Theorie gewesen, an die Enowir nicht so recht glauben wollte. Doch jetzt hatte er Gewissheit.

Norfra zog Enowir an der Schulter zurück hinter die Deckung. Gemeinsam schlichen sie zu den Echsen.

In wenigen Augenblicken würden die Zentifare ihr grausiges Werk vollendet haben. Ein kurzer Moment, den sie nutzen mussten, um von hier zu verschwinden.

Auf dem Rücken ihrer Echsen jagten sie davon. Wenn sie jedoch über die offene Fläche vor ihnen flohen, dann würden die Zentifare sie von der Anhöhe aus sehen, wenn die Monstren zufällig ihre Richtung aufbrachen. Deshalb entschieden sie sich dazu, in einer breiten Felsspalte Zuflucht zu suchen. Dort waren sie vor den Augen ihrer Feinde sicher. Zumindest wenn diese nicht auf die Idee kamen, ihre Umgebung genauer zu untersuchen.

Quälende Stille legte sich über die zerklüftete Landschaft. Norfra und Enowir warteten eine geraume Zeit, bevor sie sich wieder hervorwagten. Von den Zentifaren war weit und breit nichts zu sehen.

Als sie den Kampfschauplatz erneut erreichten, offenbarte sich ihnen ein schauriges Gemetzel. Die Zentifare hatten versucht, es so aussehen zu lassen, als seien die Elfen von einem anderen Klan mit Holzpfeilen überfallen worden. Die Stichverletzungen, die ihre Speere hinterlassen hatten, boten Löcher in den Leibern, die groß genug waren, um darin Pfeile zu versenken. Die kaum erkennbaren Spuren, die Enowir fand, wiesen darauf hin, dass die Zentifare in eine andere Richtung davongeeilt waren.

»Gegen einen Überraschungsangriff von der Größe kommt keiner an«, stellte Enowir betroffen fest. Wenn die Bestien in dieser Formation seinen Klan angriffen, hätte dieser auf freiem Feld keine Chance. Der einzige Schutz, den sie hatten, waren die Palisaden ihrer Festung. Wer auch immer die Zentifare kontrollierte hielt eine gewaltige Macht in Händen.

»Sie versuchen weiterhin, unseren Klan auszulöschen und einen Krieg auszulösen«, überlegte Norfra. Er hatte sich daran gemacht, die Pfeile aus den Leibern der Toten zu ziehen und sie zu sammeln. »Es darf keine Missverständnisse geben«, erklärte er sein Tun. »Selbst, wenn das nicht der Klan ist, zu dem ich mich zähle.«

»Kann ich dir ein paar Fragen stellen?«, sprach Enowir, während er ihm half, auch wenn es ihn drängte weiterzureiten.

»Das hast du doch gerade getan«, stellte Norfra fest.

»Ich wundere mich, dass du meine Sprache so gut sprichst.« Mit dem Gespräch versuchte Enowir, sich von der inneren Unruhe abzulenken, die ihn ergriff, weil ihr Tun die Suche nach der Quelle weiter hinauszögerte. Sie packte ihn bei jeder Rast, weshalb er niemals Ruhe fand.

»Es ist doch nicht deine Sprache«, korrigierte der Schamane. »Vielmehr ist es unsere. Die Faranier haben sie vor einigen Jahrhunderten aufgegeben. Zu Gunsten einer recht funktionalen Lautsprache, wie sie dieser Klan spricht.« Er verstaute alle Pfeile in einem Beutel, den er einem Toten abgenommen hatte. »Unsere Sprache wurde nur unter den Schamanen benutzt, die dieses Erbe nicht aufgeben wollten. Jetzt, da die Faranier nach Höherem streben, soll sie wieder eingeführt werden, was mindestens doppelt so lang dauern wird, wie sie abzuschaffen«, prognostizierte er, während er Enowir den Beutel aufhielt, damit dieser seine gesammelten Pfeile hineingeben konnte.

»Du hast gesagt, dass Schamanen nicht an den Willen eures Oberen gebunden sind.« Enowir stieg auf seine Echse, die unterdessen geifernd an den Toten roch.

»Das stimmt«, Norfra hängte den Beutel an den Sattel und schwang sich ebenfalls auf sein Reittier. »Wir sind selbst eine Art Klan im Klan.«

Enowir setzte sich in Bewegung, auf der Suche nach einem Weg, der dazu geeignet war, tiefer in das Gebirge vorzudringen.

»Wir haben uns von den Ränkespielen um die Macht losgesagt und fungieren nur noch als freie Berater. Für unsere Dienste dürfen wir nicht mehr Güter entgegennehmen als wir zum Überleben brauchen«, erklärte Norfra etwas umständlich. »Jeder Schamane legt in der Schule einen Eid ab, seine Fähigkeiten höheren Zwecken zu widmen. Dabei sollen wir unserer Art dienen, für deren Erhalt arbeiten und für Frieden sorgen.«

»Und wie dient es diesem höheren Zweck, dass du deinen Klan verlässt, um mich zu begleiten?«, wollte Enowir nicht ohne eine Spur von Gram wissen. Er selbst hielt sein Vorhaben, welches ihn in die gefährlichsten Winkel von Krateno trieb, gegenüber solchen Idealen für selbstsüchtig.

Die dunklen Augen des Schamanen schienen ihn durchdringen zu wollen, um seine Seele zu ergründen. »Ich wurde vom Universum dazu bestimmt, dich zu begleiten. Schon als ich das erste Mal an Nemiras Krankenbett stand, wusste ich, dass es von dir und dieser Reise abhängt, wie unsere Zukunft aussehen wird. Ob ein Zeitalter des Friedens anbricht, oder ob eine Ära des Blutes, des Todes und des Verderbens über uns hereinbrechen wird.«

***

Es musste hier sein, es konnte nur hier sein. Wenn es irgendwo auf Krateno eine Quelle der Heilung gab, dann in diesem Tal. Enowir weinte fast, als er hinunter in die blühende, grüne Landschaft blickte. Ein breiter Bergpfad hatte sie hier heraufgeführt. Im Inneren dessen, was wohl einmal ein Vulkankrater gewesen war, fanden sie die schönste Landschaft, die Enowir je erblickt hatte. Das Gras war so grün, wie Nemiras Augen und die Blumen, die hier blühten, erstrahlten in Farben, die er nie zuvor gesehen hatte. Die Bäume waren groß und gerade gewachsen, wie man sie auf diesem verderbten Land sonst nirgends zu sehen bekam.

»Kaum zu glauben, dass es auf Krateno so einen Ort gibt.« Jetzt staunte selbst Norfra sichtbar.

»Ja«, stimmte Enowir zu und lenkte die Echse hinab in das Tal. Er musste die Quelle finden. Die Zeit drängte, es blieben ihnen nur noch vier Tage, um zurückzugelangen. Und er fühlte deutlich, wie Nemira schwächer wurde.

»Enowir, sieh doch«, mahnte Norfra.

Aber Enowir hatte es bereits bemerkt. In diesem Paradies bewegten sich viele schwarze Schatten. Wesen von denen die größten vier Beine besaßen.

»Zentifare, die ganze Brut ist hier versammelt«, keuchte Enowir. »Was bei Conara geht hier verdammt nochmal vor?«

Um nicht aufzufallen, ließen sie ihre Reitechsen zurück. Außerdem nahmen sie ihnen die Sättel und das Zaumzeug ab, damit sie nicht als domestizierte Reptilien erkannt wurden.

Zu Fuß deutlich langsamer, aber unauffälliger, begaben sie sich in das Tal. Dort boten ihnen Bäume und Sträucher ausreichend Schutz, um nicht entdeckt zu werden. Es grenzte an Wahnsinn, dieses Tal voller Feinde überhaupt betreten zu wollen. Derselbe Wahnsinn, der Enowir bis hierher gebracht hatte.

»Es sind so viele«, staunte er leise, während ihm die Hoffnung schwand, die Quelle unentdeckt zu finden.

»Etwa eintausend«, schätzte Norfra.

Das brachte Enowir absolut aus dem Konzept. Er hatte den Schamanen gut genug kennengelernt, um zu wissen, dass sich dieser nicht zu einer ungefähren Schätzung hinreißen ließ. Seine Annahmen fußten immer auf einem Blickwinkel der Wirklichkeit, der Enowir verschlossen war. Wenn Norfra also eintausend sagte, dann waren es auch eintausend, fünfzig hin oder her. Sollten sie die Quelle unbemerkt finden, hatten sie unverschämtes Glück. Dieses Tal lebendig zu verlassen, grenzte an ein Wunder, auf das nur ein Narr hoffte. Für Enowir ein akzeptables Risiko. Bei Nemiras Rettung umzukommen, wäre für ihn leichter zu ertragen, als sie sterben zu lassen. Allerdings erschien es ihm falsch, Norfra mit in seine Angelegenheiten hineinzuziehen.

»Es ist vielleicht besser, du gehst zurück und wartest auf mich. Wenn ich in einem Tag nicht wieder da bin ...«, eröffnete Enowir dem Schamanen die Möglichkeit, ehrenvoll sein Leben zu retten. Doch dieser winkte ab. »Das Universum will, dass ich an deiner Seite bin. Wer bin ich, ihm zu widersprechen.«

Darüber schüttelte Enowir nur den Kopf. Streiten würde er nicht mit seinem Gefährten. Nicht jetzt, da er seinem Ziel so nahe war.

Sie suchten Schutz hinter Sträuchern, Bäumen und schlugen sich durch kleine Wälder, immer auf der Hut vor den Zentifaren. An diesem paradiesischen Ort wirkten die wilden Bestien absolut deplatziert. Rehe hätten in diese Umgebung hineingepasst, Pferde, Hasen, aber nicht diese Ungeheuer. Sie hatten sich in kleinen Verbänden gruppiert und pflegten ein Lagerleben, wie es ein primitiver Elfenklan getan hätte. Es schien so, als würden sie auf etwas warten. Währenddessen aßen und tranken sie, schliffen ihre Speere und rasierten sich gegenseitig die linke Schädelhälfte, vermutlich als ein Erkennungsmerkmal. Enowir rechnete insgeheim damit, jeden Moment aus diesem bizarren Albtraum aufzuwachen, doch es geschah nichts.

Alles in allem waren die Zentifare nicht sehr wachsam, was Norfras und Enowirs Vorankommen deutlich erleichterte.

Immer wieder stießen sie auf geschliffene und übereinandergelegte Steine, die auf eine Siedlung oder sogar eine Stadt hindeuteten, die es hier einmal gegeben haben musste. Aber die zu erahnenden Grundrisse der Häuser waren bis zur Unkenntlichkeit überwuchert. Vermutlich hatte seit dem großen Ereignis kein Elf einen Fuß in dieses Tal hineingesetzt. Womöglich war keiner über die Wüste von Marasch hinweggekommen.

So schön dieser Ort auch war, irgendetwas stimmte mit ihm nicht. Etwas, das Enowir ein permanentes Unbehagen bereitete. Er vermochte nur nicht zu sagen, was es war. Ein Umstand, der ihn noch mehr beunruhigte, denn es war nicht die Anwesenheit der Zentifare, nicht die Möglichkeit entdeckt zu werden und zu Tode zu kommen, es war ...

Es verging ein halber Tag, ohne dass ihre Anwesenheit auch nur erahnt wurde. Nachdem sie herausgefunden hatten, dass sich die Zentifare nur auf ihren fest eingetretenen Pfaden bewegten, war es ein leichtes, die Bestien ungesehen zu umgehen. Offenbar fühlten sie sich hier absolut sicher. Jedenfalls schienen sie nicht daran zu denken, dass sich Feinde in das Tal schleichen konnten.

Norfra und Enowir hörten es gleichzeitig, das Plätschern von Wasser. Es musste hier einen Bach oder ein anderes fließendes Gewässer geben.

So schnell es ihre Vorsicht zuließ, begaben sie sich in dessen Richtung und tatsächlich, sie stießen auf ein Rinnsal, das sich durch die Bäume schlängelte. Soweit Enowir es sehen konnte, handelte es sich dabei um einen Seitenarm eines viel größeren Flusses, der sich weit entfernt eine seltsame Anhöhe hinunterstürzte. Der Hügel, auf dem die Quelle entsprang, schien sonderbar exakt abgestuft. Sie erinnerte ihn an: »Eine Tempelanlage!«, erkannte Enowir, der schon viele Ruinen ihrer Vorfahren erkundet hatte. »Das muss es sein.«

Schnell ritzte er sich in den Finger und hielt ihn in den kleinen Bach. Norfra versuchte, ihn davon abzuhalten, doch zu spät. Das Wasser brannte wie Feuer in der Wunde. Ein heftiger Schmerz zuckte Enowirs Arm hinauf, der sich selbst dann fortsetzte, als er die Hand erschrocken aus dem Wasser zog. Am liebsten hätte Enowir aufgeschrien, als die Pein seinen Kopf erreichte und darin wie ein Gewitter tobte.

Er fiel durch das frische Gras hindurch, immer tiefer in unendliche Schwärze.

Enowir hörte eine Stimme, die ihm sonderbar vertraut war: »Du wirst mir gehorchen, all dein Streben wird fortan meinem Wohl dienen!«

Ein Gefühl des Friedens umgab ihn. Sein Leben hatte wieder einen Sinn.

***

Von Schmerzen gepeinigt, erwachte Enowir. Er lag im hohen Gras und eine frische Brise umwehte sein Gesicht. Langsam schlug er die Augen auf. Über ihm wogen sich die Bäume sanft im Wind. Der Himmel erschien ihm unnatürlich blau.

In seinem Kopf pochte der Schmerz, als würde ihn unentwegt der Huf eines Zentifaren gegen die Stirn treten. »Was war denn das?«

»Eine Frage, die ich eigentlich dir stellen wollte«, sagte Norfra, der neben ihm im Gras hockte und sich wachsam umsah. Das Plätschern des Wassers klang nun, als läge der Bach in weiter Ferne. »Im Wasser scheint irgendein Gift enthalten zu sein«, überlegte der Schamane.

»Es sah nicht so aus, wie das verseuchte Wasser«, rechtfertigte sich Enowir und rieb sich die Augen. Irgendwie erschien ihm die Umgebung seltsam unwirklich.

»Mein Amulett hat darauf reagiert, aber anders als sonst.« Norfra griff sich an den eingefassten Stein, den er um seinen Hals trug. »Nicht so, wie er mich vor dem verseuchten Wasser warnt, und doch scheint dies nicht das Wasser der Heilung zu sein.«

»Da stimme ich dir zu«, erwiderte Enowir. Er war noch nicht in der Verfassung, um zu realisieren, was dies für ihn bedeutete. Um einen klaren Gedanken zu fassen, schmerzte sein Kopf zu sehr. Zunächst bemerkte er, dass seine Hand, in die er sich zur Prüfung des Wassers geschnitten hatte, blau angelaufen war. »Was ist denn hier passiert?« Enowirs Finger schmerzten, als er sie durchbewegte.

»Ich musste das Gift wieder herausbekommen«, erklärte Norfra. »Was nicht einfach war«, fügte er auf den skeptischen Blick Enowirs hinzu.

»Meine Hand schmerzt, als wären darin alle Knochen gebrochen«, beklagte er sich, während er sich langsam aufsetzte. »Und ich glaube, meine Augen haben ebenfalls was abbekommen oder bewegen sich die Bäume tatsächlich gegen den Wind?«

»Ich beobachte es schon eine ganze Weile«, bestätigte Norfra. »Es scheint fast so, als wollten sie den Anschein erwecken, dass es sich bei ihnen um normale Bäume handelt und doch gelingt es ihnen nicht. So wie man einen Pfeil nicht abschießen kann, wenn man zu lange darüber nachdenkt, wie es eigentlich geht.«

»Die Bäume denken also?« Enowir erschauderte. Er konnte sich noch lebhaft an die Begegnung mit der letzten Pflanze erinnern, die über den Einfluss des verderbten Wassers zu einem unnatürlichen Leben erwacht war.

»Es scheint so«, grübelte Norfra. »Aber irgendwie auch nicht.«

»Als ich ohnmächtig geworden bin, hat mir jemand gesagt, dass ich fortan seinem Willen unterstehe und ihm dienen müsse«, erinnerte sich Enowir und rieb sich die Schläfen.

»Und dienst du ihm?«, fragte Norfra nach.

»Ich glaube nicht«, überlegte Enowir, der sich recht frei in seinem Handeln fühlte. »Wir müssen herausfinden, was mit dieser Quelle geschehen ist.«

Insgeheim hoffte er dennoch, eine Quelle der Heilung gefunden zu haben. Sicherlich konnten sie den Ursprung der Vergiftung beseitigen. Es musste einfach möglich sein. In seiner Verzweiflung klammerte er sich an jeden Gedanken, der Nemiras Rettung verhieß.

Es bereitete Enowir Schwierigkeiten sich zu bewegen. Auch wenn Norfra die Vergiftung sogleich behandelt hatte, war dennoch etwas von der Substanz in seinen Leib gedrungen. Enowir spürte die Wirkung. Irgendetwas zerrte an seiner Seele, als wolle es sich dieser bemächtigen.

Von blühenden Sträuchern verborgen, erklommen sie die überwucherte Tempelanlage. Wie es schien, lagerten dort oben keine Zentifare. Zumindest fehlten ihre üblichen Spuren, wie Knochenreste, Feuerstellen und niedergetrampelte Pflanzen. Ein paar Säulen standen noch auf den einzelnen Abstufungen und verrieten, wie groß der einstige Tempel gewesen sein musste. Auch wenn die Pfeiler derart mit Ranken überwachsen waren, dass man sie nur schwer als solche erkannte.

Ihr Aufstieg dauerte lang und wurde immer beschwerlicher, weil die Abstufungen des Tempels immer höher wurden. Die Anlage stellte den höchsten Platz im Tal da. Dennoch war sie kaum mehr zu erkennen, weil sich nicht nur Sträucher, sondern auch mittlerweile jahrhundertealte Bäume in den Stein eingewurzelt hatten. Allerdings bot der dichte Bewuchs Norfra und Enowir zu jeder Zeit Deckung, ohne diese wären sie beim Ersteigen der Tempelanlage weithin sichtbar gewesen.

In der Mitte des überwucherten Bauwerks befand sich eine Treppe, die so wirkte, als habe man sie in letzter Zeit sehr häufig benutzt. Der Pflanzenbewuchs war ausgerissen und Erde, die sich über Jahrtausende auf den Stufen angesammelt hatte, war zu Seite getreten worden. So kamen die alten Stufen deutlich zum Vorschein. Mit Sicherheit waren sie einmal genauso vollkommen gearbeitet worden, wie alle Bauwerke, die Enowir von ihren Vorfahren gesehen hatte, doch über die Jahrtausende waren sie teilweise zerbrochen und in sich verschoben. Enowir hütete sich davor, diese Stufen zu betreten. Wenn er darauf nach oben stieg, hätte man ihn vom ganzen Tal aus gesehen.

Mit einem kräftigen Ruck zog Norfra ihn auf die nächste Ebene. Von diesem Winkel aus hatte er einen noch besseren Blick, der ihm die Sicht auf eine weitere Treppe eröffnete, die neben der ersten lag. Dazwischen fiel das Wasser der ominösen Quelle still in die Tiefe. Man hörte weder, wo der Wasserfall entsprang, noch wo er im Tal in einen Fluss mündete, was dem Wasser einen seltsamen Anblick verlieh. Es wirkte wie ein Vorhang aus Eis.

Enowir glaubte bereits, dass ihr Aufstieg niemals enden würde, als sie endlich die letzte Abstufung erklommen und sich auf einer großen Plattform wiederfanden. Diese war ebenfalls derart überwuchert, dass es ihm schwerfiel, sich hier eine Tempelanlage vorzustellen. Es gab noch einige Säulen, die von der einstigen Architektur kündeten, doch wurden diese von den hier wachsenden Bäumen überragt. Man konnte sie nur schwer dazwischen ausmachen. Weiter hinten erhob sich ein unförmiger Hügel. Dieser musste die eingestürzte Ritualkammer des Tempels sein, dessen Trümmer sich die Natur zurückgeholt hatte. Inmitten der Anlage gab es ein Becken, aus dem sich die lang gesuchte Quelle ergoss. Etwas bewegte sich dort am Beckenrand. Was oder wer es war, konnte Enowir bei seinem kurzen Blick aus der Deckung heraus nicht sagen.

»Und?«, fragte Norfra, der sich unten gehalten hatte.

»Da vorne ist die Quelle, aber irgendwer ist bei ihr.« Enowir zeigte die Richtung an. »Ich glaube nicht, dass es Zentifare sind. Wir müssen näher ran.«

Ohne Einwände folgte Norfra Enowir, der sich halb gebückt, halb auf allen vieren hinter Sträuchern verborgen durch das hohe Gras schlich.

»Ich verstehe nicht, was wir hier noch machen«, beschwerte sich eine Stimme, die Enowir eigenartig vertraut vorkam. »Dieses schmutzige Werk können die Zentifare doch selbst tun.«

»Du weißt ganz genau warum, er will, dass wir hier aufpassen. Was, wenn die Wirkung des Giftes nachlässt, oder dieser Ort überfallen wird?«, erwiderte eine weitere Stimme, die Enowir ebenfalls bekannt vorkam. Mit einem Mal wusste Enowir, mit wem er es zu tun hatte. Efnomar und Gralnur, zwei Elfen aus seinem Klan. Sie hatten wie er die Funktion von Reisenden inne. Auch sie bezeichnete er als seine Freunde. Selbst wenn sie etwas jünger als er waren, so war Enowir ihnen immer mit Wertschätzung begegnet.

»Wenn der alte Hitzkopf tot ist und die anderen Klane gefallen sind, dann können wir hier weg«, versuchte Gralnur, seinen Gefährten zu beschwichtigen.

»Du hast vergessen, dass wir allen Zentifaren befehlen sollen, sich selbst umzubringen«, fügte Efnomar hinzu. »Ich kann es kaum erwarten, diese widerlichen Kreaturen endlich loszuwerden. Das ist vielleicht das einzig Gute an der Sache.«

»Wie meinst du das?«, fragte Gralnur nach. »Unser Klan wird über ganz Krateno herrschen. Bedeutet dir unser Ziel nichts?«

Efnomar schwieg eine lange Zeit, in der sich Enowir näher heranschlich. Er musste herausfinden, wie viele Elfen sich hier noch aufhielten.

»Hast du schon einmal darüber nachgedacht, ob es eigentlich richtig ist, was wir hier tun?«, fragte Efnomar, als würde er ernsthaft daran zweifeln.

»Natürlich ist es das Richtige«, bejahte Gralnur. »Wir, der mächtigste Klan auf Krateno! Was soll daran falsch sein?«

Wieder schwieg Efnomar lange.

»Stell das bitte nicht mehr in Frage«, mahnte Gralnur seinen Gefährten. »Wenn dich jemand anderes hört, könnte er befürchten, dass du auspackst. Du wärst ein Risiko, du weißt ...« Obwohl er aufrichtig besorgt schien, lag auch eine Drohung in seinen Worten.

»Und genau das ist es doch. Ein Plan, der so viele Tote fordert und ganze Klane vernichtet, kann eigentlich nicht richtig sein!«, klagte Efnomar, offenbar in tiefem Vertrauen zu seinem Gefährten.

»Ich sage es dir noch einmal«, beschwor Gralnur seinen Begleiter und Freund. »Bitte sag so etwas nicht mehr.«

»Was soll man denn hier sonst machen, außer nachdenken?«, beschwerte sich Efnomar. »Aber wie du willst, ich werde über etwas anderes nachgrübeln.« Er klang wenig überzeugend.

»Vermutlich sind sie nur zu zweit«, schlussfolgerte Enowir aus dem Gespräch und kroch näher heran. Er bog sorgsam die Äste des Busches auseinander, hinter dem er sich versteckte. So bekam er den Blick frei auf die beiden Krieger, die gelangweilt neben der Quelle saßen. Ihre Waffen hatten sie abgelegt, unvorsichtigerweise weit genug von sich entfernt, dass sie einige Zeit benötigen würden, um sich kampfbereit zu machen. Sie schienen tatsächlich allein zu sein, zumindest wies nichts auf die Anwesenheit weiterer Elfen hin. Auch wenn an der Verschwörung, noch mehr Krieger beteiligt waren, als Enowir gedacht hatte, konnten es dennoch nicht so viele sein. Anderenfalls wäre keine Intrige notwendig gewesen, denn sonst hätten sie Gwenrar auch gegen dessen Willen absetzen und den anderen Klanen offen den Krieg erklären können.

Langsam gewann Enowir ein Bild von dem Umfang des Verrates. Es ging nicht nur darum, die anderen Elfenklane auszulöschen, auch Gwenrar war ein Bestandteil des Plans. Er sollte sterben. Einen anderen hitzköpfigen Elfen, den es zu töten lohnen würde, kannte Enowir jedenfalls nicht.

»Was meinst du? Sind es noch mehr?«, fragte Enowir an den Schamanen gewandt. Er wollte trotz allem sichergehen, dass sie nicht so kurz vor dem Ziel in einen Hinterhalt gerieten.

Norfra schien alle seine Sinne zu befragen, um eine Antwort zu finden. »Nein«, stellte er darauf mit überzeugender Selbstsicherheit fest.

»Dann überwältigen wir sie und foltern aus ihnen heraus, wie man die Quelle wieder sauber bekommt«, beschloss Enowir unbarmherzig. Er zog Nemiras Dolch, den er, wie die anderen Waffen seiner Gefährtin, bei sich trug.

»Gut«, willigte Norfra ein. »Ich links, du rechts. In sechzig Herzschlägen«, entwarf der Schamane eine Strategie, die durch ihre Einfachheit bestach. Nur hatte Enowir noch nie auf seine Herzschläge geachtet. Er wusste gar nicht, dass sie spürbar waren. Der Reisende benötigte einen Moment, bis er tatsächlich das Pumpen des lebensspendenden Muskels wahrnahm. Er spürte sogar, wie das Blut durch seine Adern jagte.

»Gut«, stimmte Enowir zu und schlich sich in eine günstigere Position, die es ihm erlaubt, Gralnur binnen weniger Augenblicke zu erreichen. Unterdessen kroch Norfra in die andere Richtung davon, bis er den Schamanen nicht mehr sehen konnte.

Enowir zweifelte nicht an Norfras Beherrschung dieser Methode der Zeitmessung. Er hingegen verzählte sich und brauchte zwei Herzschläge, um wieder in die Zahlenfolge hineinzukommen. Ob er richtig gezählt hatte, würde sich bei ihrem Überfall, den er jetzt nicht mehr abbrechen konnte, herausstellen.

Gralnur stierte in das vergiftete Wasser. Er schien sich sicher zu fühlen, ebenso wie sein Gefährte.

Achtundfünfzig. Neunundfünfzig. Sechzig! Enowir sprang aus dem Versteck, schloss seinen Ellenbogen fest um Gralnurs Hals und setze ihm sein Messer an die Kehle, wobei das kalte Eisen in dessen Haut schnitt.

»Keine Bewegung oder du bist tot«, drohte er.

Gralnur musste hilflos mit ansehen, wie sein Gefährte von einem dunkelhäutigen Elfen zu Boden gerungen wurde, der ihm grob die Arme auf den Rücken bog. Mit den breiten Lederbändern, die Norfra zuvor um die Handgelenke getragen hatte, schnürte er die Hände seines Gefangenen zusammen.

»Sag mir, wie man die Quelle entgiftet«, verlangte Enowir zu wissen.

Doch Gralnur lachte nur gepresst. »Die Quelle braucht hundert Tage, um sich von dem Gift zu befreien«, antwortete er höhnisch. »Wenn du so viel Zeit hast.«

Enowir hatte aus seiner Vergangenheit gelernt, in der er viel zu häufig hinters Licht geführt worden war. »Wann habt ihr das Gift das letzte Mal hineingekippt?«, er zog den Ellenbogen noch fester um den Hals des Gefangenen.

»Gestern«, presste Gralnur hervor und versuchte vergeblich Luft zu bekommen.

»Ich will die Wahrheit!« Enowir hob den Dolch an, sodass Gralnur direkt auf die scharfe Schneide blickte.

Doch das war ein Fehler. Denn diesen Moment nutzte der Gefangene, um Enowir seinen Ellenbogen in die Magengrube zu stoßen. Der aufzuckende Schmerz lockerte seinen Griff. Mit dem Mut der Verzweiflung kämpfte sich Gralnur frei, obwohl er sich an der Klinge sein rechtes Auge ausstach. Er stolperte zu den Waffen, riss den Bogen samt Pfeil empor, zielte und schoss. Zu Enowirs Glück gelang es Gralnur nicht, den Verlust seines Auges auszugleichen. Denn sonst wäre der Pfeil mit Sicherheit direkt in seinen Kopf eingeschlagen. Stattdessen riss das Geschoss nur eine Kerbe, in Enowirs Ohr.

Schnell lag ein zweiter Pfeil auf der Sehne. Diesmal zielte Gralnur besser. Anstatt den Pfeil abzuschießen, schrie er auf und stürzte vornüber. Tief in seinem Rücken steckte ein Knochenmesser.

Gleich darauf war Enowir bei ihm. Blutspuckend rang der Gefallene um Atem. Man benötigte keine Kenntnisse in der Heilkunst, um zu spüren, dass es mit Gralnur zu Ende ging. Der breite Dolch hatte vermutlich nicht nur seine Speiseröhre, sondern auch das Herz getroffen.

»Erleichtere dein Gewissen, bevor du vor Conara trittst«, verlangte Enowir von dem Sterbenden.

Schwer drehte sich Gralnur auf die Seite und lächelte, während ihm Blut aus dem Mundwinkel strömte. »Mein Gewissen ist rein«, gurgelte er. »Aber wie ist es mit dir, Enowir, du verdammter Verräter?«, mit diesen Worten hauchte er sein Leben aus. Das verbliebene Auge verharrte anklagend auf Enowir.

Vom Zorn erfasst, erhob sich Enowir und schritt zu dem Gefangenen, der verschnürt am Boden lag, wo ihn Norfra festhielt. Der Schamane hatte ihn nur kurz losgelassen, um sein Messer werfen, womit er Enowir ohne Frage das Leben gerettet hatte.

Heftig und ohne zu zögern, trat Enowir dem Gefesselten in den Magen. Efnomar krümmte sich unter Schmerzen. Norfras tadelnden Blick ignorierend, fuhr er den Gefangenen an: »Rede!«

»Wir haben dir bereits alles gesagt«, jammerte Efnomar.

»Ach ja?« In Enowir paarte sich Zorn mit der Angst, Nemira nicht mehr helfen zu können. Dieses explosive Gemisch an Emotionen ließ ihn gänzlich die Beherrschung verlieren. Er packte den Gefangenen an den Haaren und riss dessen Kopf nach hinten in den Nacken. »Was ist das hier für ein Ort?«

»Die Quelle der Heilung, das weißt du doch!« Unter Tränen riss Efnomar die Augen weit auf.

»Und wie entgifte ich sie?«, knurrte Enowir.

»Ich weiß es nicht«, klagte der Gefangene. »Du musst warten ... hundert Tage, dann hat sie sich selbst gereinigt.«

»Was schüttet ihr da rein?« Enowir stand im Begriff, Efnomars Kopf auf den Steinboden zu schlagen, wenn er ihm nicht alles sagte.

»Blut«, platzte es aus Efnomar heraus. »Das Blut eines Elfen, irgendwie vergiftet ... Jeder, der es mit dem Wasser der Quelle vermischt trinkt, verliert seinen freien Willen.« Efnomar war von dem großen Plan nicht überzeugt genug, um eine schmerzhafte Folter über sich ergehen zu lassen, nur um ihre Machenschaften geheimzuhalten.

»Welcher Elf stellt das Gift her?« Enowir zog den Kopf des Gefangenen weiter in den Nacken.

»Einer aus unserem Klan.« Efnomars Augen waren vor Angst geweitet. Es stand Enowir ins Gesicht geschrieben, dass er keine Gnade kannte.

»Sein Name!«, verlangte Enowir.

»Wenn ich ihn verrate, wird er mich töten!« Die Haltung verursachte Efnomar heftige Schmerzen, was in seiner Miene deutlich zu lesen war.

Da riss Enowir der Geduldsfaden. Er rammte den Kopf seines Gefangenen gegen den Boden. Efnomars Stirn platzte auf. Blut rann ihm in Strömen über die Nase. »Glaubst du, ich verschone dich, wenn du nicht redest?«, drohte Enowir.

»Raguwir, es ist Raguwir!«, Efnomars Stimme überschlug sich bei der Antwort.

»Der Fette aus dem Fleischlager?« Enowir glaubte nicht daran, dass dieser, der Fresssucht anheimgefallene, Elf eine derartige Intrige spinnen konnte. Dennoch ließ er den Gefangenen los.

»Raguwir ist mittlerweile Waffenmeister«, verbesserte Efnomar. Benommen sank er auf den Boden.

Enowir erinnerte sich. Das war, kurz bevor er seinen Klan zum letzten Mal verlassen hatte, ohne als Verräter zu gelten.

»Er soll derjenige sein, der hinter alldem steckt?« Enowir wollte es nicht glauben und doch ... Raguwir war Leiter des Fleischlagers gewesen und hatte dann zum Waffenmeister gewechselt. Dies waren immerhin zwei der höchsten und wichtigsten Posten in seinem Klan. In diesen Ämtern kannte er jeden Elfen in ihrer Festung. Es wäre ein leichtes herauszufinden, wer so dachte wie er. Mit Sicherheit war er für Daschmirs Aufstieg zu Gwenrars Berater verantwortlich, denn eigentlich war das Küken für diese Position viel zu jung.

Vermutlich benutzte Raguwir den Schützling als eine geheime Quelle, die ihn vor allen anderen über Gwenrars Beschlüsse informierte, ohne dass der junge Elf dabei Argwohn hegte. Wenn sich Enowir richtig erinnerte, so war das Waffenlager vor Raguwirs Amtsantritt zum Bersten voll gewesen, doch jetzt gab es darin kaum mehr brauchbares Kriegsgerät. Es passte alles zusammen, wieso war Enowirs Verdacht nicht schon längst auf ihn gefallen?

»Enowir, hörst du das?«, Norfra sah zu den Stufen hinüber, die auf das Tempelplateau hinaufführten. Jetzt drang es auch an Enowirs spitze Ohren. Deutlicher, unregelmäßiger Hufschlag!

»Wenn die uns hier entdecken ...« Enowir sprach nicht weiter. Beiden war klar, dass sie es nicht überleben würden, wenn alle Zentifare, die hier lagerten, Jagd auf sie machten.

»Wenn ihr mich losmacht, tue ich so, als wäre nichts geschehen«, bot ihnen Efnomar an.

Der Hufschlag wurde lauter und wild durcheinandergehende Stimmen erklangen.

Bevor Norfra etwas sagen konnte, schnitt Enowir den Gefangenen los und schlug sich in die Büsche.

»Dir ist klar, dass er uns verraten wird«, wies Norfra auf die Gefahr hin, als er Enowir in sein Versteck folgte.

»Für sie muss es so aussehen, als habe er Gralnur getötet. Weshalb sollte er sonst nach einem Angriff noch leben?«, erwiderte Enowir leise. »Vielleicht machen ihn die Zentifare nieder und wir haben keine Sorgen mehr.«

»Wenn sie so einen komplexen Rückschluss ...«, doch Enowir schnitt dem Schamanen das Wort mit einem Zischen ab. Denn in diesem Moment wurden drei Zentifare sichtbar. Derjenige in ihrer Mitte wurde von seinen Artgenossen brutal an Armen und Haaren gehalten und die Treppe hinaufgeschleppt, wobei er energisch versuchte sich loszureißen.

»Dieser hier ist bereit, den Segen zu empfangen«, sprach der rechte Zentifar feierlich. Da erblickte er die Leiche. Fragend sah er Efnomar an, der mittlerweile wieder auf den Beinen war.

»Ein Verräter an unserer Sache«, verkündete der Elf, dessen Stirn noch immer blutete. »Ich habe mich um ihn gekümmert.«

Zur Enowirs Überraschung glaubte ihm der Zentifar, ohne den Hauch von Misstrauen. »Der Segen«, bat dieser erneut.

Efnomar zog eine hölzerne Schöpfkelle aus der Quelle heraus und schritt damit auf den Zentifaren zu. Der von seinen eigenen Artgenossen Festgehaltene biss, spuckte und trat mit seinen vier Hufen in alle Richtungen. Dieser Zentifar verhielt sich genauso, wie Enowir sie kannte, wild und primitiv.

»Empfange den Segen unseres Meisters«, sprach Efnomar und setzte dem Zentifaren die Kelle an die Lippen. Dieser sträubte sich heftig, doch seine beiden Artgenossen zwangen ihm den Mund auf, bis die Giftbrühe ihm den Atem nahm und er unwillkürlich schluckte. Mit einem Mal wurde der Zentifar ruhiger. Sein Blick klärte sich auf, so als würden sich schwarze Wolken verziehen und der klare Himmel sichtbar werden.

»Es wäre besser, du spannst deinen Bogen«, mahnte Norfra. »Wenn auch nur einer flieht, gibt es für uns kein Entkommen mehr.«

Irgendwie glaubte Enowir nicht daran, dass Efnomar sie verriet. Dennoch zog er den Bogen von der Schulter und legte einen Pfeil auf die Sehne.

Efnomar würde über ihre Anwesenheit schweigen, weil er leben wollte. Andererseits würde Enowir an seiner Stelle nicht darauf vertrauen, am Leben gelassen zu werden, selbst wenn er schwieg.

Da geschah es! Efnomar wechselte ein paar kurze, leise Worte mit den Zentifaren. Lachhaft, die Hoffnung, Efnomar würde den Zentifaren einen anderen Befehl geben, als im Tal Alarm zu schlagen. Sogleich spannte Enowir den Bogen.

Der erste Pfeil traf die rechte Bestie direkt in den Kopf. In rascher Abfolge und ohne genau zu Zielen gab er vier weitere Pfeile ab, um keinen Zentifaren entkommen zu lassen. Bereits nach dem ersten Treffer war zwischen den verbliebenen Bestien und dem Elfen ein wildes Gerangel entstanden. Daher befand sich keiner mehr dort, wo Enowir sie anvisiert hatte, als drei der vier Pfeile einschlugen. Ein Zentifar ging tödlich getroffen zu Boden, der letzte jedoch hatte keine Wunde davongetragen. Umständlich wendete er seinen Pferdeleib auf der Treppe, um ins Tal zu flüchten und Alarm zu schlagen.

Blitzartig verließ Enowir die Deckung, zielte und schoss. Der Pfeil zischte gerade so über den Kopf des flüchtenden Unholds hinweg.

»Enowir schnell!«, trieb Norfra ihn an. »Wenn er entkommt ...«

Natürlich war sich Enowir der Gefahr bewusst. So schnell ihn seine Beine trugen, rannte er zur Treppe. Doch es war zu spät. In seiner Hatz stolperte der Zentifar und brach sich beim Sturz den Hals. Sein verdrehtes Genick ließ keinen Zweifel über dessen Tod.

Erleichtert atmete Enowir aus. Weil der Tempelberg sehr hoch lag und von Bäumen und Sträuchern verdeckt wurde, waren sie vermutlich nicht gesehen worden. Auch wenn der tote Zentifar sicherlich bald entdeckt wurde.

»Du kannst es nicht mehr verhindern ...« Efnomar klang gequält. Enowir drehte sich zu ihm herum. Der Verräter lag auf dem Boden, zwei Pfeile im Rücken. »Es tut mir leid ...«

»Was kann ich nicht mehr verhindern?«, wollte Enowir wissen. Er packte den Sterbenden an seiner Jacke und zog ihn hoch.

»Der Plan, er wird gelingen ...« Efnomars Gesicht war aschgrau und seine Stimme nicht mehr als ein Säuseln. »Du kannst nur überleben, wenn du dich ihm anschließt ... Er hat zu viel Macht«, offenbar bezog er sich auf die Streitmacht der Zentifare. Wer sie kontrollierte, der konnte auch ihren Elfenklan beherrschen.

»Das Gift, gibt es ein Gegenmittel? Wie kann ich die Zentifare befreien?«, versuchte Enowir, aus dem Gefallenen herauszuschütteln.

»Erst wenn er tot ist, lässt die Wirkung ...«

»Rede verdammt!« Enowir schüttelte den leblosen Leib heftig durch. Besänftigend legte ihm der Schamane seine Hand auf den Unterarm.

»Er ist tot«, sprach Norfra ruhig. »Hier können wir nichts mehr tun.«

»Aber ich ...«, zum ersten Mal, seit sie sich in dem Tal der heilenden Quelle befanden, traf Enowir die Hilflosigkeit. Sie kam wie ein alter, verhasster Begleiter über ihn. »Nemira ... ich ...«

»Du kannst sie nicht retten.« Selbst wenn der Schamane es gut meinte, fühlte sich jede gesprochene Silbe wie ein Dolchstoß in Enowirs Rücken an.

»Nein, nein!« Enowir blickte panisch umher. »Wir werden das Wasser ...« Er griff nach seinem

Trinkschlauch, um ihn auszuleeren und ihn mit dem vergifteten Wasser zu füllen.

»Das Wasser entgiftet sich nur, wenn es fließt«, erinnerte Norfra ihn.

»Aber ich muss sie retten ...« Eine niegekannte Verzweiflung hielt Enowir fest um Griff.

»Das geht nicht. Es tut mir leid, aber sie wird sterben ...«, holte Norfra ihn in die unerbittliche Realität zurück.

»Ich muss zu ihr«, beschloss Enowir. Wenn es schon keine Hoffnung mehr gab, ihr Leben zu retten, dann würde er zumindest in ihren letzten Momenten bei ihr sein.

Seine kostbaren Pfeile zurücklassend, sprang Enowir den Tempelberg hinab. Er benutzte den Weg, den sie hinaufgestiegen waren, doch deutlich schneller und unachtsamer. Norfra hatte Mühe, mit ihm Schritt zu halten und noch mehr damit, ihn zu bremsen, wobei er ihn jedes Mal zur Vorsicht ermahnte.

Ohne den Schamanen hätte sich Enowir in seiner Hatz mehrfach verraten, denn er achtete nicht mehr auf die gebotene Vorsicht. Er wollte zu Nemira, egal wie hoch der Preis dafür war.

Unter diesen Voraussetzungen grenzte es an ein Wunder, dass die beiden unentdeckt das Tal durchquerten.

***

Unerbittlich jagte Enowir die Reitechse über das karge Land. Nichts würde ihn von seinem Vorhaben abbringen, rechtzeitig bei Nemira zu sein.

Gerade ritten sie um jene Wüste herum, in der Marasch hauste, als Norfra Enowir auf eine gigantische

Staubwolke am Horizont hinter ihnen aufmerksam machte. Der Größe nach zu schließen waren es gut und gerne zweihundert Zentifare.

»Lass sie kommen.« Enowir hatte schon lange keine Kontrolle mehr über sich selbst. Er zügelte die Reitechse und zog sein Schwert. Die Waffe blitzte weithin sichtbar in der Sonne. Wenn die Angreifer ihre genaue Position noch nicht gekannt hatten, so wussten sie diese jetzt.

Die ersten Zentifare sprangen bereits über eine Anhöhe, keine zweihundert Schritt von ihnen entfernt.

»Jetzt werden wir sie vernichten, oder selbst dabei zu Grunde gehen«, sprach Enowir entschlossen. Durch den roten Schleier des Hasses erkannte er, dass es keine Aussicht auf einen Sieg gab, was seinem Ziel im Wege stand, so schnell wie möglich bei Nemira zu sein. Als das letzte bisschen Vernunft in ihm erwachte, fasste er einen waghalsigen Plan.

»Mir nach!«, schrie Enowir über den Lärm ihrer heranpreschenden Feinde hinweg und ritt geradewegs in die Knochensandwüste. Es dauerte einen Augenblick bis Norfra die Absicht dahinter erkannte und ihm folgte.

Wenn Enowirs Vermutung richtig war, so lokalisierte Marasch seine Beute über die Erschütterungen, die durch den Knochensand gingen, genauso wie es eine Spinne in ihrem Netz tat. Gegenüber den heranstürmenden Zentifaren sollten Norfra und Enowir in der Wüste für den Lindwurm nicht mehr spürbar sein.

Hinter ihnen hörte er ein Grollen, wie von einem Vulkan. Enowir kannte kein Ungeheuer, welches groß genug war, um mit seinem Gebrüll den Boden derart zu erschüttern. Ein flüchtiger Blick über die Schulter belehrte ihn eines Besseren. Zunächst schien sich ein Sandberg zu erheben, woraus letztendlich ein gigantisches Monstrum hervorbrach. Wenn sich eine Schlange mit einem Drachen gepaart hätte, dann wäre genau dieses Ungeheuer herausgekommen, nur um ein Vielfaches gewaltiger. Der Lindwurm richtete sich auf und schien dabei so groß wie der Turm von Darlachs Festung. Dennoch verbarg sich noch ein Großteil der Kreatur unter dem Knochensand. Zumindest ließen die Bewegungen im Wüstenboden darauf schließen. Niemals in seinem ganzen Leben hatte Enowir etwas so monströses gesehen. Den Zentifaren erging es wohl ähnlich, sie stürzten und überschlugen sich in wildem Lauf, als sich Marasch aus der Wüste erhob. Mit Augen, die so tief und groß waren, wie schwarze Seen, sah der Lindwurm auf jene herab, die seinen Schlaf störten. Grollend fuhr er auf die Zentifare hinab, um sie zu verschlingen. Der größte Zentifar war nicht größer als Maraschs kleinster Zahn. Niemals würde das Monstrum von dem kargen Mahl satt werden.

So schnell die Reitechsen rennen konnten, flüchteten Enowir und Norfra aus der in Aufruhr gebrachten Sandwüste. Hinter ihnen tobte Marasch mit tödlichem Zorn. Vermutlich gelang es vielen der Zentifare, zu entkommen, doch derart versprengt und entsetzt würden sie die Verfolgung kaum fortsetzen. Allerdings wollten sie ihr Glück nicht auf die Probe stellen. Deshalb bremsten sie ihren Ritt nicht ab, als sie die Wüste hinter sich ließen. Dazu mussten sie ihre in Panik flüchtenden Reittiere nicht einmal anspornen. Die Schwierigkeit bestand darin, sie in die richtige Richtung zu lenken und gleichzeitig im Sattel zu bleiben.

Irgendetwas zerbarst. Enowir verließen augenblicklich all seine Kräfte und er stürzte von der

Echse, die einfach weiter rannte. Am Boden liegend wurde er von einem Schmerz gepeinigt, als hätte man ihm eine glühende Klinge ins Herz gestoßen. Ein langer Schrei der Pein löste sich aus seiner Kehle und gellte über die verderbten Lande. Für einen Augenblick schwiegen alle Vögel, alle Tiere verharrten in Regungslosigkeit und sogar alle Bestien hielten in ihrem widerwärtigen Treiben inne. Selbst alle Elfen verstummten und nahmen unwissentlich Anteil an Enowirs Verlust. Es gab keinen Zweifel. Nemira war gestorben und er, Enowir, der geschworen hatte sie zu retten, war in diesem letzten Moment nicht bei ihr.

XI.

»Und so gebe ich euch, den Geschöpfen meines Bruders, ein Versprechen: Wo auch immer ein Einziger von euch in meinem Namen handelt, dem will ich selbst in tiefster Dunkelheit beistehen. Nicht zu brechen wird sein Wille sein. Sein Geist klar und unbeugsam seine Kraft. Auf dass sich mein Geschenk voll und ganz in ihm entfalte, das da heißt Nibahe.« So sprach Galarus, der Gott des Lebens, nachdem er der Wirkung seiner Gabe unter den Hochgeborenen gewahr wurde.

Aus dem Schöpfungsmythos der Hochgeborenen

Wie Enowir zurückgekommen war, wusste er nicht und es war ihm auch egal. Er konnte sich nur noch daran erinnern, wie er durch die Tür getreten war und Nemiras Körper auf dem Totenbett liegen sah. Man hatte sie in feines Leinentuch eingehüllt. Bis zuletzt war er der irrwitzigen Hoffnung erlegen, dass es sich um eine Verwechslung handelte. Er hätte sich jeden anderen Elfen unter die Tücher gewünscht, wenn es sein musste sogar sich selbst. Auch wenn er in seinem Inneren genau wusste, dass es Nemira war. Er erkannte ihren schlanken Körper unter den Leinentüchern schon von der Tür aus. Dennoch musste er ihr Gesicht freilegen, um die schreckliche Wahrheit zu akzeptieren. Es war Nemira! Ihre Augen waren geschlossen, die Wunden gut gereinigt und mit einer Paste versiegelt. Sie sah so friedlich aus, als würde sie schlafen. Enowir wollte sie ergreifen, sie wachrütteln und sie tadeln für den bösartigen Scherz, den sie ihm spielte. Er war erschrocken, als er die Kälte ihres Körpers gefühlt hatte. Es war die Kälte des Todes, die er schon viel zu oft gespürt hatte und doch wog kein

Verlust so schwer wie dieser. Es war, als wäre Enowirs Seele mit ihr gestorben und er als leere, leblose Hülle zurückgeblieben.

Hier saß er nun an ihrem Totenbett. Wie viele Tage derweil vergingen, wusste er nicht zu sagen. Immer wieder waren Elfen in weißen Gewändern hereingetreten, um das Räucherwerk auszuwechseln, welches in aufgehängten Metallschalen brannte und einen intensiven Duft verströmte, der aber nicht mehr bis in Enowirs Bewusstsein drang. Die Fackeln im Raum waren ebenso des Öfteren niedergebrannt. Nicht selten hatte die Dunkelheit vom Totenzimmer Besitz ergriffen, bis jemand kam, der die Feuer wieder entzündete. Meist erschraken diejenigen, die dieser Tätigkeit nachgingen, als Enowir im Schein der neuentfachten Fackel vor ihnen auftauchte. Ihre Entschuldigungen über ihre eigene Schreckhaftigkeit nahm er nicht wahr. Er saß einfach nur neben der Toten und rührte sich nicht. Seine Augen waren rotgeweint, seine Wangen so blass wie die von Nemira und mit Bahnen von Tränen überzogen.

»Sein Herz ist gebrochen.« Enowir kam die Stimme vertraut vor, aber sie ging ihn nichts mehr an.

»Das kann ich ja verstehen«, erwiderte eine andere, die ihm nicht minder bekannt war und wie aus einer längst vergangen Zeit klang, einer glücklicheren.

»Nein das kannst du nicht«, entgegnete Norfra und schüttelte den Kopf. »Das kann keiner von uns. Es ist Nibahe.«

Darlach sah nicht überzeugt aus. »Noch nie in fünfhundert Jahren ist mir dieses Phänomen begegnet. Ich habe die Geschichten über diese Kraft immer für Märchen gehalten.« Der Gelehrte blickte zu Enowir hinüber. »Wenn es Nibahe sein sollte, müsste er sich dann nicht anders verhalten?«

»Was meinst du mit ›anders‹?«, erkundigte sich Norfra interessiert.

»Nun eben anders«, er zuckte resignierend mit den Schultern. Offenkundig war es Darlach als Gelehrtem unangenehm, nicht die richtigen Worte zu finden.

»Wie auch immer, Enowir wird sterben, wenn wir nichts unternehmen«, äußerte Norfra seine Sorge.

»Nun gut.« Darlach straffte sich und schritt zu Enowir hinüber. Neben ihm ging er auf ein Knie und sah ihn lange an. Dabei musste er sich beherrschen, um vor dem Anblick nicht zurückzuschrecken.

»Enowir, mein Freund«, fing Darlach an.

Der Angesprochene zeigte keine Regung, als würde er den Gelehrten nicht bemerken.

»Enowir«, wiederholte Darlach den Namen, als wolle er ihn daran erinnern, wie er hieß. »Wir müssen Nemiras Körper dem Feuer übergeben, damit sie Ruhe findet.«

Enowir blickte zu Nemira. Sie lag unbewegt da und die Totenflecken breiteten sich bereits von ihrem Nacken her über ihren Kopf aus.

»Sie ist eine Heldin, Enowir«, versuchte Darlach, ihn aufzumuntern. »Sie hat sich für den Frieden zweier Klane geopfert. Wir werden ihre mutige Tat niemals vergessen.« Jetzt zuckte Darlach doch zurück, denn der Blick, den er sich von Enowir einfing, kündete ein drohendes Unheil an.

»Eure verdammten Helden sind alle tot!« Dies waren die ersten Worte, die Enowir, seit er von der Reitechse gefallen war, sprach und sie schnitten wie Messer. »Wäre sie nur daheim geblieben«, er sah zu Nemira hinab.

»Und was dann?«, fragte Norfra, der nun ebenfalls neben Enowir stand. »Dieses Leben wäre ihr nicht gerecht geworden. Nein, das ist es, was sie gewählt hat.«

»Sie hat sicher nicht gewollt, dass sie für die Dummheit zweier Klane ihr Leben lässt!«, brauste Enowir auf.

»Das nicht.« Norfra sah ihn gütig an. »Aber das Leben im Lager hätte sie ebenfalls umgebracht«, erinnerte ihn der Schamane, der von Enowir erfahren hatte, wie sein Stamm auf Krateno überlebte.

Nur fünfzig Geburten und dann stirbt man, das wäre kein Leben für mich. Dann sterbe ich lieber draußen in der Wildnis, als auf diese Weise im Lager, rief Enowir sich Nemiras Worte ins Gedächtnis. Ihre Stimme zu hören, auch wenn er sich nur an ihren Klang erinnerte, schmerzte unsagbar.

»Sie wusste, dass euer Leben gefährlich ist und dass am Ende Galwar auf euch warten würde«, fuhr Norfra fort. »Es ist besser nach einem bewegten Leben zu sterben, als niemals gelebt zu haben, auch wenn man dabei glaubt, in Sicherheit zu sein.«

Darlach staunte offen über die Worte des Schamanen.

»Meinst du?«, klammerte sich Enowir an diesen Strohhalm.

Norfra nickte. Mit starker Hand griff er an Enowirs Jacke und zog ihn sanft, wenn auch bestimmt, auf die Beine. »Du musst etwas essen«, beschloss er. »Wenn Nemira dich so sehen würde ...«

»Sie würde mich auslachen«, mutmaßte Enowir. Zum ersten Mal seit langem stahl sich ein Lächeln auf seine Lippen, das sofort erlosch, als er Nemira auf dem Totenbett liegen sah.

Der Schamane sollte jedoch recht behalten. Nachdem Enowir gegessen und getrunken hatte, sah die Welt ein wenig anders aus. Auch der Schlaf, der ihm nach der Mahlzeit auf die Lider drückte, bekam ihm gut. Selbst wenn Enowir vermutete, dass ihm Norfra etwas in den Tee gemischt hatte.

Nemira und er tanzten durch das grüne Tal im Vulkankrater, dort wo die heilende Quelle entsprang. Sie hatten diesen wunderbaren Ort ganz für sich allein. Sie küssten sich und rollten durch das saftige Gras.

»Du weißt, dass das ein Traum ist.« Nemira sah ihren Liebsten lange an.

Er strich ihr die blonden Haare aus dem Gesicht und versank in ihren braunen Augen. »Ja«, antwortete er. »Und wenn schon.«

»Deshalb musst du jetzt aufwachen«, erklärte Nemira, wobei sie betrübt den Blick senkte.

»Noch nicht«, widersprach Enowir. »Ich will ...«

»Ich warte hier auf dich«, versprach sie. »Aber jetzt musst du aufwachen und ein letztes Mal deinen Klan beschützen!«

Alarmiert schreckte Enowir auf. Er lag halb entkleidet auf einem einfachen Lager. Seine Waffen, Stiefel und die Jacke hatte jemand sorgsam auf einem Stuhl neben ihm gelegt. »Dieser Traum, etwas ...«

»Etwas stimmt damit nicht«, vollendete Norfra den Satz. Der Schamane stand in der Tür. Es sah so aus, als sei er eben erst hereingetreten.

»Ja.« Enowir sah den dunkelhäutigen Elfen überrascht an. »Das war der Tee, den du mir gebraut hast, oder?«

Norfra hob abwehrend die Hände. »Nein, der war nur dazu gedacht, dir etwas Ruhe zu gönnen. Mit dem Traum habe ich nichts zu tun.«

»Seltsam.« Enowir setzte sich auf und rieb sich die Augen. »Er kam mir wirklicher vor, als unsere Welt.«

»Vielleicht schläfst du ja immer noch«, gab Norfra zu bedenken.

Enowir sah ihn fragend an.

»Wir alle schlafen im Grunde«, erklärte Norfra, der zweifellos vor ihm stand. Enowir wusste, dass er nicht träumte. Er erkannte das Zimmer, in dem er sich befand, zumindest den Baustil. Es war mit Sicherheit ein Raum in dem gigantischen Turm.

»Was willst du mir sagen?«, fragte Enowir, als er zweifelsfrei feststellte nicht mehr zu schlafen.

»Dass wir nicht fähig sind, die echte Wirklichkeit wahrzunehmen und uns immer eine eigene erschaffen«, führte Norfra aus. »Und auch wenn wir fest davon überzeugt sind, dass das, an was wir glauben, echt ist, so ist es nur eine Täuschung.«

»Du meinst die ganzen Gedankengebäude, die wir errichtet haben, wie der Glaube an Freunde und Familie?«, fragte Enowir und schlüpfte in seine Stiefel.

»Nicht nur das«, stimmte Norfra zu.

»Aber ohne diese Einbildungen verliert das Leben seinen Sinn.« Diese Unterhaltung diente vor allem dazu, Enowir abzulenken, und es gelang. Seine Gedanken waren so sehr damit beschäftigt Norfras Worte zu enträtseln, dass er für einen Moment den Schmerz vergaß, der sich wie ein düsterer Schatten über sein ganzes Sein gelegt hatte.

»Genau, deswegen brauchen wir auch manche Illusion. Aber wenn wir wirklich wach sind, können wir selbst bestimmen, welche wir wählen.« Norfra half Enowir in die Jacke. »Gefährlich wird es, wenn wir zu sehr an eine Vorstellung glauben. Beispielsweise daran, dass Elfen in verschiedenen Klanen leben müssen. Dass wir vielleicht sogar anderen Rassen angehören, weil wir eine andere Hautfarbe haben. Dass es sowas wie den Tod gibt ...«

»Wenn wir an so etwas wie Krieg glauben«, führte Enowir die Aufzählung weiter.

»So ist es, wenn wir glauben, es gäbe einen Feind, den wir bezwingen müssten. Dabei gibt es im Grunde nur einen einzigen Feind, der uns jeden Tag herausfordert und das ist die Illusion, die wir uns von uns selbst erschaffen haben.« Er reichte Enowir seine Waffen.

Gedankenverloren betastete Enowir den Bogen, den Nemira einst getragen hatte. *Lass es Stumpfohr, du kannst mit einem Bogen nicht umgehen*, erklang ihre Stimme in seinem Kopf. Sie hörte sich nicht wie eine Erinnerung an. Eher wie eine der vielen Herausforderungen, mit denen sie sich jahrzehntelang gegenseitig dazu gebracht hatten, über ihre eigenen Grenzen hinauszugehen. Enowir lächelte milde und zog sich den Köcher über die Schulter.

»Komm jetzt mein Freund, die anderen warten.« Sanft bugsierte ihn Norfra zur Tür hinaus.

»Was ist denn? Wohin gehen wir?«, wollte Enowir wissen.

Die Antwort traf ihn wie ein Faustschlag. »Zur Bestattung.«

***

Als wollte die Sonne selbst dieser Zeremonie beiwohnen und Nemira die letzte Ehre erweisen, stand sie hoch am Himmel.

Der Körper lag auf einem aus Holz gezimmerten Podest. Darunter war feinsäuberlich Brennmaterial aufgeschichtet. Alle Elfen von Darlachs Klan hatten sich versammelt, um die Tote zu ehren. Unter ihnen mischten sich auch einige Faranier, die in der Masse wie schwarze Schatten aufragten. Ihre Hauptstreitmacht war abgezogen, doch ein paar waren geblieben, um die neu geschlossene Freundschaft zu vertiefen. Sogar Salwach hatte sich hier eingefunden. Er war der einzige Elf, der mit vorgehaltenen Waffen bewacht wurde, sein Blick ging ausdruckslos ins Leere. Vermutlich hatte man ihn von seinem Fieber geheilt, nur schien der Brand in seinem Inneren nicht viel von seiner Persönlichkeit übriggelassen zu haben.

Darlach stand vor dem Portal des Turmes und blickte auf die versammelten Elfen hinunter. Norfra und Enowir waren neben ihn getreten. Tröstend ergriff Darlach den Arm des Trauernden und sah ihn aufbauend an. Enowir hingegen konnte sich von der Szene, die sich ihm bot, nicht losreißen. Es war irgendwie seltsam. Er hatte Nemira und sich in all der Zeit, die sie zusammen unterwegs gewesen waren, niemals für etwas Besonderes gehalten. Auch nicht wegen ihrer Taten in der jüngeren Vergangenheit. Und doch hatten sich nun hunderte Elfen zweier absolut unterschiedlicher Klane versammelt, um Nemira zu ehren und den Schmerz mit ihm zu teilen. Enowir benötigte nicht Norfras Hand auf der Schulter, um zu wissen, dass er nicht allein war.

Darlach erhob die Stimme in seiner Position als Oberer dieses Klans: »Schwestern und Brüder im Blute! Wir haben uns hier und heute versammelt, um eine Heldin zu ehren, wie es in unserem Land keine zweite gegeben hat«, seine Worte drangen bis über die Festungsmauern. »Nur selten tragen sich solche Ereignisse zu und nur wenige Elfen können sich rühmen, Zeuge davon gewesen zu sein. Und doch ist uns solches widerfahren. Mit Ihrem Tod hat Nemira nicht nur unzählige Elfenleben gerettet und einen Jahrhunderte währenden Krieg verhindert. Nein, sie hat damit das Fundament für die Verbrüderung zweier Elfenklane gelegt.«

Enowir sah die glitzernden Augen von hunderten Elfen, die dankbar auf die in Tücher gehüllte Tote blickten. Nemira wäre über diese Ansprache sicher schamrot geworden und hätte das Weite gesucht. Vielleicht hätte sie ihre Ehrung aber auch lächerlich gefunden. Wie auch immer, Elfen brauchten Helden, zu denen sie aufschauen konnten, deren Taten heroisch verklärt wurden und ihnen Beispiele gaben.

»Nemira, du hast ein Zeitalter des Friedens eingeläutet!«, sprach Darlach. »Dafür danken wir dir!«

Mit diesen Worten wurde der Scheiterhaufen entzündet. Das Feuer bemächtigte sich schnell des Gerüstes und des in Tücher gewickelten Körpers. In den Flammen war Nemira nur noch als ein Schatten zu erkennen, der sich mehr und mehr auflöste.

»So wie deine Asche in alle Winde Kratenos getragen wird, so werden auch wir deinen Frieden in die Welt tragen. Eines Tages wird sich auf dem Fundament, das du begründet hast, ein neues Elfenreich erheben!«

Wie alle Elfen auf dem Platz starrte Enowir schweigend in die Flammen. Sie brannten derart heiß, dass er sie auch in fünfzig Schritt Entfernung auf seiner Haut spürte. Der Scheiterhaufen hatte bereits damit begonnen in sich zusammenzustürzen, als sich Darlach an Enowir wandte: »Und du hast ebenso wie Nemira alles gegeben, um zwei Klane vor dem Untergang zu bewahren, zu denen du nicht gehörtest!« Er sprach laut genug, um selbst über das knisternde Feuer noch weithin hörbar zu sein. »Dir gilt unser Dank und du sollst wissen, wo auch immer dich deine Füße hintragen werden, bei den Faraniern und auch hier hast du ein Zuhause, das auf dich wartet! Denn wir stehen bis zum Ende aller Tage in deiner Schuld!« Mit diesen Worten ging Darlach vor Enowir auf die Knie und alle Elfen auf dem Platz taten es ihm gleich. Selbst Norfra sank in Ehrerbietung zu Boden. Die Anerkennung fühlte sich falsch an, Enowir war kein Held. Worin sollte seine vollbrachte Heldentat bestehen? Kein Elf an seiner Stelle hätte anders gehandelt.

Er war unendlich dankbar, als zwei Reiter das andächtige Schweigen durchbrachen. Im Galopp kamen sie durch das Tor geritten, welches von den Wächtern hektisch für sie geöffnet worden war.

Einige der Elfen mussten beiseitetreten, um den Weg für die herangaloppierenden Kundschafter freizumachen. Die beiden Reiter in voller Rüstung stiegen erst von ihren Echsen, als sie die Treppe, die zum Turmportal hinauf führte, erreicht hatten. Keuchend kamen sie vor Darlach zum Stehen, der sie etwas irritiert über die Störung ihres Rituals ansah. Der neue Anführer der Wache maß die Kundschafter mit tadelnden Blicken, wohingegen sich Enowir mehr für das interessierte, was sie zu sagen hatten.

»Oberer, die ...«, keuchte der eine Reiter, während der andere schien, als hätte er über Enowirs Anblick seine Botschaft vergessen. »Die Zentifare rotten sich zusammen, zu ...« Er benötigte abermals eine Atempause. Offenbar verfügten die Reiter kaum über eine nennenswerte Ausdauer im Laufen, da sie die meiste Zeit auf dem Rücken der Echsen zubrachten.

»Sie wollen uns angreifen?«, fragte Darlach erschrocken.

»Es scheint so«, gab der Kundschafter zurück, der endlich wieder zu Atem kam. Auch er interessierte sich nun mehr für Enowir. Schon jetzt hielt dieser die Heldenverehrung kaum aus. Nicht lange und ihm platzte mit Sicherheit der Kragen.

»Wo sind sie jetzt?«, wollte Darlach wissen.

»Drei Tagesritte weiter östlich«, antwortete der andere Kundschafter, ohne seinen Oberen anzusehen.

»Dann haben wir noch viel Zeit«, stellte Darlach beruhigt fest.

»Sind sie bewaffnet?«, erkundigte sich Enowir, dem die ganze Sache seltsam vorkam.

»Was? Oh!« Der Kundschafter war so überrascht, von dem Objekt seiner Bewunderung angesprochen zu werden, als richtete die Statue eines gefallenen Helden das Wort an ihn. »Das Übliche, Speere, nichts Besonderes«, tat er die Frage ab, als er die Sprache wiederfand, woraufhin er erneut seiner Heldenverehrung nachhing.

»Darlach, ich muss dir etwas sagen«, eröffnete Enowir seinen Bericht von der heilenden Quelle, doch der Obere winkte ab. »Norfra, hat mir schon alles berichtet, dich trifft keine Schuld«, fügte er hinzu.

Darauf wusste sich Enowir keinen Reim zu machen, weshalb er ins Stocken geriet. Was hatte Norfra dem Gelehrten erzählt? Er schüttelte die irritierten Gedanken ab und gab seine Überlegung preis: »Zentifare können die Festung nicht erstürmen, dafür sind sie nicht ausreichend bewaffnet. Es sei denn, sie hätten eine Bestie dabei, die das Tor aufbrechen kann.« Enowir sah die Kundschafter abwartend an. Es dauerte zwei Lidschläge, bis sie sich von ihren Träumereien losrissen und die im Satz enthaltene Frage verstanden.

»Äh nein, nicht, dass wir etwas Derartiges gesehen hätten«, stammelte einer der beiden.

»Und wir hätten eine solche Kreatur bemerkt«, fügte der andere Kundschafter hinzu.

»Na dann ist ja alles in Ordnung, wir sollten nur nicht den Fehler machen und ihnen entgegenreiten. Das würde zu unnötigen Verlusten führen«, warf Norfra ein.

»Darlach könnten wir in dein Besprechungszimmer gehen? Es wird mir hier ...«, Enowir sah in die Richtung der Menge, die ihn unverhohlen anstarrte, angeführt von den beiden Kundschaftern.

»Ich verstehe«, lächelte Darlach verständnisvoll.

***

»Nach den Aussagen der Kundschafter sind sie hier.« Darlach deutete auf die Karte von Krateno.

»Es ergibt keinen Sinn. Wenn sie tatsächlich angreifen wollten, dann ...«, Enowir stockte. Bisher hatten die Zentifare sie immer nur in die Irre geführt. Sie waren keine Armee, die offen jemanden angriff. Sie dienten Raguwir und schienen nur für einen Zweck bestimmt zu sein, und zwar, um die feindlichen Klane und alle seine anderen Widersacher auszulöschen. Eines stand jedenfalls fest: Der vermeintliche Angriff diente mit Sicherheit nicht dem Offensichtlichen. Es gab einen anderen Grund, warum sich die Zentifare zusammenschlossen.

Ständig bekamen sie weitere Meldungen über die Zentifare. Darlach hatte seinen Kundschaftern befohlen, so nah wie möglich an sie heranzugehen und sie bezüglich ihrer Bewaffnung und Anzahl auszuspähen. Außerdem galt es, zu beobachten, ob sich der Horde irgendwelche Monster anschlossen. Das

Vorgehen der Faranier hatte sie vorsichtig werden lassen.

Während sich Enowir und Darlach berieten, hatte sich Norfra mit untergeschlagenen Beinen auf den Boden gesetzt und die Augen geschlossen, wobei er kein Lebenszeichen von sich gab. Der Schamane schien nicht einmal zu atmen. Nur wenn man ganz genau hinsah, erkannte man, wie sich seine Bauchdecke leicht hob und senkte.

»Sie bewegen sich nicht, wie es scheint«, interpretierte Darlach die neueste Meldung. »Es werden nur immer mehr. Gibt es dort etwas, das von strategischem Wert wäre?«

Enowir überlegte kurz. »Nur Ressourcen, es ist das Land, wegen dem wir ursprünglich aufgebrochen sind, um mit Kranach zu verhandeln.«

»Ich nehme an, dein Klan frequentiert dieses Gebiet sehr häufig?«, fragte Darlach.

Enowir nickte. Den ganzen Nachmittag starrten sie bereits auf die Karte und zermarterten sich ihre Köpfe. Sie hätten nicht so viel Zeit darauf verwendet, wenn die Zahl der Zentifare nicht ständig angestiegen wäre. Angeblich zählten sie mittlerweile fünftausend.

»Was ist, wenn sie gar nicht hierher unterwegs sind?«, gab Enowir zu bedenken. Natürlich, wie konnte er so blind sein. »Sie wollen niemanden angreifen«, erkannte er. »Es ist eine Provokation. Sie wollen, dass man sie angreift.«

»Welcher Wahnsinnige würde sich so einer geballten Macht entgegenstellen?«, erkundigte sich Darlach verblüfft.

Da fiel Enowir nur ein einziger Name ein. »Gwenrar«, sprach er ihn gleichzeitig mit Norfra aus, der soeben aus seiner Trance erwachte.

357

»Was?«, fragte Enowir an den Schamanen gerichtet, der sich ausgiebig streckte und reckte, als habe er sich ein ganzes Jahrhundert lang nicht mehr bewegt.

»Er ist aufgebrochen, um die Zentifare zu vernichten«, verkündete Norfra und erhob sich schwerfällig.

»Allein?« Diese Wahnsinnstat wäre Gwenrar durchaus zuzutrauen.

»Nicht allein«, verneinte der Schamane. »Das wäre doch Irrsinn.«

Enowir biss sich auf die Zunge, um den Oberen nicht schlecht zu reden. Auch wenn er von ihm als Verräter deklariert worden war, verbot es sein Ehrenkodex.

»Er hat fünfhundert Krieger dabei«, eröffnete Norfra. »Wenn man fünfhundert Elfen, die zu Fuß unterwegs und mit spitzen Stöcken bewaffnet sind, wirklich Krieger nennen kann«, überlegte er.

»Woher weißt du das alles?«, fragte Darlach, der dem Dialog ungläubig gelauscht hatte.

»Eine Seelenreise, oder so«, erklärte Enowir, ohne zu wissen, von was er da sprach.

»Mir ist es möglich, in das Weltenbewusstsein einzudringen, wenn ich ausreichend konzentriert bin. Auf diese Weise vermag ich alle Ereignisse sehen, zu denen ich über die Personen in meinem Umfeld eine Beziehung herstellen kann«, führte Norfra aus. Auch wenn ihm klar sein musste, dass ihn keiner der beiden verstand. »Gwenrars Hass springt einen regelrecht an und er hat die fünfhundert Elfen damit infiziert. Es ist deutlich spürbar.«

»Ob es fünfhundert sind, oder dreitausend, von solch einer Überzahl Zentifare werden sie gnadenlos niedergetrampelt.« Enowir zog den Bogen über seine Schulter. »Ich muss sie aufhalten!«

Er war bereits im Begriff die Stufen zum Aufzug hinabzusteigen, als Darlach ihm nachrief: »Enowir, warte!«

»Ich kann nicht, das ist mein Klan! Unser Volk! Ich kann sie nicht einfach in ihr Verderben laufen lassen«, warf er sich in die Brust. Selbst wenn er, bei allen Göttern, nicht wusste, wie er sie aufhalten sollte.

»Bei Galarus, ich werde dich nicht davon zurückhalten«, versprach Darlach. »Aber nun ist es Zeit, dass wir etwas von unserer Schuldigkeit zurückzahlen. Ich gebe dir so viele Männer mit, wie du brauchst und alle Ausrüstung, die du für nötig erachtest.«

»Das ist sehr großzügig, aber ...«

»Nein, ich dulde nicht, dass du unsere Hilfe ablehnst. Nicht nach allem, was du für uns getan hast«, erklärte Darlach.

»Er wird mindestens zwanzig Berittene benötigen und ich schlage vor, dass zehn Krieger aus jedem Stamm mitkommen«, mischte sich Norfra in die Verhandlung ein. »Damit geben wir ein Beispiel des Friedens, zwischen unseren Klanen.«

»Eine gute Idee« Darlach klatschte begeistert in die Hände. »Enowir, Botschafter des Friedens. Das soll von nun an dein Titel sein.«

»Was diese ganze Heldensache angeht ...« Enowir sah die Stufen hinab. Er wusste nicht, wie er Darlach sein Unbehagen schonend eröffnen sollte. Ihm widerstrebte es, als Held angesehen zu werden.

Darlach kam um den Kartentisch herum und lächelte vielsagend. »Ich weiß Enowir, dir gefällt das alles nicht«, durchschaute er seinen Freund. »Doch dieses neue Zeitalter, welches nun über Krateno

359

hereinbricht, braucht ein Gesicht, einen Helden. Die Elfen brauchen das. Zu lange sind wir im Dreck herumgekrochen und haben uns nur um unsere eigenen Belange gekümmert, ohne jemals über uns hinauszuwachsen. Du und Nemira, ihr verkörpert einen neuen Zeitgeist. Wir brauchen euer Beispiel, wenn wir uns zu einem neuen Zeitalter aufmachen wollen.«

Enowir verstand, dennoch taugte er nicht zum Helden. Viel zu schnell würden die Legenden um seine Person der Wirklichkeit zum Opfer fallen. So wie der Schimmer einer Klinge dem Rost anheimfällt, wenn man sie nicht pflegt. Was sollte dann aus dem neuen Zeitalter werden, wenn er, als dessen Symbol, in den Augen seiner Bewunderer versagte?

»Keine Sorge, Enowir, echte Legenden werden erst im Tod geboren«, versuchte Norfra ihn zu beruhigen, was ob dieser Argumentation gehörig misslang. »Was ich meine ist, dass du so lange leben wirst, bis man sich nur noch an Nemira erinnert, von der man sich bald erzählen wird, sie habe alle Klane alleine gerettet und geeint.«

»So ist es«, pflichtete Darlach ihm bei. »Und bis dahin solltest du, Enowir, den Ruhm um dich nutzen, um deine Ziele zu erreichen. Solange es dem Wohle unseres Volkes dient, versteht sich.«

Vielleicht hatten die beiden recht. Vorerst beschloss Enowir, sich in sein Schicksal zu fügen. Selbst wenn ihm sein Ruhm nichts nutzte, sobald er seinem eigenen Klan gegenüberstand.

»Bis du es kannst, werde ich dich begleiten«, versprach Norfra und trat zu Enowir. Der Friedensbotschafter fragte nicht nach, was »es« denn sein mochte, aber es bezog sich sicher nicht darauf, mit dem Ruhm umgehen zu lernen. In den Worten des

Schamanen verbarg sich immer viel mehr, als sie zunächst vermuten ließen.

»Enowir, ich werde dich jetzt nicht mehr mit meinem grenzenlosen Dank, der dir auf ewig sicher sein wird, belästigen«, verabschiedete sich Darlach, ihm tief in die Augen blickend. »Du weißt, bei uns wirst du immer ein Zuhause finden. Ich wünsche dir viel Erfolg bei deiner Unternehmung. Du hast viel durchgemacht, aber jetzt stellst du dich einer nahezu unmöglichen Aufgabe. Du musst jene für dich gewinnen, die dich als Verräter davongejagt haben.«

***

Im Nachhinein war Enowir dankbar für seine Begleiter. Es handelte sich um zwanzig erfahrene Elfen, die sich in der Wildnis gut zurechtfanden. So waren nun vierzig Augen auf Enowirs Sicherheit bedacht, denen nicht das Geringste entging. Zunächst hatten sich die Faranier schwergetan, auf den Echsen zu sitzen. Doch sie gewöhnten sich schneller an die Reittiere, als Enowir es einst getan hatte. So standen sie bald den anderen Elfen in der Reitkunst in nichts nach. Unter den Faraniern befanden sich so viele Frauen wie Männer, allesamt ohne Rüstung, nur spärlich mit Leder bekleidet, bewaffnet mit Kampfstäben und darin eingearbeiteten Knochenklingen. Dagegen sahen die Elfen von Darlachs Klan wie Ritter aus, auch wenn es schönere und besser gearbeitete Rüstungen gab als ihre Echsenschuppenpanzer. Ihre Bewaffnung bestand überwiegend aus schartigen Stahlschwertern und in Stäbe eingesetzten Klingen und Dolchen.

Enowir war sich sicher, dass er allein mit diesen Reitern hundert Elfen seines eigenen Klans ohne weiteres hätte besiegen können. Was eigentlich Sicherheit versprach, erschwerte sein Vorhaben jedoch zusätzlich. Derart gerüstet wirkten sie nicht wie Friedensbotschafter, sondern wie eine Armee, mit der Absicht, kleine Gruppen seines Klans aufzureiben. Nüchtern betrachtet war es einfach nur dumm, sich ohne Waffen in die Wildnis zu wagen. Aber dieses Argument würde Gwenrar vermutlich nicht gelten lassen. Es fiel Enowir beim besten Willen nicht ein, wie er Gwenrar überzeugen sollte von seinen Kriegsvorhaben abzulassen. Ob er ihm alleine gegenübertrat oder in ihrer Gruppe machte dabei keinen Unterschied.

Um Gwenrar zu erreichen, bevor sich seine Streitmacht ins Verderben stürzte, mussten sie einen großen Bogen um die Horde der Zentifare machen. Die Armee der Bestien war mittlerweile zu einer unbesiegbaren Masse angewachsen. Es blieb Enowir immer noch unbegreiflich, wie es Raguwir gelungen war, solch ein Heer aufzubauen. Woher kannte er überhaupt das Rezept für dieses Gift? Eine Frage, die nur Raguwir selbst beantworten konnte, wenn es gelang, Gwenrar zu überzeugen, dass er geradewegs ins Verderben lief.

»Es sind mittlerweile etwa siebentausend«, meldete einer der Kundschafter, die Enowir aus seinem Tross losgeschickt hatte. Sie sollten die Bewegungen der Zentifare genauestens im Auge behalten, sodass er mit seinen Kriegern notfalls die Flucht ergreifen konnte, sollte sich diese Heerschar widererwarten in Bewegung setzen.

»Niemals habe ich so eine Masse von ihnen gesehen und noch dazu so eine friedliche«, erklärte der Kundschafter verwundert, obwohl er mit diesem Anblick hätte rechnen müssen. Entgegen Nolfias Rat hatte Enowir seine Gefolgschaft genauestens darüber in Kenntnis gesetzt, was auf ihrem verderbten Kontinent vor sich ging. Was zur Folge hatte, dass die Krieger und Kriegerinnen sich nun als Teil von Enowirs Heldenreise begriffen. Vielleicht verstanden sie sich sogar als gleichwertig, denn augenblicklich erstarb alle Bewunderung. Stattdessen wirkten die Elfen hochkonzentriert. Wegen Enowirs Offenheit wusste jeder was auf dem Spiel stand. Sie verfolgten nun geschlossen ein Ziel: alle Elfenklane vor Schaden zu bewahren und sie im Frieden zu vereinen.

»Die Masse ist unbedeutend«, beruhigte Enowir den Kundschafter. »Ob eintausend oder siebentausend. Entweder halten wir Gwenrar auf und bringen den Schuldigen zur Strecke oder wir sind alle verloren.«

Der Kundschafter schluckte merklich. Offenbar hatte er es sich schon durchgerechnet, dass auch die Festung seines Klans bei einem Ansturm der Zentifarenhorde fallen musste. Selbst wenn die Belagerung hunderten Zentifaren den Tod brachte. Es war nur eine Frage der Zeit, bis sie die Tore aufsprengten. So lange sie unter Raguwirs Kontrolle standen, waren sie unmöglich in die Flucht zu schlagen.

***

Von ihren Kundschaftern wurden sie an einem Wäldchen vorbeigelotst. Die dichtbelaubten Bäume verbargen sie vor dem Zentifarenlager ganz in der Nähe.

Nun wurde es kritisch. Sie bewegten sich zwischen zwei Armeen, die unweigerlich aufeinanderprallen würden, wenn sie Gwenrar nicht aufhielten. Dabei liefen sie außerdem Gefahr, von den Zentifaren entdeckt zu werden. Für diese stellten sie ein leichtes und lohnendes

Ziel dar. Es ging nun darum, mit Bedacht aber auch schnell vorzugehen. Sie mussten die Möglichkeit verringern, von ihren Feinden gesehen zu werden und genug Zeit gewinnen, um auf Gwenrar einzuwirken.

Einer ihrer Kundschafter preschte heran. »Sie sind dort im Wald!«, rief er schon von weitem.

»Wie viele?« Enowir zog alarmiert den Bogen von der Schulter.

»Zwanzig, vielleicht dreißig«, verkündete der gepanzerte Elfenkrieger. »Was sollen wir jetzt tun?«

»Haben sie dich gesehen?« Enowir versuchte etwas im Unterholz der Bäume zu erkennen, um die Lage selbst zu beurteilen, doch ihm offenbarte der Wald nicht das Geringste.

»Nicht auszuschließen. Aber selbst wenn nicht, auf dieser Ebene können sie unsere Gruppe bis auf dreihundert Schritt Entfernung sehen«, schätzte der Elf die Lage ein.

»Was willst du tun?«, fragte Norfra in seiner ausdruckslosen Art.

»Schneller reiten«, beschloss Enowir. »Wenn sie uns gesehen haben, werden sie uns an die Hauptstreitmacht melden. Bleibt nur zu hoffen, dass ihr Befehl lautet genau hier auf Gwenrar zu warten, egal was geschieht.«

Norfra nickte zustimmend. Der Schamane und Enowir verfielen in einen schnellen Galopp, gefolgt von den übrigen Kriegern. Einige der Kundschafter, die sich über das Gelände versprengt hatten, schlossen zu ihnen auf. Nur einer blieb auf Enowirs Befehl zurück, um zu beobachten, ob sie verfolgt wurden.

***

»Gwenrar, dieser Narr! Wie kann er nur so viele Krieger in den Tod reißen?«, empörte sich Enowir beim Anblick der Elfen, die über die karge Steppe zogen und dabei weithin sichtbar Staub aufwirbelten. Er verbarg sich mit seinen Kämpfern im Schatten einer Baumgruppe, die einer Riesenschlange als Nest gedient hatte. Das Monstrum war tot, bevor es begriff, an wen es sich herangeschlichen hatte.

»Was tun wir jetzt?«, wollte einer der Krieger wissen.

»Wir tun jetzt gar nichts mehr.« Enowir stieg von seiner Reitechse ab. »Ich muss das allein bewältigen.«

»Das ist zu riskant! Zu viel hängt davon ab«, hielt Norfra ihn zurück. »Lass wenigstens mich und einen Vertreter des anderen Klans mitkommen, damit wir vor den Göttern und Gwenrar die Wahrheit deiner Worte bekunden.«

»Na schön«, ließ sich Enowir überzeugen. Gegen den Schamanen zu argumentieren war ein vergebliches Unterfangen, zumal sich in ihm Kühnheit und Weisheit vereinten. Eine Kombination, wie er sie noch nie bei einem Elfen vorgefunden hatte.

»Du, Ladrach«, sprach Enowir den Elfenkrieger an, der ihn nach dem weiteren Vorgehen gefragt hatte. »Steig ab und komm mit.«

Der Krieger sah sich zu seinen Klanbrüdern um, doch keiner regte auch nur eine Miene.

»Wenn wir euch ein Zeichen geben, schließt ihr zu uns auf, vorher nicht. Wenn ihr seht, dass wir getötet werden, dann verschwindet und macht Darlach Meldung«, wies Enowir sie an.

Zu Fuß lösten sie sich aus dem Schatten der Bäume und gaben sich auf der freien Fläche zu erkennen.

»Das ist ein wahnsinniger Plan«, erhob Ladrach außer Hörweite seiner Klanbrüder Einwand. »Was willst du sagen, wenn wir vor ihnen stehen?«

»Mir wird schon was einfallen.« Enowir glaubte selbst nicht an seine Worte, doch bisher war ihm immer etwas eingefallen, ihm oder Nemira. Er stockte kaum merklich. Eigentlich war sie die treibende und er die ausgleichende Kraft. Für gewöhnlich hatte er die Wogen geglättet, die sie aufgebracht hatte. So waren die beiden bisher aus allem herausgekommen, bis zu jenem einen Tag, an dem ...

Die Sonne brannte erbarmungslos vom Himmel herab. Dem trockenen Boden unter ihnen fiel nichts Besseres ein, als die Hitze wieder nach oben abzugeben. So verwandelte sich die Ebene in einen Ofen, in dem sie alle gebacken wurden. Der Einzige, der davon unberührt schien, war Norfra. Ladrach hingegen glänzte der Schweiß auf der Stirn und vermutlich hätte er sich am liebsten seiner Rüstung entledigt. Das Leder von Enowirs Jacke hatte sich aufgeheizt und darunter klebte ihm das Leinenhemd am Körper. Wie mochte es da seinen Klanbrüdern ergehen, die sich schon viel länger durch diese Hitze quälten?

Die drei schritten direkt auf den Todesmarsch der Elfen zu. Enowir winkte von weitem, um sich zu erkennen zu geben und tatsächlich schwenkte die Armee in seine Richtung. Bereits aus der Ferne erkannte er, in was für einem erbarmungswürdigen Zustand sich die Elfen seines Klans befanden. Völlig ausgedörrt und mit spröden Lippen, stützten sie sich entkräftet auf ihre Speere. Es führte zwar jeder einen Trinkschlauch mit sich, diese hingen jedoch schlaff um die Schultern der Elfen. Krateno war in jeder Hinsicht unerbittlich. So viele Krieger mit ausreichend Trinkwasser versorgt über das Land zu befördern, stellte eine strategische Meisterleistung dar, zu der Gwenrar nicht im Stande war.

Enowir hob seine Hände auf Schulterhöhe, um zu signalisieren, dass von ihm keine Gefahr ausging. Seine Begleiter taten es ihm gleich. Schon bald sahen sich die drei von ihren Artgenossen umringt, die sie aus matten aber neugierigen Augen anblicken.

»Wir sind Botschafter des Friedens«, stellte sich Enowir seinen Brüdern vor, von denen er kein einziges Gesicht erkannte.

»Ha«, lachte eine kalte und erbarmungslose Stimme, die Enowir durch Mark und Bein fuhr. Zwischen den Kriegern trat Gwenrar hervor und im Gegensatz zu seinen Kämpfern sah er frisch und erholt aus. Der Wahnsinn blitzte wie eh und je aus seinem gesunden Auge. Auf der Brust funkelte der Edelstein in der Sonne, der in der Kette eingearbeitet war, die den schweren Umhang auf seinem Rücken hielt. Selbst in der Hitze trug er noch das Zeichen seines Triumphes über den Löwen, der ihm den rechten Arm samt Schulter abgerissen hatte. Während die übrigen Elfen eher armselig gekleidet waren, trug Gwenrar feinstes Leder, das genau auf seinen verstümmelten Leib zugeschnitten war. Eigenartigerweise schien ihm die Hitze selbst in diesem Gewand nichts anhaben zu können. Nicht nur mit der Kleidung und seinem körperlichen Zustand, auch in der Bewaffnung überragte er die anderen Elfen seines Klans. An der Seite trug er eine prächtige Stahlklinge, welche die Jahrtausende vortrefflich überstanden hatte.

Hinter Gwenrar lösten sich zwei weitere Elfen aus der Masse, seine Berater. Glinmir, ein harter Krieger und einer der berühmtesten Jäger seines Klans. Einst war er Enowirs Mentor gewesen. Er humpelte und eine lange Narbe reichte ihm von der Stirn über die Wange bis zum Kinn. Die Augenhöhle auf der Bahn der Verletzung war leer. Seine Haut, vom Wetter Kratenos gegerbt, war faltig und wirkte wie Leder. Das verbliebene Auge musterte Enowir und seine Begleiter kritisch. Bei dem anderen Elf handelte es sich, und Enowir traute seinen Augen nicht, um Daschmir! Der junge Elf sah um einiges erwachsener aus, als habe er viel durchgemacht. Auch seine Züge waren härter geworden, sie hellten sich jedoch etwas auf, als er Enowir erkannte.

»Du bist nichts weiter als ein Verräter an deinem Klan und als solcher sollst du den Tod finden«, verurteilte Gwenrar den Friedensbotschafter. Die wenigen Bögen, die sich in dem jämmerlichen Heer befanden, spannten sich hörbar. Enowir zweifelte schwer daran, dass die Elfen in ihrer Verfassung zielsicher schießen konnten.

»Bevor man einen Elfen verurteilt, soll er zumindest angehört werden«, ergriff Norfra das Wort. »Jedenfalls ist das bei uns so.«

»Schweig, Wilder!«, Gwenrar spuckte aus. »Dich hat keiner gefragt.«

»Aber Gwenrar wir sollten ...«, doch Daschmir wurde ebenfalls abgeschmettert.

»Halt deinen verfluchten Rand«, bellte Gwenrar. »Ich habe hier das Sagen und wer das in Frage stellt, der ist verurteilt und tot.«

Hilflos sah Daschmir zu Enowir hinüber.

»Ihr lauft geradewegs in euer Verderben! Meine Freunde und ich sind hier um euch vor dieser Gefahr zu warnen«, erklärte Enowir so ruhig es ihm möglich war.

Der Zorn des Oberen war nicht nur deutlich sichtbar, man konnte ihn spüren, fast greifen.

»Was meinst du damit?«, wollte Glinmir an Gwenrar vorbei wissen und fing sich dafür einen Blick ein, der einen Elfen von geringerem Format dazu gebracht hätte, sich einzunässen. »Ich muss das fragen, so lange ich Euer Berater in Angelegenheiten der Wildnis bin«, berief sich Glinmir auf sein Amt.

»Ihr lauft in eine Falle, die euch von einem Elfen gestellt wurde, der wie kein anderer danach trachtet, den Klan zu übernehmen.« Enowir verschwieg den Namen absichtlich. Vermutlich würde ihm keiner glauben, wenn er davon berichtete, dass Raguwir, der fette, stinkende Waffenmeister, die Führung des Klans an sich reißen wollte. »Auf euch warten siebentausend Zentifare, die sich zusammengerottet haben, nur um Gwenrar zu töten, damit sein Amt frei wird!«, rief Enowir, um von allen Elfen seines Klans gehört zu werden. »Diese Schlacht könnt ihr nicht gewinnen. Sie trampeln euch nieder, noch bevor ihr einen Zentifaren getötet habt!«

Aufgeregtes Stimmengewirr breitete sich unter den Elfen aus. Zweifel an der Unternehmung wurden laut, andere bekundeten offen ihr Misstrauen gegen Enowir.

»Schweigt!«, brüllte Gwenrar über den Tumult hinweg. »Er da ist ein Verräter unseres Klans! Tötet ihn!«

Tatsächlich zischten aus der Masse drei Pfeile auf Enowir zu. Allerdings hatte Ladrach schon damit gerechnet. Er stieß Enowir zur Seite, sodass zwei der Geschosse ins Leere gingen und einer an seinem Schild zerbarst.

»Seht euch nur an!«, rief Ladrach. »Ihr seid von eurer Reise so geschwächt, dass ich allein hundert von euch töten könnte!«

Enowir rechnete mit dem Schlimmsten. So eine Provokation würde Gwenrar niemals unerwidert über sich ergehen lassen.

»Und doch sind wir hier, um euch und euren Klan zu verteidigen!«, rief Ladrach über die aufkommenden Empörung hinweg. »Enowir hat viel riskiert, um unsere beiden Klane zu vereinen.« Er deutete auf Norfra, der durch seine dunkle Haut für jeden deutlich erkennbar von einem anderen Elfenvolk stammte. »Und jetzt ist er zurückgekehrt, wenngleich er von euch verstoßen wurde. Nur, um euch alle zu retten!«

Gwenrar grollte bösartig, wie ein Raubtier, aber selbst er musste bemerken, wie die Stimmung in seiner Armee kippte und sie allmählich begannen ihr Vorhaben in Frage zu stellen. »Wer sagt mir, dass er die Wahrheit spricht?«, fragte er höhnend. »Wieso sollte er nicht der sein, der unseren Klan zu vernichten versucht?«

»Ich, Ladrach, Krieger vom Klan Darlachs verbürge mich für ihn«, schwor der gerüstete Elf, wofür er lediglich Hohngelächter erntete.

»Ein Lügner verbürgt sich für einen anderen Lügner«, spottete Gwenrar unbarmherzig lachend.

»Nicht nur er!«, rief Norfra.

»Was denn, Wilder, willst du dich in die Reihe der Lügner stellen?«, versprühte der Obere sein Gift.

Der Schamane reagiert nicht auf die Beleidigung. »Die Götter verbürgen sich für ihn!«

Mit einem Mal wurde es still. Niemand, kein einziger Elf würde es wagen, die Götter in eine Auseinandersetzung hineinzuziehen. Zu groß war die Ehrfurcht vor ihnen.

»Was soll das, Wilder, was willst du damit bezwecken?«, verlangte Gwenrar empört zu wissen.

»Ich kenne Enowir lange genug, um zu bezeugen, dass Galarus selbst durch seine Taten spricht!«, verkündete Norfra. Er reagierte nicht auf Enowirs flehenden Blick. Der Schamane redete sie um Kopf und Kragen. Niemand hatte das Recht so etwas zu behaupten. Damit konnten sie den Zorn der Götter auf sich ziehen und gegen ihn war Gwenrars Gemüt ein laues Lüftchen!

»Erbringe einen Beweis! Oder willst du, Wilder, nur unsere Götter beleidigen?«, knurrte Gwenrar.

»Wie kommen wir da wieder raus?«, wollte Enowir so leise wie möglich von Norfra wissen.

»Wir erbringen den Beweis«, flüsterte er zurück. An Gwenrar gewandt sprach der Schamane laut: »Unsere Götter offenbaren sich in der Kraft ihres Kämpfers. Enowirs Unbesiegbarkeit soll der Beweis dafür sein, dass er in ihrem Namen handelt.«

»Und wenn er doch geschlagen wird?«, erkundigte sich Gwenrar bösartig grinsend. Zweifellos war der Zweck von Norfras Worten, den Oberen zu herauszufordern.

»Dann würde er sich als Lügner die Strafe unserer Götter zuziehen«, erklärte Norfra ungerührt.

»Das klingt gut.« Gwenrars verbliebenes Auge funkelte grimmig. »Wenn du überzeugt bist, dass dir auch nur ein einziger Gott gewogen ist, dann kämpfen wir!« Der Obere fackelte nicht lange und riss sein Schwert hervor. Die Klinge blitzte in der prallen Sonne.

»Halt«, erhob Glinmir das Wort. Enowir hoffte inständig, dass sein einstiger Mentor noch etwas Vernunft bewies und diesem Treiben ein Ende setzte. Er hatte schon viel überstanden und dem Schicksal mehr als einmal die Stirn geboten. Doch jetzt auch noch die Götter herauszufordern, in einem Duell mit einem erfahrenen Krieger, der seinen Verstand eingebüßt hatte, war nichts, womit Enowir sein Glück strapazieren wollte.

»Mit Sicherheit wollen die Götter einen gerechten Kampf sehen«, sprach Glinmir und trat zwischen die beiden Kontrahenten. »Enowir, dein Arm!«

Das war einfach zu viel! Irgendwann war Enowir scheinbar jede Kontrolle über sein Leben entglitten. Er kam sich wie eine Puppe in einem Schauspiel vor, ersonnen von einem Irren.

Glinmir hatte ihm seinen Bogen, den Köcher und den Dolch abgenommen und zog ihm seinen linken Arm auf den Rücken, um diesen dort mit einem Strick festzubinden. Unterdessen schritt Gwenrar wie ein hungriger Löwe vor ihm auf und ab.

»Wenn dir die Götter wirklich gewogen sind«, flüsterte Glinmir so leise, dass nur Enowir ihn hören konnte. »Dann rette uns aus diesem Albtraum.«

Enowir lief der Hitze zum Trotz ein Schauer über den Rücken. Sein ehemaliger Mentor hatte die Gefahr offenbar schon lange erkannt und suchte ebenfalls einen Weg, das Unheil von ihrem Klan abzuwenden. Aber Enowir den Arm auf den Rücken zu binden, sprach nicht unbedingt für seinen Geisteszustand.

Glinmir hatte sich kaum von Enowir entfernt, als Gwenrar schon auf ihn eindrang. Bereits in seinen ersten Schlag legte er so viel Hass, dass er ausgereicht hätte, um ganz Krateno zu zerschmettern. Ungelenk rückwärtstaumelnd wich Enowir im letzten Moment aus. Daran, den Angriff zu parieren, war nicht zu denken. Noch nie hatte Enowir darüber nachgedacht, zu was er den linken Arm im Kampf benötigte. Jetzt wusste er es! Um sein Gleichgewicht zu halten. Enowir strauchelte und wäre fast gestürzt. Es gelang ihm geradeso mit einem Ausfallschritt, der ihm jedoch alles andere als einen sicheren Stand verschaffte, auf den Beinen zu bleiben, was Gwenrar augenblicklich für den nächsten Hieb nutzte. Seine Klinge sauste singend durch die Luft. Die umstehenden Krieger stoben auseinander, um nicht von dem Schwert ihres Oberen getroffen zu werden. Gwenrar führte sein Schwert ohne Rücksicht. Enowir war zu sehr damit beschäftigt der wirbelnden Klinge auszuweichen, dass es ihm nicht möglich war, sein Schwert zu ziehen. Als es ihm dann doch gelang, hatte er es noch nicht fest genug ergriffen, als er damit einen Schlag gegen seinen Hals parieren musste. Die Kraft des Hiebes war derart gewaltig, dass Enowir die Hand schmerzte. Beinahe hätte er die Waffe fallengelassen. Er wich weiter zurück, um dem nächsten Schlag auszuweichen, was jedoch misslang. Seine Jacke riss über der linken Schulter ein und Blut spritzte aus einer klaffenden Wunde hervor. Der zu erwartende Schmerz blieb aus.

Um die Kämpfenden herum herrschte Totenstille. Die meisten Elfen wagten kaum zu atmen, als ihnen der Wahnsinn ihres Oberen so deutlich wie noch nie vor Augen geführt wurde.

Mit dem Mut der Verzweiflung hob Enowir seine Waffe. Es gelang ihm nicht, sicheren Abstand zwischen sich und Gwenrar zu bringen, um sich zu sammeln. Mit einer Kraft, der Enowir nichts entgegenzusetzen hatte, schlug ihm Gwenrar das Schwert aus der Hand. Die Waffe flog in unerreichbare Ferne. Es gelang Enowir nicht mehr, dem nächsten Angriff auszuweichen. Das Schwert von Gwenrar fuhr ihm in den Leib. Schwer in den linken Unterbauch getroffen, sackte er auf die Knie und fiel vornüber in den Staub Kratenos.

»Das also ist dein göttlicher Beistand«, spottete Gwenrar über den Besiegten. »Du bist ein Verräter, Enowir, und du wirst den Tod eines solchen sterben!«

Die Worte des Oberen hörte Enowir nicht, er sah durch den Staub zu seinen Begleitern. Ladrach hatte sich abgewendet, aber Norfra hielt seinem Blick ungebrochen stand, seine Lippen bewegten sich unablässig. Durch einen Schleier aus Tränen und Staub sah Enowir, wie Nemira hinter dem Schamanen hervortrat. Sie lächelte, als wäre sie gekommen, um ihn in die andere Welt hinüber zu geleiten.

Niemals werde ich dich verlassen, Enowir, ihre Stimme erklang in seinem Kopf, doch sie war nicht minder real. Eine Woge aus ungeahnter Kraft überkam Enowir. Er drehte sich herum und erblickte das Schwert, das auf ihn herniederfuhr. Mit einem Schlag seines Handballens gegen die flache Seite des Schwertblatts zerbarst die Waffe in drei Teile. Als würde ihn eine unbekannte Macht nach oben ziehen, sprang Enowir auf. Er griff das Heft des zerstörten Schwertes, welches durch die Luft flog und mit einem Streich der abgebrochenen Klinge beendete er den Kampf.

Mit einem weit aufklaffenden Schnitt über seinem Bauch, der die Gedärme hervorquellen ließ, ging Gwenrar nieder. Die umstehenden Elfen waren fassungslos. Keiner rührte sich. Gwenrar hingegen brüllte und schrie, aber nicht vor Schmerz, sondern vor blankem Hass. Er schlug wild um sich, während das Blut aus dem Bauchraum sprudelte.

Auch Enowir konnte nicht glauben, was gerade geschehen war. Der Einzige, der die Fassung bewahrte, war Norfra. Ungerührt ging er auf Gwenrar zu, der ihm sein Blut entgegen spuckte. Selbst das kümmerte den Schamanen nicht. Er riss die Kette von Gwenrars

Umhang ab und zerschlug den Edelstein an einem Felsbrocken. Ein kurzer Lichtblitz flammte auf. Als er erlosch, wurde es still. Gwenrar atmete schwer. Der Wahnsinn war aus seinen Augen gewichen.

»Enowir ...«, er sah den Gewinner des Kampfes an und reckte ihm die zitternden Finger entgegen. Der Angesprochene ließ das Fragment der Waffe fallen und kniete sich zu dem Oberen. Dieser ergriff seine Hand.

»Du bist wahrhaft von Galarus gesegnet«, Gwenrar lächelte mild, ein Ausdruck, der ihm ein ganz anderes Antlitz verlieh. »Ich weiß nicht, was in mich gefahren ist ...«, er schob mit der Zunge das Blut aus seinem Mund, welches ihn am Sprechen hinderte. »Ich habe es die ganze Zeit gewusst. Ich konnte alles sehen, so als wäre ich nur Beobachter. Ich hatte mich nicht mehr unter Kontrolle ...«, berichtete er mit letzter Kraft. »Beschütze unseren Klan. Du musst jetzt ...«, Gwenrar sank endgültig nieder, sein gesundes Auge stand weit offen und blieb starr auf Enowir gerichtet.

»Was geht hier vor?«, verlangte Enowir zu wissen. »War es das Amulett?«

»Wohl eher nicht«, antwortete Norfra und betrachtete den zerbrochenen Anhänger. »Das ist ein mächtiger Schutztalisman. Man sagt, dass derjenige, der ihn trägt, unverwundbar ist.«

»Na, dann scheint er nicht echt gewesen zu sein.« Enowir hielt immer noch Gwenrars erschlaffte Hand.

»Doch, das war er ohne Frage«, widersprach Norfra. »Nur ...« Ohne zu zögern, fasste er in das Blut des Gefallenen, um daraufhin an seinen besudelten Fingern zu riechen. »Ich erkenne das Gift in diesem Blut. Es ist das Gleiche, wie jenes in der heilenden Quelle.«

»Dann war sein Wahnsinn ein Befehl? Warum hat Raguwir ihm nicht einfach befohlen, sich in ein Messer zu stürzen?« Enowir verstand nichts mehr. Wenn das Gift dazu diente, völlige Kontrolle über jemanden zu erlangen, wozu dann das alles?

»Ich denke, dass ihn der Talisman vor der Auswirkung des Giftes bewahrt hat. Allerdings hat sein Geist durch das Eingreifen dieser uralten Magie Schaden genommen«, führte Norfra aus. »Magie kann verheerende Auswirkungen haben, wenn man nicht weiß, wie sie richtig anzuwenden ist.«

Noch etwas fiel Enowir auf. Gwenrars Blut verschwand, als es zu Boden tropfte, so als würde es von ihm aufgesogen. Dasselbe hatte er einst bei den Zentifaren gesehen, die Daschmir, Nemira und ihn im Morgengrauen angegriffen hatten. Vermutlich war dies ein Zeichen dafür, dass es mit diesem Gift durchsetzt war.

Behutsam legte Enowir die erschlaffte Hand Gwenrars zu Boden und erhob sich. Erst jetzt bemerkte er, wie seine Schulter brannte und der Stich in der Seite schmerzte.

»Was bedeutet das alles?«, fragte Glinmir, der herbeikam, um Enowirs linken Arm loszubinden.

»Das werde ich dir später erklären«, vertröstete Enowir ihn. Da geriet die Armee in Aufruhr. Schnell fand er den Grund dafür. Mehrere Reiter auf großen Echsen näherten sich ihnen in wildem Galopp. Sogleich gingen die Krieger seines Klans in Verteidigungsposition.

»Nicht! Das sind unsere Verbündeten.« Seinen freigewordenen Arm auf die Wunde gepresst humpelte Enowir durch die Reihen seiner Klanbrüder.

»Enowir!«, rief einer der Elfenritter schon von weitem. »Sie kommen!«

Sofort war ihm klar, was der Krieger meinte: Die Zentifare rückten an!

»Bildet eine Linie! Die langen Speere nach vorn! Bögen nach hinten, in Bereitschaft!«, brüllte er ein Kommando nach dem anderen. Die Elfen rührten sich nicht von der Stelle und sahen sich nur fragend an.

»Enowir, diese Schlacht können wir nicht gewinnen.« Norfra hielt ihn an der Schulter fest. »Du musst zu eurem Klan zurück und dem Ganzen ein Ende setzen, du weißt wie«, drang der Schamane auf ihn ein.

»Würde jemand so gütig sein und mir sagen, was hier eigentlich los ist?«, verlangte Glinmir zu wissen.

»Jeden Moment kommen siebentausend Zentifare über diese Anhöhe. Wir können sie nur aufhalten, wenn wir denjenigen töten, der sie unter Kontrolle hat«, erklärte Enowir in aller Kürze.

Für einen Moment sah Glinmir zu Boden, als benötigte er Zeit, um seine Gedanken zu sortieren. »Und wo steckt derjenige?«, erkundigte er sich, ohne auf die Erklärung einzugehen, die in seinen Ohren völlig absurd klingen musste.

»In unserer Festung«, antwortete Enowir knapp. Er suchte den Horizont ab, ob er etwas Verdächtiges ausmachen konnte, und tatsächlich. Über den Horizont ergoss sich eine schwarze Flut aus Zentifaren. Es sah aus, als würde sich ein bedrohlicher Schatten auf sie zu bewegen.

»Dann reite auf diesen Dingern zur Festung und bring es zu Ende«, trug Glinmir ihm auf.

»Und was hast du vor?«, fragte Enowir, der nach dem Sattel seiner Echse griff, die ihm einer der berittenen Elfen bereitstellte.

»Wir bleiben hier und halten stand.« Demonstrativ zog Glinmir sein Schwert.

»Ihr könnt sie nicht besiegen.« Im Sattel sitzend sah Enowir, wie der drohende Schatten immer näher rückte. Mehr und mehr gewann dieser an Kontur. Mittlerweile waren die ersten Zentifare zu erkennen, die mit fliegendem Haar auf sie zu preschten. Ihr donnernder Hufschlag brachte den Boden weithin zum Beben.

»Vermutlich nicht«, stimmte Glinmir in dieselbe Richtung blickend zu. »Aber wir können euch etwas Zeit verschaffen.«

»Als Verräter werden sie mich wohl kaum in die Festung lassen«, deckte Enowir eine Schwachstelle in ihrer Überlegung auf.

»Nimm Daschmir mit. Der wird uns hier eh nichts nutzen.« Glinmir stieß den schmächtigen Elfen zu Enowir. Wildentschlossen hatte dieser seine Waffe gezogen, bereit, sich bis aufs Letzte zu verteidigen. »Ihn werden sie einlassen, und jetzt los«, trieb Glinmir ihn an. Recht unbeholfen kletterte Daschmir hinter Enowir auf die Echse.

»Norfra, wo steckst du?«, rief Enowir und sah sich in der wild durcheinanderrennenden Menge nach seinem Gefährten um. Als er ihn erblickte, saß der Schamane bereits auf einer Echse, die sich langsam einen Weg durch die Elfen bahnte. Er reichte Enowir eine Hand zum Abschied und mit der anderen das Schwert, welches er vom Boden aufgelesen hatte.

»Du kommst nicht mit, oder?«, erkannte Enowir, er schob die Waffe in die Schwertscheide. Der Schatten des Kummers legte sich über sein Herz. Norfra war in der Zeit, die sie zusammen verbracht hatten, ein treuer Freund geworden.

»Nein«, stimmte der Schamane zu und lächelte, wie er es nur selten tat. »Jemand muss auf die Elfen hier aufpassen.«

»Aber du hast gesagt, du würdest mich begleiten«, erinnerte Enowir ihn. Er schob Daschmir hinter sich in die richtige Position.

»So lange bis du es gelernt hast, mein Freund«, Norfra drückte die Hand seines Begleiters freundschaftlich.

»Was soll *es* sein?«, rief Enowir über den Tumult hinweg.

»Nibahe, mein Freund, Nibahe.« Damit löste sich der Schamane von ihm und ritt mit den anderen Reitern vor die Verteidigungsformation, um den heranstürmenden Zentifaren die Wucht ihres Angriffes zu rauben. Ein Unterfangen, das ebenso vergeblich wie tödlich war.

***

Die Reitechse trug Enowir und Daschmir, ohne den zusätzlichen Ballast zu bemerken. Es war nur schwierig, sich im Sattel zu halten. Vor allem für Enowir, dessen Verletzungen ihren Tribut forderten. Er spürte, wie er immer schwächer wurde. In knappen Sätzen berichtete Enowir Daschmir von den Ereignissen, die sich seit ihrer letzten Begegnung zugetragen hatte. Der junge Elf musste erfahren, wer hinter alldem steckte. Selbst wenn es sich dabei um dessen Mentor handelte. Daschmir nahm es besser auf als erwartet. Für Enowir war es von höchster Wichtigkeit, dass Daschmir über alles Bescheid wusste, denn er konnte sich nicht sicher sein, ob er lebend in die Festung gelangen würde. Der Blutverlust schwächte ihn zusehends.

Viel schneller als erwartet kam der Berg in Sicht, an dessen Fuß ein dunkler Schatten lauerte. Etwas Hoffnung keimte in Enowir auf, aber er schenkte ihr kaum mehr Beachtung. Zu oft war er ein Opfer des Wechselspieles seiner Gefühle geworden. Die Kraft, für ein weiteres Auf und Ab, besaß er nicht mehr.

Wie im Traum nahm Enowir wahr, wie Daschmir mit der Wache am Tor stritt, die sie nicht auf der Echse einlassen wollte. Irgendwie gelang es dem jungen Elfen, den Wächter davon zu überzeugen, dass ihr Reittier ungefährlich war, so wie Daschmir es immer schaffte, die Elfen in seinem Umfeld nach seinem Willen zu beeinflussen. Er war der geborene Diplomat, dessen geschickter Umgang mit Worten an Zauberei grenzte.

Niemals hätte Enowir gedacht, jemals wieder durch das Maul des Lindwurms zu schreiten. Eigentlich ging er auch nicht, er ritt auf einer geifernden Echse, was ihm noch absurder erschien.

Am Ende der aufwendigen Verteidigungslinien kamen ihnen ein paar Wachen entgegen, die ihnen die Echse abnahmen. Mühsam rutschte Enowir aus dem Sattel und kam auf die Beine. Bei jedem Schritt stach und brannte die Wunde in seiner Seite. Er konnte sein linkes Bein kaum mehr belasten, weshalb Daschmir in stützen musste. Sein Angebot, ihn am Tor zurückzulassen, schlug der junge Elf aus. Sie wurden von ungepanzerten Wachen mit Holzspeeren eskortiert, denen nicht einfiel Daschmir zu helfen. Dieser bot alle Kräfte auf, um Enowir aufrecht zu halten. Der Schmerz, infolge ihres Fußweges, brachte Enowirs Bewusstsein zurück in seinen Körper, auch wenn seine Empfindungen alles andere als erfreulich waren. Schnell bemerkte er, dass zwischen den vielen Zelten kein einziger Elf unterwegs war.

»Wo sind denn alle?«, fragte er die Wächter mit brüchiger Stimme.

»Bei der Versammlung. Wir sind nur zurückgeblieben, um die Festung zu bewachen«, der Elf schien über seine Pflicht nicht glücklich zu sein.

»Worum geht es bei der Versammlung?«, erkundigte sich Enowir. Noch nie hatte es so etwas zu seiner Zeit gegeben.

»Um die Zukunft unseres Klans, Verräter!«

Der Wächter hatte Enowir also erkannt und hielt ihn vermutlich, wie jeder andere seines Klans, für einen Abtrünnigen.

»Wie soll diese Zukunft aussehen?«, fragte Daschmir angestrengt.

»Bin ich etwa bei der Versammlung?«, knurrte der Elf.

Plötzlich spürte Enowir alle Elfen, die sie eskortierten, so deutlich als könne er sie neben und hinter sich zugleich sehen. Es fühlte sich ungewohnt und bedrohlich an. Waren es ihre Absichten, die er erahnte? Sie schienen nur auf einen Grund zu warten, ihm die Speere in den Leib zu rammen, ihrem eigenen Klanbruder.

Neue Kraft aus einer Quelle, die Enowir bisher nicht kannte, durchströmte seinen Körper. Es handelte sich um dieselbe mysteriöse Energie, die ihm im Kampf gegen Gwenrar das Leben gerettet hatte. Jetzt konnte er sie viel deutlicher wahrnehmen. Sie besaß einen Hauch der Präsenz von ... Nemira!

Auch wenn Enowir wusste, dass er jetzt ohne weiteres hätte allein gehen können, so entschied er sich dafür, weiterhin den Geschwächten zu mimen. Sein körperlicher Zustand war ohne Frage der Grund, warum ihm seine Waffen nicht abgenommen worden waren und diese würde er ganz sicher noch benötigen. Vermutlich hofften die Wächter sogar darauf, dass er danach griff, um einen Vorwand zu haben, ihn töten zu können.

Da standen sie, die Elfen seines Klans. Sie hatten sich alle um das große Feuer versammelt, das Tag und Nacht vor dem Eingang der Höhle zu ihrem verborgenen Reich brannte; dort wo Franur seit jeher seinen Platz hatte und mit toten Augen in die Flammen stierte. Jener Elf, der Enowir am Anfang seiner beschwerlichsten aller Reisen gewarnt hatte, dass über ihren Klan eine Zeit des Blutes, des Todes und des Verderbens hereinbrechen würde. Das Feuer war nur als Rauchfahne zwischen den Elfen, die sich hier zusammengefunden hatten, zu erkennen. Es mussten tausende sein, die gekommen waren, um an der Versammlung teilzunehmen.

»Ich sage euch, er ist des Wahnsinns und deshalb nicht in der Lage, uns anzuführen!«, die Worte klangen weit über die umstehenden Elfen hinweg, sodass Enowir und Daschmir sie deutlich hörten.

»Raguwir«, stöhnte Daschmir, auf dessen Schultern sich Enowir mit seinem ganzen Gewicht stützte, um die Tarnung aufrecht zu erhalten.

»Ich habe es befürchtet, er geht zum letzten Teil seines Plans über«, stellte Enowir fest. Die Wächter, die sie bis hierher eskortiert hatten, kümmerten sich nicht mehr um sie. Sie waren viel zu sehr damit beschäftigt, den Worten des Intriganten zu lauschen.

»Wir werden das verhindern«, beschloss Daschmir. »Wache! Bringt uns in die Mitte des Verhandlungsplatzes!«, befahl er in seiner Position als Berater des Oberen. Vermutlich gehorchten die Elfen nur deshalb, weil sie der Befehl ins Zentrum des Geschehens führte. Sanft aber mit Nachdruck öffneten sie eine Schneise in der Menge, durch die Enowir und Daschmir hindurchtreten konnten.

»Weil er so viele Krieger unseres Klans mit ins Verderben gerissen hat, schlage ich einen Machtwechsel vor!«, tönte Raguwirs Stimme über die Elfen hinweg. »Unseren Klan sollte jemand führen, der sich durch Weisheit und Voraussicht bereits verdient gemacht hat!«

»Raguwir!«, kam es von irgendwo aus der Elfenmenge. Schon stimmten einige in die Rufe mit ein. Der Name des Verräters, der so viele Elfen durch seine Intrige in den Tod geschickt hatte, der die Klane dazu bringen wollte, sich gegenseitig auszulöschen, hallte nun von allen Seiten im Chor wieder. Etliche Elfen wollten ihn zu ihrem neuen Oberen ernennen.

»Ihr kennt mich gut!«, rief Raguwir, als die letzte Stimme des Chors verstummte. »Ihr wisst, dass ich mein Leben immer nur in euren Dienst gestellt habe.«

Abermals erschollen Jubelrufe, die in Enowirs Ohren entsetzlicher klang als alles, was er jemals gehört hatte.

Endlich öffnete sich eine Schneise zu dem Hauptfeuer ihres Lagers. Enowir erblickte den Verräter, der sogar noch fetter geworden zu sein schien. Schweiß glänzte auf seiner Stirn und er wurde von dicken Fliegen umschwirrt.

»Ich habe meine Aufgaben immer mit Bedacht, Sorgfalt und im Sinne unseres Klans durchgeführt. Genauso werde ich auch das Amt des Oberen bekleiden, zu dem mich nun euer Vertrauen bestimmt hat.« Er hielt bereits seine Antrittsrede, obwohl ihn nicht einmal die Hälfte der Anwesenden ausgerufen hatte.

Daschmir löste sich erst vollends von Enowir, als er sicher war, dass dieser selbst stehen konnte.

»Raguwir!«, rief er. Die anwesenden Elfen drehten sich zu dem hageren Diplomaten um.

»Daschmir, mein Junge!« Raguwir lächelte breit und schmierig. Mit ausgebreiteten Armen kam er auf Daschmir zu. »Du bist ...« Er hielt inne und seine Miene verfinsterte sich, als er erkannte, in wessen Begleitung sich Daschmir befand. »Was macht dieser Verräter hier?«

»Eine Frage, die ich dir stellen müsste«, versetzte Daschmir, seine Augen verengten sich zu Schlitzen.

»Was meinst du damit?«, wollte Raguwir scheinbar aufrichtig verwirrt wissen. Daschmir erntete viele fragende Blicke.

»Du warst es die ganze Zeit, oder? Du bist es, der hinter allem Elend steckt, das unseren Klan heimgesucht hat!« Das arglose Gesicht seines Mentors fachte in Daschmir eine Wut an, die Enowir bei ihm noch nie gespürt hatte. »Du hast Gwenrar vergiftet, sodass er schließlich dem Wahnsinn anheimgefallen ist!«

Die umstehenden Elfen sahen abwechselnd erst Raguwir und dann Daschmir an.

»Mein Junge, was redest du da? Hat er dir den Geist vernebelt?«, der Intrigant deutete auf Enowir. »Er ist dein Feind, nicht ich!«

Enowir spürte, wie er innerlich zur Eile gerufen wurde. Diese ganze Unterredung war sinnlos. Daschmir mochte mit Worten so geschickt sein, wie Nemira es mit dem Bogen gewesen war. Dennoch würde es ihm niemals gelingen alle Versammelten auf seine Seite zu ziehen. Wenn Enowir nicht wollte, dass zwischen den Elfen eine blutige Auseinandersetzung stattfand, dann musste er ihnen einen gemeinsamen Feind bieten, den alle Schuld traf. Enowir selbst würde es sein, auch wenn die versammelten Elfen ihn dafür töteten. So bekam sein Klan eine echte Chance fortzubestehen und vielleicht gelang es Daschmir zwischen den Klanen Frieden auszuhandeln. Enowir rief ein letztes Mal Galarus um Hilfe an, der ihm vermutlich schon einmal beigestanden hatte. Indem Enowir sich aufrichtete und den Bogen von der Schulter riss, gab er seine Tarnung auf. Der Pfeil lag bereits auf der Sehne und war auf Raguwirs Herz gerichtet, als dieser unter Schmerzen aufschrie. Er taumelte mit schweren Schritten auf Daschmir zu. Verzweifelt griff er nach seinem Rücken, den er wegen der Leibesfülle nicht annähernd erreichte. Hinter ihm stand Franur. Jener Elf, der seit Jahrhunderten am Feuer saß und in die Flammen stierte, hatte sich erhoben. In seiner Hand hielt er das kleine Messer, welches Raguwir immer bei sich getragen hatte, von diesem tropfte das Blut des Verräters. Es war jedoch nicht rot, wie man es erwarten würde, sondern so grün, wie der verderbte Lebenssaft der Bestien von Krateno. Zischend fielen die Blutstropfen zu Boden. All dies war derart schnell vonstattengegangen, dass keiner der Umstehenden hatte eingreifen können. Nur wenige Elfen waren herbeigeeilt, um Franur aufzuhalten, hielten jedoch sogleich inne, als sie den verräterischen Lebenssaft des Intriganten erblickten. Grünes Blut lief in Bächen aus Raguwirs Rücken und verätzte dabei seine Kleidung. Der Intrigant stürzte nach vorn und drückte sich mit letzter Kraft vom Boden ab. Er sah Enowir ungläubig an, der den Bogen senkte, den Pfeil noch auf der Sehne. Raguwirs Augen glommen grün auf. Ein allesverzehrendes Feuer schien in seinem Inneren zu brennen. Die umstehenden Elfen schrien auf, als die Augäpfel des Verräters platzten und das dicke, ätzende Blut aus den leeren Höhlen lief. Sterbend brach Raguwir zusammen. Sein Körper zuckte, selbst nachdem seine Lebenslichter längst erloschen waren.

Franur ließ den Dolch fallen und setzte sich zurück an das Lagerfeuer, welches nur ein paar Schritte entfernt lag. Er saß da wie eh und je, so als hätte er sich nie bewegt.

Es war getan, wenn auch nicht durch Enowirs Hand. Der Feind war tot und der Klan gerettet. Als die Anspannung von ihm abfiel, erlosch auch die Kraft, die ihn auf den Beinen gehalten hatte. Enowir sackte kraftlos zusammen und Galwar, der Gott des Todes, schloss seine weißen Flügel um ihn.

XII.

»Hütet euch vor dem Wissen unserer Vorfahren, denn noch sind wir Elfen nicht bereit, mit solch einer Macht umzugehen. Erst, wenn wir an Reife und Weisheit gewonnen haben, sollten wir uns den alten Büchern zuwenden, bis dahin bleiben sie besser unter Verschluss.«

Aus den Aufzeichnungen von Kranach

So leicht lässt Galarus seine Streiter nicht hinübergleiten, da bin ich sicher.«

»Seine Verletzungen waren zu schwer, man hätte ... ich hätte ihn früher behandeln müssen.«

»Du bist ein Krieger und kein Schamane mein Freund, das Heilen überlasse uns«, wies Norfra auf seine Fähigkeiten hin.

Langsam öffnete Enowir die Augen und erblickte schwarzes Leder, das ihm nur zu vertraut vorkam. Es war die Haut des Lindwurms, welche über ein Zeltgestänge gespannt war.

»Bleib liegen, mein Freund.« Norfras Gesicht erschien über ihm. Es hatte einige Schnitte davongetragen, die mit einer dunklen Paste abgedeckt waren.

»Du lebst, oder bin ich ...«, doch dies konnte nicht das Jenseits sein, dazu schmerzte Enowirs Körper zu sehr.

»Nein, du bist noch hier, ebenso wie wir«, Norfra machte einen Schritt zur Seite. Er gab die Sicht auf Glinmir frei, der seinen linken Arm in einer Schlinge trug und sich mit dem rechten auf eine improvisierte Krücke stürzte.

»Glinmir, du lebst«, freute sich Enowir kraftlos und versuchte sich auf die Seite zu drehen, um mehr vom Innenraum des Zeltes zu sehen.

»Auch wenn ich mich nicht unbedingt so fühle, aber ja«, stimmte der Verwundete zu. »Es war ausgesprochen knapp.«

»Er untertreibt.« Ladrach, der nicht minder lädiert aussah, trat an Glinmirs Seite und legte ihm freundschaftlich die Hand auf die Schulter. »Aber irgendwie haben wir überlebt. Nicht zuletzt, weil ihr den Zauber gebrochen habt.«

»Das waren nicht wir«, wies Enowir die Anerkennung zurück.

»Daschmir hat uns alles erzählt und Franur meinte, dass er sich erst sicher sein konnte, wer der Verräter war, als ihr ihn offen angeklagt habt«, berichtete Norfra.

»Franur hat mit euch gesprochen?« Enowir war ehrlich verblüfft.

»Oh ja, der Krüppel ist auf seine alten Tage noch einmal richtig gesprächig geworden«, sprach Glinmir. »Besonders als es darum ging, Partei für dich zu ergreifen und Daschmir zu unterstützen. Jetzt schweigt er wieder und sitzt wie ein Wächter am Feuer.«

»Daschmir geht es gut?«, erkundigte sich Enowir, der sich um seinen einstigen Schützling Sorgen machte.

»Na ja, wenn man das so nennen möchte«, Glinmir wiegte unsicher den Kopf hin und her. »Man hat ihn zum neuen Oberen unseres Klans ernannt. Wie soll es einem in dieser Position gut gehen?« Der Kämpfer sah seine neuen Verbündeten an, als hoffte er von ihnen auf die Bestätigung seiner Worte.

Beruhigt ließ sich Enowir zurück aufs Lager sinken. Als er die Augen schloss, sah er kurz Nemira vor sich, wie sie ihn anstrahlte. Doch dieses Bild wurde von dem schrecklichen Anblick abgelöst, der sich ihm bei Raguwirs Tod geboten hatte.

»Was hatte das eigentlich zu bedeuten?«, fragte Enowir in das Zelt hinein. »Ich meine Raguwir und sein Blut. Es schien ebenso verdorben, wie das der Bestien.«

»Wenn wir das wüssten«, antwortete Ladrach. »Aber ich habe bereits nach meinem Klan geschickt. Vielleicht wissen unsere Gelehrten, was es damit auf sich hat.«

»Bis dahin bewachen wir seine Leiche«, fügte Glinmir hinzu.

Auch Norfra schien dafür keine Erklärung zu haben, deshalb hüllte sich der Schamane in Schweigen.

***

Die Heilkunde des dunkelhäutigen Elfen war unübertroffen. Er behandelte Enowirs Wunden, so wie die jener wenigen Krieger, die aus dem Kampf mit den Zentifaren lebend hervorgegangen waren. Diese erste Schlacht war, so schrecklich ihre Verluste auch sein mochten, das Feuer, in dem ein neues Bündnis zwischen den Elfenklanen geschmiedet wurde.

Enowirs Genesung schritt gut voran. Einzig ein leichtes Stechen blieb ihm in der linken Seite, das laut Norfra ebenfalls bald abklingen würde.

Immer wenn Enowir zur Behandlung kam, hörte er von den verwundeten Elfen ringsum die abenteuerlichsten Geschichten der Schlacht, von denen eine heroischer als die andere war. Jeder Elf, der gefallen war, hatte angeblich fünfzig bis zweihundert Zentifare mit in den Tod genommen, je nachdem, wer von der Schlacht berichtete. Manch einer sprach von einem Wunder, dass Norfra gewirkt haben sollte, um die Zentifare aufzuhalten, was Enowir dem Schamanen durchaus zutraute. Darüber hüllte sich dieser jedoch in Schweigen. Als der Zauber, mit dem die Bestien belegt waren, gebrochen war, zerschlug sich ihre gigantische Streitmacht. Dabei stachen sich viele der Zentifare gegenseitig ab. Zumindest das Ende hatten die unterschiedlichen Erzählungen gemeinsam.

Meistens saß Enowir neben Franur am Feuer und erzählte ihm sein Abenteuer. Der Elf war ein guter Zuhörer, genaugenommen zeigte er gar keine Reaktion. Es tat gut, sich einfach alles von der Seele reden zu können. Erst, als er die Beziehung zwischen sich und Nemira offenlegte, drehte sich der vernarbte Elf zu ihm und lächelte ihn mit erloschenen Augen an.

Schon von weitem erkannte Enowir die in weiß gekleideten Elfen, die auf ihn zukamen. Die langersehnten Gelehrten aus Raschnur waren endlich eingetroffen. Enowir sprang auf und lief ihnen entgegen. Sie wurden von Darlach selbst angeführt, der seine Freude über das Wiedersehen mit Enowir deutlich zeigte. Nach einer Begrüßung, die für den Geschmack der umstehenden Elfen viel zu herzlich ausfiel, berichtete Darlach von seinem Anliegen. Er war hergekommen, um ein Bündnis mit Daschmir auszuhandeln, welches ihren Frieden ein für alle Mal offiziell werden lassen sollte, auf dass dieser über Jahrtausende Bestand habe.

Schnell waren die beiden Klanoberen sich einig. Auf Krateno zählte das Überleben und darin wollten sie sich zu jeder Zeit unterstützen. Nach den geglückten Friedensverhandlungen machten sie sich auf, um den Leichnam von Raguwir zu untersuchen. Dieser war im fast leeren Waffenzelt aufgebahrt. Sie hofften darauf, herauszufinden, was mit dem Intriganten geschehen war. Auch wenn Enowir nicht daran glaubte, Antworten auf seine letzten Fragen zu erhalten, begleitete er die Gelehrten. Daschmir hatte sich ihnen ebenfalls angeschlossen, denn das letzte Rätsel, welches sein Mentor ihnen mit seinem Tod aufgegeben hatte, ließ ihm keine Ruhe.

Im Zelt herrschte neben einer drückenden Hitze, ein Gestank, der zwei Gelehrte dazu veranlasste, höflich von den Nachforschungen zurückzutreten.

Raguwir lag auf einem einfachen Holztisch, der sein Gewicht wie durch ein Wunder trug. Das Blut aus seinen Augen hatte die Haut rundherum derart verätzt, sodass neben dem blanken Fleisch auch die Wangenknochen freilagen. Für gewöhnlich wurde Raguwir von Fliegen umschwirrt, die sich jetzt nicht einmal mehr in die Nähe des Toten wagten.

Mit dicken Lederhandschuhen machten sich Darlach und einer seiner Brüder daran, den fetten Körper von seiner Kleidung zu befreien. Mit einem Messer öffneten sie daraufhin den Bauch des Toten. Dickes, grünes Blut floss zäh aus dem tiefen Schnitt, mit diesem trat ein Geruch zu Tage, der den vorherrschenden Gestank im Zelt bei weitem übertraf.

»Entschuldigt«, Daschmir hielt sich eine Hand vor den Mund und verließ fluchtartig das Zelt, gefolgt von zwei weiteren Gelehrten. Auch Enowir wurde ganz flau im Magen. Er legte sich schützend eine Hand vor Mund und Nase, um seinen Geruchssinn zumindest etwas abzuschirmen. Der Anblick, wie Darlach mit dem anderen Gelehrten im Leib des Toten herumwühlte, war aber auch für ihn zu viel.

Erleichtert atmete Enowir auf, als er die Zeltplane hinter sich schloss. Für einen Moment hing ihm der erbärmliche Gestank noch in der Nase.

Es kam ihm wie eine Ewigkeit vor, bis Darlach mit dem anderen Gelehrten heraustrat. Sie waren leichenblass und rangen nach Atem.

»So was habe ich noch nie gesehen«, eröffnete Darlach der wartenden Gruppe.

»Also weißt du nicht, was mit Raguwir geschehen ist?«, fragte Daschmir enttäuscht.

»Nicht mit Sicherheit«, gestand der Obere seine Ratlosigkeit. »Aber ich entsinne mich, von etwas Ähnlichem gelesen zu haben.« Darlach zog sich die verschmierten Handschuhe aus und ließ sie zu Boden fallen. Mit der Stiefelspitze stieß er sie angewidert von sich. »Golem hieß das, glaube ich.«

»Was bedeutet dieses Wort?«, fragte Enowir, während er beobachtete, wie die besudelten Handschuhe alles Gras um sich herum verdorren ließen.

»Ein Golem ist ein Zusammenschluss von toten Substanzen, die zu neuem Leben erwachen. Dazu ist jedoch Magie oder zumindest ein alchemistischer Kunstgriff notwendig«, erklärte Darlach den Versammelten.

»Soll das bedeuten, Raguwir war die ganze Zeit nicht mehr am Leben?«, schlussfolgerte Daschmir ungläubig. »Aber er hat mich doch ausgebildet.«

»Ich bin sicher, dass er einmal ein normaler Elf war, auch wenn es vermutlich lange zurückliegt«, führte Darlach aus. »Wir haben in ihm kaum funktionstüchtige Organe gefunden. Die meisten waren auf eine Weise zurückgebildet, als wären sie schon vor Jahrzehnten konserviert worden.«

»Ich verstehe immer noch nicht.« Enowir hatte Schwierigkeiten das Gehörte nachzuvollziehen. »Was hat ihn dann so lebendig erscheinen lassen?«

»Wir denken, dass es ein Trank, beziehungsweise ein Gift war.« Der Gelehrte neben Darlach nickte zustimmend.

»Was mir viel größere Sorgen bereitet ist die Frage, wer ihn kontrolliert hat«, überlegte Daschmir. »Wenn ich das alles richtig verstanden habe, dann muss ihn doch jemand befehligen. Er kann unmöglich einen eigenen Willen gehabt haben, oder verstehe ich das falsch?«

»Das ist richtig«, stimmte Darlach zu. »Ein Golem ist nicht mehr als ein seelenloser Diener, der dem Willen seines Meisters bedingungslos gehorcht.«

»Aber wer hat das Wissen und die Möglichkeiten dazu?«, warf Enowir die Frage auf, die sich bereits alle selbst gestellt hatten.

»Vermutlich muss man nur das richtige Buch in die Hände bekommen.« Darlach war sich durchaus bewusst, dass er mit dieser Aussage seinen Klan verdächtig machte. Schließlich waren sie die Einzigen, welche über derartiges Wissen verfügten.

»Man muss auch noch lesen können und verstehen, was man da gelesen hat«, fügte Daschmir dieser Überlegung an.

»Ich kenne keinen Elfen, außer die hier versammelten, die das vermögen«, platzte es aus Enowir heraus.

»Ich habe erst von Salwach lesen gelernt«, erklärte sich Daschmir. »Er hat es mir auf dem Rückweg von eurer Festung anhand des Buches gelehrt, das mir Kranach geschenkt hat.«

»Ich nehme an, darin stand nichts über einen Golem«, meinte Enowir halbernst. Er wusste, dass dieses Buch lediglich ein Auszug des gesammelten

Wissens von Darlachs Klan darstellte. Kranach hatte es Daschmir als Zeichen des Friedens übergeben.

»Natürlich nicht!«, verneinte Daschmir energisch, der den Scherz nicht verstanden hatte.

»Was bedeutet, dass sich der Schuldige an dem ganzen Elend immer noch unter uns befindet. Wer so eine Intrige spinnt, der wird nicht aufhören«, prophezeite Enowir düster. »Und es könnte im Grunde jeder sein.«

Er sah sich misstrauisch um. Die Elfen seines Klans schritten teilnahmslos vorbei, wobei ihnen einige neugierige Blicke zuwarfen. Sein Gefühl von Sicherheit innerhalb der Festung wandelte sich in tiefes Unbehagen. Misstrauen warf einen dunklen Schatten auf die Beziehung zwischen ihm und seinen Klanbrüdern. Solche Überlegungen brachten sie jedoch nicht weiter.

»Das einzige, was wir jetzt tun können ist, Augen und Ohren weit offen zu halten«, beschloss Daschmir verschwörerisch. »Wenn uns etwas Verdächtiges auffällt, müssen wir wieder zusammenkommen.«

Einfacher gesagt als getan. Darlach musste zu seinem Klan zurückkehren und mit ihm auch seine Krieger und Gelehrten. Bei ihrer Abreise schloss sich Norfra ihnen an, was zur Folge hatte, dass sich Enowir von da an ziemlich allein fühlte. Daschmir nahmen seine Aufgaben als Oberer derart in Anspruch, dass er für ihn kaum Zeit hatte. Der noch junge Klanführer war voller Visionen für sein Volk. Nicht wenige stießen dabei auf erheblichen Widerstand und es kostete Daschmir viel Kraft und nahezu all seine Überredungskunst, um die Kritiker zu überzeugen.

In seinem Klan fühlte sich Enowir nicht mehr richtig zuhause. Zu viel Zeit hatte er in Begleitung anderer Elfen verbracht. Seine Brüder und Schwestern kamen ihm rückständig vor. Außerdem konnte er nicht vergessen, dass dieser Klan ihn einst als Verräter foltern und töten lassen wollte. Selbst wenn die meisten Elfen davon vermutlich nichts mitbekommen hatten, so war Enowirs Vertrauen in seinen Klan nachhaltig geschädigt.

Am liebsten wäre er allein in die Wildnis gezogen, doch in den wenigen Momenten, in denen Daschmir für ihn Zeit erübrigen konnte, hatte ihn der Obere dieses Vorhaben ausgeredet. Enowir war ihm nicht nur als Freund, sondern auch als ein Fürsprecher wichtig, schließlich hatte er viele der Neuerungen gesehen, die Daschmir am Beispiel der anderen Klane einführen wollte. Er wusste, was sie bewirken konnten. In dieser Rolle fühlte sich Enowir noch unwohler.

Die meiste Zeit schlich er sich hinter den Zelten herum, die auf dem großen Vorplatz der Höhle standen, in der das eigentliche Leben stattfand. Hier fand er etwas Ruhe und Frieden.

In der Zeltstadt spielte sich vieles ab, von dem die Elfen nichts wissen oder sehen wollten. Deshalb hatte man diese Tätigkeiten aus der Höhlenstadt nach draußen verlagert. Hier wurden nicht nur Waffen aufbewahrt oder die Jagdbeute haltbar gemacht, man brachte auch die Kranken in eigens dafür vorgesehene Zelte, wo sie unter der Behandlung der Heiler entweder gesundeten oder starben. Jäger und Reisende, die keine feste Unterkunft besaßen, wurden ebenfalls in der Zeltstadt untergebracht. Sie galten als seltsames Völkchen und selbst wenn sie die Städter ernährten, so wollten diese im Grunde nichts mit ihnen zu tun haben. Außerdem war da noch Andro, der hagere Schönling, dem seinem Äußeren zum Trotz die Aufsicht über die schmutzigste aller Handlungen oblag: der exakt geplanten Vermehrung des Klans. Damit wollten die Elfen, die in der Höhlenstadt lebten, erst recht nichts zu tun haben.

Bisher war Enowir dem Verwalter des Ortes der Qualen erfolgreich aus dem Weg gegangen. Doch es blieb nur eine Frage der Zeit, bis er unweigerlich an die Reihe kommen würde.

Enowir hoffte darauf, dass es Daschmir gelang, auch diese Unsitte abzuschaffen, um den Frauen des Klans ein besseres, würdigeres Leben zu ermöglichen. Aber selbst hierbei war mit erheblichem Widerstand zu rechnen, da sich nicht nur die Männer, sondern auch die Frauen dagegen wehren würden. Es gab nichts Schwierigeres, als eine althergebrachte Tradition zu überwinden, selbst wenn dies zugunsten einer besseren Zukunft geschah.

Von den Schreien einer Elfe wurde Enowir aus seinen Gedanken gerissen. Instinktiv griff er zu seinem Schwert. Auch wenn er es nicht im Waffenlager abgegeben hatte, so trug er es dennoch nicht bei sich. Er war nicht davon ausgegangen, innerhalb des Lagers eine Bestie abwehren zu müssen. Insgeheim rechnete er eher damit, vom Drahtzieher der Verschwörung vergiftet zu werden.

Wie ihm schnell klar wurde, war seine Klinge in dieser Situation auch nicht erforderlich. Der Schrei verhieß keine unmittelbare Bedrohung. Völlig gedankenverloren war Enowir in den Teil der Zeltstadt gekommen, der von allen Elfen gemieden wurde. Im hintersten Winkel der Festung brachten Frauen ihre Kinder zur Welt. Just in diesem Moment stand Enowir vor dem Zelt, in dem Elfen geboren wurden. Nemira hatte ihm gegenüber erwähnt, wie schmerzhaft eine Geburt war. Doch diese Schreie kündeten von Qualen, die seinen Ermessenshorizont überstiegen. Kein Elf kreischte derart laut, es sei denn, er wurde auf eine Weise gepeinigt, die ihm die Sinne vernebelte. Eigentlich wollte Enowir, wie alle seine Brüder, das Weite suchen, aber irgendwie glaubte er, es Nemira schuldig zu sein, Anteil am schmutzigsten und widerwärtigsten Ereignis zu nehmen, was einer Elfe zustoßen konnte: ein Kind in diese verderbte Welt zu setzen.

Langsam näherte er sich dem Zelt. Dabei schwollen die Schreie immer weiter an. Seine Fluchtreflexe, die durch sein Leben in der Wildnis geprägt waren, verlangten vehement von Enowir, sich davonzuschleichen. So musste es wohl jedem seiner Brüder ergehen, denn auch der Wehrgang über dem Zelt war leer. Vermutlich verirrte sich kein Wächter freiwillig an diesen Ort, selbst wenn dieser Punkt für ihre Wehranlage von strategischer Bedeutung war. Weil es den Elfen seines Klans kaum möglich war, Stein zu bearbeiten, befand sich hier die fragilste Stelle ihrer Befestigung. Dort gingen die Holzpalisaden in den Berg über und es war fast unmöglich, die Palisaden wirksam mit den Felsen zu verbinden.

Das alte Leder des Geburtszeltes war rissig, weshalb Enowir einen Blick ins Innere werfen konnte. Eine Elfe lag auf einem schäbigen Holztisch, von dem Blut und Wasser tropfte. Zwischen ihren Beinen war eine Frau damit beschäftigt, Geburtshilfe zu leisten. Sie stand mit dem Rücken zu Enowir, sodass er nicht genau erkennen konnte, was sie tat. Es blieb seiner Fantasie überlassen, sich auszumalen, was dort vor sich ging. Im Inneren des Zeltes brannten Fackeln, welche die Szene in schauriges Licht hüllten. Enowir hätte sich am liebsten abgewandt, doch er tat es nicht. *Hast du jemals von einer Elfe gehört, die mehr als fünfzig Geburten überlebt hat?* Erinnerte er sich an

Nemiras Worte. *Nein, Stumpfohr, auch in der Festung sind unsere Tage gezählt!*

Die wievielte Geburt es wohl für diese Elfe sein mochte?

Da bewegte sich noch jemand im Zelt. Er schritt ungeduldig auf und ab, sodass Enowir ihn zunächst nicht bemerkt hatte. Es war Andro persönlich! Noch nie hatte sich Enowir Gedanken darüber gemacht, ob jemand für die Beaufsichtigung der Geburten zuständig war. Dabei lag es auf der Hand, dass es sich um denselben Elfen handelte, der die Frauen den Männern zuwies. Andro wirkte mit seinen perfekt sitzenden und eleganten Kleidern irgendwie fehl am Platz. Er gähnte laut und ausgiebig, was in den Schreien der Elfe jedoch unterging. Vermutlich hatte er schon tausende Geburten überwacht. Es war also kein Wunder, dass sich sein Mitleid mit den Frauen in Grenzen hielt. Aber irgendetwas war anders an Andro. Für gewöhnlich achtete er auf grazile Bewegungen. Er trippelte mehr, als er ging, mit ständig angezogenen Armen. Doch jetzt waren seine Schritte fest und sicher, wie die eines Raubtiers. Seine Gesichtszüge kündeten von Kälte und Härte. Die Maske der Arglosigkeit, die er für gewöhnlich trug, schien gefallen. Er wirkte, als sei er ein ganz anderer Elf. Voller Verwunderung über die Wandlung des Elfen, konnte Enowir kaum die Augen von ihm lassen.

Endlich, nach einer gefühlten Ewigkeit, welche für die entbindende Elfe wohl noch länger gedauert hatte als für Enowirs Empfinden, verstummten ihre Klagelaute und das dagegen süß klingende Schreien eines neugeborenen Elfen drang durch die Zeltwände. Die Geburtshelferin brachte das verschmierte Kind zu einem Waschtrog. Erschöpft und erleichtert lag die Elfe auf den Tisch, sie atmete schwer.

»Andro«, sprach sie so schwach, dass Enowir sie kaum hören konnte. »Bitte, das war mein sechsunddreißigstes Kind. Ich kann nicht mehr.« Ihr Flehen klang herzzerreißend. »Bitte vermittle mich nicht nochmal, ich kann einfach nicht mehr ...«

Andro beugte sich zu ihr hinunter und tupfte ihre verschwitzte Stirn ab. Enowir verstand nicht, was der Elf ihr sagte, aber er sah den erschrockenen Blick der vielfachen Mutter. Mit einem heftigen Ruck brach Andro ihr Genick. Sogleich erschlaffte der Körper der Elfe und blieb reglos liegen.

Von Fassungslosigkeit erstarrt blickte Enowir in das Zelt. Er wollte nicht glauben, was er soeben gesehen hatte. War dies der Grund, warum Elfen bei der Geburt starben? Weil Andro sie kaltblütig tötete, wenn sie diese Qualen nicht noch einmal erleiden wollten?

Andro ließ den erschlafften Kopf ungerührt auf die Tischplatte knallen. Seine Hände wischte er an einem Tuch ab, das er danach wie Müll auf die Leiche der Frau warf. Niemand hielt ihn auf! Niemand empörte sich! Niemand schrie! Und das, obwohl sich andere Elfen mit ihm im Zelt befanden.

Diesem Treiben musste Einhalt geboten werden! Schon war Enowir im Begriff sein Schwert zu holen und Daschmir zu informieren. Doch weit kam er nicht. Nach wenigen Schritten packten ihn zwei Elfen an den Schultern, die ihn ohne Erbarmen zurück zum Zelt schleiften. Dabei hielten sie ihn mit überelfischer Kraft fest und sprachen nicht ein Wort. Obwohl Enowir sich nach Kräften wehrte, bekam er lediglich einen Arm frei, weil die Nähte seiner Jacke rissen. Die Gelegenheit nutzend, verpasste er einem der Elfen einen harten

Schlag ins Gesicht. Dieser zuckte jedoch nicht einmal mit den Augenlidern. Mit Entsetzen erkannte Enowir, dass es sich bei den Elfen um Golem handelte. Er schloss dieses nicht nur aus der Tatsache, dass dem Getroffenen grünes Blut aus der zertrümmerten Nase über den Mund rann. Nein, auch ihre Gesichter waren aufgedunsen und Fliegen umschwirrten die beiden. All das erinnerte ihn an Raguwir. Keinen Zweifel, es waren lebende Tote!

Als Enowir von ihnen ins Zelt bugsiert wurde, fiel es ihm wie Schuppen von den Augen, auch wenn er es nicht glauben wollte. Es war Andro! Hinter alldem steckte dieser schwächlich anmutende Elf!

Der Intrigant sah überrascht auf. Als er den Gefangenen erblickte, verfiel er sogleich in seine alte Masche und fuchtelte aufgeregt mit den Händen in der Luft herum.

»Ach Enowir was treibst du Schlingel denn hier, hast du dich etwa verlaufen?«

»Andro, erspar uns das! Wir wissen beide, was hier los ist.« Vergeblich wand sich Enowir im Griff der Golem. Es gelang ihm nicht, auch nur einen von ihnen ins Wanken zu bringen.

»Du hast ja recht«, sprach Andro getragen, wobei er seine Scharade fallenließ. »Selbst wenn ich nicht glaube, dass du wirklich weißt, was hier los ist!« Er schlug auf den Tisch, sodass der Kopf der Leiche hin und her schwang. »Oder was hast du dir dabei gedacht, dich unentwegt in meine Pläne einzumischen?« Er zog ein Messer und kam auf Enowir zu. »Du und deine verfluchte Begleiterin habt alles verdorben.« Drohend stach er mit der Klinge durch die Luft. »Weißt du eigentlich, was du getan hast?«, schrie er aufgebracht.

»Ich habe einen völlig Irren daran gehindert, Tod und Verderben über unseren Klan zu bringen«, erwiderte Enowir.

Wild schüttelte Andro den Kopf. »Nein, nein, nein, du verstehst es einfach nicht.« Er packte den Gefangenen am Kragen. In seinen Augen funkelte der Wahnsinn. »Ich hätte ein neues Elfenreich erschaffen. Ein Großes und Mächtiges, das sich Godwana erobert.«

»Dazu hättest du alle anderen Klane ausgelöscht und uns zu deinen Sklaven gemacht. Ohne Freiheit ist es gleich, ob wir uns wieder erheben oder zu Grunde gehen«, entgegnete Enowir nach seiner Überzeugung. Er versuchte, einen Schwachpunkt im Griff der Golem zu finden, doch sie waren wesentlich stärker, als ein Elf sein durfte.

»Freiheit, pah!«, Andro sah in verächtlich an. »Niemand ist wirklich frei! Sieh uns doch nur an«, er ließ ihn los und breitete demonstrativ die Arme aus. »Das nennst du Freiheit? Wir kämpfen jeden Tag um unsere erbärmliche Existenz, leben von den Abfällen Kratenos, ohne eine Vision unserer Zukunft. Wir sind von so vielem abhängig. Vom Wetter, Nahrung, von dem verdammten Glück und vor allem von den anderen verfluchten Elfen. Du weißt genau so gut wie ich, dass man niemandem von ihnen vertrauen kann. Wir müssen unser Leben ständig in den Dienst einer Gemeinschaft stellen, die gar keine ist!«, sprudelte es aus Andro heraus, der diese Gedanken offenbar mit noch keinem geteilt hatte.

Das konnte die Rettung sein, zumindest wenn es Enowir gelang, ihn in ein Gespräch zu verwickeln und somit Zeit zu gewinnen. Denn er hatte im Gürtel von einem der Golem einen Griff ertastet, der zu einem Dolch gehören musste. Es würde nur etwas dauern, bis er ihn zu fassen bekam, ohne dass sie seine Absicht bemerkten.

»Das ist unsere Freiheit! Uns gemeinsam als ein Volk zu erheben«, widersprach Enowir und zerrte an den Armen, die ihn festhielten.

»Was soll das denn für ein Volk sein?« Andros Worte trieften vor Verachtung und Bitterkeit.

»Eine Vereinigung der Klane!«, erwiderte Enowir. »Sie wird uns den Frieden und Fortschritt bringen, den du dir gewünscht hast! Nur, dass wir dabei nicht unsere Seele verlieren!« Noch ein kleiner Schritt nach rechts und es gelang ihm, unbemerkt den Dolch hervorzuziehen. So lange er sich im Griff der beiden Golem energisch wand, waren sie zu sehr damit beschäftigt, ihn festzuhalten, wobei sie nicht auf ihre Waffen achteten.

»Eine erbärmliche Vision!«, schrie Andro auf. »Diese verdammten, geschlitzten Elfen sitzen auf allem Wissen unserer Vorfahren und machen nichts daraus! Die Schwarzen wiederum verfügen über Magie und nutzen sie nicht! Was soll das für ein Volk sein? Ein Fisch, der nicht schwimmen kann. Ein Vogel, der nicht fliegt ... Aaaah!«, Andro schrie schmerzerfüllt auf, als ihm das grüne Golemblut über Kinn und Nase spritzte. Unter lautem Zischen verätzte es seine Haut. Das Blut tropfte von seinem Kinn und fraß sich durch sein Hemd.

Enowir war nicht untätig gewesen, während Andro sprach. Es war ihm gelungen, die Kraft aufzurufen, die ihm Nibahe verlieh. Daraufhin hatte er sich links losgerissen und dem Golem hinter sich die Kehle aufgeschlitzt. Schnell genug damit der andere nicht reagieren konnte. Das vergiftete Blut spritzte aus dem Hals des Golem und traf Andro im Gesicht, was ihm vor Schmerzen die Sinne raubte. Der andere Golem packte den Gefangenen am Genick, doch in diesem Moment rammte Enowir ihm bereits das Messer in die Schläfe. Er ließ die Waffe los, um nicht selbst vom Blut verätzt zu werden.

Vom Schmerz geblendet stieß Andro den Dolch durch die Luft, in der Hoffnung seinen Widersacher zu erstechen. Tatsächlich erwischte er ihn unterhalb des rechten Auges. Getroffen taumelte Enowir zurück, Blut lief aus dem langen Schnitt. Plötzlich packten ihn zwei starke Hände von hinten. Die Hebamme! Enowir hatte sie völlig vergessen! Sie musste ebenfalls ein Golem sein, da sie über dieselben Kräfte verfügte, wie die anderen. Sie zwang Enowir in die Richtung von Andro, der mit gezücktem Messer vor ihm stand. Sein ganzes Kinn war bis zum Knochen verätzt, von der Nase war nicht mehr als ein zweiflügeliges Loch geblieben. Auch Hals und Brust waren erheblich in Mitleidenschaft gezogen. Andro, der wie kein anderer auf sein Äußeres geachtet hatte, war völlig entstellt. Dieses abstoßende Antlitz passte jedoch viel besser zu seiner verdorbenen Seele.

»Das war dein letzter Fehler!«, keifte Andro und kam auf Enowir zu, den Dolch zum Todesstoß erhoben.

Im letzten Moment drehte sich Enowir zur Seite, weshalb ihn der Dolch nicht im Herz, sondern in seiner linken Schulter stecken blieb. Der Schmerz explodierte.

Mit einem Ruck zog Andro die Waffe heraus und setzte zum nächsten Stoß an.

Enowir sprang hoch, wobei ihn der Golem ungewollt stabilisierte. Mit beiden Füßen gleichzeitig trat er Andro gegen die Brust. Die Wucht schleuderte den Intriganten nach hinten, über den Tisch mit der toten Elfe, wo er hart aufschlug und sich nicht mehr rührte.

Mit aller Kraft gelang es Enowir, den Griff, der ihn gefangen hielt aufzusprengen und die Elfe mit einem heftigen Schlag gegen den Kopf zurückzuwerfen. Sie ließ sich davon wenig beeindrucken und hieb nach Enowir, der dem mächtigen Schwinger gerade noch ausweichen konnte. Mit einer Rolle rückwärts gelangte er neben den Toten, dem das Messer im Kopf steckte. Er zog es hervor, auch wenn er spürte, wie er sich die Finger am Blut verätzte. Mit den Ellenbogen wehrte er die Faustschläge ab, die auf ihn niedergingen. So gelangte er näher an die Elfe heran. Er tauchte unter einem Schlag hindurch und rammte ihr die Klinge durch den Mund in den Schädel. Augenblicklich erschlaffte ihr Körper und ging zu Boden.

Völlig entkräftet und mit schmerzenden Gliedern sank Enowir nieder. Er hatte alle seine Reserven verbraucht. Das Zelt begann sich um ihn zu drehen. Mit letzter Kraft kämpfte er gegen die drohende Ohnmacht an. Für wenige Lidschläge wurde ihm schwarz vor Augen, aber die endgültige Besinnungslosigkeit ging an ihm vorüber. Unsicher richtete er sich auf und sah sich nach dem Verräter um. Er war verschwunden!

Im hinteren Bereich des Zeltes waren die Planen verschoben. Dies blieb die einzige sichtbare Spur.

Enowir spähte hindurch und erblickte eine ausgegrabene Felsspalte, die steil nach unten führte. Ein Geheimgang, über den man die Festung verlassen konnte. Auch wenn er am liebsten die Verfolgung aufgenommen hätte, so wusste er doch, dass er dazu nicht in der Verfassung war. Sollte Andro irgendwo auf der Lauer liegen, wäre Enowir ein leichtes Opfer und niemand erfuhr, wer der eigentliche Verräter war.

✦✦✦

Die Elfen von Daschmirs Klan suchten tagelang nach Andro, fanden jedoch keine Spur von ihm. Jeder Jäger und Reisende war auf der Suche nach dem Verräter.

Der Tunnel und auch das Zelt wurden aufs genaueste untersucht. Andro hatte seine Spuren jedoch gut verwischt. Es wurde lediglich ein altes Buch gefunden, in dem exakt beschrieben wurde, wie man die verschiedensten Gifte und Elixiere herstellen konnte, die zu seinen Gräueltaten notwendig waren. Bis ins kleinste Detail wurde die Erschaffung der Golem ausgeführt. Außerdem befand sich darin eine Abhandlung über die heilende Quelle, ebenso eine Beschreibung darüber, wie man deren Wasser verändern musste, um den Geist willenlos und gefügig zu machen.

»Und das ist bei weitem noch das Harmloseste«, schloss Daschmir, der Enowir im Ratszimmer gegenüber saß. Vor ihm lag das besagte Buch auf dem Tisch. »Darin stehen auch ganz andere, viel schlimmere Rezepte. Wir können den Göttern nur dankbar sein, dass Andro die Mittel gefehlt haben, auch diese zu benutzen.«

»Wie meinst du das? Was hat ihm gefehlt?«, wollte Enowir wissen, der seinen linken Arm in einer Schlinge trug. Die Wunde auf seiner Wange war verkrustet. Es würde wohl eine hässliche Narbe zurückbleiben.

»Dieses Buch ist allein nicht vollständig. Die meisten Rezepte verweisen auf andere Bücher, die man benötigt, um wichtige Ingredienzien herzustellen. Manchmal verlangt es auch nach einer Zauberformel, die nur namentlich aufgeführt, aber zur genauen Durchführung unzureichend beschrieben ist.«

»Da wird mir einiges klar«, erkannte Enowir.

Daschmir zog die Brauen nach oben. »Ja?«, fragte er.

»Du kennst doch das Besprechungszimmer von Darlach, oben im Turm«, erinnerte Enowir ihn.

Der junge Elf nickte.

»Diese ganzen Bücher. Vermutlich enthalten sie die Ergänzungen, die Andro benötigt hätte«, erklärte Enowir seinen Verdacht und rieb sich die schmerzende Schulter. »Deshalb war er so sehr darauf aus, diesen Klan zu vernichten, um an die Schriften zu gelangen.«

»Das könnte sein«, Daschmir zog die Stirn kraus. »Wenn dieses Buch allein schon solche Macht besitzt, dass man etliche Golem erschaffen und tausenden Zentifaren seinen Willen aufzwingen kann, dann würde ich gerne wissen, auf welchem Schatz Darlach sitzt.«

»Vielleicht ist es besser, dieses Wissen verborgen zu halten«, überlegte Enowir und blickte auf das dicke Buch vor Daschmir. »Wir sollten es verbrennen, damit sein Wissen nicht noch einmal in falsche Hände gerät.«

Sichtlich erschrocken legte Daschmir seine Hand schützend über den Folianten. Als er Enowirs fragenden Blick bemerkte, zog er sie zurück, als hätte er sich an den Eisenbeschlägen des Einbands verbrannt.

»Vielleicht hast du recht«, stimmte er mit merklichem Widerwillen zu.

»Aber wenn du das Buch schon durchgesehen hast, dann sag mir bitte, warum Andro nach Raguwirs Ableben seine Kontrolle über die Zentifare verloren hat. Hätten Sie nicht an Andro gebunden sein müssen?« Die Frage war nicht mehr von Bedeutung, aber sie beschäftigte Enowir.

»Das hat einen einfachen Grund: Ein Lebender kann maximal fünf Individuen kontrollieren. Zumindest mit dem Gift, das Andro benutzt hat«, erklärte

Daschmir mit einer gewissen Begeisterung, die er nicht verbergen konnte. »Mehr würde einem Elfen den Verstand zersetzen. Stell dir vor, du hast mehr als fünf andere Persönlichkeiten in deinen Kopf, die du kontrollieren musst. Über kurz oder lang verfällt man dem Wahnsinn.«

Das konnte sich Enowir gut vorstellen. »Aber jemanden, der schon tot ist, den kümmert das herzlich wenig.« Er staunte über seine Worte, Nemira hätte auf diese Weise geantwortet, da war er sich ganz sicher. Er selbst hätte diesen Schluss nicht gezogen, denn eigentlich hatte er von den Ausführungen auch nichts verstanden. Doch etwas drängte ihn, weiterzusprechen: »Deswegen hat Andro einen Golem erschaffen, an den er die Zentifare gebunden hat. Auf diesem Weg konnte er seine Befehle an das Heer übermitteln.«

»Ja«, stimmte Daschmir verblüfft zu. »Hast du das Buch gelesen?«

»Nein, ich kann doch nicht ...« Enowir stutzte kurz, als er den Titel des Buches vor sich sah. *Elixiere, Tränke und Gifte der dunklen Kunst*, las er in Gedanken.

»Lesen«, fügte er nach einer Pause hinzu. Nicht nur, dass es ihm vergönnt war, sich gelegentlich Nemiras Stärke zu bedienen. Es schienen auch andere ihrer Fähigkeiten auf ihn übergegangen zu sein.

Niemals werde ich dich verlassen, Stumpfohr, hörte er ihre Stimme, als würde sie neben ihm stehen. *Hast du es jetzt endlich verstanden?*

Daschmir sah Enowir besorgt an. »Ist alles in Ordnung?«

»Ja, es geht mir gut«, lächelte Enowir ehrlich. »Es war nur etwas viel die letzten Tage, du weißt ...« Er erhob sich.

Daschmir nickte verständig.

»Haben die Blutuntersuchungen eigentlich etwas ergeben?«, fragte Enowir, als er sich beim Gehen noch einmal umdrehte.

»Nein«, Daschmir schüttelte den Kopf. »Wir haben jeden Elfen unseres Klans überprüft und es ist keiner mit vergiftetem Blut dabei.«

»Andro hatte einige Anhänger, die ihm auch ohne Gift gefolgt sind, selbst wenn sie geglaubt haben, Raguwir sei derjenige, der die Führung übernehmen wollte. Es ist möglich, dass er immer noch Gefolgsleute hat, die ihm beistehen«, brachte Enowir Bedenken zum Ausdruck, die nicht die seinen waren und doch von ihm stammten.

Daschmir blickte hinab auf das Buch. »Es wird wohl nicht einfacher werden, oder?«

»Nein, das wird es nicht«, mit diesen Worten verließ Enowir ihn. Er sah noch, wie Daschmir sich erhob, das Buch vom Tisch nahm und damit zur Feuerstelle schritt, um es den Flammen zu übergeben.

Enowir ging durch die hölzerne Stadt hinaus, am Hauptfeuer ihres Lagers vorbei, wo er Franur freundschaftlich auf die Schulter klopfte. Der Elf rührte sich nicht, so wie eh und je. Aber jeder, der gewagt hätte, in sein vernarbtes Gesicht zu blicken, hätte ihn, wenn auch nur kurz, lächeln gesehen.

Enowirs Beine trugen ihn durch die Zeltstadt hinauf auf die Palisaden. In der untergehenden Sonne meinte er, den Turm von Raschnur ausmachen zu können. Er fragte sich, welche Zukunft dieses verdorbene Land für ihn bereithielt.

Mit seinen Wunden würde Andro nicht weit kommen. Nur mit einem Messer bewaffnet und ganz auf sich allein gestellt, könnte selbst Enowir nicht lange in der Wildnis überleben. Von dem Intriganten ging keine Gefahr mehr aus. Ohne ihren Anführer würde sich sein Gefolge über kurz oder lang zerschlagen.

Ihrem Klan stand mit Sicherheit die eine oder andere Krise bevor, aber das war schon immer so gewesen. Enowir wusste, dass sie auch aus der nächsten gestärkt hervorgehen würden. Mittlerweile war er überzeugt, dass die Elfen von Krateno, alles überstehen konnten.

Sei dir da mal nicht so sicher, Stumpfohr!

Epilog

Behaglich prasselnd wärmte das Feuer den Raum und Daschmirs Körper. Zögernd hielt er das Buch der dunklen Künste den lodernden Flammen entgegen. Sie züngelten lange um den Einband herum, bis es dem Feuer endlich gelang, Besitz von dem alten Leder zu ergreifen. Schnell zog Daschmir das Buch zurück und schlug die Flammen aus. Nein, dieses Werk war viel zu wertvoll, um es dem Feuer zu überantworten. Es war ein Erbe ihrer Vorfahren. Er sollte es ehren und nicht verbrennen. Diese und andere Ausreden kamen ihm in den Sinn und machten es ihm unmöglich, das Buch wie versprochen ins Feuer zu werfen. In Wahrheit jedoch hielt ihn lediglich das Machtversprechen dieses Buches zurück. Es dauerte lange, bis Daschmir sich diese Wirklichkeit eingestand. Aber was war verwerflich daran, solange diese Macht in den richtigen Händen lag? In seinen Händen!

Daschmir legte das Buch auf ein Regal und breitete ein Fell darüber aus. Er würde einen guten Ort dafür finden. Daraufhin setzte er sich an den Tisch, an dem er vor kurzem mit Enowir gesprochen hatte. Der Reisende war ohne Frage ein Held mit ungewöhnlichen Talenten, Daschmir war stolz, ihn seinen Freund nennen zu dürfen. Aber auch hierbei war er nicht ganz ehrlich zu sich. Denn eigentlich empfand er Enowir nur als nützlich, weil er bei den drei Klanen ein hohes Ansehen genoss und dazu Daschmirs Sache vertrat.

Müde rieb er sich die Schläfen. Diese Arbeit zehrte an seinen Kräften. Es gab so unendlich viel zu tun. Seit einigen Tagen fühlte er sich ausgelaugt und kränklich. Vielleicht bekam er Fieber ...

***

Jedes Mal, wenn er sich auf die Lippen beißen wollte, schlugen seine Zähne hart aufeinander. Früher hatte er das oft getan, wenn er angestrengt nachdachte, doch nun besaß er keine Lippen mehr. Sein Kinn brannte in einem unendlich fortdauernden Schmerz. Mittlerweile zierten auch seinen übrigen Leib etliche Schnitte und Bisswunden. Über die Pein driftete sein Geist mehr und mehr in die Finsternis ab. Allein der Wunsch nach Rache bestimmte nun sein Denken. Sie sollten alle an seinem Schmerz teilhaben! Vor allem Enowir! Er würde dem aufsässigen Elf alles um ein Vielfaches heimzahlen ... »Ah!«

Schon wieder hatte ihn etwas gestochen. Er wusste nicht mehr, wie viele Gifte von unterschiedlichen Tieren und Bestien sich bereits in seinem Körper vereinten. Er achtete auch nicht weiter darauf. Tage irrte er ziellos im Wald herum, der ihn mit den Ästen peitschte und mit den Wurzeln niederwarf. Die Tiere stellten nur ein zusätzliches Ärgernis dar.

Andro war schmutzig, seine prächtigen Kleider zerrissen und er blutete aus etlichen Wunden, als er endlich eine Lichtung fand. Erleichtert ließ er sich ins Gras fallen. Er blickte hinauf in die Sonne, als sich ein dunkler Schatten über ihn legte. Eine wildaussehende Kreatur baute sich vor ihm auf. Sie besaß den

Oberkörper eines Elfen, nur mit deutlich ausgeprägteren Muskeln. An einer Schädelhälfte war sein strähniges Haar abrasiert. Die dunklen Augen glitzerten bösartig. Sein Unterleib glich einem Wolf, genauso wie seine Reißzähne, die weit aus seinem Maul überstanden. Wild knurrend hob er einen Speer, an dem eine Metallspitze aufblitzte. Im Angesicht des Todes drang aus Andros vernarbter Kehle ein raues, irres Lachen, welches weit über die Lichtung hallte.

Nachwort (alte Auflage)

Es versteht sich von selbst, dass die Geschichte der Elfen von Krateno nicht zu Ende erzählt ist. Dies ist viel mehr der Auftakt einer Reihe und eine Einführung in die Welt Godwana.

Die Geschichte der Elfen von Krateno wird in dem Buch: *Die Widersacher von Krateno* weitererzählt.

Informationen zu diesem und meinen weiteren Werken bekommst du auf: www.lucian-caligo.de.

Damit verabschiede ich mich einstweilen von dir, bis wir uns wiedersehen.

Dein Lucian

Nachwort (aktuelle Auflage)

Weil das alte Nachwort auch irgendwie ein Zeitzeugnis ist, habe ich mich entschieden es im Buch zu belassen. Viel ist seit der ersten Auflage von »Die Elfen von Krateno« passiert. Unter anderem eine zweite Auflage. Leider, und auch das gehört dazu, habe ich irgend einen Anwendungsfehler gemacht, so das Teile des Lektorats nicht in die zweite Auflage übernommen wurden. Deshalb mussten wir nochmal ran. Jetzt einige Jahre später habe ich einen ganz anderen Blick auf meine Schreibkunst von damals und im Text etliches angeglichen. Dabei stand ich vor einem Problem: Ich wollte den Fans der zweiten Auflage nicht vor den Kopf stoßen, denn streng genommen, hätte ich das ganze Buch neu schreiben müssen. Jetzt habe ich mich für einen Mittelweg entschieden und die gröbsten Schnitzer entfernt, unter Einhaltung der Grammatik. So weit es meinem Team möglich ist, die sich immerhin mit einem legasthenischen Autor herumschlagen müssen.

Am wichtigsten ist mir jedoch, dass dir dieses Buch gefällt. Ich kann mich nur herzlich für dein Interesse bedanken, das mir sogar bis ins zweite Nachwort gefolgt ist und hoffe, wir begegnen uns irgendwann auf unserer Lebensreise,

Dein Lucian

Danksagungen (alte Auflage)

Zum Abschluss ist es sicher nicht verkehrt, ein herzliches Dankeschön an jene zu richten, ohne die dieses Buch nicht zustande gekommen wäre:

Allen voran Christina, die mein Leben bereichert, wie ich es mir nicht hätte vorstellen können und die sich die Bearbeitung des Textes vorgenommen hat, um die Spuren meiner Legasthenie zu verwischen.

Mein besonderer Dank gilt Raimund Frey, der den Buchumschlag gestaltet hat. Informationen zu seinem künstlerischen Schaffen findet ihr unter:
www.raimund-frey.de

Chris und Flo, mit denen ich in vielen Stunden die Welt von Godwana ersponnen habe und die mir dabei immer wieder wertvolle Anregungen eingebracht haben.

Danke auch an Katharina und Basti M. für manchen schönen Abend und eure Begeisterung für dieses Projekt.

Im Folgenden möchte ich einigen lieben Menschen danken, die mich in einer besonderen Lebensphase begleitet haben:
Anne G., Heike W., Stephanie B., Monika D., Eveline F., Anke G., Georg H., Maria H., Elisabeth H., Kirsten I., Maria K., Andreas L., Angelika L., Susanne M., Jürgen M., Stephanie P., Bettina P., Isabella R., Nicola R., Gabriele R., Beate S., Susanne S., Petra S., und Hella W.

Euch allen gebührt ein besonderes Dankeschön. Ihr habt mich ein Jahr lang begleitet und nicht unwesentlich daran Anteil genommen, dass ich wieder mehr zu mir selbst gefunden habe. Wie ich es versprochen habe nehme ich euch alle mit.

Danksagung (aktuelle Auflage)

Auch hier war es mir mein Bedürfnis die alte Danksagung zu erhalten. Viele Menschen von damals sind auch heute noch sehr wichtig, aber es sind auch einige dazugekommen, die ich nicht mehr missen möchte. Jetzt blicke ich zurück auf vielleicht die härteste und zugleich die schönste Zeit meines Lebens. Es war immer mein Herzenswunsch Fantastikautor zu werden und ohne diese Menschen wäre ich auf meiner Reise nicht weit gekommen.

Zu allererst ist natürlich Christina zu danken, die mir mittlerweile das schönste Geschenk gemacht hat, dass ich mir vorstellen kann, nämlich das Versprechen bis das der Tod uns scheidet bei mir zu bleiben, in guten wie in schlechten Zeiten. Sie ist nicht nur Quell meiner Kraft, sie hat sogar Verständnis für meine Leidenschaft, selbst dann wenn ich an einem Punkt komme, an dem ich mich selbst nicht mehr verstehe. Auch wenn ich noch viel vom Leben will, habe ich das Wichtigste schon gefunden.

Auch Svenja gehört nun fest zu meinem Team, selbst wenn wir uns bisher weder gesehen, noch ein Wort gesprochen habe. Als Leserin schrieb sie mir eine Mail, in der sie mich auf etliche Fehler im ersten Band der Kopfgeldjäger-Saga hinwies. Da gab es für mich nur eine logische Konsequenz, sie direkt als Korrektorin in mein Team aufzunehmen. Seither begleitete sie mich durch meine Veröffentlichungen und ich bin ihr unendlich dankbar dafür.

Auch Flo kann ich nicht genug danken. Gerade wenn es um Ratschläge für öffentlichkeitswirksame

Arbeit geht. Von ihm habe ich viel über Präsentation meiner Bücher und mir selbst gelernt.

Auch Raimund Frey hat, seit er beim zweiten Teil der Elfenreihe zu mir gestoßen ist, mittlerweile fünf Buchumschläge gestaltet. Dank ihm stechen meine Bücher aus der grauen Masse hervor.

Unter den vielen Schriftstellerkollegen und Kolleginnen, Verlegern und Verlegerinnen hab ich großartige Menschen kennengelernt. Einige davon kann man tatsächlich als Freunde auf dem Weg hinauf in den Olymp der Schriftstellerei begreifen.

Natürlich ging das alles nicht ohne dich. Wenn du dich nicht für mein geschriebenes Wort interessieren würdest, dann wäre ich einfach nur ein Schreiberling, der seine Geschichten in ein dunkles Loch wirft. Danke das du dabei bist und hoffentlich sehen wir uns bald, vielleicht persönlich, oder in einem meiner anderen Bücher,

Dein Lucian

Personen, Begriffe und Monster

Andro (aus Gwenrars Klan): Er sorgt dafür, dass die planmäßige Vermehrung in Gwenrars Klan ordnungsgemäß stattfindet. Dabei ist er wie kein anderer Elf auf sein Äußeres bedacht. Die hellen Haare trägt er aufwändig zurückgeflochten und seine Kleidung besteht aus kunstvoll zusammengesetzten Stoffen. Für die Frauen seines Klans hat er keine Augen, dafür schenkt er Enowir auffallend viel Beachtung.

Conara: Ist der Schöpfergott der Elfen. Die Lehrmeinungen gehen darüber auseinander, wie viel Hilfe er von den anderen Göttern hatte, als er die Elfen erschuf.

Darlach (aus Kranachs Klan): Seine weiße Robe und die zurückgeflochtenen Haare weisen ihn als einen Gelehrten aus. Er hat die für seinen Klan üblichen eingekerbten Ohren. Des Weiteren ist er Kranachs Vertrauter.

Daschmir (aus Gwenrars Klan): Ein junger und schmächtiger Elf mit blonden Haaren, der sich Raguwir als Mentor erkoren hat. Dieser hat ihm einen Posten als Gwenrars Berater verschafft. Daschmir verfügt über ausgezeichnete diplomatische Fähigkeiten.

Drawnaschi: Diese heimtückische Bestie ähnelt einem Waran. Sie legt jedoch keine Eier, sondern spuckt besonders aggressive Larven. Sie dringen nicht nur in Tote, sondern auch in lebende Körper ein. Bis sie den Leib ihres Opfers ausgezehrt haben, können sie diesen sogar kontrollieren. So werden sie oft eines neuen Wirtes für weitere Larven habhaft. Mit diesem Prozess fahren sie so lange fort, bis sie ausgewachsen sind.

Enowir (aus Gwenrars Klan): Er ist ein Reisender. Ursprünglich sollte er Jäger werden, aber im fehlte die Fähigkeit, sich Autoritäten unterzuordnen. Durch seine schwarzen Haare sticht er aus seinem Klan hervor. Seine Augen sind grau und sein Gesicht mit Narben zerfurcht. Er trägt Hose und Jacke aus dickem Echsenleder. Bewaffnet ist er meist mit Schwert und Dolch.

Eruwar (aus Gwenrars Klan): Er ist der Anführer des erfolgreichsten Jagdtrupps seines Klans und ein Freund von Enowir. Sie haben gemeinsam die Ausbildung zum Jäger absolviert.

Faranier: So nennen sich die dunkelhäutigen Elfen aus dem Süden. Sie leben eng mit der Natur verbunden und gliedern sich dabei in zwei Untergruppen. Ein Teil von ihnen glaubt, es sei besser, sich der Brutalität Kratenos anzupassen, die anderen streben nach alter Größe. Beiden ist gemein, dass sie ihre Haare flechten und sich mit Tierknochen schmücken, die sie teilweise durch ihre Haut stoßen. Sie sind barfuß unterwegs und tragen meist nicht mehr als einen Lendenschurz. Frauen bedecken ihre Brust mit einer Lederbinde.

Frangul (Faranier): Er ist ein hochgewachsener Krieger mit drahtigen Muskeln und von unerschütterlichem Gemüt. Seinen Körper ziert der für seinen Klan typische Körperschmuck. Er tritt als oberster Stratege auf.

Franur (aus Gwenrars Klan): Franur wird der gebrannte Elf genannt. Tatsächlich sind sein Gesicht, sein Oberkörper und seine Arme sowie seine Hände mit Narbengewebe bedeckt. Seine Augen sind milchig weiß. Es heißt, er habe einst den Lindwurm getötet, mit dessen Schuppen die Palisaden der Festung verkleidet wurden. Der Bestienkopf bildet den Eingang in die Festungsanlage. Angeblich ist Franur dem Monster ins Maul gesprungen und hat ihn durch das Gaumendach erstochen. Dabei hat er sich die Brandwunden zugezogen. Seit jeher sitzt er am Hauptlagerfeuer der Festung.

Galwar: Er ist der Gott des Todes, der zu aller Zeit seine Hand nach den Elfen von Krateno ausstreckt.

Glinmir (aus Gwenrars Klan): Er war einst ein Jäger und Enowirs Mentor. Die Jagd hat ihn gezeichnet. So ziert sein Gesicht eine Narbe von der Stirn bis über die rechte, leere Augenhöhle. Außerdem zieht er das linke Bein nach. Seine Haut ist vom Wetter gegerbt und wirkt wie Leder.

Gratrah: Dies ist eine der Bestien von Krateno. Ein unscheinbarer Raubvogel, nicht größer als eine Unterarmlänge. Gefährlich macht ihn, dass er in Scharen von bis zu dreißig Tieren auf die Jagd geht.

Große Ereignis, das: Dies bezeichnet einen Zeitpunkt von vor über zweitausend Jahren, an dem die Elfenkultur untergegangen ist, selbst wenn heute keiner mehr weiß, wie es sich genau zugetragen hat. Die Vermutungen darüber gehen weit auseinander.

Gwenrar: Er ist der Obere von Enowirs und Nemiras Klan. Neben seiner Führungsstärke ist er überaus jähzornig. Außerdem wird ihm nachgesagt, unfassbares Glück zu haben, denn er hat dem Gott des Todes bereits mehrfach seine Seele abgerungen. Den rechten Arm hat er im Kampf mit einem gigantischen Löwen verloren. Dieses Untier hat ihm auch die rechte Gesichtshälfte zerstört. Dort liegen die Wangenknochen brach. Sein rechtes Auge ist milchig trüb. Wie viel er über die Pupille noch erkennen kann weiß nur er allein. Als Zeichen des Sieges trägt er den Pelz des Löwen als Umhang, der von einer Kette zusammengehalten wird, in dessen Mitte ein schwarzer Edelstein prangt. Seine Haare sind pechschwarz.

Heilendes Wasser, das: Dieses Wasser soll die Fähigkeit besitzen, alle Wunden und Krankheiten zu heilen.

Jäger (aus Gwenrars Klan): Dies bezeichnet eine Gruppe von bis zu fünfzehn Elfen, die ausziehen, um Fleisch für ihren Klan zu beschaffen.

Kradwar: der Gott des Verderbens. Es gibt viele Götter, denen schlechte Eigenschaften nachgesagt werden, oft gehen die Meinungen über sie auseinander. Bei Kradwar hingegen sind sich alle einig.

Kranach: Er ist der Obere eines Klans, der sich vor allem in zwei Lager spaltet: Krieger und Gelehrte. Mit ihm haben die Gelehrten die Führung des Klans. Er hat weiße Haare und ist von hagerer Statur. Wie alle seiner Kaste trägt er eine weiße Robe und die Haare nach hinten geflochten. Er gilt als umsichtig, weise und besonnen.

Lindwurm: Diese Bestien von Krateno gehören zu den größten und aggressivsten. Sie besitzen meist einen schlangenhaften Leib, der jedoch auch Beine und Flügel haben kann.

Marasch: Er ist vielleicht der größte Lindwurm auf Krateno und lebt im Grenzbereich zum Gebiet der Faranier. Da er nicht fähig ist, Knochen zu verdauen, hat sich um seinen Hort eine Wüste aus Knochensplittern gebildet, in der er seinen Opfern auflauert.

Mirach (aus Kranachs Klan): Er ist ein recht unerfahrener Krieger und daher schnell mit den Aufgaben, die an ihn gestellt werden überfordert.

Nemira (aus Gwenrars Klan): Sie ist die erste Reisende ihres Klans, was sie nur durchsetzen konnte, weil sie sich zeugungsunfähig gemacht hat. Ursprünglich wollte Gwenrar sie benutzen, um aufzuzeigen, dass Frauen nicht zu Reisenden taugen, indem sie in der Wildnis stirbt. Durch die Vergiftung hat sie stechend grüne Augen. Ihre Haare sind blond und verdreckt. Sie trägt einen Brustpanzer aus gehärtetem Leder. Dieser ist über dem Rücken zerrissen und mit Lederbändern zusammengeschnürt. Darunter ziert ihre Haut eine Narbe, die sich vom rechten Hals zum linken unteren Rücken erstreckt. Ihre Bewaffnung besteht aus einem Dolch und einem Bogen, dessen Umgang sie meisterhaft beherrscht.

Norfra (Faranier): Er ist ein Schamane und trägt als Amtszeichen eine Krone aus Knochen, so wie einen Lederumhang. Er ist hochgewachsen und muskulös, verfügt über einen subtilen Witz und große Weisheit.

Nurach (aus Kranachs Klan): Er ist Teil der Kriegerkaste und der neue Anführer der Wache. Er ist von Amtswegen stolz und unbeirrbar.

Qualtra: eine der unzähligen Bestien von Krateno. Bei ihr handelt es sich um einen unförmigen Fleischberg, unter dessen Hautlappen lange Fangarme verborgen liegen. Zur Orientierung nutzt sie ein großes Auge. Abgesehen davon ist ihre Anatomie nicht festgelegt. Wenngleich diese Kreatur aus dem verdorbenen Wasser entspringt, ist sie essbar, zumindest bis sie ein gewisses Alter erreicht.

Raguwir (aus Gwenrars Klan): Er ist der Meister des Lebensmittellagers und sorgt dafür, dass die Lagerbestände gerecht unter dem Klan aufgeteilt werden. Er selbst hält sich nicht an seine Beschränkungen und ist daher fett und ungepflegt. Fliegen sind seine ständigen Begleiter.

Reisende (aus Gwenrars Klan): Dabei handelt es sich um Kundschafter. Sie suchen nach Jagdgründen und Waffen, die aus Zeiten vor dem großen Ereignis stammen. Das Elfenreich war gewaltig und deshalb gibt es viele Orte, die noch Geheimnisse bergen. Die Reisenden sind zu zweit unterwegs. Umso größer die Gruppe desto schwerer ist es, für ihren Unterhalt auf einer langen Reise zu sorgen. Zu zweit ist es auch leichter, von den Bestien unbemerkt zu bleiben.

Salwach (aus Kranachs Klan): Er ist der Anführer der Grenzwache und damit beauftragt die Landesgrenzen zu beschützen. Daher gehört er der Kriegerkaste seines Klans an. Wie alle Elfen dieser Gemeinschaft sind seine Ohren eingekerbt. Als Anführer der Wache sind seine Ohrmuscheln sogar zweifach eingeschnitten. Sein muskulöser Körper wird von einem Harnisch geschützt, der aus Panzerplatten von Bestien zusammengesetzt wurde.

Stachelfüßler: Ein gigantisches Monster, das entfernt an einen Krebs erinnert, der jedoch einen langen mit Dornen besetzten Schwanz besitzt. Durch ihren harten Panzer gelten sie als unbesiegbar. Da sie aber nicht aufhören zu wachsen, werden sie irgendwann von ihrem eigenen Gewicht erdrückt.

Zentifare: Bei ihnen handelt es sich um primitive Kreaturen. Sie besitzen die Oberkörper von Elfen. Jedoch gleicht ihr Unterleib dem eines Pferdes, eines Wolfes oder einer Ziege. Von der Größe gleichen sie sich der tierischen Komponente ihres Körpers an. Zentifare leben in kleinen Gruppen, die immer dann auseinanderfallen, wenn es zu viele werden. Sie sind geistig nicht so weit fortgeschritten, um sich als ein eigenständiges Volk zu begreifen. Ihr Wesen ist brutal und primitiv.

Zweiter Teil der Reihe

Dritter Teil der Reihe

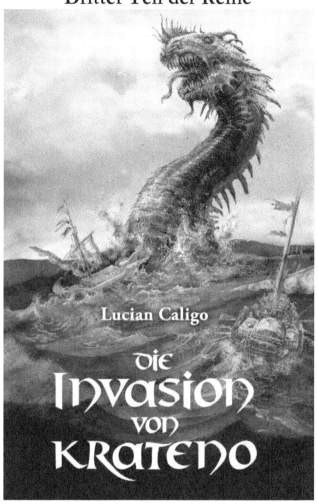

Eine weitere Geschichte aus Godwana: